走过大学的

【窗口】

A GLIMPSE OF UNIVERSITIES OF GUANGDONG PROVINCE

陈 韶 主编

广东高校校报"好新闻"作品集（2006-2008）

暨南大學出版社
JINAN UNIVERSITY PRESS
中国·广州

图书在版编目（CIP）数据

走过大学的窗口/陈韶主编．—广州：暨南大学出版社，2009.12
ISBN 978-7-81135-301-3

Ⅰ．走…　Ⅱ．陈…　Ⅲ．新闻—作品集—中国—当代　Ⅳ．I 253

中国版本图书馆 CIP 数据核字（2009）第 230338 号

出版发行：暨南大学出版社

地　址：中国广州暨南大学
电　话：总编室（8620）85221601
营销部（8620）85225284　85228291　85220693（邮购）
传　真：（8620）85221583（办公室）　85223774（营销部）
邮　编：510630
网　址：http://www.jnupress.com　http://press.jnu.edu.cn

排　版：暨南大学出版社照排中心
印　刷：暨南大学印刷厂

开　本：787mm×1092mm　1/16
印　张：20
字　数：430 千
版　次：2009 年 12 月第 1 版
印　次：2009 年 12 月第 1 次

定　价：40.00 元

序

李小鲁

高校校报是高校党委和行政的机关报，是高校校园内占主导地位的媒体，担负着交流信息、引导舆论、凝聚人心、弘扬新风、培育新人、维护稳定和繁荣文化、传承文明的重要使命，在推进学校的改革、建设与发展，以及塑造学校形象等方面起着重要的作用。

高校校报有着悠久的历史和光荣的传统。从1895年天津北洋大学创办《北洋公学》校刊算起，我国高校校报已走过了100多年的发展历程，它几乎与近代高等教育同时出现，是中国近代高等教育发展的历史见证。新中国成立60年以来，高校校报伴随着我国高等教育事业的辉煌发展，也得到了前所未有的发展和壮大。据中国高校校报协会统计，全国内地高校校报已有1 000余家。校报已成为各高校的“人民日报”和“新华社”，是党的宣传事业的重要组成部分。

1998年3月，国家新闻出版总署下发了《关于设立高校校报类报纸刊号系列的通知》，把高校校报纳入全国统一管理的公开出版报刊系列，高校校报正式取得国内统一刊号，标志着校报作为正规的新闻媒体地位得到确认。从此，高校校报进入了一个新的发展时期。2005年6月，教育部下发了《关于进一步加强和改进高等学校校报工作的若干意见》（以下简称《意见》），这是高校校报发展史上，第一个以主管部委名义发出的重要文件。《意见》明确指出，高校校报是高校加强思想政治教育和开展新闻宣传工作的重要阵地，是传播社会主义先进文化和精神文明建设成果的重要载体，是学校联系师生员工、海内外校友、学生家长和社会各界人士的重要纽带，是展示高校对外形象和塑造学校品牌的重要窗口。《意见》明确要求，要充分认识高校校报的重要地位与作用，进一步明确校报工作的目标和任务，不断提高校报工作的水平和质量，切实加强高校校报工作的领导。《意见》为高校校报工作开创新局面作出了重要指导和具体部署。

广东高校校报始终坚持以马克思主义、毛泽东思想、邓小平理论和“三个代表”重要思想为指导，深入贯彻落实科学发展观，大力弘扬社会主义核心价值，坚持“以科学的理论武装人、以正确的舆论引导人、以高尚的精神塑造人、以优秀的作品鼓舞人”，充分发挥校园新闻宣传主阵地的作用，为高校的改革发展稳定提供强有力的精神动力、思想保证和舆论支持。作为教育主管部门，广东省教育工委、广东省教育厅高度重视高校校报工作。1988年，广东省高教局制定了《关于加强广东省高等学校校报工作的意见》，同年6月，在当时的广东省高校工委的指导下，成立了广东高校校报研究会。之后，教育厅主管领导每年都出席研究会年会并作重要讲话，教育厅主管部门也不断加强了对校报工作的指导和服务工作。各高校党委也高度重视校报工作，切实加强组织领导，并在人员配备、财力投入、设备配制上给予大力支持，推动校报工作不断发展进步。

广东高校校报研究会作为联系全省高校校报的民间学术团体，自成立以来，已历经六届。历届研究会都很好地履行了组织、协调、交流、服务等功能，为坚定校报的办报宗旨、提高办报质量和校报工作队伍的健康、快速、高质量成长提供了优质的服务，支持、帮助、指导和引导了广东高校校报事业的健康发展。第六届校报研究会团结和组织全省高校校报工作者，积极开展校报工作和教育新闻的学术研究与业务交流活动，为繁荣我省教育新闻工作、深化教育改革、促进广东高教事业的发展、培养新世纪人才发挥了积极的作用。依托省高校校报研究会的交流和引导，全省高校校报的整体办报水平和办报质量不断取得进步，在全国“好新闻”和“好论文”评比中的获奖数量和质量不断提升。

为了更好交流办报的经验和成果，提高校报编辑记者的业务能力，广东高校校报研究会把 2006—2008 年度在广东高校校报“好新闻”评选中获得一等奖的消息类、通讯类、言论类、图片类、版面类作品和部分获得二等奖的作品集结成册，汇编出版了这本“好新闻”作品集，供大家学习借鉴。在这些作品中，相当数量的消息类作品选材很好，充分展示了大学校园的丰富生活和学校在人才培养中的重要轨迹。通讯是校报最为强项的新闻品种，出现了一些调查类新闻，一些通讯开始涉及重大题材。大部分评论选题新、观点新、见解深、说服力强，文风也比较朴实。标题则较好地提炼出新闻事实中的精华内容，具有较强的新闻性和可读性。图片中也不乏佳作，其中本科教学水平评估、大运会等重大事件也成为各高校校报共同关注的焦点。版面方面，从总体上看，老牌重点高校的报纸版面编排普遍比较专业，获奖面也比较大。有的新闻版做得很大气，敢于运用大幅照片，具有很强的冲击力，从中我们可以看到，一些校报几乎可以跟《南方日报》、《广州日报》和《羊城晚报》相媲美。一些职业院校、民办院校也异军突起，展示了不俗的实力。

希望这本书，为我们开启一扇通往大学的窗口，让我们能清晰地凝望大学校园每天都在演绎的精彩故事和华彩乐章，让大学的精神传播辐射开来，感动并激励每一个积极向上的心灵。也希望这本书的出版，能进一步促进各高校校报加强交流，相互切磋，相互帮助，共同提高，继续办出更好更受欢迎的报纸。我们相信，在教育部和广东教育主管部门的关心和指导下，在各高校党委和行政的直接领导下，广东高校校报工作一定会有一个新的更大的发展。

（广东省教育厅党组成员、巡视员、博士）

目 录

[4] 2006—2008“好言论”作品

展开简约俏丽的“广式”校报

2006—2008年广东高校校报“好新闻”版面类作品点评

曾建平

一、“俏丽”与“厚重”的南北风格

如果说一张报纸就是一个城市的面孔，或者说是一座城市的缩影，那么，对于高校来说，一张高校校报是不是就是一个学校、一个地域的面孔和缩影呢？对于这一点，我很认同。

这几年，报纸设计的地域化、本土化特征似乎越来越明显了。其实，没有一种文化和文化的表现形式不受到地域文化影响的，北方报纸的风格与南方的风格就有很大差异。报纸的设计风格，本来是学校自我表现的个性化写照，然而，在中国特定的文化格局中，它的形成却带有一定的区域色彩。其根源就在于南北文化造就了国民气质的特殊差异。

像《新京报》报头的标准字像天安门城墙色底、方正大标宋加粗反白。这家报纸的符号总是跟天安门城墙颜色相关联，时刻提醒国内外读者——《新京报》有浓厚的北京特色和政治色彩。而《南方周末》的报头，在设计元素上采用中国传统的印章等来体现文化价值，从视觉品牌的塑造上实现了从新闻纸向文化纸的转变，这一点也可以看出南北所处的政治地位的“地理”差别。

广东是中国的大南方，也是岭南的主要文化区域，报纸的风格，说大一点，报纸文化是广东总体文化的一个有机组成部分，所以报纸风格总受到本区域文化结构的制约。

从文化学的角度上讲，一定的时代、一定的地域具有一定的文化形态和地域心态。无论是审美视角还是思维方式，报纸风格都存在着一些相同或相近的文化艺术取向。地方报纸也好，高校校报也好，都具有这种文化取向。

我从广东高校校报近三年来获奖的版面设计来看，感悟到每所学校似乎一直致力于找寻能够体现本学校和本区域的文化价值的视觉表达方式。他们的风格是广东的，也是南方的。

为了考察广东高校校报的版面风格，我把平时收到的从北方高校寄来的校报认真看了一遍，与广东的校报做了比较，发现南北的风格差异还是十分明显。尤其像中山大学、华南师范大学、汕头大学、深圳大学、广东工业大学和广东外语外贸大学、南方医科大学等风格相对接近的报纸，与北京大学、清华大学、北京师范大学和哈尔滨工业大学等校报的风格相比较，明显看出北方文化的厚重、雄浑、古朴、大气，造就了版面设计以“浓眉大眼”、“大红大绿”为主的报纸风格，我把它概括为北方的“厚重”。

广州几所高校校报风格突出并且格调相近的报纸，具有代表性的如华南师大和中山大学的校报，其版式简洁雅致、疏朗大方，与广州这座现代化城市追求时尚闲适的个性相吻合，也与这两所学府的文化底蕴相吻合，我想这是报纸与读者长期互动沟通不断融合的结果。从他们校报的改版史可以看到，报纸改版之初设计上并没有这种意识，在通过几次改版以后，办报者会慢慢发现这座城市蕴涵的某种阅读习惯、审美取向甚至色彩禁忌等，从无意识到有意地发掘这种地域文化特征并变成物化的报纸视觉形象设计，这样在版面视觉元素的构成上就会有相应的追求。

南方文化较突出的是其明快、淡雅、秀美与空灵的情趣，并常常带有俏丽的色彩，它塑造了版面设计以“眉清目秀”为主的报纸风格，不妨喻其为南方的“俏丽”。

站在北方“厚重”的一方来看，南方的“俏丽”难免有点甜俗、浮浅，但从南北文化的角度看，这种“俏丽”却有其特殊的张力与独到的内涵。南方的“俏丽”似乎更适合表现具有积极意义的审美观念和功能，使人们从中得到美的享受。

又如地处广东东部潮汕地区的汕头大学，其报纸的风格除了与广州地区高校校报有相近特征外，也具有自己的“俏丽”特点。汕头市位于北回归线的平原地区，属于亚热带海洋性气候，气候宜人，山清水秀。这种气候培植了潮汕人心灵手巧、平和敦厚的秉性，也造就了精明、机灵、温存、尔雅和平稳的一面。所以，其审美需求是抒情轻松而不是宣泄骚动。

由于汕头大学处于海滨城市，也是华侨资助兴办的大学，其建筑风格和办学模式受到香港等地办学模式的影响，所以区域文化态势也必然体现在办报的风格中。从整体看，汕头大学与本地域乃至与港澳存在着一种共同气质，从而使汕大的校报趋向轻柔、委婉和清秀的版面设计风格。

我觉得这是区域高校报纸得以形成独特优势的一个重要方面，南北的校报，看似方向一致，但在个性化的表现方面，地域文化才是它依存的土壤。

二、简约空灵的校报版式

1. 大手笔的连版

说到南方校报的风格受到地域文化的影响，我还想到一个问题。作为本土的主编，总是不自觉地喜欢看南方学校的校报，这是不是容易造成与“广式”风格一致的原因之一？

从阅读各高校校报的比例上看，我拆开全国兄弟院校寄来交流的报纸，最多的还是本省的校报，并且寻觅属于自己喜欢的东西，然而，能抢我“眼球”的多是版式的设计。比如华南师范大学、中山大学、深圳大学、广东工业大学、广东外语外贸大学、华南农业大学、华南理工大学、南方医科大学、广州大学、白云职业技术学院、深圳职业技术学院等院校的校报。

我平时最喜欢看的是中山大学的《中大学子》学生增刊和《华南师大报》的“人文与艺术”版、“学术”版和专题版。华南师大报的通栏的报头和其他三个版的报眉，可以说是该报不可多得的点睛之处。

记得 2007 年在湛江召开的广东省高校校报研讨会期间展出的校报中，我对《广东工业大学报》的那张连版版式印象非常深刻，觉得做得相当到位。版面的图片和文章以及标题都处理得很大胆，有气魄。可惜那张报纸没有在我案上，无法详细分析。还是先看看《中山大学报》这个受到评委青睐的连版版式——“2007 学位授予仪式专刊”（见图 1）吧。这一期的专刊之“专”就在于采用整版连版的设计形式，版面气势恢弘，蕴藉风神韵味，一气呵成地“海纳”了“10244 学子见证人生最美好时刻”（连版主标题），大学精神蕴涵于其中。连版上位于正中的大图片“跃然出纸”，一下子抓住了我的视线。文字虽未拜读，但其版式的气韵之美有如“转轴拨弦三两声，未成曲调先有情”了。这大概是版式的形式美吸引我阅读诗作的目的所在吧。

2007年学位授予仪式专刊

10244学子

见证人生最美好时刻

图 1　中山大学报/2007 学位授予仪式专刊

就“2007 学位授予仪式专刊”的版面设计艺术而言，我们可以领略到编辑者总体设计的构思原则：对图片大小主次分布的安排、红与蓝标题的分层处理、小图与文字合一而构成方块的组合等都经统筹规划，使局部服从整体，使连版中各视觉要素突破孤立，形成有机整体的联系。我在阅读文字时发现，最有趣的是版面右边的“仪式花絮”。编辑人员把本来是一篇长篇的通讯，巧妙地“瓜分”

为7个小方块，每一个方块讲述一个故事。这种“化整为块”的“瓜分”，它的好处还在于让这些方块与左边和下边的小图相对应并连接，形成半包围“U”字形图形，使版面结构更加紧凑有序。

无独有偶，《广东工业大学报》第4版“遥看大运风云”专版（见图2）和《深职院》“校园聚焦”（见图3）与中大“2007学位授予仪式专刊”异曲同工。这两个版式虽然不是连版，但其倒“U”字形和横“U”字形，不但形似，而且其个性化之神韵也十分神似。广工的版面分为四栏，自上而下，简约率直，与体育“力与美”的韵律相吻合。而《深职院》的横“U”字视觉效果，则表现出暑期六千学子奔赴社会实践的热烈气氛和团队精神。

我们知道，读者阅读报纸时，首先会在视觉上对版面有一个整体感受。所以无论连版还是单版，版面的风格更需要统一整体，在突出个性的同时也要保持与其他各版风格一致，达到多样统一的整体优化视觉效果。在情调方面以幽雅为主，在疏密方面以疏松为主。让版面留出一定的空间，从而扩大人们阅读中的视觉张力。强调留出空间是一种时代的审美需求，就像人们生活中需要空间一样。

2．规整统一的“简约美”

从近几年广东省高校校报获奖版面所体现的设计风格看，追求简约化、注重整体性、体现秩序感已成为一种新的版面美学追求。整体优化是当今报纸版面设计追求“简约美”的一个重要风格，它是尽可能地简化报纸版面的整体构成。同时，版面的视觉冲击力必须与新闻性、艺术性本身的冲击力相得益彰，而过分的渲染也只能导致“泡沫版面”。

然而，如何达到版面设计“简约美”？这关系到任何遵循报纸版面的视觉优化规律，运用视觉整体与视觉中心、对称版式与平衡版式、形的组合与色的组合以及版面节奏的控制等视觉元素。要如何使版面设计既能够最大限度地适合受众的阅读需要，又能够更好地符合自己的设计构思，这无疑是版面编辑常常思考的一个问题。报纸的设计不同于艺术设计，毕竟它用的是新闻纸，在很大程度上，形式要服从于新闻内容。可以说是戴着手铐脚镣跳舞的艺术，不能也不应随心所欲。

就南北报纸的风格来说，北方高校校报较多还保留着甩来甩去的走文、繁缛的花线和花网、浓黑的字体与大标题、大量的鲜艳红色、标题的横竖穿插等。而南方或者以广东为代表的简约轻柔、俏丽委婉的风格，必然是追求大标题、大图片、小文章、板块化。在行文上减少拐弯，化零为整，统一字体，强化线条。美国密苏里新闻学院莫恩教授作了这样的解释：“模块就是一个方块，最好是一个长方块，它既可以是一篇文章，也可以是包括正文、附件和图片在内的一组辟栏，版面都由一个个模块组成。”这种设计最大的好处是方便读者阅读。现代读者读报时，视线在版面上停留往往只是瞬间。因此，把每篇稿件或者意义相近、相反的稿件都框起来，独立成块，不与其他稿件交叉，就能将读者的视线锁定，产生简纯而规整的美感。

图2　广东工业大学报/第109期第4版

图 3　深圳职业技术学院报/第 155 期第 4 版

从视觉心理上分析，模块式有其特定的优势，格式塔派心理学的一个重要原理就是“整体大于部分之和”。读者读完一栏自然转到下一栏，无须像不规则的穿插式那样，在读完一栏文字后往往要搜寻下一栏。根据格式塔派这个命题，我们可以明显地看到模块设计的优势。

《汕头大学报》、《华南师大报》、《中山大学报》、《南方医科大学报》、《广州大学报》、《五邑大学报》、《广东外语外贸大学校报》就是此类版面的代表。从版面编排的规律看，各种元素的简化和统一不仅是方便阅读的需要，也是产生视觉美感的需要，过多变化只能加重读者的视觉负担。图4是《广东外语外贸大学校报》（第2版）的一个报道校运会版面，从整体优化的角度看，一个版面既使用很多图片，又采用不少文字，但能做到多而不杂不乱，错落有致，规整大方，版面丰满。就像街上车子很多但交通一点都不拥挤一样，这要归功于较高质素的“编辑指挥官”。该学校的另一个副刊（第4版）（见图5）也是这种风格，以“惜空如金”而著称。假如你想要在广外的版面上“见缝插针”，那是不可能的，孔晓明主编的“地皮”比上海还要昂贵。但令人佩服的是，版式基本以五栏行文，图文都在栏上没有破栏，右边的“诗”是“专用通道”，图文就像在“五车道”各行其道，畅通无阻。加之诗中有画，画中有诗，图片清逸休闲，浑然一体，这无疑起到了版面“天窗”和空白的疏通作用，这种与当前以“留空白为荣”反其道而行之手法可谓一绝。

当然，追求规整和统一并不是要我们放弃对版面视觉中心的强化处理，并非将所有的视觉元素平均化就是规整统一。对立统一既是辩证法也是设计的法宝。视觉中心具有突出特征，能够左右读者对报纸版面认识的核心元素。

读者阅读报纸时，首先会在视觉上对版面有一个整体感受。整体优化就是要求整张报纸的风格要有统一的设计，各版在突出个性的同时，也要保持风格一致，达到多样统一的视觉效果。

上文提到的北方报纸“浓眉大眼”的“厚重”风格，《北京青年报》可作为代表。他们遵循“三步五秒”理论，即在头版以大标题、大照片、粗线条和几乎没有空白的充实饱满的版面来营造视觉中心，让读者在距报摊3步之远、5秒以内，就能够辨认出来，产生购买冲动。当然，我们的校报是免费派送的，不需要在3步和5秒之内让哪位老师的学生来购买，但也总不能让我们的报纸送到老师的案头、学生的手上他们还置之不理吧？

广东的校报不以“浓眉大眼”取胜，却以“眉清目秀”服人。图片大而不“深”，标题大而不“浓”，线条细而留空，间隔所形成的就是白线。这般“委婉俏丽”的“伊人”魅力依然吸引师生的眼球，而“浓眉大眼”容易让他们产生审美疲劳。

所以说，版面除依靠新闻内容自身的“抢眼”之外（高校的爆炸新闻和八卦新闻较少，有此类噱头也上不了报纸），版面设计者还往往采取改变字体，加

第2版

直击比赛现场　再现精彩校运

花样校运　"絮"闻迭出

校运沙场秋点"将"

北校短波
BEIXIAODUANBO

图4　广东外语外贸大学报/第199期第2版

第4版

和为贵

写给 lulu 的诗

来自 6:35 的声音

曾有过一段时间

等待的风景

回首更望杨柳丝丝

蚊子血与饭粒子

图5　广东外语外贸大学报/第195期第4版

大字号，竖排版，配图片，组合报道，添加线条、底纹、底色，选取不规则板块外形，留白等手法，让师生们一不小心就会被你版面的美感所吸引。如《汕头大学报》的版式风格，以大图片和留空以及板块为基本格调，特别是一版（要闻版）和四版（人文版）。报头字为紫蓝颜色，按照中国的色彩风俗习惯，这种颜色是极少人这么用的，至少校领导的这一关就很难过得了；而采用大图片和留大空白所造成的“可以估量”（明摆着）的浪费，也是一般领导包括部分读者，特别是上不了稿子的作者所不能容忍的。

但是，事实证明，汕头大学那具有国际化办学的眼光乃至开放的审美情怀，已经在这张小小报纸上充分体现出来。当然，像一版大图片的运作还得益于该校报坚持以学术性的新闻内容作为头版头条，使得图片不枯燥、不空洞，避免每期出现千篇一律（学校就那么几个会议场所）和司空见惯的空洞政治活动图像。据统计，三年来《汕头大学报》的头条新闻，其中对学术文化类的新闻报道占56.25%，非学术文化类会议占18.75%，其他活动（文娱体育等）占25%。从这个比重可见《汕头大学报》对学术文化活动的侧重报道。

担任广东高校校报“好新闻”评选评委、中山大学传播与设计学院新闻系主任杨小彦教授对汕头大学和中山大学校报的版式给予较高评价，同时也为广东的校报提出指导性意见。他指出：“总体上来说，这一次版式比较突出的是汕头大学的报纸，版面干净，视觉效果突出，主次比较分明。中山大学的报纸保持了一贯的风格，也还不错。其余报纸版式，参差不齐，水平不一，但普遍都存在一个问题，那就是设计缺乏统一性，对报纸版式设计的基本要求不甚清晰，这是需要改进的。”

总之，版面的整体设计正如“个人要服从集体”、“全党要服从中央”一样，应执行“局部服从整体”的原则。内容主次的把握、黑白灰的安排、点线面的处理和版面布局的分寸都应统筹规划，版面各视觉要素间要能够形成恰当而优美的联系，而不是孤立存在。

3. 节奏与均衡的“形式美”

如果说广东高校校报是以“眉清目秀”服人的，那么“眉清目秀”应该是简约美的一种表现形式，而“委婉俏丽”是这种表现形式所产生的风格。形式美可以有多种形式构成，比如“浓眉大眼”也是一种形式美。“眉清目秀”与“浓眉大眼”只是形式的区分，没有高低的区别。作为一种风格，俏丽、飘逸、轻柔、委婉，自有它存在的美学价值，与厚重、粗犷、阳刚、豪放只有风格流派之分，没有存在高低之别。

版面的节奏美和均衡感都是版面组合的形式美。从视觉流程来说，节奏是运动过程中有秩序的重复。从眼球的生理构造看，人们观看平面设计作品时，总是先通观全局，产生整体印象，然后再集中于一点，这一点便是我们通常所说的视觉中心，心理学称注意中心。视觉流程有如建筑设计，比如我们游览北京故宫，从午门进入到神武门出来是建筑设计师帮我们设计好的视觉流程，视觉中心是太和殿，我们从神武门或者从其他侧门进入太和殿，然后又从午门出来，那将会是另一种视觉效果，而肯定不是最佳效果。

报纸作为平面作品，也同样适用这一规律，运用得当，会使版面有节奏感、音乐美。在版面设计中应充分考虑色彩对人的心理和生理的影响，直观地传播视觉信息，增强对受众眼球的吸引力，形成版面视觉中心，营造版面强势，引导人们视线移动方向，以视线的有序移动形成版面的节奏美。在版面设计中要学会通过色彩有规律的逐渐的变化形成一种流动感，给人以美的愉悦。

我们不妨先看看《广州大学报》、《华南农业大学报》、《华南师大报》、《深圳大学报》。如《广州大学报》（见图6）该版的三条大标题和两张大图片是从右上角往左下角自上而下，像台阶一样依次递进的，标题与图片相间交替，形成一种节奏。如《华南农业大学报》（见图7），该版面报道的是“学界痛悼严小龙教授”的主题，版面除了使用黑白塑造哀悼的气氛外，在安排图片的位置上也颇用心。三张大小接近的图片分别放在右上角、左中角和下中角的位置，给人以一种像哀乐一样缓慢的节奏感。我相信，如果版面出现图片大小差别很大而且位置跳跃强烈的话，那将是另外一种气氛。同样，图8也是同一个主题的新闻报道——“深切缅怀严小龙教授”，在色彩和图片处理上节奏也是缓慢的。

《华南师大报》（见图9）版面上半部放了一张纪念建党85周年大型晚会的大幅彩色照片，照片主体是鲜红为主，明度较高。这样一幅以红色为主色调的照片，很自然地成为版面的视觉中心。因为整版只有两张图片，那么，无论从节奏上考虑还是从均衡上考虑，这张图片一定必须安排在版面的最底部，显然，设计人员就是这么做的。而《华南师大报》（见图10）的另一个版面，虽然整个版面也同样是一张彩色照片，面积也相当小，而且在同一个版面中还有5张照片，但这张小小的照片依然还是视觉中心。为什么呢？因为其他的5张照片组合在一起并“靠边站”（右边），版面的中心位置就是“唯它独尊”了。这种节奏效果，实际上也是均衡处理的功劳。

要知道，彩照在形成节奏感上具有举足轻重的作用，影响着版面视觉中心的形成和整体节奏。因此设计时要充分发挥彩照的优势形成版面的整体色调，再辅以其他色彩的配合，形成流动跳跃的美感。

在版面上，对称是“天然”的均衡，像人的脸、人的身体造型都是全对称的。但不对称同样也能达到均衡的作用，并且还是最常用的。如《华南师大报》（见图10）就是一个很好的处理不对称均衡的例子。对称形式给人以稳定、统一、端庄的感觉，产生有序、理性、高贵、静谧的美。不过，要在报纸版面上找到对称均衡几乎是不可能的，因为没有什么能与报头对称。所以，把握好非对称的均衡十分重要。

广州大学报
GUANGZHOU UNIVERSITY NEWSPAPER

我校申报广东联合基金取得开门红
国家基金重点项目再添一项

新年贺辞

第八届大学生运动会会徽吉祥物在我校揭晓
“搏”出精神 “跃跃”欲飞

《命运》交响震撼广大校园
全国高校普及高雅艺术活动在我校落下帷幕

本报三作品获全国奖

学科建设队伍建设双管齐下
我校有计划有步骤进行全面整改

我校6位代表参加市党代会

我校21人成为市人大代表、政协委员

图6 广州大学报/第103期第1版

学界痛悼严小龙教授

唁电选登

网友留言

图 7　华南农业大学报/第 468 期第 7 版版面 2

深切缅怀严小龙教授

严小龙教授生平介绍

为让中国大豆不依赖进口，华农教授严小龙两次选择回国"种"大豆，并迈出革命性一步

大豆"袁隆平"倒在科研破关时

在这悲痛的时刻

在严小龙追悼会上的讲话

师生悼唁选登

蝶恋花·悼严小龙学弟

哀悼小龙

图 8　华南农业大学报/第 468 期第 7 版版面 1

华南师大报

HUANAN SHIDA BAO

喜庆建党85周年 奏响杏坛先锋颂歌

我校举行"杏坛先锋颂"纪念中国共产党建党85周年大会暨文艺晚会

我校召开大学生思想政治教育工作会议

我校召开党委中心组理论学习会

立足发展 强化思想政治教育

2006年广东省扶贫县与农村师资教育硕士生签约仪式在我校举行

李忠杰教授应邀为我校学习论坛作报告

播辛勤之种 开荣誉之花

信步华师

留影华师

图9 华南师范大学报/第780、781期第1版

华南师大报

人文与艺术·戏曲

昆曲与古典美

读戏偶记

十六世纪的中国荒诞派

戏曲光影

图 10　华南师范大学报/第 780、781 期第 4 版

均衡是指版面的上与下、左与右取得面积、色彩、重量等量上的大体平衡，这种版式生动活泼，稳重大方。《深圳大学报》的副刊“五色士”是历史悠久的“名版”，经常在全国校报“好新闻”评选中摘冠。图11“五色士”这一期是做《太阳照常升起》的影评。乍一看以为这个版以图片为主，其实不然。整版只有5张对角置放的图片，但看上去有7张“图”集结重叠在版的中央，原来有4张“图”是用色底将4个不同主题的文字组合而成。如果按照一般规则组版，会过于静态，很容易平庸。设计者的做法是超常规地突出“主图”，将文变“图”，制造出强烈的色彩和均衡感，在整体上流露出十足的节奏美，很好地配合了娱乐这一主题。

在设计中如果过分强调对称均等就容易显得呆板，设计者应巧妙运用版式平衡的规律，充分调动版面张力，平中求险，在重心即将失衡的临界点上追求均衡和平衡，摆脱整体过于统一带来的僵化，给人以新奇之美、生动活泼之感。

三、“图文并重”与“1+1>2”的信息增值

广东是个影像大省，也是一个摄影大省。2007年四年一届的全国第22届摄影展，广东省摄影界作品入选135幅，成为全国影展六连冠。省摄协还叫响了“由全国摄影大省迈向摄影强省”的口号。有人说：“广东摄影人有钱呗，在全国各个创作点，那些背着长枪短炮的，哪里不是广东人最多?”我这里要说的不是有钱没钱的问题，而是想说广东人对图片的视觉需求问题，有了对图片的高需求并且制造图片有良好的来源，那么，作为广东高校校报的媒体，是不是会因此受到这种地域文化和经济的影响呢？答案自明。

当今现代社会是“读图时代”，广东人在铺天盖地的图像轰击下，也被惯坏了，视觉变得懒惰。当他们需要信息时，不再说“告诉我”，而是说“给我看”。报纸对大小不同照片的安排恰当与否，与版面的美观程度以及形成版面的视觉中心有直接影响。版面革新的浪潮正席卷中国报界，谁想在争夺受众中获胜，都必须高度重视报纸的“第一眼效应”，想方设法把图片与文字有机地结合起来，增强版面的吸引力。

从心理学的角度来看，受众接触信息的第一步，是注意到图片。注意是调动感觉器官指向于一定对象的心理活动，注意的指向性和集中性，决定了其选择性。报纸之所以不惜在图片上花大力气，以增强“第一眼效应”，原因正在于此。

因此，在这种报纸图像化的发展趋势与提倡图文结合以促进信息增值的语境下，“图文并重”已经是高校校报设计优秀版面的评选标准之一，也是每年在评比“好新闻”中获奖的筹码。

南方日报首席记者梅志清评完广东高校校报“好新闻”奖之后，她点评说：

“我们校园里的‘传统主流媒体’也需要开始一种转变，不论是新闻采写语言的运用，还是报纸关注角度的设定，不论是各个版面定位的梳理，还是新闻图片如何运用更具冲击力……如果我们有一种向现代报纸转型的强烈意识，那么，你就会发现，我们的校报其实还有很大的改变空间。”

2007年12月1日 NO.4
可触处的诱惑
广角镜
太阳 的人们
杂谈区

图 11　深圳大学报/第 229 期第 4 版

“图文并茂”早已不是报纸版面设计的要求，现在更重要的是要做到“图文并重”，也就是说图与文的“待遇”和“地位”平起平坐。如果一组意义相关、相近或相反的图片和文字有机组合，就可以产生一种不用文字表达的新信息，甚至出现“1 +1 >2”的效果。

如《广东工业大学报》（见图12），本版的主题是“活力工大”，读者几乎不用看“俱乐部变‘要我运动’为‘我要运动’”的主标题，一目了然就看到一张占去大半版的主体图片。图片中跆拳道练习者的飞腿动作，便点明了“我要运动”的主旋律了。照片拍得相当成功，图片也使用得很恰当。只要是精彩、生动的新闻照片，便舍得放大尺寸，不囿于版面“寸土寸金”的极限，让它充当主角挑大梁，发挥“一图胜千言”的优势。

汕头大学让有内涵的图片“独唱”比让图片“合唱”要多一些，特别是第1版的大图片（一般图片尺寸为26.5 cm×16 cm），这里看到的《汕头大学报》第3版（见图13），是以图片的“合唱”并与文字相结合的。版面由横竖交接的两条灰红色线条将版面切割为三个“区域”，在这里，所有图片“各司其职”，左上大部分是校运会的组合图片和文章，右边“区域”是校际英语节的照片，分别置放于文章的上下点。下面“区域”是一篇报道校友的文章。从整个版面看来，这种“三国鼎立”的划分，使图片和文字的结合能发挥出更强大的信息值。

如果将一组意义相关、相近或相反的稿件散拼在版面上，那么它们也仅仅是一篇篇独立的稿件。而如果将它们组合在一个“区域”之内，就可以产生一种“1 +1 >2”的增值。

就其重要性而言，刊在头版头条就高于其他位置，刊在要闻版就重于其他版等。就其吸引力而言，照片尺寸越大，其吸引读者注意的能力就越强。比如美国《纽约时报》，它把头版当成报纸的橱窗，每天在这里展示当天最重要的国际国内新闻图片，而把关于这些事件的文字报道转到其他版去刊登。事件越重要，照片尺寸越大，甚至大到一个整版。

当然，这也不是绝对的。有时候，高明的设计人员也能够把若干小图合并成为大图，同样取得大图的效果。如《华南师大报》（见图14）就是一个很好的例子。在整个版面看来，版的中心“地带”就是一张“图”，再也没有其他图片的配合。原来这张“大图”是由一张竖构图的照片和三张横构图的小照片组合而成。图的上面写着“31名心理学专家和研究生组成的赴四川地震灾区心理辅导志愿服务队冒雨启程”（引题）、“到祖国需要的地方去是义不容辞的责任”（主题），整个版面简洁完整，加上采用全版黑白印刷，相当庄重，主题突出。

《华南师大报》的另一个版式（见图15），大图片的位置基本上与上面介绍的版面相似，不同的是这张大图片是单张照片，为了打破画面的单调，在右下角安排了一张小照片。这种起到均衡作用的“压图”，与中国画落款和盖红印章是遵循同一美学原理的。

廣東工業大學報 2

活力工大

俱乐部变“要我运动”为“我要运动”

记者观察

俱乐部教学的三赢

数字看体育俱乐部

体育教学改革成就一览

俱乐部视角±经典故事

我们赢得定向越野锦标赛金杯

俱乐部视角±新生故事

爱的力量

体育名师

图 12　广东工业大学报/第 118 期第 2 版

汕头大学报
L I F E
生活
——汕头大学第二十届田径运动会圆满成功
你在前方 我在后方
精彩瞬间
踏上舞台 就是赢家
——汕大举办第五届校际英语节
大学教师 师德师风十题
多点思考，灵活变通

图 13　汕头大学报/第 230、231 期第 3 版

国内统一刊号 CN44-0814/(G)
华南师范大学党委主管主办
华南师大校报编辑部出版

华南师大报

HUANAN SHIDA BAO

总第812期(共四版)
2008年5月26日

31名心理学专家和研究生组成的赴四川地震灾区心理辅导志愿服务队冒雨启程

“到祖国需要的地方去是义不容辞的责任”

为灾区献爱心 点滴表关爱

全校党员踊跃交纳特殊党费支援灾区

建立发展好“实践－实习－就业”连环基地

三校区广播台共同承办 2008华南师大广播剧大赛

与四川同悲 与坚强同行

悲怆中迸发大学的社会自觉

解放思想要用客观数字来说话

用世界眼光谋划高等教育改革

行止大学城

华师赛艇队：2000米航道上的风华

图14　华南师范大学报/第812期1版

华南师大报

HUANAN SHIDA BAO

总第804期（共四版）

把十七大精神落实到推动学校事业科学发展上

我校召开学习贯彻十七大精神大会，部署学习贯彻总体要求

党委中心组举行十七大精神学习会

相约华南师大 共叙民族情谊

省高校后勤管理研究会 肯定我校后勤工作

汇聚岭南学者 共赴学术盛宴

促进社会体育学术发展 探讨广州亚运前沿方向

执新闻信念 续校报佳绩

信步华师

转角遇上英语

图 15 华南师范大学报/第 804 期第 1 版

图文结合是一种平等的结合。图片和文字同样重要，轻视和偏袒任何一方，必然造成新闻信息总量的减值，甚至出现负值。因为图文相互矛盾而难以传递准确信息，只会造成不和谐的“噪音”。如果想知道对图文是否“偏心”，应该看一看《暨南大学报》（见图 16）和《五邑大学报》（见图 17）是否“秉公用图”?《暨南大学报》的版面主题是“激情夜宴凝聚四海祝福”，版面若干图片占去了半版。因为图片红色居多，激情洋溢，虽然在整个版面来看图与文各占一半面积，实际上图片的视觉冲击力已经大大超越处于弱势的“文字群体”了。《五邑大学报》的版面与《暨南大学报》的这个版面也同样图文各半，但文字也是在图片的重重包围之下感觉“不堪重负”。这个版面因为是报道汶川地震和抗震救灾的内容，编辑采用黑色报头，版面左上角的主题大图片与右边以及右下角形成对角的平衡节奏。在这里，图片的组合虽然略显强势，但与文字的结合还是相当吻合的，可看出设计者的匠心。

四、色彩组合：“有所为，有所不为”

主色调是报纸的信息代码，体现了一张报纸的形象理念，因此彩色的运用不能毫无章法。如果一幅构图的所有色彩要相互关联，它们就必须在一个统一的整体中组合起来。当然，我们不是提倡那种僵化的色彩和谐，因为版面上不能缺少重心和主色调，否则极易单调而造成读者的视觉疲劳。例如《深圳职业技术学院报》(见图 18)，该版面给人第一眼的感觉就是一种热烈而轻快的气氛，硕大的红色图片和主标题几乎抢去了所有的“眼球”。图片从大图—小图—圆图向下排列。下半版基本没有红色，以深颜色为主，无论是图的形状还是图的色彩，都给人以朝气的快感。

我挺喜欢改版后的《南方医科大学报》，该报很注意模块式的排版和相似性的组合，经常将意义相近或相反的稿件组合起来，独立成块。基本格调属于简约而规整的一类，特别在色彩的运用上显示出具有一定的色彩涵养，从不花枝招展。报头的深红底白字搭配深灰色的报眼，可谓是“有勇有谋”的“战略战术”。如图 19 的这一版，“众志成城，抗震救灾”8 个黑体字和 5 张照片的巧妙组合，结构紧凑，富有节奏。2 张横竖的大照片与 3 张小的照片组成一个曲尺形是相当巧妙的，并且图片的色彩以深色调为主，使整个版面有一种庄重的感觉，与主题内容紧密结合。《广东教育学院报》（见图 20）这个版式，色彩比较丰富，由于图片的排列有一定的秩序，下部分 2/3 的 3 张图片形成阶梯式的排列，节奏感很强，所以不至于让人觉得因为色彩的繁多而造成眼花缭乱。

一般彩版的设计强调勿滥，不求用色多，但求恰当。对重要稿子和版面重要区域，可以用彩色突出强势，同时可淡化其周围的色彩氛围，形成色彩反差，尽量不要导致整版都淹没在色彩海洋里。这一点，中山大学和华南师范大学都做得比较到位。比如《中山大学报》的这个版面（见图 21），整版除了一条由若干图

图 16　暨南大学报/百年校庆特刊第 8 版

图 17　五邑大学报/第 276 期第 1 版

04 七色光

“UU”从这里出发

深圳第26届世界大运会吉祥物发布仪式暨第二届大运文化节开幕晚会在我校隆重举行

我校组织周到做好保障师生热情参与展现良好精神风貌

第十二届校运会圆满举行

图 18　深圳职业技术学院报/第 170 期第 4 版

图 19　南方医科大学报/第 234 期第 1 版

广东教育学院报

第79期

GUANGDONG INSTITUTE EDUCATION NEWS

我院成功举办第十五届田径运动会

省直行评团到我院开展行政风行风面对面评议工作

2008年广东省英特尔未来教育项目教学创新竞赛成功举办

广东省优秀班主任专业能力大赛在我院举行

图20　广东教育学院报/第79期第1版

大学时代的书与电影

MY LOVING BOOKS AND MOVIES

THE CLASSIC

生命的困境与突围

人生·活着

大学的寂寞

图 21　中山大学报/2006 年 9 月 15 日南校区版

片构成像电影胶片造型的竖排图案色彩饱满之外，其他的几张图片均“隐身”在其周围，浓淡适宜。《中山大学报》还有另一个黑白的版式（见图22）与《华南师大报》（见图23）、《深圳大学报》（见图24）都是属于“素面朝天”的版面。虽然华师版和深大版略有“粉黛”，但还是以淡妆为主，两个版面均体现出一种高雅俏丽的色调。

必须提出的是，从色彩学上说，黑白色本来就是颜色，版面安排应该从有彩色与无彩色的对比关系上去考虑。超大型彩色标题不宜过多，要注意题文关系上的颜色反差，突出颜色部分的强势，以不失整体的清秀。

《韩山师院报》（见图25），这个版面的色彩比较难把握，因为本期刊登了摄影、美术和书法作品都是一些“各自为政”的彩色图片，难以统一。从版面的图片和色彩处理上看，设计者还是挺用心构思的。如将4张作品安排在版面左右两边，为了使图片不零碎，设计者把上下两篇文章加了色底，与图片连接起来，塑造成为一个整体的版面。

我认为，彩色版面相对于黑白版面有更复杂的审美内容，在色彩运用上也有自己特殊的美学原则，什么样的版面，需要配置什么样的颜色，上色多还是少，都很有讲究。如新闻版就不宜上色太多、太花，它需要用颜色来突出重点、强调重点。如整版都上色、都放上大色块，就无法显示其重要性了，“多中心即无中心”。新闻版与娱乐时尚版是不能一视同仁的，新闻版要带有一定的严肃性和稳重性。所以报纸版面的色彩组合应该“有取舍，有重点，有所为，有所不为”。

（汕头大学校报主编、广东高校校报研究会学术部长）

图 22　中山大学报/2008 年 12 月 30 日北校区版

华南师大报

人文与艺术

4

冬 为 藏

午后收藏的绿色枫叶

走进小晓斋

——访颜显林老师

记忆的痕迹

寻藏者偶遇

图 23　华南师范大学报/第 804 期第 4 版

图 24　深圳大学报/第 215 期第 4 版

韩山师院

第二次党代会专刊

2007年1月31日

讲台，我以忠诚支撑你的尊严

久违了，韩师！

图 25　韩山师范学院报/第 59 期第 4 版

展示会变招聘会　老总现场揽人才

刘　哲

本报讯　“那个刚才演示海鲜超市软件系统的小伙子，你跟我来……”，“愿意与我们斯玛软件有限公司合作的学生，请跟我往这边坐……”，“愿意到我们创实软件有限公司工作的学生，请跟我往左边走……”几位软件公司的老总争先恐后地挑选看中的人。5月13日，我院计算机与信息科学系举办的学生软件作品展示会竟变成了一场别开生面的“现场招聘会”。

在展示会上，古佰塘等10多位软件工程专业的学生分别展示了仓库管理系统、海鲜超市管理系统、中国移动业务系统、订户报刊应用系统、图书管理系统等软件设计作品。这些作品还得到了软件公司老总们的点评。其中有一位老总说：“虽然一些软件的设计还有提升改进的空间，但是作为大三的学生，按照学生的水平来分析，能够设计出这样的作品，技术水平是相当不错的，真是后生可畏！”

学生古佰塘，设计海鲜超市管理系统界面流畅优美，作品实用性和美观性都获得观众的赞叹。会后，斯玛软件有限公司的老总马上拉着他坐在一起，表示希望他可以到公司实习，毕业后就留公司就业。作为压轴表演展示的刘孜恒同学，他和廖李平、莫伟荣设计的人力资源管理系统作品比较成熟，已经与相关企业合作开发，很快就可以为企业带来生产效益。会后，他们三人被东莞市索威计算机信息科技有限公司总经理杜继东“相中”。

东莞软件行业协会会员单位东莞创实计算机信息系统开发有限公司总经理赵明、东莞鼎立软件有限公司总经理沈玠男、东莞市索威计算机信息科技有限公司总经理杜继东、东莞市斯玛软件有限公司总经理叶耀明也在现场表示，要挑选一批优秀的学生进公司工作。

据计算机与信息科学系主任牛熠博士介绍，此次软件作品展示是城市学院计算机与信息科学系和东方标准人才服务有限公司东莞培训中心（原新东方）合作举办的05级软件工程置换班，该班是城市学院校企合作办学模式的初次尝试，双方合作把05级软件工程专业5个学期的专业课程置换为东方标准的“Java软件工程师”和“网络/站工程师”课程。因此，新的软件工程3班又称为课程置换班。通过一年多的学习与实践，学生的软件编程及项目开发能力有了长足的进步，初步具有独立开发项目系统的能力。这次演示的软件作品正是该班同学进入置换班学习以来所开发的真实项目。据悉，该班同学在4月18日教育部nitpro认证考试中取得了优秀的成绩，通过率为100%。举办作品展示，旨在检验学生的学习效果，探索校企合作办学模式，为学院的教学改革提供依据。

东莞市软件行业协会秘书长谢卓丽、城市学院学术副院长程发良教授、党委副书记朱冰、院督学林世俊教授、教务处邓成良、计信系主任牛熠博士及东方标准职业教育中心等相关负责人与东莞市软件协会6家会员单位的老总共同观看了学生的软件作品展示。展示会还得到东莞电视台的全程报道，引起众多媒体的关注。

（东莞理工学院城市学院）

低学历≠低能力　高职生→高成就

梁结流毕业一年闯入 CEO

孙支南　李建林

本报讯　一位高职生毕业一年便做到 CEO，这对于普通大学毕业生来说，简直是个神话。然而，我院毕业生梁结流却实实在在创造了这个神话。前不久，当她应邀回母校为学生作经验介绍时，一个美丽的神话便迅速在校园里传开了，并且引起多家媒体的关注。

梁结流是我院应用外语系 2005 届商务英语专业毕业生，目前是佛山顺德浩腾家具制造有限公司的 CEO。在校期间，她便是一个学习自觉，好问好学的学生，独立性强，从不人云亦云。她在高二的时候就开始兼职生涯，有很多家长找她为小孩补习英语。在大学几年，课余时间她几乎没有留在学校过，一有时间就出去做兼职，人称“兼职狂”。这些经历为她以后的就业路程积聚了宝贵的财富，拓展了辉煌的空间：刚毕业一年就有近 3 000 万元的个人销售额，并且在所承担的招标等项目中一路过关斩将，业绩辉煌。公司在提升她为中国公司的 CEO 后，今年 6 月份又为她出学费到美国的大学攻读 MBA，她是这个 35 人的美国经理班中年纪最小的、唯一一个来自中国的“小丫头”。

正如梁结流应邀回母校介绍经验时所说的：“高学历并不完全等于高能力，只要有真本事，有意志力，高职生一样能做到高职位，一样能干出大事业。”

（广州番禺职业技术学院）

“太阳新城”摘得省“挑战杯”一等奖

罗　璋

我院首次参加省“挑战杯”本科组比赛，共有12项作品参赛，8项获奖，其中一等奖1个、二等奖3个、三等奖4个。

本报讯　5月16日，广东省第九届“挑战杯”广东大学生课外科技作品竞赛终审决赛爆出冷门，我院两专科生作品“太阳新城”力挫群雄，在全省67所高校的813件参赛作品中脱颖而出，摘得本科组一等奖，成为大赛令人瞩目的黑马。同时还获得二等奖3个，三等奖4个，取得我院历史最好成绩，居于全省民校前茅。

这是我院升本以来首次以本科院校名义出征“挑战杯”，本次竞赛我院共推出12项作品参赛，其中“太阳新城”等5项作品参加作品公开展示。经过紧张的专家质询评审后，我校的作品“太阳新城”获得一等奖，“‘国六条’政策背景下90 ㎡小套型住宅设计研究”、“社会上应用文应用情况调查研究”、“便携式激光投射点阵显示屏”等3项作品获得二等奖，“背阴式高效特种热管真空集热管太阳热水器”、“高校集体宿舍安全监控锁”、“汽车机油曲纸滤芯真空高温高效成型机”、“关于广东白云学院实行‘2+1’人才培养模式改革调查报告”等4项作品获得三等奖。

本届“挑战杯”大赛广东省共有67所高校参加，3万多名大学生和老师参与了竞赛活动。经过选拔，各高校共推荐了813项作品参加全省的终审决赛，参赛的高校和学生数量及收到的参赛作品数量为历届之最。这些作品涵盖了机械与控制、信息技术、数理、生命科学、能源化工、哲学、经济、社会、法律、教育、管理等学科，参赛学生有博士生、硕士生、本科生、专科生。

“挑战杯”广东省大学生课外学术科技作品竞赛是由团省委、省教育厅、省科技协会、省学联共同组织的竞赛活动，被誉为大学生科学技术活动的“奥林匹克”，每两年举办一届。本届“挑战杯”为体现竞赛的权威性，主办单位共邀请49名来自省内各大高校、科研机构具有正高职称、在学术上有较深造诣、在社会上有广泛影响的专家学者担任终审决赛的评委。

我院一贯重视学生科技创新意识与能力的培养，每年举办的科技艺术节是学生进行创新能力训练的“练兵场”。这次获奖的8件作品，均为今年学院科技艺术节项目首届“挑战杯”大学生课余科技作品比赛的精选作品。

（广州白云学院）

贾庆林视察我院大学城校区

汪洋、黄华华等省市领导陪同　唐永葆介绍我院建设情况

吴雪梅

本报讯　“你们是未来的艺术家，要再接再厉，争取更上一层楼！”4月12日下午，中共中央政治局常委、全国政协主席贾庆林饶有兴致地听完我院钢琴系二年级学生郭珺弹奏一曲之后，禁不住向她竖起大拇指，并鼓励其再接再厉，争取将技艺练得更精湛。据了解，星海音乐学院是贾庆林此次广州大学城之行视察的唯一一所高校。陪同视察的有中共中央政治局委员、中共广东省委书记汪洋，省长黄华华等省市领导。我院院长唐永葆向贾庆林汇报了我院近年来的发展和建设情况。

4月的广州木棉如炬、繁花似锦，到处洋溢着一股春天的气息。贾庆林一下车便与我院院长唐永葆、党委副书记梁祥云、副院长房雨林、党委委员王兴岱、黄俊强等亲切握手，并在唐永葆院长的引导下步入观摩厅。贾庆林边走边问星海音乐学院的办学历史和建设情况，唐永葆院长介绍道：星海音乐学院已有50年办学历史，目前已发展为两个校区，一个在广州市内，一个在大学城内。“办学历史挺长啊！”贾庆林微笑着说。

在观摩厅内，贾庆林一行兴致勃勃地观赏了大学城建设短片。该短片全方位展示了广州大学城从规划设计、破土动工到基本建成的整个过程，这个过程非常艰辛也非常振奋人心，体现了广东社会各界在省委、省政府的领导下众志成城发展教育事业、建设文化大省的决心。

接着，贾庆林一行步入练琴楼，走进钢琴系二年级学生郭珺的琴房里。郭珺即兴为贾庆林演奏一曲柴可夫斯基的《B小调钢琴协奏曲》，曲子时而舒缓优美，时而铿锵急促，表现出流畅成熟的演奏技巧。曲毕之际，贾庆林禁不住竖起大拇指，亲切地问道：“你是几年级学生，平时花多少时间练琴呀?”当得知这位二年级的姑娘在课堂时间之外，平均每天还花四五个小时来练琴时，他非常高兴，连连夸赞姑娘很勤奋。贾庆林说：“你们是未来的艺术家，一定要再接再厉，争取更上一层楼。”

走出练琴楼时，贾庆林问道：“这里那么多琴房，有练钢琴的，有练小提琴的，相互之间会不会干扰呢?”唐永葆院长说：“不会出现干扰现象，因为每个琴房里都安装了隔音设备，确保学生们能有一个良好的练习环境。”贾庆林继续问道：“星海音乐学院在国内国际上获奖情况如何?”“学院每年都有学生在各种国内国际比赛中获得奖项，近年来获奖人数呈上升趋势。”贾庆林听后满意地点头微笑。接着贾庆林又询问我院专业结构、学科建设状况以及设备投入状况，唐

永葆院长均一一作答。

视察结束后，贾庆林对我院办学特色和办学成绩给予了赞许和肯定，我院大学城校区的优美环境以及一流的教学设施也给他留下了深刻而美好的印象。

（星海音乐学院）

一个鸡蛋一袋牛奶一个面包　一份关爱一份支持一份期望

我校率先启动“晨光工程”
逾千贫困生实现“伙食低保”

黎　祎　王秋丽

本报讯　5 月 18 日上午，“真情关爱圆你梦想”——湛江师范学院大学生“晨光工程”启动仪式在校鸿园餐厅门口举行，30 名贫困生代表从校长郭泽深，党委副书记张兰英、胡克伟等校领导的手中领取了“真情卡”和礼物。这标志着我校校长、十届全国人大代表郭泽深在今年全国人大会议中关于贫困生“伙食低保”的建议，已经转化成学校扶困助学的政策，并在全国高校中率先实施。我校首批获得“晨光工程”帮助的贫困生共有 1 045 人，是在全校范围内公开遴选出来的，占全校在校生总数的 7%。他们每人每天（星期六、星期日除外）凭“真情卡”，在学校食堂专设的窗口免费领取“一个鸡蛋、一袋牛奶、一个面包”。

在启动仪式上，校长郭泽深指出，我校贫困生约占在校生总数的 20%，其中特困生占 7%，他们因家庭贫困而导致营养不足，影响了身体和学业。我校率先实施大学生“晨光工程”，免费提供以每人每天“一个鸡蛋、一袋牛奶、一个面包”为标准的伙食补助，是学校坚持以人为本、构建和谐校园、实施一体化育人工作的组成部分，是学校切实关爱贫困生、完善助困助学工作的具体表现，标志着学校扶困助学工作提升到新的水平。希望贫困生要自强不息、奋发学习，以优越的成绩报答父母和学校，以出色的才能回报社会。

贫困生代表、教育科学学院 05 级欧阳翠娜代表 1 045 名受助同学，对学校的关爱和支持表示感谢。她表示，决不辜负学校的殷切期望，努力学习，并郑重承诺：“今日学校助我成长，来日我为学校争光。”

我校一直以来都非常重视扶困助学工作，出台了一系列政策，开展了多种形式的助学活动。校长郭泽深长期资助贫困生，并大力支持学校的扶困助学工作，还在各级人大会上呼吁要切实保障贫困生的营养问题。在出席今年全国人大会议审议政府工作报告时，建议政府实施“伙食低保”，为贫困生提供一袋牛奶、一只鸡蛋。

为保障“晨光工程”的实施，学校建立党委领导、行政负责、各部门积极参与的管理体制，建立特困大学生伙食补助委员会，下设秘书处，挂靠勤工助学服务中心，以饮食中心为主要执行部门，以海南艾森乳业公司为供应商，共同打造健康湛师、和谐湛师。同时，学校饮食中心承诺做到开设专门窗口，实行专人、专窗服务，保证服务质量；按时、按量、保质供应食品，保证每餐的食品新鲜安全。

（湛江师范学院）

中共中央政治局委员、广东省委书记张德江"七一"前夕看望朱熹平时强调：

创造更加宽松积极的学术环境
鼓励更多的年轻人脱颖而出

何晓钟

张德江书记（左二）与朱熹平教授（右二）、郑德涛书记（左一）、黄达人校长（右一）合影

本报讯 "七一"前夕，中共中央政治局委员、广东省委书记张德江来到中山大学，看望了数计学院院长朱熹平教授，祝贺他在破解庞加莱猜想这一国际数学难题上取得的重大突破，并勉励我校创造更加宽松、积极的环境，鼓励更多的年轻人脱颖而出。

6 月 25 日下午 4：00，张德江书记一行冒着酷暑驱车来到数学楼前。刚一下车，张书记便热情地握住朱熹平教授的手，亲切地说："祝贺你成功破解国际数学难题庞加莱猜想，'七一'到了，我代表省委对你及一批优秀共产党员为党和人民、为广东作出的突出贡献表示感谢。"

随后，张德江书记来到朱熹平教授的办公室。他察看了朱教授的工作环境，然后与朱教授亲切交谈，了解他的工作和成长经历。听说朱熹平教授 32 岁时就当上了博导，张书记高兴地说："自古英雄出少年，我们为你骄傲！"朱熹平教授谦逊地说："我们赶上了好年代，广东和中山大学做研究的环境也很好。"张德江书记接着从人类历史的发展、社会关系的变革与科学技术的关系讲起，阐述了科学技术在人类社会的进步发展中所起到的决定性作用。他还特别以我国封建社会末期变革迟缓、科技落后、被动挨打，而新中国成立后特别是改革开放以来，我们大力发展科学技术、不断进行深入改革，经济发展水平和综合国力大幅提升的历史，进一步强调科学技术在民族振兴和国家富强中的最终决定作用。张德江书记说：人类社会的历史就是一部科技发展史，科学技术是第一生产力，科研领域的共产党员应该争当先锋、勇攀高峰，为科技强国、科教兴粤作出更大贡献。

在谈话过程中，郑德涛书记、黄达人校长向张德江书记汇报了我校在省委省政府的领导和大力支持下，经过长时间的努力和积累，近年来教学科研和人才培养等各项工作不断取得进展，涌现出一批各个学科的优秀人才，在院士申报、杰出青年基金申请等方面每年都有大的突破。张德江书记听后表示满意，并说：一个大学，最关键的是要有名师，有名师就有名校。有了名师名校，再加上培养的人才在社会上又作出了杰出贡献，一个大学的水平和知名度就上去了。中山大学经过数年来的建设发展，从某种意义上讲，规模是够了，有了珠海校区之后又有一个大学城校区，现在关键是内涵的提升，要多出成果、多出人才。要总结一下朱熹平教授为什么能作出这么大的成绩，当然中大已为朱教授这样的学者创造了好的条件和环境，但要思考哪些地方做得不够，从而把学校的“软件”进一步地提升，培养出一批这样的人才，我们就有可能尽快实现建成国际知名的研究型、国际化、综合性的大学的目标。张德江书记强调说：“我们要创造更加宽松、积极的学术环境，鼓励更多的年轻人脱颖而出。”

（中山大学）

我校参与丁肇中领导的太空实验取得阶段性成果

中山大学新闻中心

钟阳胜副省长与郑德涛书记、黄达人校长、李萍副书记副校长、著名学者丁肇中教授等合影

本报讯　3 月 27 日上午，我校郑德涛书记、黄达人校长、李萍副书记副校长等与著名学者丁肇中教授一起来到广东省人民政府，向省委常委、常务副省长钟阳胜汇报了中山大学参与的 AMS—02 太空实验所取得的阶段性成果：参与项目硅微条探测器的散热系统（TTCS）主体已经完成，现已开始调试和测试并得到意大利、荷兰同行的充分肯定。

在汇报会上，著名学者丁肇中教授首先向钟阳胜副省长介绍了他所领导的整个 AMS 太空实验的情况。国际空间站是美国宇航局继阿波罗计划后的又一项国际空间研究项目，AMS 是国际空间站上唯一的大型科学实验，全世界 500 个科学家、56 所大学或研究机构在合作攻关，至今已投入资金 12 亿美元。丁肇中教授强调说，大陆有四所高校参与了这一项目，他们都做得很好，但所研制的装置能够上天的就是中山大学与包括麻省理工学院及台湾中山科学院在内的世界知名科研机构合作研究的硅微条探测器的散热系统。这一系统所需的电子控制系统，第一要安全，第二要快速，实验难度非常大，所运用的技术就是在美国也是领先的。

随后，理工学院副院长何振辉教授就中大所参与和具体负责的项目及进展向钟阳胜副省长作了详细汇报。中大所参与的项目是与中国空间技术研究院、美国麻省理工学院、荷兰航空航天实验室、意大利核物理所、中国台湾中山科学院、瑞士日内瓦大学等科研院所开展合作负责研制硅微条探测器的散热系统

(TTCS)。该系统是阿尔法磁谱仪的重要组成部分，它使用国际上最先进的航天技术和多项技术创新，配备特别开发的航天散热系统，要在太空运行 3 – 5 年。此装置将在中山大学进行功能测试，为此学校已在珠海校区建立了空间技术实验室。

目前，该项目已取得阶段性进展：测试系统的主体已完成并得到意大利、荷兰同行的充分肯定，大部分设备已开始调试；已建立了计算机热模拟系统，及较为完善的系统模型，其新的设计大大降低了原设计系统所需的功耗；该装置的工程件设计也基本完成，包括储液器、蒸发器等主要部件有的在制造中，有的已经完成；控制电子的通讯模块已通过严格测试，控制模块也通过了调试。该项目所取得的进展受到中国空间技术研究院的重视，还促进了中国空间技术研究院与美国宇航局热控专家的科技交流。通过参与这一项目，中大已实质性地进入了空间技术与空间实验的研究领域；促进了与国内外同行的密切联系与交流合作，推动了相关学科的发展。同时，我们在这一领域的研究进展还将促进广东的电子控制、机械精密加工技术的发展。

黄达人校长在汇报会上表示，中山大学能够参与丁肇中先生领导的太空实验，能够参与到这么高层次的大型国际合作中去并取得进展，是与丁肇中先生的厚爱与广东省的大力支持分不开的，中大将更加努力，将包括太空实验在内的各项工作做得更好。

钟阳胜副省长在听取了汇报之后，代表广东省委、省政府对中山大学已取得的阶段性成果表示热烈祝贺，表示广东将一如既往地支持这一科学实验。他希望中大再接再厉，争取最高水平、取得最满意的成果，为大学争光，为中国人争光。钟副省长还对丁肇中先生对中国科学技术发展的支持、对祖国的一片深情表示衷心感谢。

（中山大学）

“中大装置”明年可升空

何晓钟

丁肇中：中大的项目研制十分成功，现已阶段性告捷，相信明年能整合入AMS的整体仪器，发射上天。

黄华华：省政府高度关注和支持中山大学所参与的国际空间站AMS探测计划，除了已下拨3 000万元专项资金以外，还将一如既往地支持中大在该计划中的有关研究。

本报讯 1月20日，黄华华省长在广州白云山山庄会见了诺贝尔奖获得者、华裔科学家丁肇中一行。广州市张广宁市长，我校郑德涛书记、黄达人校长、李萍副书记副校长、许宁生副校长参加了会见并接待了丁肇中一行。

在向黄华华省长介绍中山大学在国际空间站AMS探测计划中所承担项目的进展时，每年都到中大实验室实地指导的丁肇中教授说，去年由世界一流专家组成的评审委员会对中大所承担研制的“硅微条轨迹探测器的热控制系统（简称冷却系统或TTCS)”进行专项审查，年底得出结果“中大的项目是AMS计划非常重要的部分，一定要上天”。作为国内唯一参与研制将发射太空的项目，中大的项目研制十分成功，现已阶段性告捷，相信明年能整合入AMS的整体仪器，发射上天。丁肇中教授还建议，广东可把握机会，在中大建立空间技术中心，通过掌握航天两相循环热控制技术，促进我国空间技术研究的发展。

黄华华省长在会见时说，中山大学在丁肇中教授的支持下参加重大国际合作项目——国际空间站阿尔法磁谱仪（AMS）探测计划，不仅为中大与世界最顶尖的科技平台搭起桥梁，对广东高新技术的发展也有积极的推动作用。黄华华省长说，省政府高度关注和支持中山大学所参与的国际空间站AMS探测计划，除了已下拨3 000万元专项资金以外，还将一如既往地支持中大在该计划中的有关研究，相信中大能顺利完成研究任务，实现所研制装置在2008年发射太空的目标。

国际空间站是美国宇航局继阿波罗计划后又一项国际空间研究项目，AMS是国际空间站上唯一的大型科学实验，全世界500个科学家、56所大学或研究机构在合作攻关，至今已投入资金12亿美元。中大所参与项目是与中国空间技术研究院、美国麻省理工学院、荷兰航空航天实验室、意大利核物理所、中国台湾中山科学院、瑞士日内瓦大学等科研院所开展合作负责研制硅微条探测器的散热系统(TTCS)。该系统是阿尔法磁谱仪的重要组成部分，它使用国际上最先进的航天技术和多项技术创新，配备特别开发的航天散热系统，要在太空运行3~5年。此装置将在中山大学进行功能测试，为此学校已在珠海校区建立了空间技术实验室。

（中山大学）

学校设立“逸仙学者”讲座教授
朱熹平教授首享荣誉

谢俊杰

●该项目是学校为进一步加强基础学科建设、凝聚基础学科顶尖人才而设立的，用于资助在文史哲数理化等基础学科取得卓越学术成就的国内外专家学者。项目的资助全部来自社会捐资。

●这是一次可以载入中大史册的仪式。

●它标志着中山大学对基础学科建设的重视；也标志着学校在致力于引进人才的同时，同样在挖掘、重视本土现有人才。

黄达人校长向朱熹平教授颁发聘书

本报讯 10月20日上午，中山大学“逸仙学者”讲座教授聘任仪式在南校区举行，我校数学与计算科学学院朱熹平教授受聘成为首位“逸仙学者”讲座教授。黄达人校长、李萍副书记、陈春声副校长出席了聘任仪式。聘任仪式由李萍副书记主持。

李萍副书记介绍了设立“逸仙学者”讲座教授的项目情况。她说，该项目是学校为进一步加强基础学科建设、凝聚基础学科顶尖人才而设立的，用于资助在文史哲数理化等基础学科取得卓越学术成就的国内外专家学者。项目的资助全部来自社会捐资。朱熹平教授受聘成为首位“逸仙学者”讲座教授，源于朱教授在数学研究领域所取得的杰出成就。

陈春声副校长介绍了朱熹平教授的学术研究历程及取得的成果。校友总会秘书长许东黎介绍了资助此项目校友的情况，这位不愿透露姓名的校友是物理系84级的学生，对母校一直有着深厚感情，在2004年他曾向学校捐资100万元用于资助学生参加数学建模大赛，此次得知“逸仙学者”讲座教授项目后，又一次慷慨解囊，支持母校发展。

朱熹平教授在讲话中诚挚感谢学校一直的关心、支持和鼓励，感谢学校创造了这么好的学术环境。他表示，中大对基础学科的发展予以了高度重视。设立“逸仙学者”讲座教授体现了学校对国内外致力于基础学科研究的学者及其学术成果的尊重。科学研究不是个人行为，而是一批人、一个团队的合作。自己作为基础研究学者，很荣幸处在这样一个年代，可以潜心研究，不受其他因素的干扰，也很荣幸有一个非常友好和团结协作的团队。这次自己受聘成为首位“逸仙学者”讲座教授不单是自己的荣幸，更是自己所在学术团队的荣幸。朱教授表示，自己一直在中大工作，一直得到学校的重视和关注，对中大有着深厚的感情，自己从事数学研究取得的成绩，离不开中大营造了一个宽松、良好的学术环境，学术研究已经成为自己生活、生命的一部分，将继续为中国数学研究、为中大的学术发展作出自己的贡献。

黄达人校长在发言中强调，这是一次可以载入中大史册的仪式，仪式虽然简短，但意义重大。设立“逸仙学者”讲座教授的想法由来已久，今日终得实现。它标志着中山大学对基础学科建设的重视。我们强调大学要坚持“开门办学”理念，要服务地方经济社会发展，但一直保持着清醒头脑，始终坚持大学既是发动机，又是象牙塔，我们在不断强调应用学科重要性的同时，更没有忘记基础学科这一立校之本，基础学科是大学这一学术共同体的学术地位和声誉所在。朱熹平教授受聘成为首位“逸仙学者”讲座教授，也标志着学校在致力于引进人才的同时，同样在挖掘、重视本土现有的人才。也正是有诸如朱熹平教授这样的优秀学者，我们的项目才能落到实处。黄校长对促成此次项目实现的校内同仁表示衷心感谢，尤其感谢84级物理系这位不愿透露姓名的校友对此项目的鼎力支持。希望通过校友会转达母校对校友的诚挚谢意。

参加受聘仪式的还有党委宣传部、人事处、校友总会、数学与计算科学学院的负责人。

（中山大学）

汪洋书记亲切勉励仲恺学子——

改革开放任重道远　努力学习报效祖国

吴悦欢

本报讯　12月6日，广东改革开放30周年成就展在广州中国进出口商品交易会流花路展馆隆重开幕。广东省委、省政府、省人大、省政协主要领导与广东省直机关、解放军驻粤部队官兵、高校师生等各界代表参加了开幕式并参观了展览。校团委杨珊珊老师带领我校50名学生干部参加了开幕式。

当参观至第三部分展区时，中共中央政治局委员、广东省委书记汪洋遇上我校学生。汪洋书记主动上前，与学生会主席关浩华同学聊了起来："是班干部吗？"关浩华答："是学生会干部！"汪洋一听，乐了："噢，学生会干部，那可是大干部了！"引来一片欢笑声。

随后，汪洋书记与同学们进行了亲切交谈，"看了展览感觉怎样？""你们为广东骄傲吗？"同学们回答"我们广东太伟大了，改革开放30年成就让我们很振奋"。当得知关浩华同学出生于1986年，汪洋书记马上说："那改革开放还没有你呢！"幽默的话当即引来众人热烈的掌声。最后，汪洋书记语重心长地勉励同学们："你们这一代是沐浴着改革开放的春风长大的，你们是改革开放的受益者，但是，要继续把这条路走下去不容易啊，你们这一代人肩负的担子可能比我们更重，希望你们努力学习，报效祖国。"书记的话让在场的学生们很受鼓舞，又深感任重道远。

（仲恺农业工程学院）

泰国诗琳通公主访问我校

方　玮　詹文理

本报讯　4月10日下午，我校林荫道上彩旗飘飘，两百名学生代表手持中泰两国小国旗，整齐列于道路两旁，学校管弦乐队整装待发，大家的目光都投向同一个方向，等待一位尊贵客人的到来。2点10分，几辆小轿车缓缓朝图书馆驶过来，欢迎的人群沸腾了。一辆银灰色奔驰轿车的车门打开，走下来一位身着灰紫色套裙的中年女性，朴素，大方，亲切，她就是华农的贵客，尊敬的泰王国玛哈扎克里·诗琳通公主。

诗琳通公主一行来到图书馆大厅，在校长骆世明的介绍下，饶有兴趣地观看我校的图片展，在介绍她的图片前，公主不禁露出会心的微笑。在休息室里，诗琳通公主和骆世明进行亲切的会谈。公主对我校的情况非常感兴趣，主动询问我校比较有影响力的专业，一边聆听骆世明的介绍，一边认真做笔记。

随后，在图书馆报告厅举行了泰王国玛哈扎克里·诗琳通公主殿下名誉教授授予仪式。骆世明代表学校致欢迎辞。他介绍了诗琳通公主对中国的友好情谊以及对中国文学、文化的挚爱和研究，回顾了我校与泰国的交流合作情况，对公主为中泰友谊所作出的贡献表示深深的敬意，并对公主的来访表示热烈的欢迎。随后，校党委书记江惠生宣读《关于授予泰王国玛哈扎克里·诗琳通公主殿下名誉教授学衔的决定》。

当诗琳通公主用流利的汉语致答谢辞时，全场掌声如潮，经久不息。她说："华南农业大学是中国一所具有热带、亚热带区域特色的多科性重点大学，不仅在中国，而且在东南亚也很有影响。泰国有不少学校与贵校建立了密切的学术交流，经常来贵校进修学习。"她感谢我校为泰国合作教育、经济发展和人才培养所作出的贡献，希望今后我校能充分发挥人才、学科以及地缘优势，在农业科学领域进一步加强与泰国各校的合作与交流，并衷心祝愿我校取得更多更好的成就。骆世明向公主颁发名誉教授聘书，并赠送广东省书法家协会副会长、我校梁鼎光教授的书法作品"海内存知己，天涯若比邻"和铂金漆盘作为纪念。仪式由副校长罗锡文主持。

仪式结束后，诗琳通公主在骆世明、江惠生等校领导的陪同下，到图书馆小花园种植观光木，并与大家合影留念。随后，公主一行来到我校果园山顶。品尝了我校培育的皇帝蕉、枇杷等水果后，公主赞不绝口，立刻在随身携带的笔记本上记录下来。她对我校的果蔬种植保鲜技术非常感兴趣，多次向有关专家询问烘干设备和水果品种的情况。其间，双方相谈甚欢，公主不时用流利的中文与我校专家交谈，还教授大家简单的泰语。果园山顶笑语盈盈，气氛亲和。园艺学院院长陈日远还向公主赠送果篮。3点30分，诗琳通公主一行离开我校，驱车前往另一所大学。

据悉，此次是诗琳通公主第23次访华，我校为她广州之行的第一站。

【相关链接】

诗琳通公主（Her Royal Highness Princess Maha Chakri Sirindhorn）是泰国普密蓬·阿杜德国王和王后的次女，生于1955年4月2日。1976年取得学士学位及历史专业的金质奖章。1979获东方语铭文专业硕士学位。1981年获梵文巴利文专业硕士学位。1986年获发展教育学专业博士学位。她还拥有北京大学、美国约翰·霍普金斯大学、英国利物浦大学等多所高校的名誉博士学位，2003年10月到访中山大学时受聘为该校客座教授。她在文学、音乐、绘画方面有很深的造诣，对中国文化有浓厚的兴趣，著有《顽皮透顶的盖珥》等多种小说、散文和诗歌作品。出版了《踏访龙的国土》、《平沙万里行》、《雾里霜挂》、《云南白云下》、《清清长江水》、《归还中华领土》等著作。她将一百多首唐宋诗词翻译成泰文，出版有译诗选集《琢玉诗词》、《诗琳琅》等；翻译出版了王蒙的小说集《蝴蝶》和方方的小说《行云流水》。2000年3月，中国教育部授予诗琳通公主首枚“中国语言文化友谊奖”，以表彰她在学习、研究中国语言文化方面的杰出贡献。2002年2月，吴邦国委员长接见来华访问的诗琳通公主时授予她“中国人民友好使者”的荣衔，以表彰她在促进中泰友好方面所做的杰出贡献。

（华南农业大学）

我校大豆间套种栽培技术在雷州取得可喜成效

方 玮

本报讯 作为我校与湛江市人民政府、广东省农垦总局于4月3日签订的首批合作项目之一，严小龙教授带领的课题组研发的大豆间套种高产栽培技术已取得可喜成绩。9月13日，我校与湛江市人民政府、广东省农垦总局共同举办大豆间套种高产栽培技术现场推广会，现场参观旱地大豆/剑麻间种模式示范，总结我校与广东大华糖业有限公司、湛江农垦局开展大豆间套种高产栽培技术推广试验的经验做法，研究和部署在湛江市全市甘蔗种植基地和剑麻基地开展大豆间套种试验和推广工作。贵州省黔南自治州、广东省农垦总局、湛江市领导和市委农办、市农业厅等部门领导，我校党委胡浩民副书记、宣传部部长张贻发、科技处处长吕建秋、基地管理处处长陈家来、党办副主任蔡秀娟、科技开发总公司副总经理苏金煌及科技处有关人员、资环学院课题组成员参加了此次推广会。

在雷州市英利镇东方剑麻集团（有限）公司农业研究所基地，严小龙教授现场为参观者介绍了不同大豆品种/剑麻间种的效果比较、大豆/剑麻间种不同管理方式的效果比较和大豆/剑麻间种的规模效应。据严小龙教授介绍，华南地区大豆消费量居全国前列，但大豆的产量却一直上不去，原因在于，华南地区主要是酸性缺磷红壤，不适应大豆生长。前段时间，雷州地区先后遭遇了2个多月的干旱和200年难遇的洪涝，但我校培育的大豆品种不仅适应了华南地区酸性缺磷红壤，还经受住了旱涝灾害的严峻考验，依然长势喜人。根据课题组现场目测，该基地的大豆亩产量可达到五六百斤以上。看到经历了干旱、洪水过后的大豆植株结出的饱满而密实的果实，在场的参观者无不啧啧称奇。来自贵州的参观者对此项技术表示出强烈的兴趣，咨询严小龙教授，在高海拔地区能否进行大豆间套种栽培。严教授回答他，课题组曾在云南做过大豆间套种栽培试验，成效非常显著，实践证明，只要采取合适的间套种方式和科学的管理方法，我校培育的大豆品种完全能够适应高海拔地区的气候。

在稍后的推广会议上，严小龙教授为与会者详细介绍了发展大豆生产的意义和前景，分析了华南地区大豆生产的主要问题和对策，并重点强调了进行大豆间套种栽培时应注意的三点技术要点。

湛江市人民政府副市长伍杰忠和广东省农垦总局总经理雷勇健分别做了讲话，盛赞大豆间套种技术推广的重要意义，并分别从政府官员和企业家的角度对大豆间套种高产栽培技术给予全面总结，对未来的技术推广进行部署。我校党委副书记胡浩民则从学校的角度，对如何更好地巩固发展三方合作提出了几点意见：一，三方合作的实践证明，以政府引导、企业主导、科技支撑、市场运作的模式推动新农村建设是一条成功的现代农业发展之路；二，三方整合资源，以科学的态度、高效的组织、市场的运作使大豆间套种高产栽培技术大面积推广；三，共建新农村示范基地是一项长期的艰巨任务，要实现可持续的三方合作，一定要有可持续发展的工作思路、运作模式和运作项目，最终达到政府得政绩、农民得实惠、企业得效益、学校得发展的多赢目的。胡浩民表示，此次推广会可以看作一个新的起点，让三方的合作不断扩大新的空间，扩大新的项目，取得新的成绩。

贵州省黔南州人民政府副秘书长王芳率贵州省农业系统相关领导参加了此次推广会，并作了简短发言，她表示，此次推广会收获很大，回去后将积极促成在贵州省推广大豆间套种栽培技术。

（华南农业大学）

中国南方大豆发展论坛在梅州举行，与会专家认为：

华南农大的南方大豆生产种植模式大有可为

方 玮

本报讯 10月19日，由中国大豆产业协会、中国大豆产业技术体系研发中心、广东省梅州市政府和华南农业大学联合举办的中国南方大豆发展论坛在梅州市隆重举行，来自全国大专院校、科研机构的大豆专家学者和大豆加工企业代表汇聚梅州，为南方大豆产业的发展建言献策。我校党委副书记胡浩民在会上作题为“南方大豆产业化推广面临的问题及对策建议”的报告。梅州市副市长邓建华致开幕词。

大豆体系专家代表常汝镇研究员宣读在广州、南沙、惠州博罗、梅州三圳镇等基地现场测产的结果并得出结论：华南农业大学南方大豆推广项目，在较为贫瘠的红土壤上，利用高产优质大豆新品种，配合配套栽培技术，可取得丰产。他代表全体测产专家表示，广东大豆增产潜力高，发展大豆产业前景广阔。中国大豆产业协会副会长刘登高表示，测产专家得出的结论令人鼓舞。他说，当人们把目光倾注于东北大豆主产区，当国家的扶持政策的重点放在东北大豆主产区的时候，种植业界的官员、大豆界的科学家并没有忘记南方，以华南农业大学严小龙教授为代表的南方大豆专家队伍前赴后继，刻苦钻研为开创新时期的南方大豆产业作出了卓越的努力。通过近期先后到四川、广东、广西、湖南调查，他得到了四个启示：中国大豆产业发展的潜力在南方；中国大豆产业发展的方向是食品加工；中国大豆高产的道路是间作套种精耕细作；提高中国大豆产业的竞争力要靠健全产业体系。他对南方大豆间作套种给予极高赞誉，认为它既继承和保留了中国农业精耕细作的传统，又融入了现代科技、现代产业发展的经验，具有明显的中国特色，是中国大豆产业振兴中的一大创举，是中国大豆产业发展机制创新的一个重大成果。他强调了在南方发展大豆产业的重要意义，并表示，南方间作套种大豆将会厚积薄发，成为中国食品大豆的主力。

胡浩民副书记在报告中指出，南方地区大豆生产种植模式与传统模式相比，具有显著的三大亮点：一是大豆品种适应性广，完全能够适应南方广大地区种植；二是种植技术系统性强，不仅不会以牺牲粮食作物和其他经济作物为代价，而且可以充分利用土地资源和气候资源的优势，增加土地复种指数，提高土地产出率，增加农民收入；三是食品加工的安全性好，生产加工出来的大豆食品是“原生态食品”、“绿色食品”，符合现代人生活的理念和需要。他提出，要创新南方大豆可持续发展的体制机制模式，实现“五化”：市场化、规模化、组织化、专业化和规范化。在“五化”的系统思考上和抓落实上来做工作。对于如何更好地建立南方大豆产业发展体系，他给出几点政策建议：一是希望能够从国家的层面上，从确保国家粮食安全，增加土地复合增长率，提高农民收益的三大高度，研究出台宏观的南方大豆产业发展规划，定位未来若干年能够实现的面积目标和产业目标，统筹兼顾，出台相关的从种植、加工，到流通贸易等方面的促进性和保护性的政策措施；二是需要在国家的层面上加以扶持，建立大豆的良种繁育基地和栽培的示范基地，规避种植的风险；三是在中国大豆协会，中国大豆产业体系研发中心，和农业部现代农业产业技术体系共同指导下，科学引导，成立区域的科技和产业相互动的推广组织，实行南方大豆种植业的区域化大合作和产业化大合作；四是建议地方政府加强引导，发挥服务、改革、支持的作用，推动南方大豆产业能够持续稳定地发展。

大豆课题组负责人年海、廖红，校科技总公司总经理梁梓森，南方其他省区大豆产业代表、大豆专家和相关企业代表也一一作了发言，交流南方大豆间作套种的基本做法和主要经验，展望南方大豆间作套种的发展动力及市场前景。论坛还就南方大豆产业形势、政策建议、产业推广等议题展开了分组讨论。

（华南农业大学）

汪洋书记、黄华华省长充分肯定我校科技成果转化模式

赖志明

本报讯 11 月 21 日上午，第二届广东现代农业博览会暨名优新农产品展销会在佛山市顺德区陈村花卉世界拉开了帷幕。我校展区展出了近几年来在水稻、畜牧、水果等新品种开发等产业链上的科研成果。

21 日上午 9 时左右，黄华华一行来到我校展区参观。我校副校长陈志强向黄华华介绍了我校近几年在新农村建设中，形成了以自己的科技成果服务广东的“一个教授，领一个团队，联一个企业，兴一个产业，富一方农民”模式，具体介绍了“超级稻”的产量、品质以及推广成效，省长黄华华表示超级稻有发展潜资，应大力推广。同时，黄华华对我校近年来在农业发展方面取得的成绩表示肯定。

22 日下午 3 时左右，省委书记汪洋，省委常委、秘书长徐少华，副省长李容根一同来到我校展位前，听取我校关于科技成果转化的汇报。汪洋书记代表省委、省政府对全省农业科技工作者表示衷心感谢。汪洋书记十分关注农业科技成果的转化情况。他希望华南农业大学继续扩大科技成果转化率。

我校新农村服务中心主任李小琴向汪洋书记详细介绍了我校近几年来的主要科技成果和科技成果转化模式上的创新。科技成果转化上，首先是以产业链的方式集成，然后再推广到农民的手中，一般转化率为 60% 左右；同时我校推行了“四个一”的新型成果转化模式，即把产业链分为产前、产中、产出、产后四个环节，把专家的研究成果集中在一起，然后联合一个龙头企业，发展一个产业，带富一方农民。汪洋书记对我校科技成果的转化模式表示赞同，他说，“科技要下乡才行！科技只有让农民掌握了才能真正转化为生产力！检验农科院所的科技成果，不是看实验室里有多少，关键要看这些技术能否变成千家万户餐桌上的食品。”

我校所展出的农业科技成果受到外国农业专家关注。外国农业专家纷纷来到我校展位，了解我校在农业生产研究方面的科技和成果，同时希望能与我校在农业技术上加强交流与合作。

学校对第二届广东现代农业博览会暨名优新农产品展销会非常重视，每天派出两部大巴接送学生前往观展。学生表示：广东名特优新产品汇聚一堂，可谓琳琅满目，让人目不暇接，充分展现了广东农村改革开放 30 年来的辉煌成就。我校退休教师也结伴前往观看我校在农博会上的成果展。他们为我校近几年来所取得的成绩而骄傲。

本届农博会由省政府主办，省农业厅、佛山市人民政府承办，以“新成果、

新机遇、新发展”为主题，以农业新技术、新产品、新成果的展示和名优新农产品展销为主体，突出“新”的特色，展示与展销并举，推介与招商结合，充分展现广东现代农业的发展成果。

（华南农业大学）

科技部领导莅临我校呼吸疾病国家重点实验室指导工作

杨绍滨

本报讯 11月19日上午，科技部万钢部长一行莅临我校呼吸疾病国家重点实验室指导工作并亲切看望钟南山院士，他勉励科技人员要为国家做好应急准备。

钟院士向万部长等科技部领导汇报了实验室的建设情况。广州市副市长徐志彪，广东省科技厅、广州市科技局有关领导，我校党委书记陈敏生、院长冉丕鑫等领导出席汇报会。

一句“您好吗?”尽显部长亲民风范，他随后又向钟院士献上鲜花。

钟院士汇报了实验室的建设思路、模式以及研究领域。他表示，实验室遵循从临床中来到临床中去的建设思路，采取基础与临床相结合、产学研相结合的建设模式，力求在突发性重大呼吸道传染病、支气管哮喘和慢性咳嗽、慢性阻塞性肺疾病、支气管肺癌、一类新药研制等方面的研究取得突破。

万部长充分肯定钟院士等在非典期间为国家作出的贡献。万部长表示，非典引发了国家的深刻思考，非典之后，温总理亲自主持开始了国家中长期科技规划的研究。万部长指出，国家将会坚定不移地加强和支持基础研究、临床研究，但更重要的是建立一种快速反应机制。

万部长强调，在经济发展得这么快的情况下要研究社会发展的缺陷，全球气候变暖、能源消耗过大、环境对人的压力都会诱发人类到现在还没有认识到的疾病，国家应做好应急的准备，科技界也要做好研究的准备。

万钢部长一行参观了实验室，听取对建设情况的介绍。在一间实验室里，他还亲身体验了一回对咽喉的快捷检查。

万部长颇为关心实验室的研究生培养问题，他具体询问了实验室的研究生招生情况，勉励青年科技人员好好学习，特别要学习师长们的高风亮节；作为医疗科技人员，要致力于人民体质的提高，构筑医疗防控系统，同时也要为国家应对未来的挑战做好自己的准备。

（广州医学院）

校园文化建设论坛热烈开讲

陈平原　蒋述卓　陈春声纵论大学精神

吴里扬　周嘉玲

本报讯　我校文化建设论坛热烈开讲。10 月 11 日，北京大学陈平原教授、暨南大学蒋述卓教授、中山大学陈春声教授三位著名学者，登临“广州大学校园文化建设论坛”，纵论“大学科学精神与人文精神”，为我校献上一份文化大餐。校党委书记易佐永，副校长陈永亨、屈哨兵以及各学院的近 300 名师生参加了论坛。

论坛开始前，校党委书记易佐永致辞对三位著名学者的到来表示热烈欢迎，并感谢他们对校园文化建设论坛的大力支持。

大学科学精神与人文精神何在，如何去建设？这是当代大学所面临的共同问题。三位著名学者在论坛上从各自不同的角度发表了自己的看法。

陈平原：大学要有一定的“围墙”

陈平原教授首先以“文化的观点看大学”进行演讲。他从一名人文学者的身份对当代中国大学文化精神及管理模式现状提出了独特的看法。

陈平原说，现代社会发展迅速，国家发生了天翻地覆的变化，最明显的变化就是大学的房子都盖得漂亮了，然而大学的变化却需要秉承“百年树人，百年办学”的准则。大学受到社会的影响会变得“浮躁”。为此，几年前，他曾发表文章《马儿，你慢些跑》反省这一现象。演讲中，陈教授再次引用此文强调，学校发展到一定程度后应该冷静、理性地总结、思考继续前进的道路。

对于“大学是否需要围墙”这一问题，陈教授通过北京大学“拆南墙”的例子阐明“当今中国大学还有有形的围墙，没有‘无形’的围墙，而且无形的围墙‘拆’得太彻底了”。他还列举外国大学没有围墙，却与社会有明显的界限来说明，大学与社会应有一定间隔的观点。

谈到校园文化建设时，陈平原重点谈了大学社团文化的传统和存在的问题。他指出，目前，大学的社团活动虽然很多，但直接参加学生社团活动的教师却很少，特别是学校领导参与更少，使得教师与学生缺少更多的沟通。这与过去大学社团文化传统明显不同。他举例说，老北大校长蔡元培当年就是校园社团的积极参与者，还是一些社团的主席。对于师生关系的建立，他介绍了自己带研究生的“规矩”，每周一次师生聚餐让他多了许多与学生沟通的机会，也让学生感受到教师身上的人格魅力。

陈平原说，大学与其他地方的差异在于“历史感”。然而，由于校园的发展，学校的历史感会遭受危机。他用北大中文系中“冰心的宿舍”等例子说明历史感对于学校文化的重要性。他说，当一个学生在有历史底蕴的环境中读书，自然而然就会与历史“对话”，而学校的文化也通过这种“对话”逐渐进行渗透，使学生不自觉地从中受到熏陶。

蒋述卓：文化建设“和而不同”

身为暨南大学党委书记的蒋述卓教授，则从一个校园文化建设的组织者、实践者的角度发表自己的看法。他首先介绍了暨南大学文娱、体育建设的发展情况和优秀经验，同时，他还根据暨大外国留学生人数众多这一特点，畅谈了暨大如何做到“和而不同”的文化特色。

蒋述卓说，我们并不把思想强加到台湾学生身上，但是，我们通过教育，通过让他们与大陆同学一起参加各种校园活动，使其感受到校园的温暖及大家的友好，台湾学子慢慢地也接受我们的想法了。蒋教授表示，“这样就达到我们的教育目的了”。他也表示，虽然学校的文体活动办得有声有色，但校园文化氛围仍应营造以学术文化风气为核心，做到“第一课堂与第二课堂相结合”。

对于学生的教育，蒋述卓表示，大学应该重视学生的专业实习。暨大一直重视学生的专业实习工作，据介绍，暨大的学生专业实习时间一般为半年，其中医学专业的时间为 1 至 2 年。

陈春声：人文学科满足“心的需要”

“我不担心人文学科会没落，因为这是满足人们心的需要，满足心的需要又怎么会没落呢?”幽默爽朗的陈春声教授一开口就把全场逗笑了。

陈教授首先对当今社会的“人文无用论”进行驳斥。他表示，人文学科的存在是出于人的本性、是心灵的一种需求、是自然而生的。不管自然科学如何凯歌行进，人们对于心灵的需求是永不停步的。

作为大学文化建设的组成之一，人文学科有着不可替代的作用。陈教授用世界第一架飞机产生的过程例证人文学科的重要性。他说，人们产生造飞机的最早思想就属于人文科学的范畴，然而，由于这种想法并没有物质的载体，所以常常被人们所忽略，但这种想法对于飞机的发明却有着决定性的作用。

三位学者或针砭时弊、或诙谐幽默、或现身说法的精彩发言引起在座师生的共鸣，发言不断被师生们热烈的掌声所打断。论坛主持、我校高等教育研究所所长刘晖教授的精彩点评加深了现场师生对各位专家观点的印象。提问环节中，教师、学生代表踊跃提问，与学者们畅所欲言。

活动结束后，参加论坛的学生表示，这次论坛使他们对校园文化建设有了更深的思考。来自公管学院的研究生于锦花在现场获得了提问发言的机会。在接受记者采访时，她表示，虽然这几位学者大多来自人文学科领域，但涉及面很广，听完论坛很受启发。从现场的老师和同学的反映来看论坛办得很成功。她认为，校园文化应该迎合同学们的兴趣，扩大学生覆盖面，让更多的学生参与其中。

（广州大学）

市委书记朱小丹批示

充分应用周福霖院士科研成果

朱玉尊

本报讯 汶川大地震造成的建筑物严重破坏，使中国工程院院士、我校工程抗震研究中心主任周福霖研发的橡胶垫隔震减震技术成果，受到更为广泛的关注。记者获悉，广州市市委书记朱小丹已在有关报告中批示：在广州接下来对口支援灾区重建工作中，要充分应用周福霖院士的科研成果。

据悉，朱小丹是在学校提交给市委、市政府的《关于广州大学周福霖院士入选国家汶川地震专家委员会的情况报告》中作出批示的。该报告主要介绍了周福霖院士入选国家汶川地震专家委员会的情况及其在隔震减震技术方面的研究成果。据报告介绍，周福霖院士研发的橡胶支座隔震技术可以减少6至8倍的地震反映，在国内外处于领先地位。该技术目前在北京、新疆等地的300多栋建筑物中推广应用。

获悉朱小丹书记的批示后，近日一直在北京参加全国抗震救灾重建工作专家委员会工作的周福霖院士，5月27日回到广州后接受记者采访时表示，朱书记的批示对抗震中心是很大的鼓舞。我们愿意配合灾区重建工作，在防震减灾工作中贡献力量。

另悉，朱小丹书记也在学校原党委书记陈万鹏给市委领导递交的《关于在支援四川抗震救灾中重视介绍推广周福霖院士抗震减灾技术的建议》信中作了同样的批示，并充分肯定了陈万鹏同志的建议。对此，陈万鹏在接受记者采访时表示非常高兴。他说，周福霖院士研究创新的橡胶支座隔震技术是国内外公认的先进技术之一，推广周院士的这一技术也是他自己多年来的心愿。

（广州大学）

20 年后家长会首进大学

利于学校与家长对大学生教育问题的沟通，构建“学校、家庭、社会和学生”四位一体的学生管理机制

徐倩娜　陈　军　李佩晶

本报讯　4 月 22 日，我校首次学生家长代表会议在图书馆多功能报告厅隆重召开。校党委书记校长徐真华、校党委副书记许国彬、副校长陈建平、中山市副市长李树之、广州军区陆军总医院副政委万金平、广东省教育厅思政处副处长袁本新、珠海市教育局局长罗碧坚、白云区黄石街党工委副书记曹广频、校董代表、学生家长、校友代表、学校机关有关部门、各学院负责人、教师和辅导员代表和 150 多位学生家长代表出席了大会。大会由校党委副书记许国彬主持。

本次大会的主题是：沟通 · 感恩 · 成长——齐抓共管，促进学生全面发展。与会的多数家长来自广州及其周边地区，也有来自外省的家长。

广东省教育厅思政处副处长袁本新发表了讲话，他指出，学校和家长的关系是密不可分的，在经济全球化、文化价值多元化、网络信息化的今天，学生不但需要家长的教育和管理，更需要家长的引导。袁本新还对我校着力构建的“学校、家庭、社会和学生自我教育”四位一体的学生管理机制表示了赞赏。

徐真华向家长们介绍了我校的总体情况、办学理念与特色、人才培养目标等。在办学理念方面，徐真华指出，我校办学理念是要走开放式、国际化的道路，在教学方面要实现三个方面的转变，即从过于强调教学内容转变为重视学习方式，从看重做什么人转变到重视做人的过程，从思考什么转变为怎么思考。

教务处副处长袁长青和学生处处长林绍雄分别向家长们介绍了学校教学管理和学生管理方面的情况。学生家长万金平代表家长发言并宣读了《给全校学生家长的倡议书》。

据广州地区媒体报道，从 20 世纪 80 年代开始，“大学家长会”已在高校消失，20 年后“大学家长会”再次在我校上演，对于学校、家长、学生来说都是一件新鲜事。对于这次会议的看法，记者采访了有关人士。

许国彬在接受采访时说，我们的教育应该是一个完整的教育，“四位一体”的机制使各方相互促进、和谐发展。在各学院分别召开的家长会上，中文学院院长陈飞兴奋地告诉记者：“我们像迎接亲人一样迎来了我们的家长。”

家长们则纷纷表示，来大学开家长会，还是第一次，感觉很新鲜、很亲切。英文学院 03 级文化与传播专业的一个学生家长告诉记者，她很高兴能够参加这次会议，以前自己都是通过女儿的口间接了解广外的情况，现在终于有机会亲自

来到广外，与学校老师面对面沟通。

参加这次会议的家长普遍认为，学校环境优美，校风、学风良好，硬件设备较完善，对学生成长非常有利。

（广东外语外贸大学）

学生实话实说　校长热心解答

徐真华邀学生共进午餐听心声

谢颖怡

本报讯　11 月 23 日中午，校党委书记、校长徐真华邀请来自南北校区的 24 位学生在南校区文采园三楼共进午餐，进行面对面交流。校党委宣传部部长孔晓明、副部长李江一同出席了本次聚餐。这 24 位学生是在前段时间参加广外新闻网发布的网上问卷调查的众多学生中产生的代表，他们对学校的发展十分关注并且持有自己独特的想法。徐真华就学生现场提出的问题，与他们进行讨论和交流，聚餐会气氛十分热烈。

学生应提高自身素质

东语学院 05 级黄丽舒同学提出，目前学生普遍存在浮躁心理，专业知识薄弱，学习与实践存在一定矛盾。她认为，学生平时的课余活动过多，过于注重实践，而忽略了专业知识的学习。她建议在全校开展“回归课本，阅读经典”的读书活动。

聚餐会上，不少学生提到尽管我校毕业生就业率高，但就业后发展后劲较之一些同档次高校的学生来说存在明显不足的问题。对此，徐真华谈了自己的看法，他认为我校学生就业后频繁跳槽，没有稳定的发展空间，自然没有后期发展前景可言。不过，最关键的还是学生要好好利用在校学习机会，提高自身的综合素质。

加强教师评估考核是关键

提到教师队伍素质问题，部分学生反映个别教师的教学质量并不理想，不仅普通话不够标准，而且教学方式也不够灵活。一些老师上课时大量使用 PPT 和视频材料，自己讲述的内容过少。甚至某些老师不能来上课时，也没有按规定请假，只是直接播放视频或让学生自习。于是有学生提议在全校开展一场师生讨论，由学校教务部门牵头，讨论视频在教学中所起的作用和应占的比重。因此希望学校能够加强教师教学质量的评估与考核。

谈到外教教学方面，有学生认为外籍教师上课方式过于宽松，有些老师并不按照教学大纲上课，而是把正式的课程变成不正式的口语课。徐真华表示，中外文化存在差别，不过他承诺以后会加强对外教的考核评估。

南校两个月免收空调费

商英的刘同学提出校园网网速非常慢的问题，徐真华建议把网络中心工作人员请到学生宿舍去上网，亲自体验网速时，大家都笑了起来。他表示，学校在网络建设上的投入较大，设备及建设费用名列全省前茅，是不应存在使用效果不好等问题的。在技术方面，将责成学校相关部门积极改进。

高昂的宿舍空调费曾一度引起学生的不满。在场学生也对如何收取空调费、收费标准等表示关注。徐真华表示，学校很重视学生的意见，现已商讨出一个方案：在交纳空调设备费后，学生不需要再交纳空调费，但考虑到成本问题，规定一年只能用两个月空调，他表示，中央空调系统是集中制冷的，有的开有的关其能耗并没有减少，这是目前校方提出的对学校和学生双方都有利的解决方案。

开通信息直通车　实现师生零距离交流

据孔晓明介绍，校长请学生吃饭座谈的交流方式是徐真华校长主动提出的。党委宣传部讨论决定直接通过网上调查的形式征集学生意见，选择有观点、有思想、关心学校发展的学生与会。他表示，这是学校领导与学生直接交流的顺畅渠道，是信息直通车，也是对“以学生为本”的办学宗旨最好的诠释。今后将在总结经验的基础上加以改进，继续开展此项工作。

（广东外语外贸大学）

“就业寒流”中现“暖暖春意”

吴声婧　顾　盼　刘颖君　薛雨桐

●今年招聘会用人单位较去年减少四成左右，中小型“三资”企业和民营企业唱主角

●部分用人单位借机推出“人才储备”战略，招聘职位不减反增

本报讯　金融危机对今年大学生就业影响有多大？“就业寒流”有多寒？这成了时下大学毕业生最为关注的问题。12 月 7 日，在我校北校区田径场举行的省 2009 届高校毕业生就业供需见面会（外语、外经贸、涉外法、管理类）上，记者了解到，尽管较往年相比前来招聘会的用人单位有较大幅度的减少，但由于不少企业借机储备人才，招聘职位不减反增，在所谓“就业寒流中”透露出一丝“暖暖春意”。

据了解，受金融危机的影响，今年参加招聘会的用人单位共计 95 家，与去年同期相比减少了四成左右。往年在招聘会上占主要位置的大中型外资企业明显减少，今年则由中小型“三资”企业和民营企业唱主角。在招聘会上，全球 500 强企业和国有大中型企业最受毕业生的青睐，而银行、证券等受金融风暴影响较大的企业则备受冷落。今年招聘会虽难见往年的“火爆”情景，但到场的大部分企业都表示，金融危机对企业的影响并不大，有些企业甚至抓住这一机会谋划储备人才大计，非但未因金融风暴而骤然减少招聘计划，反而增加招聘职位。

招聘会吸引了近万名应届毕业生早早到场求职。记者在现场看到，面对严峻的就业形势，多数毕业生表现出较为理性的一面，并不为此悲观紧张，投递简历目标明确，很少出现往年常见的“海投”情况，也不再盲目地看重薪酬和福利，对薪资的期望值也有所下降，转而积极寻找具有发展空间和适合自己的工作。

针对今年的就业形势，我校相关部门做足“御寒”措施。据校党委副书记许国彬介绍，我校今年在促进毕业生就业方面投入了大量的精力、财力和物力。在广泛联系就业单位的同时，不忘做好校友沟通联系工作，鼓励校友回母校招聘人才。前不久举办的毕业生风采展演晚会，就是我校今年推进就业的一大举措。据悉，今年我校就业工作还有一个亮点就是制定“走出去，请进来”的策略。走出去，就是到对口的企业、地区调研，了解他们的用人需求；请进来，就是积极联系企业参加招聘会。

毕业生自身应如何面对就业竞争激烈的形势？一些受访的用人单位负责人表示，应届毕业生关键要认清定位，正确地评价自己，应注重工作的发展空间，而不是盲目看重起薪，面试前应对用人单位和市场进行一定的了解，“不要让工作去适应你，而是你要去适应工作”。在之前我校南校区举行的毕业生招聘会上，许国彬针对毕业生应聘时存在的普遍问题提出了几点建议：一是搞好“包装”，包括服装、形象、举止、礼仪、简历设计等；二是要有自信，要突出自己的优势，要有能胜任艰苦工作的信心；三是积极应聘，不错过任何“推销”自己的机会；四是放下“身段”，用人单位有诚意且有一定实力，就要认真考虑，尽快签约，现在挑三拣四是不合时宜的。

（广东外语外贸大学）

广州唯一大学校长火炬手

徐真华喜传奥运圣火

林惠娟　潘巧玲　杨嘉静

本报讯　奥运火炬传递口号：“点燃激情，传递梦想”，充分体现了奥林匹克精神和北京奥运会举办理念。作为奥运火炬手参与奥运圣火的传递，既是一种荣耀，更是一个崇高的使命。5月7日，广州接力海南传递北京奥运圣火，我校党委书记、校长徐真华担任第12棒火炬手，接跑白云大道北两百米路段。作为广州地区唯一担任火炬手的大学校长，徐真华表示，能参与当天的火炬传递，他感到十分激动。

当天上午8：30时，徐真华手擎奥运火炬，面带微笑地走下了火炬手护送车。广外师生聚集在路旁，“中国加油、奥运加油、徐校长加油”的口号喊得愈发响亮。记者注意到，从下车交接火炬到慢跑传递结束，微笑一直荡漾在这位深受广外师生尊重的校长的脸上。

8：36时，在五星红旗和广东外语外贸大学校旗的交相舞动下，在此起彼伏的加油呐喊声中，徐真华从第11棒火炬手——广州市公安局兴华派出所副所长刘建涛手中点燃了庄严的奥运圣火。他一边高举火炬，一边向周围的观众挥手致意。我校学子热情更加高涨，纷纷跟在后面高声呐喊助威。

8：38时，徐真华跑到第十二站终点，将圣火交接到第13棒火炬手——广州市煤气公司抢险队队长官国新手中。当两支火炬靠在一起圣火熊熊燃烧的时候，现场气氛达到高潮。路旁的小学生也踮起脚尖，伸长脖子，挥舞着手中的小国旗，高声喊着“中国加油”。而一旁观看的市民也纷纷拿出手中的相机，记录下这激动人心的一刻。

徐真华在圣火传递后接受记者采访时说：“我现在的心情可以用两个字形容——欣慰。当我得知自己有幸成为奥运火炬手时，心里除了激动和兴奋，还有一点紧张。不过，今天我顺利跑完了我的所属路程，代表广外全体师生表达了‘为奥运加油、为中国加油’的愿望，也传递了对团结、和平、进步的期盼和追求的奥运精神。今天看到这么多广外学生在旁加油助威，包括公开学院、南国商学院的学生，有种别样的心情。我校学生积极的精神面貌和状态使我非常感动。”

虽然火炬传递手有权收藏祥云火炬，但徐真华却表示会把火炬保存在校史室。“其实我个人也非常喜欢这个火炬，”徐真华笑着说，“不过我这次传递火炬不是代表我个人，而是代表了广外。作为校长，我会把火炬交给学校，存到校史展览室。”

据了解，我校有2200名学生现场观看了奥运圣火传递。其中，在火炬传递起跑点白云国际会议中心的有300人。我校志愿者在其中担任了重要角色，南国商学院的20多名志愿者在火炬传递仪式宣布启动时担负起放飞部分五彩气球的重任，营造了和谐的现场气氛和极佳的视觉效果。

（广东外语外贸大学）

课室成了学生的“家”

吴贤曼　梁春燕

本报讯　靠着抱枕学习，吃着零食看书，垃圾随地丢弃……，难道课室已经成了学生的“家”？这是近日记者在教学楼 9 楼课室所目睹的景象。

19 日下午 3 时左右，记者发现，教学楼 901 课室的 77 个座位只有 4 个空位，902 课室的情况也大致相同。这时记者碰巧遇到了一位刚从电梯里走出来准备自习的同学，她发现这始料未及的“火爆”场面时便说道：“怎么这都有人霸位的?!”然后失望地离开了。

尽管绝大部分的座位都被霸着，但实际上来自习的人很少，甚至有一位同学就用书本霸了一整排座位。记者蹲点将近 2 个小时里，只有 3 名女生来到早已霸好的座位自习，原本就在课室里的 4 位同学有 3 位在睡觉。

被霸的课桌内塞满了五花八门的书本：四级、高数、金融学、刑法、日语、雅思等；同时桌面上也“物尽其用”：花露水、茶叶、蜂蜜、凉茶、活络油、纸巾，既是生活用品，也是霸位工具，俨然像在自家一样；草稿纸、塑料袋、饮料罐被随意扔在地上。

教学楼的工作人员告诉记者，这些书籍物品大部分一直都被留在课室霸位，即使夜晚教学楼熄灯后也不带回宿舍。更有甚者，英语四级考试的前一天，902 课室已被定为考场，而霸位物品的主人并没有自觉地把自己的东西收走，反而置之不理。物管人员也无奈地表示：“他们不收走自己的东西，我们也没有办法。”

对于这样的行为，也有不少学生发表了自己的观点。一位苏同学说：“课室属于公共设施，霸位的行为本身就不对，它剥夺了其他同学平等使用公共资源的权利。竟然还有人把课室当成自家一样随意摆放杂物、丢弃垃圾，这种行为更不能容忍。”刘同学说：“作为一名大学生应该学会自律，自觉地承担起保护好课室环境的义务，不要因为是公共的财产就觉得只有享受的权利而没保护的义务。”而邓同学则认为，学校的管理也应该加强，不应该让这种风气滋长，要为学生创造最舒适的学习环境。

（广东商学院）

全省职教师资需求量增大

广东省2007届普通高校毕业生供需见面会在我院举行

黄　昂　徐光伟

本报讯　12月9日，由广东省教育厅就业指导中心主办，我院承办的广东省2007届普通高校毕业生供需见面会（中职师资、职业技术类）在我院田径运动场举行。本场见面会共吸引了近200家用人单位到场，提供职位2 225个，涉及教育、管理、财会、中文、外语、电子、计算机、市场营销、机电机械和艺术设计等行业。

相对普通师范生就业的紧张形势，全省职业技术教育类师资需求量有所增大，在本场招聘会上，来自珠三角等地区的60多家职中、技校开出近700个职位空缺，比去年同期需求量高出一倍多。作为全省唯一一所专门培养职教师资的院校，我院今年职教类毕业生共有600多人，供需基本平衡。

从用人单位需求看，数控、机电、机械制造等专业行情继续看涨。据介绍，随着广东珠三角地区制造业中心地位的凸显，各地职业技术教育都得到不同程度的发展。从2000年到2005年，广东单是中职学校的招生规模和在校生规模分别增长了51.8%和27.5%，不少职业技术学校师资紧缺。以往由发达地区职校、技校唱“主角”的招聘会，本届出现了不少次发达地区职业技术学校的身影。其中，郁南县职业技术学校就一口气要了22名机械、模具类专业师资。

为了帮助毕业生全面了解用人单位的用人需求，学院向所有前来求职的大学生免费派发全场用人需求资料。这一举措受到求职学生的欢迎。学院就业指导中心负责人表示，面对全省大学生就业的严峻形势，学院将尽最大努力为毕业生做好服务工作，帮助毕业生尽快就业。

学院党委书记邝邦洪、院长王乐夫、党委副书记罗海鸥，省教育厅就业指导中心主任朱国华亲临招聘会现场指导工作。

（广东技术师范学院）

“京剧艺术馆”勇夺亚太室内设计金奖

王　洁

本报讯　一年一度的亚太区顶级室内设计大奖赛——2006 APIDA 第十四届亚太室内设计大奖赛颁奖晚会，11 月 17 日晚在香港港丽酒店隆重举行。艺术设计系刘桂强同学凭借其作品“京剧艺术馆”，勇夺 APIDA 第十四届亚太室内设计大奖学生组金奖，与亚太地区最顶尖的室内设计师们一起站在颁奖舞台。

刘桂强是我院艺术设计系 02 环艺专业学生，本次获奖作品“京剧艺术馆”是他的毕业设计作品。说起“京剧艺术馆”的创作初衷，刘桂强表示，作为中国的四大国粹之一，中国京剧已有 200 年历史。然而，随着各种文化的渗入，外国强势文化的冲击，越来越多的人对我们的传统文化表现出漠视的态度。他把创作的主题定为“京剧艺术馆”是希望通过展示这博大精深的艺术来启迪公众。“京剧艺术馆”的创作时长三个月，期间得到了他的指导老师吴健平老师在专业上的指导。刘桂强坦言，作品的材料与设备的把握、控制和运用是他创作的一个瓶颈。如何恰当地提炼文化符号并有意味地进行重构，在创作中他做了不少尝试。正是基于刘桂强对细节对创作的执著态度，这个富有文化意味的作品得到了业内专家同行称道。

刘桂强表示，参加“2006APIDA 第十四届亚太室内设计大奖赛”，是希望借这次设计界的盛会，吸取养分，提升自身的设计修养。“一个人需要积累，积累到一定程度也需要放，放就是对自我的一种检视，比赛就是这样的一个过程。”

APIDA 大赛由香港室内设计协会自 1993 年开始举办，旨在表彰杰出的室内设计项目和设计师，提高亚太地区室内设计行业的专业水平。本届 APIDA 大奖赛吸引了来自中国大陆、香港地区、台湾地区，以及马来西亚、泰国、日本、新加坡等国家设计界人士参与，共收到了 470 件作品，其中学生作品 79 件。

（广东技术师范学院）

电大校长收藏将军题词

喜获“大世界吉尼斯之最”

余嘉强

本报讯 4月23日，广东大埔县电大校长张晋奇喜获上海大世界吉尼斯项目“收藏将军题词最多的人”称号，有望成为电大系统获“大世界吉尼斯之最”第一人。

在张晋奇获得“大世界吉尼斯之最”证书时，正值纪念邓小平同志批示创办广播电视大学30周年之际。700余位将军欣然为一位基层县级电大校长题词，深切表达了对邓小平批示创办的中国广播电视大学的敬意，展现出关爱电大教育事业发展的博大情怀，可谓是将军题词，情系电大，我们电大人备受鼓舞！

被誉为“将军墨宝收藏第一人”的张晋奇是普通的基层教育工作者，他收藏有700余位共和国将军所赠712幅题词真迹。其中200多位将军已相继辞世，他们生前赠给张晋奇的亲笔题词成了弥足珍贵的遗世之作。共和国将军们在伟大的中国共产党的领导下，经历波澜壮阔革命生涯的千锤百炼，硝烟战火的庄严洗礼，可谓是文韬武略，功勋显著，辉映青史。他们的题词主题鲜明，内容丰富、寓意深远，自成一格，雅俗共赏，或抒发革命情怀，或讴歌辉煌盛世，或描绘美好未来，或寄托殷切期望，表达了对教育事业的勉励之情，充分展示了时代精神风貌，是将军们对革命生涯的珍贵回忆和革命情怀的真切抒发，是电大学生革命传统教育和爱国主义教育的宝贵教材。

张晋奇在童年时代，就有很多梦想，尤其以想当一名军人的愿望最为强烈。虽因种种原因未能从军，但收藏将军题词的爱好几十年不改。在20多年的电大教学中，他利用工作之余编辑出版了《将军书画情系电大》、《共和国将军书画大观》、《百将墨迹》和《百将墨迹（续集）》等将军题词书画集。张晋奇收藏将军书画的逸事曾被中央电视台、《羊城晚报》、《深圳特区报》、《深圳商报》、《梅州日报》、香港《商报》、新华网、金羊网等众多媒体竞相报道；他收藏的将军书画在深圳展出，曾令观众为之倾倒，轰动一时。

张晋奇既不是富商，亦非大人物，也不是社会名流，而是地地道道的偏僻山区的“小字辈”，普普通通的基层电大人。他何以能结交常人可望而不可即的共和国将军？何以能获取700余位将军亲笔所赠的珍贵题词？在笔者发表于第306期《中央电大时讯》题为“百将墨迹，情系电大”的通讯中就能找到答案。

（广东广播电视大学）

佛山市市长陈云贤来我院调研强调

市委市政府全力支持我院创建国家示范性高职院校

强金国

本报讯 顺德职业技术学院在发展中遇到怎样的新问题，又有何新思路、新举措？4 月 2 日，陈云贤市长来到我院调研，就如何创建国家示范性高职院，与我院领导陈智、邹时智、陈粟宋、谭谦章、徐刚，党委宣传部部长刘晓顺、人文教育系主任陈建华、教务处副处长张斌等进行了交流。

陈云贤市长强调，市委市政府将举全市之力，支持学院创建国家示范性高职院校。

陈云贤市长肯定了学院近年的办学成绩，认为我院为顺德、佛山、广州乃至全国培养了大量高素质高技能人才，促进了区域的经济发展、文化提升与社会建设。他指出，学院要培养更多更好的人才，为区域经济社会发展作出更大的贡献，就要学院进一步解放思想，贯彻落实科学发展观，不断提升办学水平，争做改革的模范、发展的模范、管理的模范。

陈智院长代表学院对佛山市委市政府一直以来对学院的关心与支持表示感谢，并表示学院将在国家示范性高职院校的申报与建设过程中进一步夯实基础，不断加强软硬件建设，努力办成让企业满意、社会满意、学生满意、政府满意的高职院校。

（顺德职业技术学院）

扎实农技推广换来农业部大项目

“国家荔枝现代农业技术体系深圳综合试验站”落户我校，化生学院乔方副教授获聘站长

苏艳丽

本报讯 申报项目、课题往往都躲不开填表之烦，但化生学院的乔方副教授日前却以500字的申报材料拿到了“国家荔枝现代农业技术体系深圳综合试验站”的项目，科技经费总计150万元。

乔方自己也感到意外：“我还以为要补充这样那样的材料，没想到批下来那么快！”

500个字是如何打动了农业部呢？原来，农业部在“国家现代农业产业技术体系建设”中，仿照国外做法采用了新的项目审批方式。申报者在提交自己和所在单位的简介之外，还要提供农技推广项目合作示范单位的电话。接下来的环节叫诚信调查，农业部联系那些合作单位，核实申报人农技推广的实际效果。核实通过、专业学会评议后就上网公示。直到9月底省农业厅的人打来电话，乔方才知道全国荔枝首席专家、华南农大的陈厚彬教授为自己作了推荐。目前公示已经结束，荔枝试验站的项目已正式花落深职院。作为项目依托单位，从2009年起，我校每年将获得相关科研经费30万元，连续5年共计150万元，而乔方本人也被聘为这个综合试验站的站长。

原来是“功夫在诗外”！

说起对外技术服务，真算得上化生学院坚持产学研合作、发挥辐射作用的“日常功课”了，李世敏教授牵头的“食品安全现状评价及风险分析研究”等项目、江世宏教授牵头的“害虫监控”等课题，都使合作单位受益良多，取得了非常好的社会效益。就以乔方为例，她的荔枝出口保鲜技术、脱水荔枝产品开发确实让合作单位得到了实惠，那可是真金白银有账算的！

广东盛产荔枝，但出口量极少。1998年我国同美国签订了荔枝出口协议，按照协议，出口的荔枝要进行冷处理。但荔枝遇冷果皮变褐，商品价值迅速下跌，这一环节成了荔枝进入美国市场的技术瓶颈。2005年起，乔方指导深圳西丽果场运用了她的低硫残留处理保鲜、热处理结合冰温保鲜两项技术，使荔枝的贮藏期超过40天，货架期达到3天以上，为出口美国扫清了技术障碍。几年来，西丽果场共出口荔枝60多柜（20吨/柜，共计1200吨）。新技术的应用使经济效益增值50%以上，如在美国市场，初期妃子笑平均售价约2.8美元/磅，除去成本，每柜约可增加收入6万美元；中后期售价约1.9美元/磅，每柜可获利3.6万美元。

乔方和惠州市四季鲜绿色食品有限公司的合作也十分顺利，那里的示范推广

项目是脱水荔枝精深加工。乔老师说：“最大限度地保留了鲜果的风味，和你平时在超市买的干果不一样。”说得人都想尝一尝了。

对于即将开张的国家荔枝现代农业技术体系深圳综合试验站，乔方表示，我校在荔枝保鲜、荔枝病虫害防治、荔枝生态观光园设计等多方面的研究成果，将由此发挥更大的辐射作用，“学校和化生学院的领导都非常支持，围绕荔枝可展开的项目有很多，像生态观光、旅游产品开发属经管学院的研究范畴，深职院的多个专业优势都能体现出来。”

据了解，此次农业部“国家现代农业产业技术体系建设”分行业进行，荔枝是其中的一种。全国的荔枝综合试验站共有 10 个，分布在 6 个省（区），深圳试验站是其中之一。深圳试验站的主要职能是服务深圳及粤东地区，协助推广最新的成熟技术，同时也承担了关键技术研究、技术集成与示范的任务。

（深圳职业技术学院）

绝不让一个学生因灾不能上学

李洁贞　刘伟坤　林梁鑫

本报讯　9月9、10日，是我校06级新生到校报到的日子。在报到现场，记者看到学校到处都有序地贴着迎接新生的横幅，随处可见的鲜花绿草增添了一份喜庆的气氛。学校各个院系的新生接待点紧张有序地为新生办理各种入学手续。

在来来往往的新生当中，我们不难发现有一些特殊的新生，他们并没有缴纳学费，身上带的钱也很少。06级数学系的陈同学就是其中一位，他穿着朴素，手里只提着简单的行李，一个人来到学校报到。陈同学的家乡在韶关乐昌，在今年的“7·15”特大洪灾中，他家的口粮和家具全部被洪水冲走，田里即将收割的庄稼也都被泥石流淹没了，颗粒无收。由于重建复耕后，已经错过了插秧的时节，现在地里只能种一些马铃薯之类的杂粮。家里的二哥正在读大二，还有一个读初三的弟弟，经济负担非常重。正当陈同学为开学所需学费一筹莫展的时候，数学系的工作人员热情地接待了他，并为他顺利地办理了入学手续。

今年类似陈同学这样严重受灾的“绝收户”、“全倒户”、“重创户”学生约有210人，其中新生约有70人。按照政府和学校政策，学校一定要妥善解决灾区严重受灾家庭子女，尤其是今年大学新生上学困难的问题，确保不让一个大学新生因灾失学或辍学。对于严重受灾的新生，学校为其开辟了“绿色通道”，要求各院系必须先让其入学，并做好其思想工作，帮助他们安顿下来，然后再办理相关手续，确保学生顺利就读。对于因灾导致家庭特别贫困的学生，可以凭县级以上民政部门的家庭贫困证明，申请临时困难生活补助400元。新生报到的两天内，就有5位新生成功申请了此补贴，现在还有一些学生在申请当中。严重受灾的贫困新生顺利入学后，勤工助学中心将在学校和银行的协调下，协助部分贫困生办理国家助学贷款。目前，学校设有660多个勤工助学岗位，每个月有一定的工资，可以在一定程度上缓解贫困生的经济压力。今年的勤工助学岗位，学校将优先提供给严重受灾的学生。另外，学校有15种比较固定的助学金，还有很多不定期的资助，都将用于帮助贫困生，尤其是今年严重受灾的学生。

此外，我校严重受灾学生的上学情况也受到了社会各界、各团体和热心人士的帮助。中国移动向我校资助4万元，用于帮助100名灾区学生；钟奇厚纪念基金资助我校3万元，用于帮助10名特困学生；香港信誉资金会也承诺资助我校的贫困生。

（韶关学院）

再碰“西南王”，我们赢了

CUBA 八强赛汕大主场战胜武汉理工

尹嘉妮　梁　茵

本报讯　5 月 14 日，汕大男篮阔别一年，在第九届 CUBA 联赛男子八强赛中又一次遭遇西南赛区的冠军——武汉理工大学队。本回合在汕头大学主场进行，汕大篮男没有给对手任何机会，一路领先，最终以 9 分的优势，86：77 的比分胜出，在两回合的比赛中占据先机。

与前两届相同，汕头大学男篮再次在男八强首轮与武汉理工相遇，双方可以说是一对“老冤家”了。两遇“西南王”武汉理工而败北的汕大男篮，在第三次与“老冤家”碰头的时候，凭借主场的优势以及快、准、灵的打法，在双方的第一回合较量中，发挥出色，控制了全场比赛节奏。

汕大男篮徐兆略、王晓丰、吴凯洪、何杉以及陆伟成首发出场，陆伟成身高 2 米，是 CUBA 历史上三分命中最多的中锋；而武汉理工队的首发阵容则有以“CUBA 小巨人”著称的篮板王韩德君，身高 2. 14 米。汕大与武汉理工是两支有着不同典型风格的球队，他们之间的对决是一场快攻与阵地战的较量。

比赛一开始，韩德君便在跳球中夺得先机，武汉理工得球进攻。然而在汕大男篮严密的防守下，武汉理工队始终难以取得突破，频频被汕大男篮抢断。在一次武汉理工进攻之际，汕大 13 号的吴凯洪在三分线处抢断后快攻得分；仅开场不到 5 分钟，汕大便打出了 14 比 2 的小高潮。赛前汕大球迷们的紧张感似乎在此时得到了缓解。然而汕大队随后却连续出现了失误，武汉理工则越打越稳，逐渐地把比分追了上来。离第一节结束还有 1 分钟，武汉理工便追成了 16 比 16 平手。汕大的球迷此刻又绷紧了起来，不停地为汕大呐喊助威。最终以 23：18 微弱的优势结束了第一节的比赛。

在第二节比赛中，双方都激烈拼抢着，比分交错上升。汕大队继续发挥着快攻优势，连续两个抢断、远传、投篮得分，一气呵成，把比分拉大到 38：25，领先了 13 分。最后，汕大队一记远投三分以 47：34 保持到上半场结束。

毫无悬念的第三节比赛，汕大队继续保持领先的势头。伴随着主场球迷们的呐喊声：“汕大加油！汕大加油！”汕大男篮打出了全场比赛最高分差——16 分的领先。在整个第三节里，汕大队始终保持在 10 分以上的优势。

关键的第四节比赛，武汉理工大学队加紧了防守。面对落后的分数，武汉理工采取了强攻战术迫使汕大队员犯规。而在罚球方面，汕大队却连续罚失了好几个球。赛后有汕大的球迷这样评价道：“搞好罚球，我们会赢更多。”虽然在罚球上有所松懈，但仍不会改变汕大锁定胜局的事实。进入一分钟时间倒计时，武汉理工大学队仍落后 9 分，而汕大男篮始终坚持着防守，不给对手任何机会而赢得主场胜利。

从第七届八强赛的0：2，到第八届的1：1，只是小分计算被淘汰，到这次1：0领先一局，汕头大学与武汉理工的差距已经越来越小，双方的实力可谓不分伯仲，这也被认为是本届男八强首轮中最势均力敌的一场对决，武汉理工即使是“西南王”，也不可能轻易地就在首轮中战胜汕头大学杀入下一轮比赛。

双方第二回合比赛将于5月21日移师武汉理工主场，根据竞赛规程，如汕头大学再度取胜，将直接晋级。如分差小于8分，则将在第二场比赛后两队罚球决胜。旗开得胜的汕头大学男子篮球队能否在客场继续发挥出色，战胜武汉理工，杀入下一轮比赛呢？大家拭目以待。

汕头市人民政府副市长郭大钦，汕头大学党委书记谢练高、副书记罗念潮，中国大学生篮球协会执行主席张宁飞，中国大学生篮球协会副主席兼秘书长陈南生，武汉理工大学副校长张安富等领导嘉宾应邀观看了本次比赛。

（汕头大学）

百所大学校长羊城“论剑”贺暨大百年华诞

彭梅蕾

本报讯 以“大学竞争力管理·创新”为主题，由暨南大学主办的中外校长论坛吸引了海内外100多名大学领导到暨大“论剑”。18日下午，这场期待已久的论坛在暨南大学国际会议厅隆重举行。论坛由暨南大学副校长兼党委副书记王华教授主持。来自海内外的大学校长围绕高校在全球化浪潮中如何提升竞争力的问题展开了精辟、激烈的“舌战”。

暨南大学校长胡军、美国圣道大学校长路易斯艾吉尼斯、复旦大学党委书记秦绍德、厦门大学副校长李建发、美国威斯康新欧克莱尔大学校长布赖恩·勒富因·斯坦科维奇、日本立命馆大学副校长 Kimio Yakushiji、日本兵库县立大学副校长阪本靖郎、日本关西国际大学校长滨名笃、澳大利亚格林菲斯大学卢耀梓院长、俄罗斯人民友谊大学副校长 Chistokhvalov Victor Loo 等13位大学校长或校领导结合本国和学校的实际做了精彩的演讲。

首先发言的是东道主暨南大学校长胡军教授，他认为大学的精神文化才是大学确立竞争优势的保证。他指出：“大学的竞争力就是知识创造、知识传播、知识应用能力的综合，而这些能力的融合又都离不开大学精神文化的塑造和提升，而大学的精神文化，才是大学确立竞争优势的根本保证。”当场下的听众提问到大学从一般性教育到现在提倡科学研究教学并重的环境下怎样理解“服务”时，他说：“知识创新、人才培养、服务社会是大学的基本要求，在现代环境下，大学在保持象牙塔的独立性的同时，也应该面向社会，服务社会。”

会议间歇，胡军校长还接受了凤凰卫视记者的采访。

胡校长对记者谈了举办此次校长论坛的意义，他说，全球化环境下高校面临着严峻的挑战和难得的机遇，西方高等教育的历史比我们要早很多，国外有的大学已经有400多年历史，而暨南大学仅仅走过了一百年，和西方大学相比，还有很大差距，我们应该正视这个差距。百年校庆是一次历史的总结，也是对未来的展望，我们坚持“庆典为体，学术为魂”的宗旨，已经举办了220多场学术讲座，此次汇集近百名中外校长探讨高校管理大计，既是为暨大祝寿，也是我们学术活动的一个高潮。

在谈到高校竞争力这个话题时，胡校长说，全球化环境下如何提高竞争力，形成自己的特色和优势，是大学校长们无时不在思考的问题，我们为论坛拟的这个主题得到了校长们的认可，他们纷纷要求发言，讨论的气氛非常热烈。

复旦大学党委书记秦绍德教授做了题为“当代中国大学管理中遇到的几个问题”的精彩发言。他结合复旦的实践探讨了“民主办学、教授治学”的大学学术管理机制、行政管理、多校区管理、如何处理政府与大学之间的关系等问题，指出大学应该建立现代大学管理制度，通过管理创新增强大学的自主创新能力，进而增强大学的综合实力。会上一位国外校长针对他讲到政府与大学之间的问题问道："你提到政府既管宏观又管微观，在澳大利亚，我们也遇到同样的问题，我们就跟政府谈判，说政府给我们多少钱，我们就给多少权利，现在我想问，政府给你们学校一年有多少经费。"秦绍德教授回答："学校不是企业部门，经费问题没有商业秘密，我们的经费政府、学校、其他渠道各占三分之一。"接着，他又幽默地说："但是，政府管的不是按着比例来的，我在这里讲这个是冒着很大的风险的，估计明年教育部给复旦大学的教育经费就会减少了"。会场顿时响起一阵笑声。"但是，我不是为了复旦大学的利益，是为了全国的大学利益去想这个问题。政府应该给大学更多的自主权。"秦绍德教授的发言博得了听众热烈的掌声。

新世纪里，大学应该培养什么样的人才？美国威斯康新欧克莱尔大学校长布赖恩·勒富因·斯坦科维奇说："应培养世界最需要的人才。我们必须弄明白我们的毕业生如果要在21世纪的竞争中获胜需要什么样的工具，然后我们就提供给他们相应的教育。"

最后，主持人王华教授总结说："在这里既有经验的交流，也有心得的分享，更有友谊的传播。在提高大学核心竞争能力上，各大学都具有自己的高招，彼此之间学到了不同的东西，我希望各国大学的交流不断地继续下去，为各国的社会和经济发展培养更多的新世纪人才，为世界的发展作出贡献。"

"怀揣一个思想来，抱回满筐思想走"，思想的交换不同于市场的交易，不是一换一的等价交换，思想的碰撞激发的是灵感的火花，暨南大学值此百年校庆之际，为大学校长们提供了一场高等教育思考的"满汉全席"，同时也将暨南大学以"学术活动贺百年校庆"的活动推向了高潮。

（暨南大学）

黄华华省长来校调研我校办学情况

吴智祥

本报讯 9月12日，广东省委副书记、省长黄华华和省委常委、广州市委书记朱小丹，省人大常委会副主任谢强华一起，率领省政府秘书长、办公厅主任徐尚武等省直有关部门负责同志来到梅州调研。12日下午，黄华华省长一行在梅州市委刘日知书记、李嘉市长等的陪同下来校调研，详细了解嘉应学院办学情况，就发展文化事业增强梅州“软实力”的问题进行调研。我校领导李俊夫书记、程飚校长等陪同调研并汇报工作。

黄华华省长一行参观了我校校园基础设施建设。黄省长听取了我校党委李俊夫书记的工作汇报，对嘉应学院立足客家梅州、弘扬客家文化取得的成绩表示肯定，要求嘉应学院继续努力，从一所新办的本科院校向成熟本科院校迈进，努力办成一所在全国有一定影响，在全省有一定地位，在同层次同类型院校中质量较高、特色鲜明的地方性、多科性大学。

黄华华省长在参观我校和东山教育基地、客家公园等重点文化场所的建设后赞扬说，梅州近年来着力推进文化建设，文教事业持续繁荣，客家文化得到了进一步的弘扬和彰显，梅州日益展现出历史文化名城的时代风采。他要求梅州继续弘扬崇文重教传统，加强客家文化的保护、挖掘和创新，进一步发挥好人文优势，增强文教“软实力”，真正把梅州建设成为广东的文化名城。

省发改委副主任、省粮食局局长张军，省政府办公厅副主任赵坤，省经贸委副巡视员孙鮀生等省直有关部门领导；广州市委常委、秘书长凌伟宪，副市长曹鉴燎等广州市领导；温华光、古小平、陈小山、林碧红、黄伟闻、李金元、翁永卫、张远方、陈卫平、邓建华、叶胜坤等梅州市领导陪同调研。黄华华省长一行还在学校校训碑前会见了学校部分中层干部、教师代表和来校参加2008年香港梅州联会爱心传送晚会的香港梅州联会成员及特邀嘉宾，并高兴地与大家一起合影留念。

（嘉应学院）

英语授课风“劲”吹暨南园

学校举行第二届本科课程英语授课竞赛

陈文举

本报讯 “不同文化之间究竟存在着多大的差异、如何正确使用针灸发挥传统中医效用……”完全使用英语，讲授美国文化、针灸学、证券投资学、植物学等课程，师生热烈互动、评委刁钻提问，明亮的课堂里流淌着纯正、抑扬顿挫的英语发音，间或有会心的笑声响起，这是我校3月15、16日举行的第二届本科课程全英语授课竞赛的一个场景。近日，一股倡导全英语授课、加强英语运用能力的风气在暨南园里吹得正“劲”。

我校倡导全英语教学14年来，全校已有146名教师获得“全英语授课教师资格”。

全英语授课　评委当场提问打分

3月15日，暨南大学曾宪梓科学馆7楼一场别开生面的竞赛活动吸引了不少听众：讲台上是参赛的老师，台下是听课的学生，课堂后排坐着一排评委，旁边两个课室还通过校园网向全校师生现场直播授课过程。而此次教学竞赛的最大特色是全英语授课。

第一位上场的外国语学院李知宇老师，讲课的主题是“美国文化”。“大家是否知道篮球?”一口流利的英语一开腔就把学生们吸引住了，李老师显然是有备而讲，由篮球讲到美国的体育文化，再让学生看英语短片，最后以两分钟的分组讨论让大家畅所欲言……整堂课台上台下没有一句汉语，课堂气氛也十分活跃。

不过，最精彩部分还在后头，讲完课的李老师开始接受评委、学生和其他参赛者的“考试”。“你知道你刚介绍的美国足球队是属于哪个大学的吗?”评委一句话差点问住了她，还好两秒钟后，她便从容地在书上找到答案，化险为夷。随后校内外专家和外籍教师当场公布了评分。

李老师赛后表示：“虽然教了10年书，不过面对比赛依然很紧张，”不仅是有10年教龄的她，其他参赛老师也一样紧张，年轻的教师杨念比赛后第一时间就冲到台下不停地擦她紧张得直冒冷汗的手。

紧张不是竞赛的初衷，但这种“紧张”也是设定的效果之一。评委们表示，开展这样的竞赛，对老师专业水平和英语运用能力的要求都比较高，是一种挑战，但同时也是一种提高。而不论是紧张还是挑战，最终的目的是让学生受益。

比赛规定参赛老师可自带20名学生听课，多带不限。而不少得知消息的学生自愿而来，连走道上都站满了人。记者了解到，其中既有内地学生也有中国台湾、澳门地区的学生和韩国留学生。

让更多学生在更大程度上受益，正是开展此类竞赛的出发点。主管教学的刘洁生副校长在开幕式上说，“希望通过竞赛，出现更多、更先进的教学方式方法，带动更多的教师改进教学方式方法，进而带动我校全英语教学整体质量的进一步提高。”

3月20日，学校公布了竞赛的结果。黄郡（管理学院）、赵长鹰（第一临床医学院）、张晨光（医学院）、角建瓴（医学院）4人获得一等奖；杨念等13人分获二等奖和优秀奖。特等奖人选空缺。管理学院、医学院、珠海学院3个单位获得优秀组织奖。

本次竞赛由教务处、国际学院、人事处、宣传部、工会、网络与教育技术中心等部门合办。

“倡导”与“门槛”同在

我校从1993年就开始倡导全英语教学，并要求每个专业至少有两门课程实行双语教学。2001年成立的国际学院，拥有7个专业，全部采用全英文教材和全英语教学。

“让留学生或港澳学生能通过英语了解针灸、拔罐疗法等中国传统医学，对传播中国文化有很大裨益”，比赛评委之一武宝玕教授说。当记者问到“内地本科生能否接受全英语教学”时，武宝玕认为，内地学生说英语其实也很厉害，并不比港澳学生差，所以接受全英语教学并不难。此外，学好英语可为学生踏足社会后增加竞争力及就业的筹码，因此全英语教学也给学生提供了进修、提高英语运用能力的平台。

武教授的话在学生中得到印证。许多学生表示，纯英文课堂开得越多越好。以后找工作，想去外资企业，自己拿着有全英教学的文凭，或者你有这样的基础，用人单位都会优先挑你。

目前，我校通过“全英语授课教师资格”考试的教师共计146人，以年轻老师居多。

多并不意味着容易，想开就开。采访中有老师表示，“用英文讲授英语课，当然没有太大困难，但你要是用英语讲授会计、医学等课程，那一定要非常精通专业英语。”

授课风“刮”到央视新闻频道

3月17日，中央电视台新闻频道专门报道了我校全英语授课的新闻。报道说，上英语课用全英文授课不稀奇，可广东的一些大学，很多其他课程也开始用纯英文教学，这难度可够高的。不过，学校开出的条件更让人心动：全英文授课，薪酬是中文教学的三倍。

广东暨南大学外语学院的李知宇副教授今天讲的是美国文化，无论是讲授、板书，还是和学生的互动，用的全是流利的英语。而医学院的角教授则用英文讲授针灸学，中西合璧的讲课引来了大批观摩的老师和学生。

不过，要具备全英授课教师资格并不容易，每年都要经过严格测评，实行定期淘汰制，学生的打分更占教师考核成绩的七成以上，全英授课老师并“不好当”。

刘洁生副校长在接受采访时表示，“只要你达到这个目标，都允许你开课，全英教学有一个过程，老师在教学当中确实付出了很多的心血，三倍工作量也不能补偿，这只是一种激励措施。”

中国新闻社、广州电视台、信息时报、深圳特区报、香港《大公报》等媒体也对竞赛活动进行了报道。

（暨南大学）

中共广东省委副书记、省长黄华华
到我校作报告分析广东发展形势及高校毕业生就业问题

省长寄语学子到基层建功立业

郑宇云　杨伟妍　周君臣　宋　娜

本报讯　4月30日下午，我校手球馆座无虚席，中共广东省委副书记、省长黄华华来我校作了题为“关注广东经济社会发展形势　创建国内一流的综合性师范大学”的经济形势报告。省委组织部副部长林华景，省政府副秘书长、省政府发展研究中心主任谢鹏飞，省委教育工委、省教育厅厅长罗伟其，省政府发展研究中心副主任李鲁云等领导出席了会议。报告会由校党委杨文轩书记主持。3000多名师生在手球馆主会场听取了黄省长的报告。同时，我校还开通校内有线电视和校园网络，进行视频同步传输，几个校区26 000多名师生同时收看黄省长报告的现场实况转播。

黄华华省长以一连串精确的数据和生动的事例，回顾了“十一五”开局之年——2006年广东所取得的突出成就，分析了当前国内外经济形势，描述了广东今后五年乃至十几年的发展前景，并殷切寄语，希望华南师大建成国内一流的综合性师范大学。黄省长宽广的视野、活跃的思维、精辟的观点、深刻的论述，使报告高潮迭起，师生们报以阵阵热烈的掌声，沉浸在令人愉悦的“脑力激荡”之中。

黄省长指出，2006年我省全面落实科学发展观、改革开放和现代化建设硕果累累。我省经济社会科学发展，增长方式转变成效显著；同时，关注民生、纾解民困，使发展成果惠及全省人民。展望广东的前景和发展方略，黄省长成竹在胸。他说，“十一五”时期，广东的奋斗目标是实现向工业化后期发展阶段过渡，进入宽裕型小康社会。到2020年，我省将全面建成小康社会，率先基本实现社会主义现代化。黄省长的报告使师生们对广东经济社会发展的形势和前景有了明晰的认识。

黄省长说：“大学生是宝贵的人才资源，是民族的希望和祖国的未来。”他指出，就业是民生之本、安国之策、和谐之基，高校毕业生就业情况存在比较突出的结构性矛盾，省委、省政府高度重视和解决高校毕业生的就业问题。他希望大学生转变观念，提高职业能力，增强社会适应性，面向地方和基层就业。他以张德江书记提出的“立志、修身、博学、报国”八字要求与同学们共勉，希望同学们能正确处理好德与才、知与行、博与专、得与失的关系，做身心健康、德才兼备、理论联系实际、既博学又有专长、以报国为怀的高素质人才，努力在为国家和广东繁荣富强的奋斗中谱写人生最壮丽的青春乐章。

黄省长充分肯定了我校建校70多年来在培养人才、学科建设和科研以及服务社会方面取得的显著成就和重大贡献。他指出，在广东现代化进程中，全省高校是建设经济强省、教育强省、文化大省的重要力量，希望我校进一步明确定位，建设富有特色的国内一流的教学研究型大学；致力创新，创造良好的科研气氛和学术环境；精益求精，培养一批高素质的师资队伍和教育人才。黄省长还表示，省政府将一如既往地大力支持华南师大的改革、建设和发展，在各方面给予必要的支持和帮助，在广东经济社会发展中，特别是在建设教育强省中，进一步发挥华南师大的作用，为把华南师大办成高水平的国内一流师范大学创造更好的条件，为中华民族的伟大复兴，为广东全面建成小康社会、率先基本实现社会主义现代化作出新的更大的贡献。

报告会结束后，学校立即组织学生召开座谈会。同学们纷纷表示，黄省长的报告既“生动亲切”又“振奋人心”，听后“很受鼓舞”。一位国防生说，黄省长的报告，点燃了自己“志存高远”的激情，巩固了自己“报国为怀”的信念，鼓励自己在现实中平衡好“名”、“利”、“情”的关系。同学们表示，要谨记黄省长的期望，珍惜今天来之不易的优越条件，牢记自己的历史使命，在大学期间不断完善自我、提高综合素质，转变就业观念，更好地为基层服务，为广东的发展作出更大贡献。

（华南师范大学）

中共中央政治局委员、广东省委书记张德江在我校作形势报告时寄语广大学子

惜幸福时光，担历史责任

许敏琳　黎晓玲

本报讯　3月31日下午，我校手球馆座无虚席，中共中央政治局委员、广东省委书记张德江来我校作形势报告。副省长宋海，省委副秘书长甘霖，省委组织部副部长林华景，省委政研室主任关则文，省委教育工委书记、省教育厅厅长罗伟其，团省委书记邓海光，省委办公厅副主任王衍诗，省委宣传部副部长蒋斌，省委政研室副主任魏建飞等领导出席了会议。报告会由校党委书记杨文轩教授主持。手球馆主会场3 000多名师生听取了张书记的报告。同时，我校还开通校内有线电视和校园网络，进行视频同步传输，使大学城校区、石牌校区和教工宿舍区26 000多名师生可以同时收看张书记报告的现场实况转播。

一次次热烈的掌声、一次次会心的笑声，不时把报告会推向高潮。张德江书记借助多媒体系统，以平实生动的语言和翔实的资料，介绍了广东"十五"时期经济社会发展的主要成就和"十一五"时期的发展思路。他语重心长地寄语大学生："生逢盛世，自当倍加珍惜幸福时光；面向未来，尤需勇敢担当历史责任。"

张德江书记从综合经济实力、产业结构优化升级、改革开放迈上新水平、区域协调与合作发展等多方面，运用具体的数据分析、简明的图表，为同学们展示了广东"十五"经济社会发展的辉煌成就，并为我校师生阐明了"十一五"经济社会发展总体思路和主要任务，使我们对广东经济社会发展形势有了明晰的认识。

张德江书记深刻地论述了当代大学生的历史使命。"青年是国家的未来、民族的希望，大学生是青年的精英，风华正茂，大有作为"，"大学生要树立远大的志向"，"立志要先立德，修身乃终身事业"，"报国是中华文明生生不息的命脉所系，是我们当代大学生的终身理想"，张书记旁征博引，以铿锵有力的话语，为我们阐明了立志、修身、博学、报国的重要性。立志、修身、博学、报国是一个具有内在关联的有机整体。立志是博学、修身、报国的基本前提和精神动力；博学、修身是立志、报国的才德基础和现实途径；报国是立志、修身、博学的根本目的和最终归宿。这四者相互依存、相互促进，构成四位一体的人生成长模式。张书记指出，这是当代大学生健康成长的必然选择，也是大学生履行历史使命的必由之路。同时，张书记还希望广大教师以教书育人为己任，崇教厚德，为人师表，做立志、修身、博学、报国的倡导者。

张德江书记说："华南师范大学是具有光荣革命传统的学校，是咱们国内数家名牌师范大学之一，希望华南师大发挥优势，勇于创新，努力办成国际国内有

影响、具有鲜明特色的综合性教学研究型大学。”“让我们共同努力，把华师建设得更好！把广东建设得更好！把中国建设得更好!”张书记在报告结束时对我校师生提出了殷切的期望。

演讲结束后，张德江书记现场回答了我校学生提出的问题。张书记指出，大学生要树立远大志向，开阔胸襟，不怕吃苦，不怕吃亏，不怕磨难，把自己的青春奉献给教育事业。张书记以他丰富的生活阅历、独特的人格魅力、深刻的见解以及对华师学子的谆谆教诲和殷切期望，为我校师生献上了一场精彩的大学生时事形势报告，让我校师生深受鼓舞，受益匪浅。

（华南师范大学）

模拟市场现场火爆

董翠琼

本报讯 “跳楼价”，“血本无归”，“大平卖”，叫卖声和着音乐声在大学城的广药校区上空沸腾着，好不热闹。这是我院正在举办校园模拟市场。

模拟市场主要由同学们自行组合成立营销小组，采取“注册，经营，管理”完全仿真市场的模式，以摊位为单位，成立各式各样的营销小组，在规定的时间内以有形或无形的商品进行销售的活动。由于摊位上商品琳琅满目：岭南水果、精美服饰、风味小吃、精致玩具、电脑配件、书籍文具、化妆品、特色钱包、各款鞋袜、消暑凉茶……应有尽有，完全符合学生们日常所需，再加上摊主们充分发挥市场特色，巧用心思，想尽方法：喊口号，贴海报，派传单，设立订送热线等，模拟市场火热的场面不亚于真正的市场，摊位也由去年的六十个增加到一百二十个，每个摊位前都挤满了购物的学生。

有关负责人表示，校园模拟市场是学生接触社会的缩影，充分体现了同学们的实践能力和创造精神，让学生们尝试了创业的过程，体味创业艰难，除了给在校学生一个很好的锻炼机会，同时也让学生体会父母的艰辛，珍惜自己的读书机会。校园模拟市场活动作为科技节重头戏之一，于 4 月 25 日开始，持续至 29 日。此外，我院的学生学术科技节活动还包括人才供需见面会、实验操作大赛、英语综合能力运用大赛等系列活动。

（广东药学院）

搀扶

郑义彬　汤妙能　陈美玲

上个学期末，一封题为“我不认识你，但我谢谢你”的感谢信贴遍了全校14个学生宿舍大院的宣传栏，信中说：“亲爱的哥哥姐姐，我不能一一记住你们的名字，甚至很多哥哥姐姐我都没见过面，但我会记住这一颗颗火热的心，记住有那么多的哥哥姐姐在牵挂我祝福我。在我患病的时候，你们给我捐款，还来探望我，给我带来快乐和希望，你们对我的关怀是那么无微不至……”

这封信来自湛江廉江石岭中学初二（8）班的沈铭旋——一位年轻的血友病患者。

命运弄人

1989年的6月，沈铭旋出生于湛江廉江石岭镇的一个麻风康复村，其父母都是麻风病康复者，另有一姐一妹，皆为在校学生。家中唯一的经济来源是每月126元的政府补贴。在他7岁那年，一次无意的拔牙中，牙血流了足足一个星期，他首次发现自己有出血不止的倾向；10岁那年，右大腿首次内出血；不久右膝盖因为跌伤严重血肿，手术后严重畸形。往后的几年里，父亲带着他四处寻医问药，先后到过广西玉林、湖北武汉等地，所访医生都怀疑他患的可能是血友病。

然而，命运并没有同情这个善良却又多灾多难的家庭。2000年，他的父亲被确诊患有胃癌，父子两人一齐陷入了病魔所设下的圈套，长时间的寻医问药所欠下的债务使这个本来就一贫如洗的家庭变得更加困顿。终于，在2003年，一位坚忍的父亲带着他未了的心事永远离开了人间，家中的“擎天柱”没有了……

2003年8月，在当地一位村民的陪同下，铭旋到广州中山大学附属医院就医，被正式确诊为先天性第Ⅷ凝血因子缺失——甲型血友病。

路，更加坎坷起来了。

缘分的天空

2005年的寒假期间，我校航海学院学生何宇翔等人联合广州其他高校的学生志愿者组成的社会义工小组，在一次社会实践活动中来到了石岭镇。当时大家都只是同情铭旋的境遇，并未意识到其病情的严重性。去年“五一”长假，当何宇翔等人再一次来到石岭时，才真正了解到铭旋的病况，于是，一段关爱与被关爱的不解之缘由此展开……

回忆起第一次送铭旋进医院的经历，何宇翔无限感慨。那是去年7月初，铭旋右小腿严重血肿，何宇翔和其他志愿者遂将他送入湛江广医附属医院接受治疗。但由于止血所需药物须到广州购买且医疗费用昂贵，一时间，大家伤透了脑筋。斟酌之后，何宇翔联系了广州一些福利机构寻求帮助，当即得到了广州“血友病之家”以及广州汉达康复协会的大力支持与帮助。广州“血友病之家”给铭旋捐赠了一批血友病专用药物，汉达康复协会也捐赠了2 000元钱帮忙解决住院费用。值得一提的是，当时正值学校期末考试期间，很多志愿者要一边忙于考试，一边为铭旋筹集住院费并且抽空轮流到医院照顾他。家庭情况并不算富裕的他们在铭旋住院期间还主动承担了他的生活费用和日常护理费用。直至学校放假，同学们纷纷回家，而从广州邮购的药物却迟迟没有到达，留在医院照顾铭旋的只剩下何宇翔和其他几位志愿者。为了等到药物，何宇翔不顾家人的催唤，在病房的地板上一连熬过了十几个夜晚。在那段日子里，志愿者们和铭旋一样瘦了一圈。

好不容易盼到了药物，总算渡过了一大难关，然而好景不长，在接下来的日子里，铭旋发病的频率大为提高。截至2005年年末，铭旋先后四次发病入院。在此期间，高额的住院费用几乎都是由学生志愿者募捐筹得。渐渐地，铭旋的不幸遭遇和志愿者们的事迹在海大校园里传开，在同学们中间引起了强烈反响。有的同学认为这是大学生的义举，是无私奉献精神的体现，愿意在精神和物质上给予支援；更多热心的同学加入了志愿者的行列。但也有的人不认同他们的行为，认为这是多管闲事，自讨苦吃，非但漠不关心，还造出谣言，质疑他们致力于此事的动机。面对这种情况，何宇翔等志愿者真是既感动又无奈。

2005年12月4日，铭旋再一次发病住院，昂贵的医疗费用一时难以支付，志愿者们当即发出倡议，呼吁广大同学共同关注和帮助这个在逆境中挣扎的生命。当关于铭旋生活情况的PPT（即幻灯片）在各个班级里播放的时候，不知有多少同学流下了同情的眼泪 。大家纷纷到医院看望和照顾铭旋，把狭小的病房挤得满满的。由于膝盖血肿，铭旋行动更加不便，海大志愿者几乎包揽了他所有的起居事宜。同病房的人都说志愿者待铭旋比亲人还亲。与此同时，校园里为铭旋捐款的活动也一直在进行。据统计，仅经、工、理、外四个学院的捐款就超过5 000元，其他各大学院学生捐款活动也非常踊跃。外教Barbara以及其他老师也曾先后多次捐款。至上学期末，海大学生对铭旋的捐款额达12 000多元。

时至今日，对于铭旋的关注仍在延续。“那天我刚在宿舍大院的宣传栏贴上倡议书，马上就有一位艺术学院的师弟给我打电话，说他看了倡议书很感动，愿意捐款。后来他真找到我们宿舍来了。当他把四元钱的捐款递到我手里的时候，我第一次感到四张一元的人民币比金子还要沉！”一位志愿者激动地告诉记者。

海大志愿者的义举也感动了社会上的其他人。“我们把捐款送到银行存账，由于款项过于零散，很多银行都表示一时无法存入。后来工商银行麻章支行的一名工作人员得知情况后，不但随即解囊捐款，还花费了两个下午的时间帮我们数完这 12 000 多元的零钱……”一位姓郑的志愿者回忆起当时的情况，不禁露出欣慰的笑容。他从此相信，爱的力量可以感化一切。

路很长，我们相扶走过

“能让铭旋走向自立，这是对我们辛苦的最大慰藉!”前方的路虽然漫长，志愿者们却一直在用心去寻找这样一个终点。于是，他们开始给铭旋补课，开始给他讲做人的道理，开始和他一起探索人生的方向……

看着跟自己毫无血缘关系的大哥哥大姐姐这般操劳，想着哥哥姐姐们筹款的艰辛，望着哥哥姐姐们满脸的疼惜与无奈，铭旋的泪花在眼角打着旋儿。坚强的他在打针、治疗时再痛都没掉过眼泪，而此刻，泪水却终于忍不住从苍白的脸上悄悄滑落。

去年底的那次患病之所以特别严重，是因为出血后没有得到及时的控制和治疗，而当志愿者问起为什么不早点通知他们时，铭旋的回答令人心酸：“我知道你们筹钱很辛苦，所以我想试着让自己慢慢好起来，不再给大家添太多的麻烦……”

“真的很感谢你们对我的帮助，使我能够渡过难关，我会更加爱惜自己的身体，不再轻易让自己受到伤害。我一定要更加努力地学习科学知识，不辜负哥哥姐姐们对我的期望……”信虽不长，可字里行间流露的真情，却足以感动每一颗善良的心灵。

“让我怎样感谢你/当我走近你的时候/我原想收获一缕春光/你却给了我整个春天/让我怎样感谢你/当我走近你的时候/我原想捧起一簇浪花/你却给了我整个海洋……”多年前一首题为“感谢”的诗中这样吟唱。能得到别人如此真挚的感谢，这是一份多么贵重的人生礼物。对于志愿者们来说，或许重要的不是感谢本身，而是在品尝这份喜悦的同时，他们更加认识到了自己的人生价值。

如今，缘分的天空依然明亮，爱心之路仍在延伸。一批志愿者将要毕业离开学校，低年级的学弟学妹们又赶了上来，用心把他们手里的接力棒传递下去。五月的校园，怒放的凤凰花正传达着生命对阳光的感激。海大志愿者们也在用自己的实际行动，继续抒写着阳光与花儿的故事!

（广东海洋大学）

大人物汕大“打工记”

世界著名量子化学家潘毓刚教授执教汕大

茹萦莹

2005年9月，汕大秋季学期开始。188名大一新生带着期待，静候《化学导论》新老师到来。还有5分钟，一位鬓角发白、气度优雅的老先生踏进门来。刹那间掌声雷动，些许兴奋显现在同学脸上。他就是世界著名量子化学家、汕大名誉教授潘毓刚先生。

潘毓刚先生生于广州，后迁居台湾。1961年赴美耶鲁大学深造，在密歇根州大学完成博士学位，曾在哈佛大学从事博士后研究。36岁时被聘为波士顿学院终身教授。连续四年担任全美华人协会总会主席，是改革开放初邓小平亲点、中科院聘请的首批10名顶级科学家之一。2001年。在波士顿学院化学系，潘毓刚带完最后一名博士生，宣布此后不再带学生，而选择回国授课。

潘毓刚先生与汕大的缘分，其实早在1984年被邀为汕大名誉教授之时便已结下。20年后，重临旧地，他感慨道，“40多岁时候的我曾有过一个想法，到最贫穷地区的小学一年级去当一年的老师。可惜最后没有付诸实践。”70岁的潘毓刚，正值汕大理学院筹划人才培养模式改革，实施“理科大类培养”新模式，对现有应用物理、应用化学和生物技术三个专业进行整合之时，受理学院国际化教学模式改革所激赏，他作出决定，在汕大执教一学期。

“杨振宁在北，我就在南”，潘老先生在接受《广州日报》采访时，曾直言他选择来汕大教授大学基础课程是受了在清华授课的杨振宁先生的启发。他说大学的基础教育很重要，经验丰富的资深教授带基础课不但能帮助学生将基础打牢，同时可以让年轻的教师们有更多的时间和机会从事科研。潘毓刚表示要将这种国外的教学制度“引进”国内并加以提倡。

潘老在汕大亲身教授大一本科生基础课《化学导论》和研究生学位课《量子化学》。对待这些“在美国都讲了几十年，闭眼都可以讲”的课程，享誉全球的老先生却一点都不含糊。课程都是他自己设计，把目前世界上最好的4本教材整合后作为讲义。“我一点也不敢马虎……为了让学生真正听懂，往往需要从不同角度讲解，保证他们弄明白为止。”

理学院的同学大概会好好记住过去的这个学期。课堂气氛总是热烈。潘老制定的“奖罚制度”很是诱人：只要发现他在黑板上写错一个字奖1分；挑出书本错误一处加5分，学生把他问倒加10分。在理学院学生的专业领域，潘老无疑俨然巨人，但是他教导他们的不是敬畏权威，而是够胆识去挑战权威。“不要管你面对的是什么大人物”，潘老这样说，“我爱我师，我更爱真理。”

这位来去潇洒、不带讲稿的老教授，钟爱粉笔板书，思维在一堂课间，能活跃满满几个黑板；中英双语授课，普通话里略带南方口音，讲完一段习惯问句"Any questions?"老先生亲自在办公室门口，贴上亲书的、为学生答疑的三个时间段。特别注明："如上述时间不能前来，可来电预约其他时间。"70 高龄的潘毓刚先生，一周至少在讲台上挥洒激情 8 小时，在办公室为学生开答疑"小灶"大约 5 小时。

自 1977 年起，潘毓刚先生每年都回中国讲学，并且从不领取报酬。他说这是为贫困生打工。到汕大来亦作了同样的决定。汕大以潘毓刚先生的薪酬设立奖学金，以资助贫困学生。"其实一个人的力量很小，但总要有人做，才能推动整个社会风气的形成。"

在汕大执教完一个学期，潘毓刚先生说，他还会回来的。贫困生的奖学金等着他来充值。倡导者的"种子"一定会找到温湿的土壤。

（汕头大学）

“你应该为你的国家感到自豪”

汕大学生记者采访美国副总统候选人拜登

新闻与传播学院

“You must be proud of your country！（你应该为你的国家感到自豪！）”9月21日，这是美国民主党候选人拜登（Joseph Biden）与汕头大学学生记者马婧合影之后，对她说的一句话。

在李嘉诚基金会的资助下，长江新闻与传播学院8名师生组成了中国首个高校美国总统大选报道团，于今年8月到11月期间在美国进行实地采访，向国内外中英文报章发回美国大选的第一手报道。

对几位汕大记者来说，将近2个月的奔波历程中，在弗吉尼亚州的这一天即便不是最难忘，也绝对是生命中闪耀着光彩的一段记忆——与民主党副总统候选人拜登“零距离”接触。

获悉拜登将在弗州举行动员演讲，龚洁彤、马婧、冯妙兰等几位记者从华盛顿特区赶往弗州。这位来自特拉华州服务时间最长的参议员曾参加了1988年及2008年的美国总统选举。今年1月份在艾奥瓦州的初选失利后退出，七个月后，被民主党总统候选人奥巴马选为他的竞选伙伴。拜登曾于1979年和2001年两度访问中国，主张与中国进行对话而非对抗，在外交和国家安全事务上有着丰富经验的拜登被认为是奥巴马制定对华政策的主要咨询者之一。

此次演讲在一个名为Claude Moore的公园里面举行，目的是使民主党能获得大选七个摇摆州之一，甚至可以说是战况最激烈的弗州的妇女选民的支持。看似更适合一家进行周日野外聚餐的湖边草地，聚集了一群支持奥巴马的母亲和媒体工作者。孩子的打闹声、婴儿的哭声与记者专注的表情似乎格格不入。马婧表示，记者并没有想象中那么容易接近当天的主角，相反普通的宾客更有机会近距离接触到拜登。

拜登在演讲中介绍了自己生命中重要的女人，并对麦凯恩所谓“尊重女性的价值观”的言论进行了抨击。龚洁彤说，一身商务休闲装登场的拜登，其演讲激励着观众的情绪，“很容易就把现场气氛带动起来”。

演讲结束后，记者席中的同行开始通过专用通道，跑向讲台后面“围攻”拜登。与外国人相比显得身材瘦小的马婧挤过一处损坏的围栏，冲进了包围着拜登的人群里。此时她与拜登只相隔三排人墙，丝毫未能前进一步的马婧感到失望：“我甚至想放弃继续拍摄，回到自己的团队与队友们会合。”但再三思量后，她决定不放弃这个近距离接触拜登的机会，于是她像影子一样紧紧跟着拜登的一名保安人员。

另一名记者龚洁彤则是奋力从拥挤的人群中挤到最前排，与拜登只有一米之遥。正犹豫是否上前与他握手谈话时，看见队友马婧已经突破了三层“防线”与拜登进行着交流。听说马婧是一名前来美国观察大选的中国学生，拜登说，“那这趟旅程你一定很兴奋了。”在爽快地与马婧合照后，拜登对马婧说，“你应该为你的国家感到自豪！(You must be proud of your country!)”马婧大声地回答道：“是的！”看到拜登与马婧的亲切交流，龚洁彤觉得信心增大了，“没想到自己只是稍微伸出了手，就吸引到拜登的注意力。”拜登伸出手把龚洁彤从人群中“拯救”出来并问起她的一些基本情况，当听到龚洁彤是来报道大会的一名中国学生，拜登显得很惊讶，并一直说“Great！Great！”还热情和她合影。

汕头大学长江新闻与传播学院美国总统大选报道团的工作进行至今，已经亲眼目睹了众多美国政坛人物的风采，其中包括了民主党总统候选人奥巴马、共和党总统候选人麦凯恩以及民主党女性领袖希拉里。而打破常规、努力突破是团员们获得众多宝贵采访机会的原因。这次与民主党副总统人拜登的亲密接触，更是为大选报道历程添上精彩的一笔。

（汕头大学）

灯灯接续　薪火相传

邓　剑　梁烨妮

康保成，1952 年生，河南郑州人。1975 年至 1984 年先后在河南大学中文系攻读本科、硕士学位，并留校任助教、讲师。1984 年春至 1987 年春在中山大学中文系攻读博士学位，师从王季思教授、黄天骥教授，毕业后留校任教至今。1994 年春至 1997 年春在日本九州大学任教，2007 年 4 月至 6 月在日本名古屋大学任客座研究员。现任中山大学中文系教授、博士生导师、教育部重点研究基地中山大学中国非物质文化遗产研究中心主任、中国傩戏学研究会副会长。研究方向为中国戏曲史。侧重从戏剧与民俗、宗教的关系方面入手，探讨古代戏剧形态的演变。

2007 年被评为“南粤优秀教师”、“中山大学教学名师”、百篇优秀博士论文指导教师。

“人有百折不回之真心，始能汇点滴以收获。”——康保成

喜闻康老师荣获“南粤优秀教师”称号，我们以请教为名找到了康老师。在此之前他婉拒采访，我们由此得知，康保成老师最看重和最欢迎的只是请教问题的学生。

秋日的下午，在中文堂的九楼，康老师笑着对我们说：“我是中文系最幸福的男人。”

其实，这句话最初出自中文系的李炜老师之口，他羡慕康老师有一位贤内助，“从来都不用上菜市场”。然而对康老师来说，没有什么比踏踏实实做学问、勤勤恳恳教学生更幸福的了。

忆往昔学生岁月，玉壶冰心恩师情

康老师 1984 年春至 1987 年春在我校中文系攻读博士研究生，是中山大学培养的最早的博士学位获得者之一，师从王季思教授、黄天骥教授。

“我是从学生时代走过来的，对师生之间的感情特别有感触。我的两位恩师王季思教授和黄天骥教授待我就像对自己的孩子一样，关心我，指引我，无论是在专业上还是在生活上。没有老师，就没有今天的我。”康老师说到，当年他进中大时 32 岁，王起先生已经 79 岁了，在年龄上足以当他的爷爷，学问上功底已达炉火纯青，可是王先生经常和他聊天，聊自己的老师和当年的故事，“传道、授业、解惑”也是在聊天过程中完成的。康老师谦言当年甫进中大，不懂做学问也不会做学问，多亏了两位恩师用科研实践和参与项目带着走进了学术的殿堂。那时，他作为学生参与了《全元戏曲》的点校和编纂工作，对学术“初窥端倪”。

师从两位名师，康老师在为人为学上深受影响。王季思教授和黄天骥教授胸怀宽广，给予学生极大的学术自由。王黄两位先生做的是剧本文学研究，当康老师另辟蹊径，拟选傩戏为研究方向时却得到了他们极大的鼓励和支持。80 年代末康老师遇上风波之际，王先生不愿中大失去这样一位人才，写信给校党委，“泪水把信纸都打湿了”。直到今天，康老师一提到此事，便禁不住激动万分。正是秉承着这种至真至诚的为人师表的信念，他在自己的教学事业上滋兰植蕙。

康老师当年的博士论文是《论苏州派》。“做了老师以后，才知道论文答辩不仅检验学生，更检验老师。”他当年答辩的时候，来自浙大的徐朔方教授一口断定没有苏州派。康老师注意到，此时坐在台上的王季思老师一下子紧张起来了。康老师也很紧张，可是这时候决不能打退堂鼓，只能据理力争。答辩结束，徐教授称赞康老师辩得好，这时，王先生的脸色才松弛下来。“现在我也带学生，才知道做老师的责任之重。2004 年，我带的六个博士生都选了皮影戏的题目，有人说这样答辩的时候怎么办呢？会不会重复碰撞？”一直到今年六月初，参加答辩的四个博士生都顺利通过并拿到了学位，在名古屋大学访学的康老师听到这个消息，一颗悬着的心才放了下来。他说：“我那时的心情比获得学位的博士生们还高兴，现在就看明年的两位了。”

“人有百折不回之真心，始能汇点滴以收获。”

20 世纪 80 年代中后期，“傩戏研究热”兴起。那时候，康老师正好在图书馆古籍部工作，近水楼台的他把馆藏地方志民俗部分全部研读一遍，做了几百张卡片，发现古代戏剧演出与宗教祭祀有着莫大的关系，这让他对我国民俗与戏曲的关系产生了浓厚兴趣，从而确定了以后较长时间的研究方向——傩戏研究，集大成之作是《傩戏艺术源流》。在傩戏研究当中，康老师披沙拣金，进一步发现了傩戏与佛教的关系，写成了第二部重要著作——《中国古代戏剧形态与佛教》，获得了全国高校文科优秀成果二等奖。这两部著作除了本身的成就外，还在于体现了一种理论视野和做学问的方法，突破了以往仅从文本入手研究戏曲史的藩篱。而现在，他带领博士生们到 18 个省市（包括台湾省）调查全国皮影戏的生存状况，又带领博士生们承担“岭南濒危剧种研究”这一项目，到广东省内外多次调查。把文献和田野结合起来进行研究，已为康老师所在学科的师生们现在普遍采用的研究方法。

1994 年至 1997 年，康老师在日本九州大学文学部任客座教授。说起这段经历，他表示日本人做事认真仔细的态度对他影响很大，让他懂得了做学问要“抠小问题”。《说“青鸟飞去衔红巾”》写于日本，发表在《文学遗产》1996 年第 5 期，是康老师探幽索微所得。长期以来，人们不了解“红巾”的最早出处，直接导致了对杜甫《丽人行》的误读，康老师敏感地注意到了这个小问题，最终在《新唐书》、《旧唐书》和《资治通鉴》中找到了答案。还有论文《“瓦舍”、“勾栏”新解》，从佛教文献中找到了“瓦舍”、“勾栏”的最早出处，从而牵涉出佛教与中国戏剧这个大问题。他说：“做学问就是要小中见大，小题大做，而决不能大题小做。”

作为一名教授，康老师直言最希望能够专一做学问和教学，但是作为教育部重点研究基地主任，杂务繁忙，康老师不能不倍加珍惜时间，做到业广惟勤、分秒必争。“我绝不虚度每一天。”他现在“以车代步”，不管是在校内还是到珠海上课，抑或出外。他跟我们“抠时间”：从西区步行到中文堂上课需二十分钟，开车则能省下十五分钟；到珠海上课，自驾车能省下赶车候车的时间，更不需浪费因班车问题而留宿珠海的时间。尽管康老师知道步行有益身体健康，尽管十五分钟对于普通人来说不算什么，但是对于这样一个杂务缠身仍执著做学问的教授来说，十五分钟也是弥足珍贵啊。然而，他却从不熬夜，他说：“晚上熬了夜，白天得补觉，干活的时间并没有多出来。”他在勤恳的同时讲求效率，他要“抠”的是工作时间。

近年来，为了配合课堂教学，并在大学生中普及民族艺术，康老师还倡导成立了“中山大学岭南剧社”，至今已取得显著成绩。他说：“目前我们剧社仅限于京剧，我们还打算把粤剧和话剧也囊括进来。”

“此身合是师者未？但求无愧是我心。”

康老师带研究生历来严把三关：一是选题，二是开题，三是初稿。他说：

"有人说，做生意第一是地头，第二是地头，第三还是地头。我要说，做学问第一是选题，第二是选题，第三还是选题。"选题能看出一个学者的学识和眼光。"就好比开矿前的选址，我说这里有金子，如果开采后没发现金子，你说这是不是误导?"

"开题报告"和"预答辩"都是集体会诊，黄天骥老师、欧阳光老师、黄仕忠老师都是指导小组的成员。康老师说："个人的力量是有限的，开题报告时每个老师针对学生的文章提问题，有的话很直接、很刺耳，但对学生有益。"他还说："我历来鼓励学生转益多师，去听吴承学老师和系内外其他老师的课。"

康老师在研究生培养方面取得了丰硕成果。黎国韬博士获得2005年全国百篇优秀博士论文提名，刘晓明博士获得2007年全国百篇优秀博士论文称号。但他却借韩愈的话说："师不必贤于弟子，弟子不必不如师。"他多次说过刘晓明水平比他要高，黎国韬假以时日必超越他。他不忘王黄两位恩师的教诲与期望，在《傩戏艺术源流》的后记中，他告慰王季思教授说："我努力了，以后还会再努力!"今天，他的学生黎国韬老师又把这句话写进了《古代乐官与古代戏剧》一书的后记，用以自勉。

在本科教学中，康老师最重视的是培养学生的创新能力。他在课堂上，经常组织学生讨论，鼓励学生大胆发表与教科书和老师不同的见解。他说："有缺陷的创新应当鼓励，片面的深刻值得表扬，而按部就班、亦步亦趋不值得提倡。"他指导的本科论文，不少发表在重点学术期刊上，如吴真的《潮剧童龄制初探》发表在《文艺研究》，潘国欣的《佛山祖庙正殿神案"薛刚反唐"戏曲人物木雕考释》发表在《文化遗产》。

康老师在学术上绝对不容许弄虚作假，马虎了事。他曾被学生评为中文系"四大名捕"之一。有一次期末考试，尽管他事先就学术诚信作出了郑重说明，但学生所交的期末论文中仍有不少是从网上抄袭的。他把那些抄袭的段落、句子一一画出来，凡有抄袭行为者一律打零分，并组织学生进行讨论。说到这里，他收起了笑容，凝重地嘱咐我们："做学问，不够聪明可以原谅，但是，一定要守住道德底线。"

灯灯接续，薪火相传。康保成老师从王季思教授、黄天骥教授那里接过了戏曲研究的接力棒，并继续把这个传统向他的学生们传递。获得"南粤优秀教师"和"中山大学教学名师"称号之时，也正好是康老师主中大教席满20周年。他满怀深情地向我们说起王季思老师曾对他说过的话："我来中大工作不后悔。保成，我想你也不会后悔的。"

（中山大学）

戏曲研究五十载 孜孜不倦教与学

——访第二届“国家级教学名师奖”获得者、我校中文系黄天骥教授

陈映丹 陈凯倩

近日，中文系黄天骥教授喜获第二届“国家级教学名师奖”，值此喜庆的日子里，同为校报记者的中文系师姐邀请黄老师接受校报记者采访，可黄教授婉拒了；而我们以中文系学生的身份，请黄教授为我们粗略地介绍研究古代戏曲应该从何做起，他却答应了。于是，这不是一次采访，而是一席老师对本系学生语重心长的谈话。

做学问：“对我影响最大的理论是辩证唯物主义”

黄教授自1952年考上中大中文系后，深受几位老师的影响——在戏曲方面受教于王季思教授和董每戡教授，在诗词方面受詹安泰教授影响良多。于此，黄教授颇有感触地说：“所谓大树底下好乘凉，我受到这几位先生思路上学问上的影响，得益于此，对自己的学科慢慢有了了解，其实比起我的老师这一辈，我并不算什么。”毕业后黄教授留校至今，从事古代文学教学和科研工作，主攻方向是戏曲、诗词，曾被国务院人事部评为有突出贡献的中青年专家，曾获广东省社科特别学术成就奖。1997年至2001年，主持教育部“211”工程重点建设项目“中国古代文学与传统文化”；2001年至2004年，主持国家社会科学基金重点项目“中国古代戏曲形态研究”；同时，论著与编注的书共有十几本，主要的学术论文几十篇，其中，《中国戏曲选》于1987年获高教部教材一等奖，《全元戏曲》（参编）于2001年获国家古籍整理规划小组全国古籍整理一等奖，《中国文学史》（宋元卷分卷主编）于2001年获北京市第三届人文社会科学优秀成果特等奖。

黄教授从事戏曲研究五十载，是当今中国古代戏曲研究的领军人，我们这些晚辈当然首先请教他，如果想在戏曲研究方面发展的话应该从哪些方面打好基础。黄教授首先告诉我们，校勘注释，解通每个字词，这是古代戏曲研究的基本功，自己在学生时代在此方面受到了导师王季思先生严格的训练，一生受用无穷，而现在也是这样要求他的学生的。这一来，不仅继承了老一辈的学术成果，注意学科队伍的建设，在自身前进的同时也带动年轻一辈的进步。现在中文系戏曲研究方向的队伍是比较整齐的，传统戏曲与非物质文化研究中心已被海内外公认为研究中国古代戏曲的重要基地。

接着，黄教授教导我们，学中国古代戏曲研究，重要的戏曲名著和戏曲理论

都要看，这不仅包括中国古代的，也包括外国和中国现当代的，如莎士比亚的戏剧、《雷雨》、《子夜》，以及一些有名的地方戏曲。外国的戏曲理论与中国的很不相同，为什么还要看？这是因为不同才要看，有比较才知中国戏曲的特点。

黄教授现在虽然已年过七旬，但是很多新的理论，他也有所了解，比如符号学、弗洛伊德的理论、性心理学等，都在他的论文中有所运用。黄教授表示很愿意接受新的知识、新的理论，这些都可以在自己的研究中参考借鉴。而对他一辈子处理问题、分析问题、解决问题影响最大的是辩证唯物主义。其实中国古代哲学有很多辩证唯物的思想因素。黄教授表示《马克思恩格斯选集》一共四册，自己认真读过，觉得很有文采，而《共产党宣言》也是可以当作文学书来看的，值得认真看，这些都是很有文采的理论书，生动而有道理。有几年黄教授还讲授《易经》、《道德经》，讲里面的辩证法。我们从黄教授的《冷暖集》《深浅集》、《俯仰集》这些具有明显辩证主义倾向的专著名称可知，辩证主义对黄教授影响深远。

搞教学："我们进行的是素质的培养"
"中文楼一定要有个舞台"

说起中大中文系，无论是中文系的学生或是其他专业甚至其他学校的师生，印象最深刻的莫过于大一的百篇作文、大二的八篇书评、大三的学年论文、大四的毕业论文这些"强化写作训练"，以及在这过程中的"全程导师制"。这些措施实施二十年以来，成绩斐然。其中大一的"百篇作文"，大三的教学实习和"全程导师制"等项目先后都获得了广东省优秀教学成果二等奖。而受过这些强化写作训练的学生走上工作岗位后，写作能力得到了社会各界的肯定与赞赏。而上一学年在04级本科生中实行的百篇古文阅读背诵，虽然让这些大二的学生叫苦连天，背书背得要晕倒，走到哪里都抱着那本书不放，可是背完之后，同学们却慢慢能把古代文学精华应用到作文写作中，甚至应用到日常交流中，这有效地提高了同学们的古文理解能力和文化素养。说起这些闻名遐迩的教学方法，就不得不提到黄天骥教授这位"全国模范教师"，也是"国家级教学名师"。上述的培养模式，主要是他在1984年担任中文系系主任期间，针对本科学生而制定实施的。同时，他还提出"自觉地学习、刻苦地学习、创造性地学习"的口号，倡导"三文"（作文、古文、英文）和"三头"（笔头、口头、指头）并重的"固本培元"、"开拓创新"的教学理念。二十年来，他虽以培养博士生为主，但一直坚持参加指导本科生的上述训练。近五年来，指导"百篇作文"、"书评"共八人。

在培养博士生方面，从2000年至今，黄教授先后指导博士生13人，开设的博士生课程有"中国古代戏曲研究"、"中国文学史专题研究"、"戏曲文献研究”、“戏曲美学研究”等。他一方面主张结合学生特长去指导他们学习、研究，鼓励学生发挥自我创造性、敢于迎难而上、求实奋进；一方面努力为学生创造宽松、民主的学术环境，采用多种形式促进师生之间的学术讨论，激发学生的创造灵感。经黄天骥教授指导的博士生、硕士生中，有许多已经成长为行业骨干或重点大学的学术带头人，其中宋俊华的博士学位论文《中国古代戏剧服饰研究》获得了2004年全国优秀博士论文奖，实现了广东省在中文学科“优博”获奖零的突破。

“我招博士生时，一定会问他上过舞台没?”当听到这句时，我们问：“是不是一定要上台唱戏曲?”老师笑着说，不是的，演过话剧、唱过歌、朗诵诗文的，都可以，上过舞台了，就表示你的口头表达能力和勇气还是不错的。新的中文系楼建的时候，黄教授就要求一定要有个舞台，可以让学生有个表演的地方。口头表达能力对于中文系毕业生以后的工作是相当重要的，所以黄教授希望新的中文楼要有舞台，让大家都有机会上台表现自己。一会儿，黄教授突然瞪大眼睛笑着说，“舞台下面的凳子每张可要600多块喔，很高级喔，是中文系的校友捐赠的，你们要充分利用舞台，但也一定要好好爱护舞台，不要弄坏也不要弄脏，那可是校友的心血和情谊。”说着，黄教授自己大笑起来，笑得如此憨厚可爱。

接着，黄教授又语重心长地表示，这些都是老一辈人的经验，希望学生们能够及时培养自己所需的本领。“三个文”和“三个头”，这是素质培养，但是素质如何转化成技能，就得看你以后做些什么工作，环境需要你去做些什么了。比如，现代社会互联网发达，要求大家都会用电脑，黄教授坦言在这方面比不上学生们，但是也在努力地学习，现在也会上上网，写写稿，收发邮件，也会——QQ啦（说完黄教授自己大笑起来），但是怕花时间，也就没有再继续用QQ。活到老就得学到老，这是黄教授用自己的人生一直践行的格言，这也是一个国家级名师的大家风范，而我们这些后辈，“虽不能至，心向往之”，应以黄教授为榜样，不断学习、不断进步。

“无用常常是大用”

当我们说到古代戏曲研究好像只限于学术领域时，黄教授说古代戏曲当然要和当下实际结合，但这结合并不是大家想象的那么简单直接，比如读诗词，你读了之后能写诗写词当然最好，但你不写诗写词，你写小说写散文也可以吸取古代文学的营养。活学活用，甚至可以运用到生活中去。古代戏曲的手法和技巧能够运用到现在的戏剧创作中去当然最好，但未必需要你去创作戏剧。现在不能用，不等于无用，无用常常是大用，当你需要去写东西时，可能你的文字功夫和技巧运用就比其他人好得多。比如黄教授的一个学生是剧作家，就能很好地运用所学知识来创作。黄教授自己没有搞戏剧创作，但是每当给创作者提意见时，都能切中要害，让人恍然大悟。黄教授笑言搞研究是为搞创作服务的。

黄教授以自己的经验告诉我们，中大大部分专业的学生，都是原理都懂了，可是一到外面工作都是要从头开始的。比如那些学管理的，连自己都不知怎么管理，连管理什么都不知道，还谈什么管理。那些具体操作的东西是需要一定的经历才能学会的。我们进行的是素质的培养。可谓真知灼见，让人豁然开朗。

为人处世："我是老师，不是演员"

当我们问及："为什么大力鼓励学生们要勇于上台表现自我，而您自己却拒绝采访，保持低调呢？"黄教授坦言，因为从事教学工作半个世纪，越来越感到"学然后知不足"的道理，到这层次，就懂得了不要取得一点点成绩就觉得自己很了不起。学科在发展，社会在发展，便发觉自己掌握的东西越来越不够用了。特别是教学科研，必须创新，没有上课就要做研究，不然哪来新的见解？大学老师是没有假期的。

黄教授接着有点无奈地说："现在很矛盾，因为很多记者编辑都是我们中大中文系毕业出去的学生，他们工作需要采访我，我不能不支持一下，不然人家要扣工钱的；可是大家也得体谅我一下，因为如果大家老采访我，一是占用我的时间，二是影响我的形象。我是老师，不是演员，我这老头子觉得要专心于我的科研教学工作，所以经常拒绝采访、上电视。而你们是我的学生，你们有事要来问我，我觉得我有责任为你们解答疑惑。"

这样的师德师风，怎能不叫人肃然起敬呢？

本来只预计占用老师十几分钟的我们，结果和老师一聊，如沐春风，不知不觉一个半小时就过去了。这次谈话让我们对黄教授有了更多直接的了解，也油然而生敬重与喜爱之情，这是一位德高望重的教授与学者，也是一位睿智而亲切的长者。

（中山大学）

酒香浓郁藏深巷

——记庞加莱猜想证明者朱熹平教授

郑奇志

法国哲学家蒙台涅：“真正有学问的人，就像麦穗一样。只要他们是空的，就茁壮挺立，昂首睨视；但当他们臻于成熟，饱含鼓胀的麦粒时，便谦逊地低垂着头，不露锋芒。”锥处囊中，脱颖而出；酒香浓郁，藏于深巷。这，就是朱熹平。

——题记

朱熹平，男，1962 年 6 月生，广东始兴人，汉族，1993 年 4 月加入中国共产党，1984 年 12 月参加工作，博士研究生学历，教授，博士研究生导师。1978—1982 年在中山大学数学系进行本科学习。1982—1984 年在中山大学数学系进行硕士研究生学习。1984—1986 年为中山大学数学系助教。1986—1989 年在中国科学院武汉数学物理研究所进行博士研究生学习。1989 年起在中山大学数学系任教，1991 年 3 月晋升为副教授，1993 年破格晋升为教授，1997 年 12 月任数学与计算科学学院副院长，2000 年 1 月至今任数学与计算科学学院院长。

猛烈的阳光和泛滥的暴雨，并没有成为六月的主角。2006 年 6 月 3 日，一条极具爆炸性影响力的消息降临神州大地——新华社以“百年数学猜想破译，中国科学家最后登顶”为题报道了中山大学朱熹平教授及其合作者彻底证明庞加莱猜想的消息。6 月 4 日《人民日报》以及几大华南强势媒体以头版甚至头条的形式，对此进行了报道。

随后，在大江南北、长城内外，处处喜报频传。《南方日报》评论道：“一项比哥德巴赫猜想还重要的重大成就，一项美国克莱数学研究所曾悬赏 100 万美元求解的世界难题，一项国际数学界最为重要的猜想之一，被一位低调的中大教授和他的海外合作者共同破解了，还有什么比这个更让媒体欢喜?”

的确，遥望欧美领先的学术建设，国内学者不再“更隔蓬山千万重”。这项伟大的证明，填补了中国人在国际顶端科研方面的一项空白，使压在国人心头多年的沉郁轰然瓦解，蓄势多年的激动终于迎来发泄的契机。媒体的报道恰好将国人这种心情充分放大，在社会上引发了热烈的反响。

镁光灯下，众里寻他千百度，他却隐于灯火阑珊处

在广州这座繁华喧闹、笙歌霓虹的国际大都市，中山大学大隐隐于市，不露

声色地安处于珠江南畔。正是这座伟人首创的华南高等学府，孕育了像朱熹平这样“冲上国际平台”的学者。绿荫径旁，藏书阁前，一座小楼安详地笼罩在宁谧之中，大门之上有三个沉稳又不失豪健的红字：数学楼。这就是朱熹平工作的地方。

朱熹平现任中山大学数计学院的院长。与媒体这种高调的报道相对的是，朱熹平由始至终都保持着低调的态度。就如法国哲学家蒙台涅笔下那颗饱含鼓胀的麦粒，他非常谦逊，不露锋芒，婉言谢绝了许多媒体的面对面采访。他的理由是，“学术上的成果，论文发表还只是一个开始，要接受学术界的检验以及历史的考验”。

解开庞加莱猜想　封顶之作令同行振奋

朱熹平的助手和同事对此表达了由衷的高度评价。“朱老师的学术成果非常漂亮”，副院长姚正安如是说，言语中包含了中大数学同行对朱熹平的深厚期盼。

事实上，我们可以从专家们的评论中窥见朱熹平对破解庞加莱猜想的贡献。数学家杨乐认为，如果按100%划分，美国数学家汉密尔顿（Hamilton）的贡献在50%以上，提出解决这一猜想要领的俄罗斯数学家佩雷尔曼（Perelman）的贡献在25%左右。中国科学家的贡献，包括丘成桐、朱熹平、曹怀东等，在25%左右。而哈佛大学教授、著名数学家、菲尔兹奖得主丘成桐教授也给予了高度评价，“这是解开庞加莱猜想的封顶之作!”“这就像盖大楼，前人打好了基础，但最后一步——也就是‘封顶’工作是由中国人来完成的。”

将功劳归于数学界同行　不愿过多宣传个人

为了更进一步地了解朱熹平，不少媒体将目光投向中山大学。校长黄达人对朱熹平这种低调的做法颇为欣赏，“朱教授一贯低调，他一直认为，完成这一证明是国际数学界同行共同做出来的，他的团队的成果只是完成了‘临门一脚’，因此不愿过多地宣传个人。”

令黄校长记忆犹新的是朱熹平从哈佛回国后与他会晤的那一幕情景。黄校长介绍，中山大学有一个惯例，院长出国需要向校长通报一下，因此他较早地知道了朱熹平的工作。朱熹平去年从哈佛大学回国后，跟黄校长说了在哈佛大学的经历。黄校长向他表示祝贺，他说：“丘成桐教授创立的几何分析为解决这个猜想奠定了基础，美国数学家汉密尔顿为这个猜想提出了解决框架，俄罗斯数学家佩雷尔曼给出了重大突破。这是国际数学界的同行们你一步我一步共同做出来的。我们只是比较幸运，完成了‘临门一脚’。”

应邀访问哈佛　用半年时间证明一道数学题

世界难题庞加莱猜想的证明“答辩”，是在国际顶尖学府哈佛大学进行的。要向全世界证实朱熹平等人已经完全证明庞加莱猜想，不能尽凭一家之言，还必须得到专家权威的认可。为此，朱熹平接受丘成桐的邀请，特意前往美国哈佛大学进行讲解，前后共花了长达半年的时间。从去年9月到今年3月，朱熹平对包括3位美国科学院院士在内的美国数学界同行，就庞加莱猜想的证明作了讲解，每周两次，每次一个半小时，共讲了半年的时间。

据朱熹平描述，“我每次都在不停地讲，专家们也不断地进行了提问，大多数是一些推导细节的问题。”用半年的时间来证明一道数学题，一点也不夸张。“讲了还不到半年的时候，我的签证快到期了，但是证明还没讲解完，于是哈佛那边马上给我续期办好，丝毫没有耽误。”

开垦数学荒漠　是七大难题沙漠上第一蔓恒久的青绿

关于朱熹平等所彻底破解的庞加莱猜想，可以从其历史渊源来探究。2000年5月，美国的克莱数学研究所筛选出了七大世纪数学难题。这些难题包括庞加莱猜想、黎曼假设、霍奇猜想、杨—米尔理论、P与NP问题、波奇和斯温纳顿—戴雅猜想、纳威厄—斯托克斯方程。任何一个封闭的三维空间，只要它里面所有的封闭曲线都可以收缩成一点，这个空间就一定是一个三维圆球——这就是法国数学家庞加莱于1904年提出的猜想。

七大难题，如横亘在数学大洲的一片荒凉的沙漠。迄今为止，除庞加莱猜想被彻底证明以外，其余六个尚未破解。朱熹平等的创举，为这块荒凉的学术沙漠开辟了一蔓恒久的青绿，朱熹平等学者的贡献具有重要的开创性意义！

代表了亚洲数学水平　应该发表在亚洲数学学术刊物上

数学家杨乐认为，“这是第一次在国际数学期刊上给出了猜想的完整证明，成果极其突出。”在美国出版的《亚洲数学期刊》6月号，以专刊的方式刊载了长达300多页、题为“庞加莱猜想暨几何化猜想的完全证明：汉密尔顿—佩雷尔曼理论的应用”的长篇论文。

值得强调的是，该成果并没有选择发表在SCI的国际刊物上，而是发表在标记着“亚洲”的数学刊物上，原因在于“该成果代表了亚洲的数学水平，应该发表在亚洲的数学学术刊物上”。朱熹平非常赞同丘成桐的这一建议。

事实上，从朱熹平的学术成长轨迹来看，不难发现其“中国本土培养”的特征。他的本科学位和硕士学位均在中山大学数学系取得，1989 年在中国科学院武汉数学物理研究所取得博士学位。同时，其学术成长也得到了包括中科院、北大、复旦在内的国内数学界的支持和帮助，这对其本人具有极其重要的意义。

潜下心来做好学问　让潮流追随自己的成绩

“冰冻三尺，非一日之寒。”朱熹平曾经在国内数学界取得了很多优秀成果，这次破解世界难题亦非偶然。早在解开庞加莱猜想之前，朱熹平已经凭借其在微分几何领域的造诣，成为学术界赫赫有名的学者。其中最重要的是：他对于描述高维单值化问题的 Greene—伍鸿熙—丘成桐猜测取得了突破性进展，并且彻底地解决了关于复流形上全纯函数维数估计的著名丘成桐猜测。据他本人介绍，他介入庞加莱猜想这个课题比较早，大概是 1996 年开始做这个研究。开始的时候并非十分专注，但后来运用美国数学家汉密尔顿和俄罗斯数学家佩雷尔曼的理论方法后，就把课题定为重点攻关目标。而其他很多学者都是在佩雷尔曼的理论方法公开后才开始涉足。

除了得益于先发优势，朱熹平的成功也离不开他的学术眼光和治学态度。朱熹平曾以其博士论文为基础，在 SCI 刊物上发表过多篇在偏微分方程领域具有影响力的论文，成绩斐然。随着研究兴趣的转变，他将目光投向另一个领域，“我喜欢直观的事物，从读硕士开始，就对微分几何产生了浓厚的兴趣。微分方程和微分几何最好的结合点就是几何分析，所以转型到几何分析”。其同事引用他曾说过的一句话来解释这种情况，“研究数学不追随潮流，而应潜下心来做好学问，让潮流来追随自己的成绩”。

“我们不是为得到什么东西而学术，不是为获奖而学术”

朱教授说，在远离学术中心、政治中心的广州，面对各种评价体系的评判时，不可否认在某种程度上我们处于不利的位置，但是最重要的是我们不是为得到什么东西而学术，不是为获奖而学术，学问要做就要做得让别人心服，要以这个要求来做学问。学问是水到渠成的事情，总有一天会有收获的。他还颇为动情地说，学一样东西一定要把它作为生命中的一部分，任何学问本身一定是很精彩的，即使是纯基础理论也是精彩的。当你有新发现时那种难以言说的兴奋，就像在雾中探山的跋涉者找到了路径的那种豁然开朗的感觉。所以，做研究是非常有意义的事，甚至可以说是挺好玩的事。

少年不知“天高地厚”　尝试论证“连续统假设”

从单薄的涉足到厚重的积淀，从浅表的关注到深层的挖掘，从追索炫目的成果到回归冷凝的沉静，朱熹平也经历了一个过程。他曾经回忆到第一次挑战世界数学难题的“失败”经历：当他还在中山大学读大三的时候，曾经不知“天高地厚”，尝试论证“连续统假设”。他完全不知道这在当时已经是一个破解的世界难题。当他自信地把证明过程拿给指导老师看时，老师拒绝了他，只丢下一句话：如果你错了，我不用看；如果你对了，我也看不懂。从那以后，他意识到：做学问要静下心，不要先想到要攻克什么难题，而是要潜心积累。

虽是摘星揽月之勇，亦不枉少年狂。对于从事数学研究的学生来说，挑战世界数学难题，绝对是一个宴飨理想的过程。朱熹平少年时的异想天开，终于在不惑之年看到了曙光。

以5年的积累，使得与丘成桐的对话一谈就是20天

回顾朱熹平的猜想破解历程，难免会感到漫长和沉郁。朱熹平用5年的时间构筑了一条几何分析的学术城墙，而丘成桐则用20天点燃了城墙上的第一缕狼烟，惊醒了深潜在朱熹平思维体系中睡狮般的思想火花。因此谈到学术历程中影响和帮助最大的人，朱熹平提到了几何分析的开创者丘成桐。

“丘成桐先生是我最敬仰的前辈之一。我的成功转型得益于丘先生。可以说，是他给了我灯塔般的指引。1996年我第一次见到丘成桐先生，对他留下了较深刻的印象。1997年在香港中文大学，我第二次与丘先生对话。这次对话一谈就是20天。丘先生的学术热情是常人没有办法想象的。我对丘成桐‘倾其所有’地讲述了在这5年里所掌握的一切，包括我念过的所有文献，这强烈吸引了丘先生的注意，他鼓励我研究美国数学家汉密尔顿开创的Ricci流。我想，与高手交流，对学者来讲，是快速成长、少走弯路的重要途径。我之所以能在学术研究的道路上走下去，很大程度上取决于遇到了好的领路人。”

来自国家的重视与支持，就像一颗颗定心丸

朱熹平是中山大学第一位“以人设岗”的长江学者。长江学者的岗位，一般是先有名额，再定人选。而对于朱熹平来说，教育部是专门为他而设立岗位的。2001年，朱熹平被聘为教育部“长江学者奖励计划”特聘教授，可见其优秀和重要的程度。

如果说，朱熹平的优秀得到了国家的重视，那么来自国家的资金支持，也使

朱熹平这位深植于学术土壤中的学者能够吸收到足够的养分。从中科院自然科学二等奖，到教育部“跨世纪人才培养计划”，再到国家杰出青年基金、人事部“百千万人才工程”第一、第二层次人选，这些资助都是推进朱熹平继续开展科研工作的一颗颗定心丸。朱熹平曾说过，“研究经费虽然不多，但是很充足，足以为学科研究提供足够的支持。”

感恩于宽松自由的氛围　“中大是适合做学问的地方”

常言道，逆境出人才。但是朱熹平的科研步伐却是踏在坦途上前进的。朱熹平非常认同中大的学术文化环境，并将它描述成一种宽松自由的氛围。“我在研究转型的过程中，曾经在5年里几乎没有什么学术成果。因为这个新的领域对于我来讲确实很难，没有一定的积累，就提不出问题，论文也就更难做。”但是中大并没有以此难为这位学者。中大在学术研究方面注重长期发展、不追求片面指标，其推行的人事制度考核对部分优秀学者是豁免的，每年都在200人左右，朱熹平就是其中之一。

另外，朱熹平还感恩于身处一个非功利的环境。他提到，“中大在论文发表上并没有过多的资金鼓励，因为强调的是质量而非数量。”而且，尽管中大看重论文发表的第一作者，却对数学类的论文“网开一面”。这是因为数学界向来有着很好的传统：联合发表论文时姓氏总是以字母为序。由此可见，中大这种学术管理上的“弹性”为学者提供了一个更为宽松的学术平台。

外校教师大感惊叹“你们这里才是在真正做学问!”

邓东皋说：“学校给朱熹平一个宽松的环境，他也努力为别人提供一个宽松的环境。”作为一院之长，朱熹平努力在学院内营造宽松活跃的学术环境。数计学院办公室主任于寿华给笔者讲述了一件事情：外校一位教师在中大读在职博士后，档案挂在数学系。于寿华带着他去找朱熹平签字办出站手续的时候，该博士后看到每个教室都有人在做研讨，而且气氛都很浓厚、每个人都很投入，感到非常惊讶，不禁说了一句：“你们这里才是在真正做学问!”而当他看到朱熹平及其弟子、当时已任教授的陈兵龙在进行学术研讨时，更是诧异：“你们竟然采用老师和学生一对一的研讨形式，难怪学术做得这么好!”

在于寿华的笑谈之中，笔者似乎看到了朱熹平身上闪烁的包容和谦逊的人格光辉。朱熹平曾言，他与陈兵龙在学术上是互相依靠的，“我与他已到了谁也离不开谁的地步了”。

基础研究的风险很大　没有中间状态，要不100分，要不0分

恩师之颂往往用桃李满天下来形容。但是限于基础研究之苦，从1994年成为博导以来，朱熹平基本上每年带一个硕士，而已经毕业的博士生只有4人。朱熹平坦言："基础研究的风险很大，没有中间状态，要不100分，要不0分，所以学生一定要踏实能吃苦。"朱熹平进一步强调："简单的东西靠聪明，深入的东西还需要耐心。我现在带的几个学生都很聪明，但是光有聪明还不够，我经常倡导他们要踏踏实实，吃苦耐劳。"

在培养学生方面，朱熹平非常推崇国外的大师指引式。"国外学术界之所以高手如云，正是因为其成长得益于大师的指引，而这种培养机制恰恰为中国所缺失。中国数学家的成长是滞后的，大约比国外晚十年，以现有的例子看来，很多是到四五十岁才冒出来。"

学生称赞"他的用功非常出名，甚至比我们都用功！"

略懂数理的人都知道，时间是四维空间中的重要因素。然而，精通几何分析的朱熹平，却经常在工作中忘记了时间。负责行政工作的于寿华说："朱老师基本上每天都是第一个到办公室的人，七点多就到了，然后就一直工作，经常忘记了时间。"沉浸在工作中的朱熹平简直到了废寝忘食的地步，于寿华描述道："很多次，我在加班的时候经过朱老师办公室，问他怎么还没离开、吃过饭没有，他才愣然地抬头问现在是几点！"

朱熹平自称没有什么特别的爱好："爱好的培养和工作的努力与否关系很大。我早年比较喜欢桥牌，但是自从提为教授之后，深刻地意识到自己的不足，因此开始努力发奋，时间都投入到做学问当中了，只是会偶尔打打乒乓球。"缺乏运动和过度辛勤容易导致亚健康状态，因此谈及其身体状况，朱熹平不免叹息。

博士生顾会玲这样形容她的导师："他在学问上很进得去，将身心都投进去了，他的用功非常出名，甚至比我们都用功！"在数学系谈起谁最用功，毋庸置疑乃朱熹平当选！

同事感慨"做学者不容易，像朱老师这样做学者就更不容易！"

据于寿华说，"朱老师才40来岁，但头发都花白了，还有高血压。"同事经常叮嘱朱熹平要多锻炼身体，但是他说："饭后偶尔散散步、久不久放松一下还可以，但是真要把它当一件事去天天做，经常想着，就会打乱我的思维。"于寿

华对此非常感慨："做学者不容易，像朱老师这样做学者就更不容易啊！"

而对于一个学者来说，更不容易的是面对科研路上的岔道和阻碍。据朱熹平称，"这个过程中所遇到的难点远不是一个两个，而是一连串的。常常感到颠覆性的挫败，甚至会怀疑自己的选择。"

确实，学者暂时的思想火花，容易由快感变为反省，好比提灯寻影，灯到影灭。数学证明本身就是一个希望与失望不断反复的过程。朱熹平感叹道："有时，想到了新的论证思路，却不敢动手去做，因为每次的论证可能有百分之七八十的几率是失败的。"

谦虚礼让评优资格："做学问的人要争取科研上的成就"

在巨大的成就面前，朱熹平表现得如此低调，这并非一种故意的姿态。学院办公室主任于寿华介绍，朱熹平这种谦虚的作风一贯已有。"朱老师是我们学院的院长，作为领导，他从不争先进和优秀的称号。"

朱熹平曾经说过，"做学问的人要争取科研上的成就，而不是这些。"于寿华对此印象非常深刻。"我们学院每年的评优评先名额基本都给予教学第一线的青年教师，这跟朱老师的领导作风关系很大。"而后来院长级别的年终考核由学校统一组织，朱熹平则每年都能评上。

原校党委李延保书记至今依然清楚地记得，在他主持的一次座谈会上，涉及为学者解忧解困的话题。当时朱熹平只是为其他学者提出要求，诸如住房问题、子女上学问题等等，他都为他们考虑得很周到，并没有为自己争取任何利益。他的这一行为让当时的李延保书记非常感动，至今难忘。

中山大学数计学院前任院长、朱熹平的同事邓东皋教授认为："朱熹平生来就属于数学世界，他热爱数学、了解数学，完全沉浸其中，对科学问题思考得非常深入。"在学术成就面前，也许有人会产生钱财和权力的欲望，但朱熹平从来没有提出要求。黄校长评价他为一个不急功近利的科学家。"当他从偏微分方程研究转到几何分析的研究时，有四五年的时间几乎没有发表过论文，但他并没有急功近利的想法。"

在学生和家人眼中，他是如此可敬可爱

在学生、同事和家人眼中，朱熹平是一位非常可敬可爱的人。顾会玲说："朱老师对自己和学生都非常严格，和我们谈论得最多的是学习。"顾会玲是从外地考过来的学生，她还记得在2003 年来到中山大学的时候，什么都不懂。"数学与其他学科很不同，很多研究都需要有一个导入者，并不是自己看文献就能够弄懂的。朱老师就一点一点地、手把手地教我们。朱老师很会带学生，很耐

心。”而在生活上，朱熹平对学生也是关心备至的。“哪怕只有课间的五分钟时间，他也不忘关心学生的生活。往往是不经意的一两句提醒，比如‘多喝点水’‘还习惯吧’之类的话语，都令人颇感温馨，非常感动。”

按诗人海涅的意思，只要一杯真善美，就可以组织一个美满的家庭。这种美满我们同样可以在朱熹平的生活中读到。而在媒体的聚焦之中，朱熹平也流露出对家人的维护之情：“我希望这股浪潮可以早点过去，这样家人就可以免受干扰，而我也可以静下心来继续做学问。”

对朱熹平进行了全面认识后，我们不禁将目光抽回到庞加莱猜想上。站在庞加莱猜想前端的朱熹平，正等待着历史的考验，他面临的不仅仅是嘉奖赞许的鲜花和掌声，还可能是大批学者的提问和质疑。然而，固于根本，泰然处之。潜心钻研于数学领域的朱熹平，回避镁光灯和话筒，以低调和内敛的个性，一如既往地享受着科研的乐趣，与数学对话。

锥处囊中，您不曾为功名利禄而张扬；

脱颖而出，数学世界曾经因您而璀璨！

朱熹平，酒香浓郁，却藏于深巷……

【采访手记】　自主流媒体打响报道第一炮，到本文基本尘埃落定，笔者用了整整一周的时间，奔波于康乐校园里，与采访对象们展开了“智慧与体力的周旋”。诚然，对于像朱熹平这样的低调学者，的确令媒体颇为“头痛”。因为他不仅自己身体力行地回避采访，也嘱咐周围的同事和家人，不要进行过多的宣传。

比如，当笔者“直闯”数计学院党委办公室，丘兆福书记微笑地接待了笔者，清楚笔者的来意之后，他始终保持着温和礼貌的笑容：“我和朱老师之间有个约定，我不能在未经他同意的情况下，接受媒体的采访，实在是非常抱歉。”“如果你实在要我作出评价的话，那么我要说的是，朱老师是一个人品和学问都非常优秀的人。”

而朱熹平太太的拒辞就令人更为却步和不忍：“如果我接受你的采访，那是会影响我们夫妻感情的。”

在沮丧的同时，笔者心中又不免对朱熹平增添了几分敬佩。如此低调谦逊的作风，如此“泰而不骄”的态度，这不正是一个顶尖学者最应具备的最宝贵的品质吗？

这正是我们最想看到的：一个人品和学问都非常优秀的人！

（中山大学）

八日燕尾帽

贺素磊

“心儿介入？是刚生下来的小BB么?”左脑疑惑不解，右脑庆幸自己可以轻轻松松地过完这八天的实习（师姐偷偷告诉我这个科可是很轻松的，呵呵）。

说来惭愧，读医两年，竟还没以护士的身份去临床实习过，这不，学院明文规定大二暑假必须进行八天实习。我估计这条规定应该是为我这种人量身定做的，呵呵，反正，塞翁失马，焉知非福？既然要去，还是老老实实地做得满意点啦。

之一：最轻松的上午

今天是第一天，按照老师的规定，咱们早早地戴好燕尾帽，7：45am浩浩荡荡地开往各个科室。这样我和我的partner纷大概9：30am的时候才到达这个让我既兴奋又好奇的科室。这个科分两种病区，心儿介入是小孩子在住院治疗，心介是成人住院手术的。

于是，护长和带教老师就各自带着我们熟悉了环境，尤其指出卫生间和垃圾桶的位置讲了三遍。于是乎，发现天使的耐心真好，细心太好（真是平易近人的老师啊），这是咱们要学习的。其他的就是看看护长排的班表，熟悉自己所上的班种（也是直到那天我才搞清楚护士的班种真是又多又怪，总之啊，我是记不住，反正也只要记住自己的就OK了）。然后老师就介绍了我们一天的工作，跟在老师后面屁颠屁颠地跑来跑去。可不，我的第一个上午就这样度过了。

后来总结了一下，原来这八天里就数这个上午是最轻松的。以至后来有一天上午快下班的那几分钟，我差不多看了十几次表，只是因为腿站了4个钟头，好痛。师姐骗人啦！

之二：最尴尬的操作

“明天有个病人要做手术，你待会去给他备皮”，做完早上的活，老师给我下达了这个命令。前几天看见老师备过皮，看来是没什么困难的，只不过……

由于是在腹股沟做导管支架手术，所以备皮的范围比较隐私，虽说医学生已经习惯了，但一旦碰上真的病人，也是要过心理这一关的。端着用具，我心里七上八下，老师跟在后面盯着。到了病床前，没有多说几句话，有些许尴尬，也有些许害怕，只是小心地剃着，生怕弄痛了病人，又担心剃不干净。不过看样子，病人比我更不好意思。事后，老师教导我，解释工作不够，沟通欠佳，所以以后仍需多加注意。我吁了口长气，个中滋味真是千奇百怪。

之三：最开心的事情

今天，我“儿子”出院了。

呵呵，说起这个“儿子”，得来全不费工夫。那天我在病房换床单，这小家伙乐颠颠地跑来找我（此时我跟他的交情已经不浅了），不过老师说过，不要让病人待在走廊，所以我就出去把他“撵”回去。结果，这个病房的家属就问我：他是你儿子么？后来回到宿舍，我照了半个小时镜子，就纳闷呢：我看起来有那么老么？

看着他欢快地在我面前跑跑跳跳：红姐姐，我今天要回家了，把你的电话号码给我吧（我穿红色的护士服），心里真替他开心。

其实，在这个科室每当一个病人笑容满面地跟我们道谢、说 bye bye 时，我觉得真的无悔做一名白衣天使。

之四：最无奈的眼泪

上午做完了常规工作之后，发现 3 号床的小姑娘要做放血治疗，就是放点血出来，再换些生理盐水。当那个小姑娘被医生抱进治疗室后，她的母亲一直站在门外等着。听着小孩子的哭喊，母亲忍不住用手拭去眼角的滴滴眼泪。可怜天下父母心，试问，有哪个父母愿意自己的孩子被病魔困住？

还有更小的 BB，才几个月大，就被查出患有先天性心脏病，只得进院治疗。今天打针，明天点滴，反正病房里没有一天安静过，小孩子的哭声此起彼伏。加上小孩子心脏本来就不好，再哭，整个脸变成紫色，真的好可怜。虽说是小孩子在哭，可是痛的却是父母的心……

之五：最佩服的老师

所谓小孩子，就是什么都小，小小的手，小小的脚，小小的血管。所以，儿科的护士不仅仅要有爱心，还要有和蔼可亲的面容，还得狠得下心，有蚊子的针法。否则给小孩子打针，还真的无从下手。

那天，8 个月的小旭乱蹬，留置针头又被堵住了，没办法，只好再打一次。冰老师捏住小 BB 的小脚，仔仔细细看了几分钟，才拿起针头。这时的小旭因为刚刚抽了针头还张着一张空空的嘴哭着，全然不顾爸爸手里挥动着平时最喜欢的拨浪鼓。冰老师找准了位置之后，准确地进针了，而且是一针见血呢。只不过在进针的那一刻，小旭哭得都快窒息了。小孩子真的太娇嫩了。不过我们都知道如果不能一针见血，最后受苦的还是小 BB。对于冰老师，好羡慕啊！

之六：最深刻的体会

实习八天，听见老师说得最多的一句话就是三查七对，尤其是用药、打针的时候。老师也给我们讲过，即使这样子交代，有些护士在临床上还是会出错。于是，在我们配药、给药的时候，要两个人在场，还要两人核对、签名。要不然出了错，可是人命关天的。还好，记得刻骨铭心，没给老师丢脸，不负老师教诲。

终于结束了八天的实习，少了年少的兴奋与好奇，多的却是成熟的收获与踏实，其中或有完成任务的欣喜，或有亲下临床的满足，也或有细枝末节的遗憾……

总之，八日燕尾帽，其苦亦其乐。

（中山大学）

数模赛场中大学子露峥嵘

张 静 王桂红

信息科学与技术学院2005级
苏钿煌、陈霓、刘荣志（从左至右）

特别气质

陈 霓：执著 细腻

苏钿煌：乐观练达 勤奋上进

刘荣志：成熟内敛 追求完美

数学与计算科学学院 2004 级

林铭诗、林丽丹、林少英（从左至右）

特别气质

林少英：追求完美　“老大”风范

林铭诗：大胆　活泼

林丽丹：随和　认真

2007 年 9 月份举行的全国大学生数学建模竞赛中，我校选拔了 28 支队伍参赛，最终 10 队获全国奖，是历年来获全国奖最多的一次。其中，来自信息科学与技术学院的陈霓、苏钿煌、刘荣志，以及来自数学与计算科学学院的林少英、林铭诗、林丽丹两队在连续三天废寝忘食、焚膏继晷的奋战后，以优异的答卷获得了全国一等奖的荣誉。“冰冻三尺，非一日之寒”，能取得此般骄人成绩，靠的是学子们扎实的基本功，以及背后的辛苦付出与团结协作。当然，也与他们自身独特而优秀的性格与气质分不开。

第一队：信息科学与技术学院 2005 级的陈霓、苏钿煌、刘荣志

陈　霓：执著的“诗人科学家”

陈霓是“源马甲”（专业术语，代表计算机专业）的队长。她平时就很喜欢写文章和诗词，队友戏称她是“一台比较强的论文机器”。因此这次全国赛的论文部分主要是陈霓负责。三天的工作都凝结在一篇论文上——写出一篇条理清晰、结构完整、便于阅读的论文是最重要的，也是最累的。“要达到把图表全部

拿走之后，别人还能看懂你的描述”，这对陈霓来说是个很大的挑战。

陈霓称这次全国赛拿到名次其实是机会和运气并存。前期找资料阶段是三个人一起找，收集对比资料决定哪一题适合。“通过分析，这次的B题‘公交车乘车路线的选择查询系统’很适合我们信科院的同学做。”这次建模是由陈霓提出来的，其他两个人帮忙完善和改进。因为大家是同一个专业的，所以在比赛中的分工有时又是根据临时需要决定的。他们还特地去查了北京的交通年报，主要是调查公众对等车和步行时间的承受能力的具体数据，确定一下这条路线是不是在一个人的可承受范围内。

这次建模成功的关键因素是创新。“源马甲”的亮点是提出新的模型和传统的模型的对比。其实说新，这个在计算机专业叫做“最小耗散优先搜索”，应该是搞程序设计竞赛的同学很熟悉的一种搜索方法，只是很少在数学建模里看到这种方法。而他们在网上找到的方法大多有缺陷，但同时也受到一定的启发，为了适合题目的要求就把这个方法移植过去。通过学科内的东西与数学建模类比，常用方法的移植、演化，根据问题特点采取特别的处理方法，从而摆脱陈旧模型的束缚是制胜的法宝之一。

苏钿煌：乐观练达的“智多星”

苏钿煌不但受过ACM训练，还长期在中大、北大、TOP－CODER（顶级程序员）上做题，编码相当快而且准确，处理麻烦问题很有经验，这也是常年在网上做题练成的。所以比赛中一旦出现编码特别麻烦，很容易出错，细节很多的题目通常是交给他做的。

比赛中提供的是一个之前完全没有接触过的题目，苏钿煌感到从中收获很大。“数学建模公选课让我们从只是听说过数学建模的名字，到知道什么是数学建模。”在比较短的时间内学习大量全新领域的知识，从了解这个领域的知识，到入门、掌握核心技术，充分锻炼了他的自学能力。

很戏剧化的一幕是，全国赛的第二天他们发现提出的模型有些诡异的现象，大家都很紧张。这和前期考虑不充分有关，有些东西不具体写代码是没有办法考虑到那么多细节的。等到代码写出来，发现不对，出来的结果非常的错误。陈霓就没有心情去吃饭，只有苏钿煌和刘荣志匆匆忙忙去饭堂吃饭。在吃到一半的时候，陈霓就打电话过来很兴奋地说“证明了！没问题了！”大家顿时都舒了一口气。

刘荣志：严谨的完美主义者

刘荣志主要负责反例部分，把传统方法和创新的方法都实践出来作具体对比。他还特别指出后期排版的重要性。因为刚开始论文写作主要关注它的内容，只是把文字、图表加进去，不太关心版式，而最后一定要按照正规科技论文的要求把版面设计得漂亮一点，整体规划排版，“这样评委看着也比较舒服”。有时只是一个标点、一个图像出现问题，刘荣志也要纠正过来。“这次比赛也让我学会了打印的技巧。要用比较好的U盘，要去有信誉的打印店。有时表格的线是没有显示的，打印出来的可能有些出入。全国赛的论文就打印了两三遍才满意。”

回忆起三天都在数模实验室废寝忘食、通宵达旦的时光，刘荣志感慨颇深：“其实时间还是够的，只是感觉时间很紧迫，心理压力会很大，要具备良好的心理素质和吃苦耐劳的精神才行。”一开始他们是打算大家定时轮流休息的，但是因为题目背景本身比较复杂、程序调试总是通不过，结果大家都强打精神。不过，他们倒是很会忙里偷闲调节一下，吃饭的时候也不忘看几眼喜欢的动漫，劳逸结合。

第二队：数学与计算科学学院2004级的林少英、林铭诗、林丽丹

林少英：力求完美又可亲　可敬的“老大”

林少英是该队的主要负责人，从而找人组队到分工合作，大都是她一力促就。她是人们眼中典型的潮汕女生，文静而有耐心，但对事情却认真负责，力求做到完美。尤其是专业课上，她从不马虎。她的课堂笔记和作业已经成了全班的范本，井井有条，内容详尽。也许因为在家中是长女，习惯性对弟弟妹妹进行照顾和耐心指导，这也养成了她在待人接物上的良好品行。“她也是我们尊敬的‘老大’”，队友林诗铭边说边赞许地点头。平时，同学在专业学习上有问题喜欢找她商讨，“她对专业学习的理解都比较透彻，而且会十分耐心地为你讲解”，林铭诗对此印象十分深刻——由于花在社团等活动上的时间比较多，每次在专业学习上出现难以理解的问题时，她总喜欢找林少英商讨，结果总能满意而归。曾有人说过，“在大学，期末就是黎明前的黑暗”，紧锣密鼓的考试，让不少人哀叹连连，通宵达旦也是老生常谈。即便林少英平时对专业课有了较深入的学习，熬夜也是不可避免的。对不少人而言，只要掌握了大致的内容，便可以睡上个安稳觉。然而，力求完美的林少英，却总会坚持将所有内容都弄明白——即使当晚没能完成计划，第二天她也会一大早起来再看，“在专业课学习上，我一向不马虎对待”。

正是这种认真的态度和在专业上的骄人成绩，使得她连续几年都获得优秀学生奖学金和其他各类奖学金，而今年更获得了保送研究生资格。

林铭诗：热情大胆的女生

林铭诗的性格从其爽朗的笑声中便得以一窥。相对于其他两位队员而言，她显得更加外向、活泼。大家都亲切地叫她“感感”——这个昵称来源于老师点

名时的口误，而林铭诗觉得“这个名字很特别”，不仅没有介意，更是欣然地将之“据为己有”。现在，跟她熟悉的人都直接称其昵称。

一路以来都是班集体骨干的她对生活充满了激情，热衷于各类活动，也曾是校广播台的公关部部长，参与组织策划了“维纳斯校园歌手大赛”等许多大小活动。“我习惯了走在别人前面，做事情也比较风风火火。”“她做事情非常有规划”，林少英这样评价她。连每一次出去逛街，林铭诗都会把基本行程、坐车路线等完整写下以作备忘，更不会因花费过多时间而耽误了其他事情。虽然平时花费了许多时间在社团活动上，但这并没有影响到林铭诗的学习，在专业课上她也毫不逊色。既想做好社团工作，又要学好专业知识，为“鱼与熊掌兼得”，林铭诗没少开夜车。而平时的辛苦付出，练就了她更强的学习能力。“时间是挤出来的”，越是在紧迫的时刻，她的学习效率就越高。所以，那连续三天为数模建设竞赛而通宵达旦的过程虽艰苦，却充分展示了她的潜力和奋斗力。加上在社团中锻炼出过人的策划能力，也使得她有更多的经验和逻辑去完成竞赛的论文部分。

现在，林铭诗已经成功拿到了一份名企的offer，她将之归为大学几年里各个方面的锻炼——练就了她的“大胆”，使得她“不怕失败，更敢于去追求”。

林丽丹：在随和与认真之间

既不像林铭诗般大胆，也不像林少英般文静，但林丽丹有自己独特的气息。

林丽丹是一个随和的人。她很少因为鸡毛蒜皮之事与他人有争执，即便与共同居住了四年的室友，她说“能从四面八方相聚在一起是一件很难得的事情”，所以那种为芝麻绿豆事而起争执之事在她们宿舍鲜有发生。包容成为她们宿舍小集体内部团结的秘诀，更是林丽丹为人处世的方式。原本与林丽丹不相识的林铭诗在参赛这短短的时间里，也与她结下了深厚的友谊。“她人很好相处，很少计较什么东西。”虽然平时忙于学业，但是林丽丹从来都会“珍惜”任何参加集体活动的机会，而她随和宽容的性格也给她带来了良好的人缘，让她更善于与人合作。

“随和”并不等同于“马虎”，一旦做起事情来，林丽丹又是另一股认真劲儿。由于在计算机方面较为擅长，这次数模建设竞赛中林丽丹主要负责做编程工作和数据分析。整天面对着电脑，面对着一堆密密麻麻的数据，睡眠又不足，这确实是一件苦差事。连续几天进行键盘敲打，她手腕处都红肿了。但是林丽丹毫无怨言，和其他两个队友一样坚守自己的职责，坚持做到最好。

“懂得玩的人才真正懂得学习”，林丽丹喜欢交友游玩，而成绩在班里也是屈指可数的。她连续几年都获得优秀学生奖学金及其他奖学金，今年也获得了保送研究生的资格。

（中山大学）

感动中国　牵动你我

叶绿绿

桂希恩，2004年度“感动中国”十大人物之一、艾滋病预防国际最高奖“贝利·马丁奖”获得者，武汉大学中南医院教授。2006年12月4日晚，桂教授主讲珠海校区若海论坛第十期，为中大师生带来了一场题为“与大学生谈艾滋病”的精彩演讲。他用自己与大学生艾滋病感染者接触的真实案例告诉在座的学生：艾滋病离我们并不遥远，它就在我们身边。防治艾滋，牵动你我。

艾滋病，离我们有多近？

“作为大学生，大家认为艾滋病离自己有多近？”桂希恩教授问。

场下三百多人屏着呼吸，希望这个答案距离更遥远一些。桂教授沉痛地给出回答，在他的患者中就有二十个大学生，其中一位是一个美丽可爱的女大学生。艾滋病离我们并不遥远，它就在我们身边。

桂希恩教授给我们讲了一个真实的悲剧：有位女大学生意外怀孕，在终止妊娠时却吃惊地发现阴道内遗留了数月前的安全套，更不幸的是她的HIV检测呈阳性。怎么也想不明白的她问医生，她只有一位外国男友，为何自己会患上艾滋病，是不是安全套变质成了艾滋病毒。桂教授深深地叹其不懂艾滋病的常识，也不懂如何保护自己——即使只有一位性伴侣，也是有可能发生这样的意外的。因为潜伏期的病人看起来就是健康人，而涉世未深的大学生们并不知道对方到底是怎样的。

桂希恩教授说，艾滋病也是传染病中的一种，但即使曾让世人闻之变色的SARS的感染人数、死亡人数都远远比不上艾滋病。他认为，要解决艾滋病问题首先要了解什么才是真实的艾滋病和艾滋病传播的真正途径、高危行为。艾滋病不仅是医学问题，更是社会问题。大学生认识到艾滋病离自己并不遥远，了解艾滋病，提高防艾意识，才能保护自己、保护他人。

预防艾滋病，你我同参与

谈到艾滋病的真正传播途径，桂教授明确指出目前发现的有效途径只有三个：血液传播、性传播和母婴传播。

桂希恩教授认为一些误解的造成，是由于宣传工作还没有做到位。比如一个艾滋病人吓空了医院，去世的时候，连太平间都不敢收，直接火化；人们不敢吃艾滋病人种的西瓜；看到艾滋病患者就捂鼻子等。但人们的观念是能够改变的，并且整个社会都正在改变。总理与艾滋病患者的握手，姚明与身患艾滋的队友打球等等。他指着在场所有人都佩戴的红丝带说，这些都是新疆的艾滋病人亲手编制的，并且我们都很珍惜地佩戴着。桂教授更以自己亲身接触艾滋病患者的经历以及文楼村艾滋病家庭里的健康孩子的生活为例，为大家展示与艾滋病人普通日常生活的接触，甚至蚊虫叮咬都不会传播艾滋病。桂教授为了更好地医治艾滋病患者，也为了摒除人们当时对艾滋病人的歧视，曾将病人接到自己的家中同吃同住，并亲自给病人抽血。他幽默而意味深长地说，大家无须恐惧艾滋，因为如果现场几百人中推举最有可能患艾滋病的人，那一定是他！

桂希恩教授认为，艾滋病现在虽然没有特效药，但绝非不治之症。医疗科研工作者正在努力研究发明更多有效的治疗方法，而更重要的是预防艾滋病。科学地开展好基层防治工作，就能够有效预防艾滋病传播，对艾滋病人或HIV感染者的隔离和歧视不仅是不必要、不现实的，而且会造成严重的社会问题。

要积极消除人们对艾滋病的认识误区，改变我们的行动，这样预防艾滋病才真的有希望。桂希恩教授强调了防艾工作要软硬两手抓：一方面控制感染源，切断传播途径；另一方面要做好做实宣传工作，呼吁人们洁身自爱、远离毒品。在群众中，广泛提倡健康性观念ABC——第一层，节欲；第二层，忠诚；第三层，正确使用安全套。规范血站管理工作，使用一次性输血抽血用具，禁止非法卖血；并妥善安排艾滋病孤儿的生活，防治艾滋，妇女儿童优先。不仅要做好卖淫嫖娼的禁止工作，同时给sex worker派发安全套，提高她们的防艾、自我保护的意识。同样地，对于吸毒者，一手严厉打击，一手实行“三减”——其中一点是减少危害，给吸毒者提供针具或毒品替代物，以避免共同使用针具而致使艾滋病传播。大学生更要洁身自爱，转变观念，为防治艾滋病作出自己应有的努力。“如不改变人们的行为，我们的斗争将失败！”预防艾滋病，需要你我共同参与。

“I care，do you ?” 桂希恩教授指着自己胸口的红丝带大声问。

“Yes，I do!” 场下应声如雷。

一个感动中国的真实老人

他，看到学生站着听讲座，心中有些不安，请大家席地而坐，自己却站着讲了两个多小时……

他，听到一个学生说为了听他的讲座摔伤了，非常诚恳地低下头说“对不起!”

他，说到那些宣传他的资料却撇撇嘴：“都是吹牛的。”

他说人人都是一种影响，但我们要努力做个给人好影响的人。从年轻走到花甲，每一年他都背起药箱下乡，用专业知识为农民服务；实验室里多动手、多实践、多思考，治疗出血热的第一针是给自己打的；“小心行医、谨慎用药”是他的座右铭，所以会为杂志不肯登出他纠正错误的致歉信而耿耿于怀。这每一件小事，都深深地打动着每一个人。但对于他来说，这一切都只是自己应该做的。“许多医生都有自我保护的能力，能够把过失解释得有理有据，把那些不快记忆迅速一笔勾销。而我做不到这一点，我牢记着，无法忘记……”因为看到病人的痛苦视而不见，不做一些也许他能够做到的事，那就是他对不起这些人。忽然记起多年前一句格言：英雄就是完成了自己能够做的所有事情的人！他是英雄吗？他笑了，说：“我是一个普通的医生，只做过一些平凡的事情!”

他的真实，他的责任，他的执著，他的谨慎，给我们留下了深刻的印象。他，如同一头埋头奋蹄的老牛，在残阳如血的黄昏中，一心一意地犁过那坚实的土地，不小心感动了我们!

桂希恩教授答中大学子问

问：1981 年美国发现第一起艾滋病，1985 年中国发现国内第一起病例。但经过这么多年的发展，显然美国防治艾滋病的条件更好，歧视相对也更少。请问桂教授，中美两国这四年的差距如何缩小？

答：防治艾滋病、消除对艾滋病的歧视是全世界共同的课题。这里的条件涵盖很多方面，不仅有思想，还有宣传、经济等等。虽然我们条件不好，但最重要的是只要我们人人都是有心人，作出像样的工作，努力去消除，就能有效地防治艾滋病，差距也就慢慢缩小了。

问：艾滋病毒在怎样的环境下可以存活？如果蚊子刚刚叮咬了一个艾滋病人，马上叮咬一个健康人，会不会传染呢？

答：艾滋病毒其实是很脆弱的，具体存活环境要看温度。蚊子叮咬传播艾滋病，理论上来说，是不可能的；现实中，也从来没有发现过这样的传播模式。第一，大部分蚊子是非常吝啬的，吸入的血根本不愿意吐出；第二，即使蚊子愿意大方地给第二个人吐出带有病毒的血（笑，掌声），血量也是远远不够的。除非这是特训的蚊子，可以连续 2 800 次不断地吸血注血（更强烈的掌声、笑声）。

问：作为当代大学生，我们能够为防治艾滋病作出什么具体行动呢？

答：大家能够做到的太多了！医学生努力学习，致力于艾滋病的防治研究；其他人也能够通过自己带给周围人正确的艾滋病常识，改变社会观念。我老了，希望有生之年能够看到：长江后浪推前浪，你们这一代人更致力于平等和关爱，让生命充满阳光！（掌声）

（中山大学）

他，引领广东开启数字家庭时代

梁烨妮

【背景介绍】

“数字家庭与数字电视技术应用与示范”：时长3年（2007年10月至2010年9月），以“广东省数字家庭行动计划”为基础，建立面向3C融合、以数字电视为中心、设备与服务互联互通的数字家庭模式，项目包括7个子课题，中山大学承担第一个子课题——“数字家庭标准规范及专利池”。我校罗笑南教授任本项目工作组组长，孟思明老师任项目办副主任。

罗笑南，理学博士、出站博士后。2005年国家杰出青年科学基金获得者；现为中山大学信息科学与技术学院教授、博士生导师及计算机应用研究所所长；中山大学学术委员会委员；荣获2004年度国家科技进步二等奖等多个科技奖项；享受国务院颁发的政府特殊津贴；广东省数字家庭公共服务技术支持中心主任兼总工程师；2007年主持“十一五”国家科技支撑计划“数字家庭与数字电视技术应用与示范”项目获科技部批准立项，获国家经费4 485万元。

如果有人说，他在家里的电视机上交水电费，请你别急着嘲笑他异想天开。因为现今在广东，电视机除了播放电视节目外，还可以做很多事！这一切源于广东启动了“数字家庭行动计划”，我校信息学院罗笑南教授便是开拓这个创新理念的“元老”之一。他担任“广东省数字家庭公共服务技术支持中心”总工程师及主任，见证了“数字家庭”从抽象理念到具体计划到落实行动的全过程。如果说他是“数字家庭”之父未免有媚俗之嫌，那说他引领广东开启数字家庭时代，是一点也不为过的。

去年，罗教授主持的“十一五”国家科技支撑计划“数字家庭与数字电视技术应用与示范”项目正式获得科技部批准立项，并顺利启动，获国家经费4 485万元。笔者向他约采访，谈谈这个项目时，他爽快地答应了，并主动提出带上另一位比他更熟悉这个项目的人员一起给我讲解。这个上午，笔者幸运地遇上连续雨天中难得的一个好天气，来到大学城的数字家庭孵化基地。在办公室里，罗教授用会议休息时间亲切耐心地和笔者回顾了自己的历程，然后让这个项目的项目办副主任孟思明老师继续给笔者讲解。

一个“居家男人”对生活质效的热诚

罗教授说，他确定“数字家庭技术”为研究方向是有着现实和历史原因的。他告诉我，如果有一位普通老百姓问他数字家庭是什么，他会这样解释，“那就是更舒适更方便的居家生活”。谈起现实原因，罗教授笑称自己是个“居家男人”，日常家庭生活费用都由他交纳，他特别渴望能够有更便捷的方法去处理家庭生活中的琐碎事务，而计算机专业出身的他甚至希望家里的计算机能够随时随地而用，“为什么计算机就只能放在专门的固定的地方而不能无处不在呢?”这位“居家男人”骨子里是技术专家，对现实生活更高质效的追求，促使他结合自身专业背景，把个人科技研究的兴奋点和社会发展结合起来，由此想到为老百姓生活“优化提速”做点事。而历史原因是，罗教授以前曾从事服装 CAD 系统的研究，“当时我们做的 CAD 系统已经做到极致，占全国市场份额 75% 以上，但是每年实际市场总额才三四百万，应用面很窄。当时我就想，要在计算机方面选一个有巨大潜力的方向，能做上二三十年的研究。所以五年前，我就带我的研究团队去了韩国做调研，做调研后，确定了数字家庭技术这一方向。”

一位技术专家对科学研究的高瞻远瞩

而让“数字家庭”从概念走向现实，罗教授却未自我居功，而是谦虚地认为这是时代的契机。他说，“当年，‘数字家庭’是广东省几位主要领导和相关部门的主体思想，我只是作为有相似想法的技术专家提供了技术支持。”但是，三年前在广东省举办是否做数字家庭的第一次论证会上，在场的专家中只有罗教授唯一一位专家是赞成的，其他专家质疑在广东办 3C 融合、3 网融合的数字家庭不切实际。但罗教授指出，广东做数字家庭在国内而言虽确是第一个提出，但是国际上几年前就已经开始做了，像他当年去韩国调研时，韩国的相关研究平台已经很完备了。广东省作为电子产业消费大省，具有发展数字家庭产业的天然优势，此外，广东还有全国最大的有线电视用户群，社会经济发展水平和消费能力居全国前列，这些都是坚实的市场基础。另外，罗教授还表示国内的科研专家都应该有清楚的认识：技术是需要长期储备的。“像我国电视机产业，经过 20 年的努力，我们的 CRT 技术占据了全球技术市场主导地位，但现在的平板电视产业，我们一下子跌到国际底端，就是因为我们在技术上没有做长期的储备。”所以，广东应该当好数字家庭的排头兵，引导全国各部门各地方的积极性，联合多方力量推进更大规模的示范应用，营造一个良好的产业发展氛围、机制与环境，推动我国自主创新战略的实施与创新型国家建设。

自主创新——站在巨人肩膀上跳高

自主创新无疑被奉为当今科学研究中最重要的意识和能力，罗笑南教授近年来主持的多个项目以及他带领研究团队所开发的“掌讯通”移动数据终端的软件集成系统，自主创新都是核心追求。近年来，我校有一批年轻创新团队崛起，一批科技创新项目成为广东支柱产业的智力支撑，自主创新被置于学校战略位置。在这样的氛围中，罗教授自己对自主创新的理解，不见市场上的那种狂热，而是学者式的理智冷静。“实事求是说，现在做计算机领域的研究开发，是没有完全的自主创新的。所谓自主创新是在技术集成的基础上加入自己的技术点，我们都是站在巨人的肩膀上的。像现在做数字家庭，其实也是一个把国内外标准和技术融合的过程，再根据具体情况加入我们的核心技术。”罗教授强调，自主创新不是强求独特想法，自主创新首先要学会别人的先进经验，他说，“我们的研究团队能在应用研究上出成果，和我们借鉴 MIT 的管理经验是有很大关系的。我请了专业的管理人员进行全职管理工作，这样下来，技术人员、老师、管理人员分工明确，各司其职，紧密联系在一起才有战斗力。所以两年半来，研究所牵头申请了 260 多项发明专利，在省里组织制定了 11 项地方标准。”

而对于培养学生的自主创新能力，罗教授建议，学校应该区别于企业而尽量做好共性技术研究，为学生自主研究提供共性支撑，数字家庭孵化基地大门处挂的第一个牌子就是中大科技园，就是想为学生提供一个很好的研究以及与企业沟通的产学研结合的平台。“数字家庭孵化基地六楼就是学生进行创新研究的专用场所，现在有几十个大学生在那里搞研究，已经自主创业成立了两家公司。大学生自主创业是培养、激发自主创新能力的很好的途径。”罗教授这样说。

数字家庭——在中大平台上向国际迈进

罗教授主持的“数字家庭与数字电视技术应用与示范”项目正在大学城的数字家庭孵化基地“孵化”中，而中大的研究平台是首要的也是贯穿其中的。影响广东省数字家庭发展的关键因素包括产品、应用、内容和服务四方面，而其中存在的最大问题是标准不统一，数字家庭相关产品种类很多，任何厂商都不能覆盖整个产业链的产品，有标准才能互联互通，完成3C融合，才能创造规模经济最终降低价格，才能让老百姓人人都能用得起数字家庭。孟思明副主任介绍说，这个项目的第一个子课题就是做“数字家庭标准规范及专利池”，中大作为课题承担单位来牵头解决这个标准规范的问题。今年的4月23日，数字家庭互动应用标准工作委员会（简称标工委）经过论证会论证通过，6月4日拿到省民政厅的批复，文件已经快递到民政部备案了，计划在6月底7月初召开成立大会正式宣布这个标工委的成立。标工委的成立意味着，中大作为这个标工委的秘书处，可以牵头全国的企业、科研机构、学校来承担行业标准的制修订工作。而早在此前，2006年3月31日，广东省数字家庭标准化技术委员会已经率先成立，这是广东第一个信息技术类的标准委员会，由罗教授担任主任，带领制定广东的数字家庭地方标准，其中，有两项2006年制定的地方标准，已于2007年发布了。此外，我们这个团队加强了和外界的联系，已经加入国内几大标准组织，包括AVS、闪联、e家佳等，更准备着向国际迈进——要加入国际的标准组织，参与会议，寻求自己的定位。“虽然在国际标准这一块，我们还没正式行动，但是我们已经有两项PCT专利正式被受理，算是向国际迈出了第一步。”孟主任笑着补充说。

中大平台是核心，但绝不是垄断全部。罗教授做这个项目的核心理念是，要为老百姓真正解决问题，要带动广东信息产业的发展。他们抓核心技术，然后开放这个研发的大平台，产品和成果转化交给企业来做，中大提供共性技术，其他六个子课题分别由相关企业承担。所以，在这个项目中，处处可见“公共”、“合作”、“开放”、“融合”这样的关键词。孟主任以中国移动为例解释说，“移动并不是包揽全部服务内容的，它掌握几个核心内容，然后提供一个开放的平台，带动其他企业加入进来，从而带动整个产业的发展，我们的方向也是这样的。”

数字先驱——这位“工作狂”首推善良品质

和罗教授共事三年，担任数字家庭中心主任助理、副主任的孟思明老师笑称，罗教授是位“工作狂”，他最大的爱好就是工作，“他的勤奋把我们都感染了，大家都向罗教授看齐而把心凝聚起来”。但是，这位数字家庭的先驱对工作的热诚度同样是以效率为先的，追求舒适方便的生活同样不误，罗教授总是精神抖擞，不需要借助浓茶和咖啡提神。她继续说，“罗教授是一个很‘正常’的工作狂，没有任何‘科学怪人’的偏好，不过他在面试应聘人员时，第一个问题总是‘你善不善良?’。”罗教授作为技术专家，对于团队人员的第一要求不是专业技术是否过硬，而是为人品质，他认为，在现在这个科技时代，人不能被物质化，人和人之间的关系也不能被物质化，科研人员要对己对人对社会都担当一份责任感，这时候，有一颗善良的心是很重要很可贵的。

罗笑南教授，正在引领广东走进数字家庭时代，他的数字化思维却一点也不僵硬，爽朗而亲切的笑容，轻快而坚定的步调，是这位中大人大智慧大胸襟的最好注脚。

（中山大学）

“给我们一个平台，我们打造博雅的未来！”

——写在“博雅班”成长的路上

童华灵　谭敏琦　温翠仪　林鸿章

10月10日，中山大学首届博雅教育班开班典礼在东校区举行。

在拉丁文中，“博雅”是“适合自由人”的意思，旨在培养社会及政治精英。在中国，“博雅”一词最早出自《诗经》，《博雅》又可称为《广雅》，《广雅》是我国最早的一部百科词典，在隋代为避隋炀帝杨广讳，改称《博雅》。现在通常解为学问渊博、品行端正。

继2006年“逸仙班”成功组建、运作之后，2008年，中山大学又与美国岭南基金会合作，决心要培养出一批社会科学类的精英。在程焕文教授眼里，这些学生应该具有无穷的学术创新潜能，应该善于竞争而又懂得团队协作，不仅学问渊博、而且品行端正，因而用“博雅”一词来形容这个团队也就实至名归。

选拔之路，竞争激烈

据博雅项目的负责人，传播与设计学院院长程焕文教授介绍，第一届“博雅班”的学生从法学院、政治与公共事务管理学院、管理学院、传播与设计学院和亚太研究院中选拔了126名新生组成，除亚太研究院是6人外，其余四个学院各30人。

选拔的一般方法是先由学生自愿报名，再按高考入学成绩、学院名额分布、生源地区分布、特长等因素进行初选，最后根据综合考评确定“博雅班”人选。但是在具体操作上每个学院略有不同。管理学院08级的韩金萍同学称管理学院的选拔是按照“高考成绩+奖项+特长”进行初选，再从筛选出来的同学中经面试确定。而亚太研究院的田甜则是在班里组织的考试中位列前六，脱颖而出，幸运地进入了博雅班。据教务处吴晓枫副处长介绍，总报名人数多达836人，占五个学院总人数的66%。选拔竞争之激烈，可见一斑。

百家争鸣的课堂

程焕文教授告诉记者，和逸仙班一样，“博雅班”实行“博雅教育+专业教育”的集中与分散教学模式，即不改变各学院博雅教育试点班学生的原有学科专业性质，所有入选“博雅班”的学生仍然分散在各自学院的相关专业，与普通学生一起共同学习各学院既定的专业课程。在此基础上，学生集中学习由学校统一设计的“博雅教育”课程。

本学期开设的四门课程包括《微观经济学》、《东西方美术史》、《博弈论与法律制度设计》和《社会研究方法》，全部由各院系精心挑选的责任心强、上课效果好的知名教授来授课。

能上这么多知名教授精选的课，博雅班的同学感到新鲜和兴趣盎然，求学的热情一下子就点燃了起来。韩金萍同学说："课程延伸知识很多，需要补充大量阅读，每门课都有很多参考书目，我们大部分人都开始感到一些学习上的压力。不过现在还能适应得过来，大概是还学得比较肤浅的缘故吧。不同老师上课各有特色，景怀斌教授的'社会研究方法'严谨细致、条理清晰，听着很舒服。不仅是博雅班的同学，还有很多同学来旁听。罗一平教授的美术史的课是完全没有空位的，有些人要站着上课，像罗老师戏称有'爆棚'的感觉。"

来自政务学院07级的张钰婷同学如此形容这些课程："它会让你不自觉地就想去探究，去思考，像是有魔力一样吸引你。"根据她的描述，任课老师都非常博学，上课生动有趣，时时引得同学们不由自主地鼓掌。而每当老师发问，同学们都踊跃举手发言，甚至唇枪舌剑，好一个百家争鸣的场面。

据教务处张尚武老师介绍，"博雅班"学生在修满16学分的博雅公选课程后，再完成9个学分参与博雅计划的相关专业课程，经审批合格，学校将颁发辅修专业证书。学校也会给完成相关教学计划的"博雅班"毕业生颁发荣誉证书。

管理学院的王璇满怀喜悦地说："听师兄师姐说辅修很辛苦，要跟班学，而且收费也挺高的，现在在博雅班修满25个学分就可以拿到辅修证书，虽然课程考核很严格，但自己辛苦一点也无所谓。"

人性化的运作机制

据程教授介绍，博雅班课程分为公选课程和实践课程两种，公选课程共计16学分，由参与博雅教育计划的学院提供的文史哲专业课程和全校公共选修课共同组成；而实践课程则由参与博雅教育计划的学院共同设计，包括全校统一的博雅实践课程和各学院的特色博雅实践课程，如课外调研、境外实习等。

"我们正在积极地和校外企业、境外机构联系，争取给博雅班的同学更多的实习、实践空间。"程教授如此忙碌，背后依然承载的是责任和信心。牵头落实，并负责项目经费统一管理的他，要把刚刚起步的博雅班带上正轨，的确是任重道远。

谈到和"逸仙班"的培养模式对比，程教授表示"逸仙班"已经运作了两年，虽然有些方面略有不足，但总体上还是成功的。其中很多经验值得"博雅班"效仿。"逸仙班"和"博雅班"其实在教学模式、个性培养、管理机制、学风建设等方面都大同小异。比较大的区别有"逸仙班"中优秀的本科毕业生可直接攻读博士学位，而博雅班该项计划尚在讨论中；"逸仙班"本科阶段可以内部分流、与普通班分流等，“可出可进”，而现在“博雅班”为了管理的便利，暂时实行“只出不进”的管理方法等。

班级认同感的建构

毕业于岭南学院，平易近人的于灵子老师现在已身兼传播与设计学院06、08级辅导员数职，但程院长亲自点将让她出任博雅班的班主任，她二话不说，国庆之后马上奔赴岗位开始工作。

于老师说：“其实博雅班的班主任也相当于辅导员的角色，我会用像对待院里的其他学生那样同等的心态来对待博雅班的学生，不让他们觉得高人一等。我会通过建立学生个性档案等方法，来做博雅班的聆听者和导航者，化解矛盾于萌芽之中。”

于老师坦言上任两个多星期以来，她也只是接触了博雅班的一部分同学，但普遍感觉他们热情奔放，多才多艺。比如班长李洋飏，既会弹钢琴，演讲能力也很强。总之，博雅班的同学都很优秀。对于他们进入博雅班的心态，于老师说：“能够进入到博雅班，学生在很亢奋的同时也存在不小的压力，但因为开班不久的原因，暂时还不是很明显。比起逸仙班铺天盖地的实验和作业，博雅班的学习压力相对来说会小很多。”

谈到博雅班怎样来增强班级的认同感，于老师表示现在已经建了一个班级群，首先要保持信息畅通。其次已经设计出了博雅班班旗、班徽，班服也很快要确定下来了。“班旗、班徽、班服是一个班作为一个共同体存在的表征，是提升自信心和凝聚力的重要媒介。那天在开班典礼上大家一看到设计得如此精美的班服，都高喊‘我们四套都要’。接下来会再征求大家的意见，组织一些精彩活动，使大家有更多的接触和了解。比如很多同学提出建议集体参观南校区，博雅班第一次运动会，多举办一些博雅系列讲座等都是很好的方法。”

最后，于老师想和博雅班的同学分享这么一句话：“既然选择了要比别人强，肯定要付出得比别人多。这个班充满了朝气和希望，虽然前面还有很长的路，我愿意与她同甘共苦，共同成长。

学生之音：我的“博雅”之路

我是新闻系08级的杨刘蕾，“博雅班”的概念对我来说，听起来挺神秘、挺好玩的。它分配到08新闻系有12个名额。在传播与设计学院，选拔方式如下：广东省考生按高考分数从高到低排，取前七名；外省的考生则以高考分数减去一本线，按分数差额由高到低排，取前五名。

当时班里同学报名非常积极，能被选上让我感到意外，也异常兴奋。可当我第一次踏进博雅班的课堂时，却有一种莫名的失落感。这里的126名学生都是五个院系新生的精英，每一个都多才多艺、身怀绝技，在每一个同学的脸上，都自然地洋溢着一种朝气、一种自信，在这里我感到前所未有的压力与挑战。

让我吃不消的还有博雅班的课表，本学期的课都安排在中午或晚上，这让我的生活一下子忙碌起来，我必须一路小跑，赶回饭堂吃饭，然后再飞奔回教学楼。但我觉得每天忙而充实的生活很有意义，毕竟学习时的痛苦是短暂的，“书到用时方恨少”的痛苦是终身的，长痛不如短痛，我愿意享受无法回避的痛苦。

现在博雅班一共126名学生，因为来自不同的院系，而且每次坐的位置也不固定，所以我们目前还不是很熟，但当我们在开班典礼上看到班徽、班旗、班服制作出来的轰动效果时，每个人脸上都洋溢着对博雅班深深的认同感与自豪感，我们私下都在议论着班徽、班服的用途，以至于我们开玩笑说每次上课都要以班徽作为进门凭证，每次博雅班的大型活动必穿班服，以此表达作为一个博雅人精神贵族般的自豪感。

虽然我们现在彼此不甚熟悉，甚至不能完整地喊出对方的名字，但只要我们多组织一些精彩的班级活动，比如集体参观一些博物馆，多举办一些知名教授的博雅讲座，或者126名同学一起参加班级运动会……相信用不了多久，我们这群阳光、开朗的90后就可以成为很好的朋友。

有很多朋友曾劝我离开博雅班，说那里太苦太累；我摇摇头，没有说什么，只是在低头的瞬间想起黑格尔的一句名言：人之所以为人，就在于人能够脱离直接性和本能性。

而最后我想送给博雅班的一句话便是：给我们一个平台，我们打造博雅的未来！

（中山大学）

彩虹总在风雨后

——访2008国家杰出青年科学基金获得者张卫国教授

王云昀

1994年国家杰出青年科学基金开始设立，在过去的14年当中，华南地区还没有人在管理科学部获得过国家杰出青年科学基金。今年我校工商管理学院的张卫国教授首次打破了这一局面，获得此项殊荣。

张卫国这个西北汉子总是给人随和、从容、轻松的感觉，但是他的奋斗历程可不像举手投足这般轻松与洒脱。他不愿意回忆过去，因为那总会让人伤感，他说，人总要向前看才好，要乐观地对待生活，才能有更美好的生活。虽然知道回忆会让他有很多伤感，但是我们还是“残忍”地敲开了他那扇尘封已久的通往记忆的门。

结缘数学　花开经济

1979年，中国高考恢复伊始，张卫国参加了高考，并考取了宁夏大学。出于对数学的偏爱，张卫国在大学里选择了数学专业。数学是个重要又非常基础的学科，每天接触大量的数字和公式，张卫国并没有因此感到枯燥，反而在刻苦的学习中乐此不疲，潜心钻研。四年大学中，扎实的专业学习为他今后的教学科研工作打下了良好的基础，大学的人文气息和学术氛围也深深感染着张卫国，影响着日后他对人生道路的选择，使他在后来生活非常艰苦的情况下也没有离开过大学的讲台。

大学毕业之后面临着就业的选择，凭着一份对大学情怀的执著，张卫国放弃了回生活条件较好的家乡工作的机会，而是选择了在一个地处偏远山区的高校教书。张卫国大学刚毕业时还是一个不满20岁的小伙子，从来没做过饭的他不得不自己下厨。一个小煤油炉、一口小锅、一些简单的餐具就是自己做饭的全部工具。山区的生活水平非常低，常常没有蔬菜供应，道路也非常崎岖颠簸，要回到300公里之外的家，要坐长途汽车走一天的山路。回忆起当年那段艰苦的日子，张卫国并没有很沉重，反而很轻松地为我们讲述，有些忆苦思甜的味道。他说，因为有了那段难以忘怀的日子，才使他日后遇到再大的困难都觉得不算什么了。

非淡泊无以明志，非宁静无以致远。山区的生活条件虽然艰苦，但却给了张卫国安静的环境、宁静的心，使他能够潜下心来专注于学术、专注于教学。孟子说：“穷则独善其身，达则兼济天下。”即使在生活最困苦的时候，张卫国也没有仅仅“独善其身”，在这个交通和信息都非常闭塞的偏远山区学校，张卫国却在关注当时中国刚刚萌动起来的市场经济，关注着国家社会经济发展与改革开放中的热点问题。

随着研究的广泛和深入，这个山区学校的知识储量渐渐满足不了张卫国对知识的渴望，在90年代很多人包括教师纷纷选择下海经商的时候，张卫国又做出了一个令大家都不解的选择，他考取了四川大学经济数学方向的研究生，选择了继续深造。而这一切都是出于非常朴素的愿望：为了给自己寻求一个更适合的学术环境和研究平台。为了使自己所学的基础学科能够找到应用的空间，张卫国选择了攻读经济数学的硕士学位，试图用数学方法与定量分析工具解决经济与管理中的一些问题。女儿刚刚出生还不到十天，张卫国就又踏上了一条外出求学的路。

学术之路　渐行渐宽

学术研究的前瞻眼光取决于学术研究的积累。在四川大学攻读经济数学硕士学位期间，张卫国阅读了大量的国内外文献，特别是系统学习了1990年诺贝尔经济学奖获得者马科维兹、夏普和米勒等人提出的资产组合选择理论、资本资产定价理论和MM理论。这些理论不仅是现代金融学的基础及投资组合理论的核心，也是金融工程的重要研究内容，已经成为投资决策和管理实践的重要工具。这使他成为国内较早接触该领域的学者之一。

张卫国虽然一直关注和研究经济发展与投资决策的问题，其实他自己却一直离经济富裕很远。攻读研究生的日子也是清贫艰苦的。张卫国硕士毕业回到定向培养他的宁夏大学的时候，他成了全系唯一一个家里没有电话的教师。梅花香自苦寒来，在四川大学时的潜心研究让他一直保持着学术研究的前沿状态。当时的国内高校开始注重教师的学术科研工作，由于多年学术研究的积累，在一批年轻教师当中，张卫国轻松地脱颖而出，在1995年就被破格评为副教授，1998年又被破格评为教授。年轻有为的张卫国并没有因此停下前进的脚步，2000年在西安交通大学开始攻读金融数学博士学位，之后又在西安交通大学攻读管理科学与工程博士后。之所以一直能够坚持下来走到现在，他说是个人兴趣使然，自己感兴趣才有动力能够坚持，才能够做好。只有努力、全身心地投入才能做好事，他淡然地说结果不是最重要的。

蜕变对于任何人来讲都是困难和痛苦的，但是对于一个对知识渴求的人来说这又是必须经历的成长过程，只有蜕变才能使自己变成美丽的蝴蝶。本着基础学科指导实践的想法，张卫国的专业发生了从数学到经济数学，再到金融工程及管理科学与工程的转变。虽然这些专业都与数学有关，但其中的跨度也是相当大的。张卫国的每一次转变都使自己的学术研究向实用科学迈进一步，每一次转变都给自己多了一份拼搏的印记。谈到自己的专业转变，张卫国总是侃侃而谈，显得神采奕奕。他说，他研究的是国际比较前沿的经济问题，但当时中国的经济环境和金融市场还非常不成熟，没有能够应用自己专业知识的地方，然而他对中国经济从来没有迷茫、失去过信心。

付出总有收获。目前，张卫国在国内外重要学术期刊发表学术论文100余篇，出版著作3部，其中，在金融工程、投资组合与风险管理、金融市场理论等研究领域以第一作者在国际著名杂志 *European Journal of Operational Research*、*Information Sciences*、*Expert Systems with Applications*、*Knowledge and Information Systems*、*Soft Computing* 及国内权威刊物《系统工程理论与实践》、《数量经济技术经济研究》等发表论文60余篇，出版《现代投资组合理论——模型、方法与应用》专著1部（科学出版社），被国际权威索引SCI收录20余篇，被SCI收录论文引用40余次，主持国家杰出青年科学基金、国家自然科学基金项目及教育部新世纪优秀人才支持计划项目等国家级、省部级科研项目13项，获得第五届全国统计科研优秀成果二等奖（原国家统计科技进步奖）及广东省哲学社会科学优秀成果奖二等奖等7项省部级以上奖励。

面对诸多奖项，张卫国很淡然地说，这只是大家对他工作的认可，也只是阶段性的成果。

亲情助力　乐观向前

张卫国出生于一个普通的干部家庭，虽说父亲工作相对稳定，但是要养活一个有八个孩子的十口之家也并非易事。由于张卫国一直在外求学、工作，能够尽孝的时间非常少，父亲临终的时候他也未能侍候床前。父亲为了养活这个十口之家付出了很多艰辛，怀念起因操劳过度而较早过世的父亲，张卫国满怀愧疚，不禁有些泪眼潸然。由于家庭条件比较差，姐姐为了能让他继续读书，很早就放弃了学业参加工作。家人对张卫国多年来无私而又坚定的支持，让他健康成长，学会感恩，也让他一步一个脚印、踏踏实实走到今天。亲情是他奋斗的原动力。

现在同样是丈夫和父亲的他，对于妻女也是充满歉意。张卫国生于宁夏，长于宁夏，深造于成都和西安，现在又工作于广州，可谓“南征北战”，经历非常丰富。在此期间他的家人对于他的选择都是非常尊重和支持的，妻子和女儿就是这样跟着他辗转南北，毫无怨言。张卫国看上去是个非常沉稳和踏实的男人，但是这么多年来他并没有给妻女带来非常安逸的生活。

2004年，张卫国应我校公开招聘从西安南下广州，至今已有四年之久，但是他对广州还是很陌生，很少出去转，大半的时间都是在办公室中度过。现在张卫国除了教学科研工作外，还担任工商管理学院副院长职务，工作更加繁忙。他说，教学科研是为自己做事，担任行政职务是为大家服务，大家的事更不敢掉以轻心。虽然集教学、科研、行政工作于一身，但是张卫国仍是从容应对，他说自己做事计划性很强，不会因事繁而慌。

有一首歌："阳光总在风雨后，乌云上有晴空，珍惜所有的感动，每一份希望在你手中。"张卫国说，之所以能够取得一些成绩，是因为他常怀着乐观的心态、务实的态度和持之以恒的信念。

当你飘摇在风雨之中的时候，要想到总有云开雾散的时刻，乐观向前才能看到绚丽的彩虹。

（华南理工大学）

晚辈眼中的陈伟南

马玉敏　马利平　张链如

在韩师，乃至在潮汕或港澳地区，提起陈伟南先生可以说是家喻户晓。他艰苦创业，不忘故里，慷慨解囊，捐资支援母校和家乡建设。那么，在伟南先生的家族晚辈眼中这位爱国实业家又是怎样的一个人呢？伟南先生给了他们怎样的影响呢？带着这一问题，我们来到伟南先生的家乡——潮安县沙溪镇沙二村，聆听族人对伟南先生的敬佩和仰慕。

梦绕沙溪　造福桑梓

陈延松，今年48岁，是伟南先生的侄孙，在家乡办厂，连续荣任潮州市第11届和12届人大代表。

采访时，一踏入陈延松家的大门，迎面见到客厅正中挂着伟南先生胸佩勋章的相片和他的人生格言“人生价值在于奉献，事业成功在于努力”。

陈延松深情而自豪地说：“先生在家族里是长辈，他老人家所做的事情是可敬可亲的！挂他的相片，是为有这样的长辈而感到自豪，也是为了教育下一代，要孩子们向伟南先生学习，不忘故里，造福桑梓。”

在清香沁人的茶香中，陈延松先生追忆起往事。伟南先生去香港谋生，那时延松还不懂事，直到1984年，他才跟荣归故里的伟南先生见了面。在此后20多年的接触中，延松觉得他老人家慈祥可亲。这期间，伟南先生为家乡做了许许多多的事，除了捐建学校和医院等大项目外，他还坚持每月为家乡每位老年人赠发25元的零花钱，20多年如一日，从未间断。此外，还出资筹建家乡乐队，培养下一代，以此弘扬地方民乐和沙溪文化。

伟南先生不仅自己身体力行，为家乡建设出资出力，还严格要求晚辈靠自己的本事创业并回报社会。“去年，伟南先生回乡，看到我们这些子孙事业小有成就，非常满意，还兴致勃勃地参观了我的新居，并告诫和勉励我们要自力更生，做合法的生意，要多做好事，回报社会。”采访快要结束时，延松先生深情地说：“我们一定会继续努力，不让伟南先生失望。”

真情绵绵　厚德感人

陈少基，28岁，现任天元计算机咨询有限公司“中国瓷都网”总经理，打造了一个独立的网上专业陶瓷商务平台。他满怀深情地向我们谈起伟南先生。

“在我的人生成长过程中，伟南先生对我影响是最大的。”少基深情地说，

“我曾就读于沙二小学，作为一个穷孩子，能够在花园式的学校上学，接受良好的正规教育，都是托伟南先生之福啊，因此，我从小就对伟南先生充满了敬意。”

“长大后，有机会与伟南先生接触，经常听他对亲朋好友诙谐地说：‘我有3个儿子，有2个儿子需要赔钱——一个是学校，一个是医院，还有一个幼南会赚钱，赚钱和赔钱都是儿子。’这些话使我感到伟南先生幽默可亲的同时，更敬佩他无私奉献的精神。”

伟南先生造福桑梓，捐资建校建医院从未吝啬过，只要有益于家乡母校的事业他都慷慨解囊，动辄几百万，甚至上千万。而对自己，却深居简出，简朴得令人难以想象。去过伟南先生家的少基为我们描绘：“第一次去伟南先生家时非常惊讶，因为亲眼所见的富翁的家与想象中的实在不同，不是富丽堂皇，而是朴素得不能再朴素，给我印象最深的是他家里那台手动的大风扇，起码有几十年的历史了，后来听伟南先生的秘书讲，他生活一直都很简朴，中午经常和员工一起吃盒饭，没有什么特殊。”

伟南先生是社会知名人士，为社会为家乡的建设尽心尽力，对小辈的关怀更是无微不至，让小辈们铭记在心。“去年到香港商量给饶宗颐先生做个人网站的事，受到伟南先生的热情招待，当时天气比较冷，伟南先生看我穿得少，便亲自到商场挑选了一件衣服送给我，让我感动至今。”少基说到这里，眼里含着晶莹的泪花。

春风化雨　诲人不倦

林伟章，今年33岁，曾就读于沙二小学，现任广东群兴玩具实业有限公司总经理。

“伟南先生是我认识的侨领中我最敬佩的一个。”这位年轻有为、充满活力的小伙子和我们见面的第一句话是这样说的，其炯炯有神的眼睛似乎诉说着他内心深处对伟南先生的无比敬佩之情。

“我是伟南先生捐资建设沙二小学后的第一届学生，那时作为一个农村的穷孩子能读上花园式的学校，而且每学期能够领到一套伟南先生出钱为全校学生定做的校服，心里非常高兴和自豪。”

“伟南先生对我的影响很大，我毕业后自己创办工厂，有了更多的机会与伟南先生接触，从中领略到他的人格魅力。伟南先生见到我的第一句话就是问我有没有交税，并语重心长地对我说，做生意首先信誉第一，人无信而不立。其次，要依法纳税，税收是取之于民，用之于民的。并时时督促我要按时缴税。”

“正是先生孜孜不倦的教诲，我才有今天的成就。”林先生谈起往事深有感触。

心系故里　薪火相传

郑惠铨，潮汕的慈善家郑镜鸿先生的孙子，从新加坡回家乡投资发展故里。在潮安县东山湖温泉度假村担任执行董事。

“对于伟南先生，我 3 年前在新加坡只闻其名，未见其人。现在回家乡发展，与伟南先生接触多了，也听到许多有关伟南先生的事迹，更加佩服先生为人处事的大师风范。”郑先生认为伟南先生身上散发着许多闪光的人格魅力，并一一列举：无私奉献，不图回报，且几十年如一日，持之以恒；为人谦和，平易近人，不摆架子，对谁都一视同仁；注重办实事，不图虚名，捐款时从来都是自己主动提出等等。

郑惠铨先生不仅敬佩陈伟南先生，而且把这种敬佩转化为实际行动，在其父亲的支持和鼓励下，他把产业从新加坡移至家乡沙溪，建立东山湖温泉度假村，以带动家乡经济和产业的发展。“‘众人拾柴火焰高’，如果每个人都像伟南先生那样致富不忘本，无私奉献，造福桑梓，那么这个社会就会多了关爱，少了贫穷和饥饿。”郑惠铨以这样的感慨结束了采访。

淡泊名利　潜移默化

陈枢，今年 34 岁，曾就读于伟南先生捐赠的沙二小学，毕业于宝山中学，现任潮州市市委办公室信息科科长。

文质彬彬，一表人才的陈枢见面后便向我们道出他眼中的伟南先生：爱国爱乡无私奉献；修身立德淡泊名利；平易近人广交善缘。“一路走来，许多诱惑摆在面前，每当面临这些诱惑时，我就会想起伟南先生那种‘达则兼济天下’的豁达超俗的境界，并以此鞭策和激励自己一直向前。”

（韩山师范学院）

1 600 公里的痕迹

——张宗勇、杜衡和他们的骑自行车环游

王艳君

就在 2007 年上学期，离放暑假还有一段时间，机电系 05 数控的张宗勇和杜衡一起作出了一个大胆的决定：利用暑假骑自行车游遍广东，一是增长见识，二是以在校大学生的身份为 2010 年在广州举办的亚运会做宣传工作，同时也为粤北、粤东山区的农村扶贫工作做一次宣传。

做足准备，在学校开始强化体能训练

年轻的最大特征就是有激情，有冲劲，说干就干。张宗勇和杜衡很快就将想法付诸行动，在离放假还有一个半月的时间里就着手准备了，对行车经费、交通工具、路线安排和身体素质等各个方面的因素进行了思考和准备。

为了锻炼体能，他们利用课余时间骑着自行车跑遍了从化的太平、神岗、旗杆、温泉和鳌头等乡镇。每天还坚持晨跑。早上六点多，同学们还在美梦中，他们就从学校出发了，跑往三百洞度假村。在积极锻炼的同时，他们开始周密的行动计划，对每天的行程目标做了详细的安排，并综合考虑了遇到突发事件的处理方式，遇到下雨、赶夜路的行程安排，还有衣食住行、随身物品等一系列因素，为远行做好充分的准备。

开始出发，接受挑战

一放暑假，当同学们开始享受轻松愉快的假期生活时，张宗勇、杜衡和他们的朋友三人却在紧锣密鼓地准备着出发了。7 月 20 日早晨七点，这对他们来说是个具有纪念意义的时刻，他们骑上自行车，车前插上一面自己设计有亚运会标志的小红旗，从韶关市中山公园出发了。红旗上写有“迎亚运，讲文明，树新风，促和谐”的宣传主题，写有“关注自我，关注社会，挑战自我，服务社会，突破自我，融入社会”的环游主题，写有“发扬在校大学生吃苦耐劳精神”和“广州南洋理工职业学院”的字样。这是他们挑战自我迈出的关键性的一步。

他们按照预定的行车路线：从粤北韶关（中山公园）出发路经韶关翁源、河源连平、忠信、龙川、兴宁市、梅县、梅州市区；再从梅州下至珠江三角洲路经汕头、普宁、陆丰、海丰、惠州市、广州增城、从化；再从广州从化返回韶关。全程共 1 600 多公里，一路下来，将遇到的困难和挫折是不可估量的，但他们信心十足，欣然前往。

翁源驿站：饿了，吃上了一顿农家特色菜

一路上，他们有说有笑，相互照应，累了就按计划原地休息。第一天，他们在骑往翁源县的路上，正逢七月流火的季节，炎热的天气，高强度的体力消耗，饥肠辘辘，他们却坚持骑了130公里的路。

中午到了翁源县，肚子早就饿得咕咕响了，怎么办？他们一路找饭店，终于在一个很不起眼的地方找到了一家小饭店。可一问老板才知道，因为效益不好早在半年前关门了。等他们说明了来意，热心的老板竟破例给他们做午餐，还给他们烧了一顿丰盛的农家特色菜。

在聊天中，他们得知老板的家庭状况不是很好，有四个孩子，老大阿辉在县重点高中读高三，其余的都在上初中。开支很大，收入少。老板自己靠在外打工挣钱来维持家境。他们向老大阿辉介绍了此次行动的目的和意义，阿辉十分感兴趣，他说，要不是高三要补课，他也想加入他们的队伍。听到阿辉的话，张宗勇他们深受鼓舞，开始意识到自己行动的意义，精神更加振作，更有信心去完成以后的路程。

这里是他们宣传亚运精神和农村扶贫工作的第一站。走的时候，张宗勇、杜衡还有他们的朋友与阿辉四兄妹合影留念，并留下了自己的联系方式，还表示只要在力所能及的范围内都可以帮助他们，也希望阿辉早日实现大学梦！

难忘的旅程：赶夜路，腿摔伤了，被狗追了，车被偷了，却没放弃

“在十五天的旅程中，回想起所经历的一切，回味无穷。这次活动对我们来说，是一次极限的考验，但我们坚持下来了，这为我们以后走上社会增加了一份面对困难和挫折的勇气。”在一个明媚的中午见到杜衡时，他爽朗地说。原本白白净净的他，现在变得黝黑黝黑的。他乐呵呵地说：“这样才健康。”

在赶往忠信镇的路上，张宗勇骑车过九连山下坡时，不小心摔了一跤，腿摔伤了，几乎不能再骑自行车了。大家合计着要不先停下来，让他养好伤再说。张宗勇说：“不能因为我一个人，影响队伍的行程。”他硬是坚持下来了，这支三人组成的队伍在这一刻显得格外团结。赶路继续着……

为了按时赶到汕头，他们骑车骑了一个通宵，到达汕头市区时已是凌晨四点了。因为是晚上，黑灯瞎火的，走错了几次路，又绕道回来，还被狗狠狠地追过，吓得冷汗直流。到了汕头，好不容易住进了招待所，可到中午11：30起来的时候，其中的一辆车被偷了。无奈之下，他们去找招待所老板要求赔偿，也报了警，都没用。人生地不熟，显得很无助。没办法，他们又去找老板协商，最后老板同意赔偿300元，他们也只能自认倒霉了。为了让活动得以继续，他们去二

手市场买了一辆自行车。

到了海、陆丰那边时，为了早点赶到下一站，他们连吃饭的时间都省下来了，一天下来只顾得上吃一顿饭，完全靠喝水度过。就是在最艰苦的时候，就是走到了自己生理和心理极限边缘的时候，他们也没有想过放弃，他们坚持着，咬牙挺过来了。

“终于成功了，8 月 3 日，我们顺利返回了我们可爱的家乡韶关，结束了十五天的骑车旅程……”说到这里，张宗勇显得特别激动。这种激动和兴奋是纯粹的。我想，什么祝贺的言语在这时都是多余的。

“以实际行动宣传南洋学子吃苦耐劳的精神”

一路走来，他们坚韧的旅迹给所到之处的每一个人留下了深刻的印象。其中有两位刚高考完的高三学生，正犹豫着不知填什么志愿好，当他们看到这个由三人组成的自行车队，十分感兴趣；当得知车队成员是南洋学院的在校大学生时，就立刻做出了决定：就填报南洋。后来，张宗勇作为 2007 级新生接待工作人员时，很巧合地遇到了这两位高三学生。

“我们都是南洋的学生，都是青年，就应该具备吃苦耐劳的精神，也都应该怀着一颗感恩的心，为自己，为学校，为社会，奉献自己一份年轻的力量。”回校后，在新生军训场地，看到张宗勇，他又瘦又黑，但成熟了很多。手臂、腿上的伤疤还在，红药水的痕迹依然明显地留在伤疤上。

“这次宣传活动能够顺利完成，主要是得益于平时自己在学校的锻炼。这也算是毕业前的一次旅行。南洋的三年改变了我们很多，让我们在无形中变得坚强自信，学会了如何去实现自己的目标。”谈起这次行动的感触，张宗勇说的第一句话就是感谢学院对他的培养。作为大三的学生，即将毕业了，在言语间，他情不自禁地流露出对三年大学生活的恋恋不舍。

张宗勇曾经是机电系纪检部的一名普通干事，凭着自己的积极肯干，一步步地展示自己的才能。在学习上，他也从不放松对自己的要求，每天早上 6 点多一点，就来到阅览室楼下的草地上看书，这个习惯从大一保持到现在。现在的他担任机电系学生分会副主席兼秘书长，同时又是 07 模具 3 班的辅导员助理，协助管理新生班级；他还一直做兼职赚生活费。杜衡现在是机电系学生会生活部部长，入党积极分子，优秀学生干部。

走过广东，留下的这 1 600 多公里的痕迹，写满的是坚强和毅力，记载的是南洋学子坚持不懈的奋斗精神。记住，只要有梦想，肯付出努力，就能让自己活得精彩有意义。

（广州南洋理工职业学院）

珍曦木芙蓉

张　翔

2004 年的雅典奥运会上，劳丽诗与李婷一起获得了女子十米双人跳冠军。很少有人知道，如果不是三年前的一场意外，或许，站在劳丽诗身边的，是另一个女孩。她就是李珍珍，运动训练系 05 级学生，现任广东省跳水队助理教练。

姊妹双姝　九运扬名

1998 年，11 岁的劳丽诗进入广东跳水队时，12 岁的李珍珍成为她首个双人跳搭档。“她就像一个大姐姐一样照顾我，训练中我有什么不懂的地方她都会教我，比较迁就我。”劳丽诗回忆起自己进队时的情景。在李珍珍的帮助下，劳丽诗进步很快，两人的配合亦日趋默契。2001 年的九运会见证了她们的实力。顶住 2000 年奥运冠军桑雪、李娜的压力，姊妹双姝凭借稳定发挥，摘得双人跳水金牌。

正是这段欢乐与泪水共同分享的岁月，积淀了劳丽诗与李珍珍的姊妹情谊。虽然不能同在国家队，但是一有空，两人就会在网上聊 QQ。去年李珍珍生日时，劳丽诗还专程来穗参加姐姐的生日 Party。

天降意外　凄美交错

九运会，一个峰回路转的拐角，成就了劳丽诗的辉煌，却凄美了李珍珍的跳水情缘。正当她们都欢欢喜喜准备去国家队报到的时候，医院的一纸检查结果，让李珍珍从此与奥运会失之交臂。是天降意外，抑或另有隐情？

原来，2001 年 5 月，就在预赛阶段，一次，李珍珍在跳水入池的刹那，由于头部稍仰，激起的水花蕴涵着不小的冲力。众所周知，跳水过程中，运动员的双眼是需要睁开的，长期训练，这已对她们的视网膜带来损伤。而此次，巨大的冲力打得李珍珍的双眼异常疼痛。“上岸后，我的眼睛很红，当时教练和我都没意识到里面已经出血，只是当即买来两个冰棍，替代冰块敷我的双眼。”她说，“敷完后，稍有恢复，不是那么疼了，虽然感觉还是不大舒服，但也没在意，没想到，这却埋下了日后的隐患。”

比赛继续进行，期间她曾因倍感不适，去医院检查，但医生只告知其是玻璃体浑浊所致。“话说回来，即便当初已经诊断出是视网膜受伤，我也不可能中途放弃比赛去做手术。因为我们是团队，每个人的表现都关系到整个女团的成绩，一旦我退出，将给我们队带来很大影响。”李珍珍解释。

到 11 月九运会结束，诊断结果出来，她才去做视网膜的修复手术。然而，因为延误了最佳的治疗时间，她的视力无法恢复到从前，甚至连 2.0 都达不到。这也就残酷地意味着她永远无法走上奥运会的十米跳台，奥运冠军于她，只能是种凄美的交错。

天高云淡　平和对待

“小猴子，告诉珍姐姐，你为什么偷钱啊？是不是嘴馋，想买东西吃啊？以后不能这样啦，谁愿意和一个小偷玩呢？”训练馆里，一个 8 岁的男孩因为偷钱，被教练拎出来面壁思过。作为助理教练的李珍珍，这会正在和他谈心，耐心开导他，“需要钱的话，可以向别人借。但是记住有借就必还，这才是好孩子啊。这样珍姐姐以后有什么好吃的，就买给小猴子吃，好不好？”刚才还一脸紧张的男孩，终于会心地朝着李珍珍笑了，低头说：“我错了，以后不敢了。”她用心爱护着学生。

来自潮汕地区的李珍珍，在直面人生的遗憾后，还是不减往昔平和温婉、朴实无华的气质。“虽然很不甘，但是现实如此，”她的眼眸澄澈如水，荡漾着对未来新的期待，“我希望成为体育老师。”她那种平和、清淡、开朗、朴实的气质，婉若绽放于晨曦的木芙蓉，纯白的花色映照着她明净的人生。

（广州体育学院）

蝴蝶兰开香四方

——记广东省五一劳动奖章获得者、病理学教研室副主任姚运红教授

杨冬梅　蔡锦滢　方　烁

一缕清风，一片春雨，悄然地催开一朵朵的花瓣。当花朵全部盛开时，仿佛一群列队而出的蝴蝶正在轻轻飞翔，那种飘逸的闲情，令人产生一种如诗如画，似梦似幻的感觉——这就是蝴蝶兰。

一寸舞台，一支粉笔，悠然地书写着一种人生。当我们接近她时，恬淡的笑容，温柔的语气，举手投足之间所散发出来的魅力，让人敬佩——这就是我们熟悉的姚运红老师。

姚老师喜欢蝴蝶兰，单是一种感觉；而她解答自己孜孜不倦的追求时，同样也只是一种感觉——平淡、踏实、幸福。

清兰飘香似淡实浓

悦耳的声音，一身的素雅，举手投足间，那份特有的柔情令人怡然心醉……就是这样一位看似柔弱的女子用纤薄的臂膀创造了不平凡的业绩。

姚运红老师是我校病理学教研室教授，硕士研究生导师，教研室副主任，党支部书记。多年来，她勇于开拓进取，默默耕耘在教学科研第一线，做出了显著成绩。1998 年和 2002 年分别被评为广东医学院优秀教师、优秀党务工作者。2004 年被列为广东省“千、百、十工程”的校级重点培养青年教师。2004 年被评为湛江市“巾帼科技创新带头人”和“‘三八’红旗手”。2005 年被评为“南粤建功立业女能手”。2007 年作为全省教育系统的唯一代表，姚老师荣获广东省工会系统“五一”巾帼奖，并被授予广东省“五一”劳动奖章，是全省获此殊荣的 3 名代表之一。她所在的党支部还于 2002 年被评为湛江市直属机关先进党组织。

“我只是实实在在地做好我应该做的事。”面对接踵而来的荣誉，姚老师谦逊而淡然，柔和的脸上却有另一种坚强与希冀在闪动。

姚老师在教学上精益求精，极富个性。她主讲研究生、本科、专科、夜大等多个层次的病理学课程，虽然身兼数职，工作繁忙，但她风雨不误，从不落下一节课。“授之以鱼不如授之以渔”，姚老师深谙此道，积极提倡自主教学。上课时，她总是恰到好处地抛出一个又一个病例，让学生在新知识的学习中自己去寻找答案。她的课丰富多彩，松紧有度，使学生非常容易理解和掌握。每一个章节都仿佛打开了一扇窗户，呈现出一个斑斓的世界；那耐心细致的讲述，悦耳得像

叮咚的山泉，奔流在年轻学子的心谷……为了取众家之长，姚老师还经常虚心地向科室的老师请教，不断地寻求更好的教学方法，不断尝试新的突破。

“我真羡慕姚老师，希望自己成为像姚老师那样成功的女性。”在姚老师的指导和鼓励下一位考上中山大学研究生的我校毕业生一脸崇拜地说。的确，在很多学生心目中，姚运红老师是智慧与美丽的化身，她不仅是学生温柔的师长，更是亲密的知己。常有学生慕名发邮件、打电话或登门造访请教，不管是学习、生活还是工作上的琐事和烦恼，姚老师永远都是学生最耐心的听众、最贴心的“军师”。学生的课外讲座，她总会拨冗到场指导；再小型的活动，只要有邀请，她都会积极配合。她组织学生课外科研小组开展免疫组化、动物试验等科研活动，组织学生参编《病理学习园地》，培养学生的分析能力和动手能力。此外，她还常常以竞争激烈的社会现实鞭策学生，培养他们敬业奉献的精神。

姚老师总是不满足于现状。尽管自己在网络课程、精品课程方面不是很内行，但姚运红老师虚心学习并不断创新。在病理教研室老一辈老师的指导下，她与科室其他老师一起在校内率先开展多媒体授课，对病理学教学过程进行了整体优化，逐步完善与“讲课提纲—CAI 课件”相结合的大课讲授模式。此外，姚运红老师还编制 CAI 课件，和科室的老师一道，全部制成统编《病理学》大课讲授用的共 15 亿字节的 CAI 课件。姚老师负责组织编制的《病理学》网络课程于 2006 年获首届广东省医药类教学媒体教材评比三等奖。姚老师还发表了教学论文近 10 篇，获得学校教学成果一等奖两次，省级教学成果二等奖一次。

随着技术及人工智能的不断发展，国内外著名医学院校都致力于运用新的教学模式，构建高素质创新人才的培养体系。在新的教学形势下，科室分管教学的姚老师积极运用现代教育思想和科学技术。在学校领导的大力支持及科室老师的共同努力下，科室于 2002 年下半年组建了现代化形态学教学平台，并建立了开放性、多媒体、立体性教学空间的新型形态教学模式，促进了形态学课程的建设和发展。

正是因为这种孜孜不倦的追求，让姚老师富有感染力和亲和力。当笔者问她“为什么如此深爱教育事业”时，笔者已经做好了迅速长篇记录的准备，但姚运红老师的回答却简单得出乎笔者的意料。“是学生身上特有的活力和青春吸引了我，我有时甚至觉得是学生宠爱了我。”

蝶兰飘逸似弱实刚

每一条通往成功的道路总是荆棘丛生。在艰辛面前，看似柔弱的姚老师却自有一番刚毅。

1999 年姚运红老师成为我国受英国皇家基金资助、在英国曼彻斯特 Christie CRC 癌症研究中心 Paterson 癌症研究所担任为期一年访问学者的五位学者之一。当时，女儿出生才刚满一百天，望着襁褓中哭泣的孩子，姚老师咬了咬牙，狠狠心登上了远航的飞机。其中的艰辛，唯有姚老师一个人独品。

2002 年，姚老师作为访问学者，再次出国来到英国伯明翰大学医学院。漫长的实验周期，精密的操作测量，繁杂的分析总结，姚老师起早摸黑、废寝忘食，工作非常紧张。但她非常珍惜出国留学的机会，如痴如醉地投入到鼻咽癌的研究当中，并学有所成，在 SCI 收录的 *Int. J. Cancer* 杂志发表了一篇题为 *Heterogeneity of HLA and EBER Expression in Epstein－Barr virus－Associated Nasopharyngeal Carcinoma* 的论文，在该研究领域产生了较大影响。姚老师参加的课题组首次建立了人鼻咽癌裸鼠移植瘤高转移模型，并抓住了鼻咽癌转移早、易复发的这一临床难点，建立了以探讨鼻咽癌转移机制为主攻方向，利用科室已有低分化鼻咽癌细胞系 CNE－2Z 及建立的鼻咽癌裸鼠移植瘤高转移模型，深入研究鼻咽癌转移机制及抗鼻咽癌转移，在国内外刊物上发表了学术论文 20 多篇。姚老师还承担和参与了国家自然科学基金、卫生部、省高教厅重点科研课题、省教育厅、省卫生厅科教兴医“五个一工程”等多项研究项目，获省高教厅、湛江市科技进步成果奖各一项。

“国外再好也是别人的，我们终究是它的匆匆过客。那是一种很漂的感觉，回到自己的国家来，才真真正正地觉得心里踏实。”姚运红老师感慨良多地说。即使国外有先进的科研条件、优越的生活条件，但姚老师却毅然选择回到祖国，回到广东医学院。“因为远在他乡，你总能感觉一种非常自然的东西，那就是爱国。出国前可能没有这种感觉，但在这两次留学的经历中我切切实实地感受到了。”

梦兰柔美似贵实朴

在高教岗位，她是一名好教师；在女儿的眼里，她是一个好妈妈。对于陪她一路走来的家人，她充满了感激，他们给予了姚老师莫大的支持和鼓励。现在姚老师一家人都到东莞来了。“虽然这边刚刚起步，但东莞校区优美的环境、宁静的气氛的确是学习的好地方。这一点很像国外的大学。东莞校区是个新校区，发展到今天的确已经相当不错了，它需要一个慢慢成长的过程。”

无论身处何处，姚运红老师总是随遇而安，快快乐乐的。她坚信运动和锻炼是最好的良药。虽然工作忙，但她几年来从不间断跑步锻炼。现在她不仅觉得身体好，性格也很开朗。“有句口号叫‘快乐足球，快乐学习’”。所以，姚老师希望大家都能参加锻炼。

蝴蝶兰清香淡色，美在傲骨；姚老师柔情似水，魅在师魂；
蝴蝶兰绽放如云，美在炽烈；姚老师热情如火，贵在奉献。
这或许就是姚运红老师真正的魅力所在。

（广东医学院）

花明天的钱很爽　高额的利息很烦

刷卡一不小心刷成“卡奴”

林雪漫　湛婉芬　李小娴　周嘉玲

新学期伊始，校园里的不少“卡奴”还没来得及享受信用卡“喜刷刷”带来的快乐，已经为还清卡债问题烦恼得焦头烂额。甚至有一些同学哭诉莫名其妙被银行扣除巨额年费。而在一些楼管处，记者更发现每天都有一大堆相同包装的信件，里面几乎都是银行的信用卡或催款单，卡消费已经悄然降临大学校园，如何正确使用信用卡和精明消费理财无疑再一次成为我们关注的热门话题。

不懂游戏规则惹的祸

1 000 元变 1 300 元

“大学生收入不稳定，消费心理不成熟，容易造成透支”。人文学院的小李认为这不光是钱的问题，对学生来讲，外面的诱惑很多，如果不注意办信用卡的权利与义务，容易造成难以承担的还款压力。

新闻学院的小玲去年办了某银行的学生信用卡，申请时听说透支额度高，利息低；全国 ATM 均可取现；年费第一年全免；学生办卡无须任何担保，她当时脑子一热就办了。慢慢地，她习惯了用信用卡，就算是一些小数目，也用信用卡支付。有一次逛街，她看中了一套漂亮的裙子，狠心刷了 1 000 块钱将裙子买了下来，打算用下个月的零用钱还款。可是到下个月时欠款的事情她早已抛到九霄云外，等到她收到银行的账单时就傻了眼：透支的 1 000 元加上利息已经变为 1 300 元！

信用卡变收藏品

“开卡有奖、刷卡透支免息、开卡积累信用”受这些颇为吸引人的条件冲击，加上办理学生信用卡手续简单快捷，还有许多贴近大学生特点的服务，不少乐于接受新事物的同学心动变行动。人文学院的小詹就申请了四五张学生信用卡，想起当时申请的初衷，她说：“当时有赠送精美的小礼品，而且广告诱人。”她坦言当时并没有仔细听清楚申请信用卡的要求和义务就盲目跟风申请了，申请了多张信用卡后小詹并没有开通使用，而是仅仅作为精美物品来收藏。

当信用卡成为负累

“我几次卡债最后都是靠爸爸帮我还清的。否则，我真的不知道去哪找钱来还。”目前，许多同学都是依靠父母为自己还卡债。数学学院的晓华同学原本心里打如意算盘，想让父母为自己还清卡债。可是没想到父母说："自己欠下的钱就必须靠自己的力量去还清。"晓华同学只好利用课余时间到学校的一家果汁店打工。工作时间长，工资又不高。他熬了很长一段时间才终于还清卡债。"我觉得放下了心里的一块巨石。那段时间过得很辛苦。天下没有白吃的午餐，这就是代价。"他认为如果没有养成自控能力，信用卡只会是负累。

精明消费 用好明天的钱

救急好帮手

研究生小林拥有信用卡 1 年多了。"信用卡对我帮助不小。"他说。小林家庭情况一般，他实在不愿意再向父母要钱。兼职、奖学金成了他生活费的主要来源，但这些钱也不能保证及时拿到。他经常要过拆东墙补西墙的借钱还钱日子，后来他去办了大学生信用卡。

该卡透支限额为 5 000 元，透支后有最多 50 天的免息期，此外还可以取现 2 500 元。"最大的好处就是不用再向别人借钱了。手头紧的时候可以用信用卡去买东西，等兼职或奖学金的钱拿到后把钱还了就行。"小林说自己刷信用卡也不多，一般都是救急，他也清楚该卡的游戏规则：第一年免年费，当年刷满 6 次免第二年年费。小林笑着说："还没有给银行交过钱。"

小云是旅游学院的学生，她告诉记者，出去买贵重的物品例如购买电脑往往需要带很多现金，让我们提心吊胆。她更乐于网上淘宝，信用卡让她免了跑银行付账的麻烦。

多了张卡多了份责任

艺术学院的小张认为，学生拥有自己的信用卡，总的来说还是利大于弊。"我一般不会透支太多，消费总是会在能力范围内，如果因过分透支而让自己负债累累，甚至上银行黑名单，以后肯定对自己有影响。"据不少学生反映，他们并不担心出现透支现象。他们认为，大学生是具备一定知识背景的成年人，知道如何及时补齐信用卡上的差额。这样一来，也正好锻炼和培养了大家的消费理财能力。因此会自觉不自觉地去学会经营自己的"钱包"。"但最关键的是要适当了解消费指引和观念，要了解到拥有一张信用卡不仅拥有许多权利，还有一份责任。"他们如是说。

记者调查：用卡人权利义务糊涂不得

记者作过调查，某种信用卡透支期是 20 ~ 50 天，利息是每日万分之五，还要交年费 100 元；特别可怕的是每日 5% 的滞纳金，以欠还款 3 000 元计算，滞还一天就得交滞纳金 150 元，如果滞还一年则需缴纳滞纳金 54 750 元。一不小心就成了“卡奴”。

大学城工商银行的一名负责人表示：现在很多大学生的信用卡都变为了睡眠卡，这严重加重了银行的负担。有些大学生并不能很好地管理好自己的财务问题，经常糊涂欠下不少钱。

在办理信用卡之前，大学生必须对信用卡有充分的了解，明确使用信用卡的权利与义务，权衡它们之间的关系，认为信用卡真的有必要时才办理。有了信用卡，正确使用免息期、避免背负高额利息。目前各家银行规定的 50 天（或 56 天）免息期的计算方法并不相同，这些都是开卡前必须明确了解的。

（广州大学）

我始终代表广外这个集体服务奥运

詹　成

我校翻译学院教师詹成于7月1日赴北京奥运村工作，担任北京奥组委奥运村（残奥村）村长办公室联络处副经理一职，主要负责村长和副村长们在奥运期间外事活动的翻译工作。

在整个奥运会期间，超过60位贵宾、政要来访奥运村。截至8月24日奥运会闭幕为止，詹成一共参加了18次升旗仪式以及24位贵宾与村长陈至立的会见活动，并有幸与国际奥委会主席罗格、澳大利亚总理陆克文、联合国亲善大使球王贝利等重要贵宾见面。

第一次体验奥运村

7月1日，詹成作为奥运村村长陈至立的专职翻译到北京奥运村报到。他的工作单位是村长办公室联络处，需要每天从上午九点到下午五点半，于第一进院东头的一间耳房工作。报到第一天，詹成就领到一摞书和各种材料，为赛前的翻译工作进行业务准备。

7月3日，在詹成看来，是进奥运村工作以来很有意思的一天。在经过紧锣密鼓的准备之后，奥运村开始了大规模演练，所有的设施和仪式都要根据实际的使用情形来测试，以熟悉各工作流程和紧急事件的应对预案。作为工作人员，詹成为能第一时间见证和体验奥运村，感到非常兴奋和荣幸。

第一次重大翻译：会见罗格

奥运村正式开村后，8月1日中午，国际奥委会主席罗格先生及夫人、荣誉主席萨马兰奇先生和执委们一行40多人来到奥运村参观。作为陈至立村长的翻译，詹成全程陪同，见证了罗格主席和至立村长的会晤。而在村长院内，罗格先生高兴地称赞北京的空气质量好，还说北京奥运村的村长院是他去过的最美的村长办公室。下午三点，在奥运村和平友谊广场上举行了简短而隆重的和平友谊墙揭幕仪式。仪式上，罗格主席、刘淇主席、陈至立村长等纷纷在休战墙上签下了自己的名字。

这是詹成在奥运村工作以来承担的第一次重大翻译工作，这让他感到非常兴奋。在接下来的日子里，北京奥运村云集了众多的政界和体育界要人，全世界的目光都汇聚到这里。正如罗格先生在会见时所说的：“This is now the centre of the world”。

开幕式狂欢　詹成在背后忙碌着

“在酷热的天气中西装革履，每隔半个小时就见到一位国家元首，午饭是五分钟吃下两个汉堡包，加班到凌晨两点，在办公室的地板上睡觉过夜。”开幕式这两天，詹成就是过着这样一种非常态的生活。

8 月 7 日是北京奥运倒计时的最后一天，詹成他们也迎来了村长办公室最忙碌的一天。在 10 个小时中，有 50 多个国家和地区的升旗仪式和 20 多位国家元首前来参观或会见。高密度的活动，给村长翻译们带来了极大的挑战。两组英语和法语的翻译被安排进一个一个活动中，间隔时间非常的短。而前一场的元首如果在路上耽搁了一会，就会引发后面的混乱，所以还需要异常的灵活，以随时应变突发的种种情况。

为了使村长和副村长们清楚地知道自己的活动安排，詹成他们每天都要为第二天的活动做计划和流程。由于涉及的国家元首太多，行程几乎每小时都在变化之中，奥运村礼宾部门、各国奥委会和大使馆的确认往往要等到深夜才有结果；而第二天早上很多时候都会发现已经定好的行程又要调整……就这样，他们在变化和奔跑中度过了奥运前忙乱的一天。

詹成眼中的奥运村：历史上最好的奥运村，充满神秘的地方

作为奥运村的重要组成部分，本届奥运会的运动员村无疑是最好的。1996 年亚特兰大奥运会利用市内的几所大学宿舍作为运动员村；2000 年悉尼奥运会运动员村是临时用铁皮板搭起的两层建筑，赛后就拆掉了；2004 年雅典奥运会运动员村是在低收入劳工阶层聚居区建成的普通住宅，赛后用作“解困房”。而北京奥运会则建成了大片的高档住宅，一色的灰色中式风格，景观优美又设施齐备，得到运动员和官员们的交口称赞。

走在运动员村内，犹如打开一本百科全书：看颜色、看图案、看口号、看字符……，就可以了解一个国家许多的文化传统和审美情趣。奥运会已经不再仅仅是体育比赛，更是人文精神的展示，是各种文化的呈现和交流。

为了营造出家的气氛，让远离祖国的运动员们在北京能够情绪高昂，专注比赛，各个代表团也颇费了一番心思。整个运动运村分成 A、B、C、D 四个区域，位于 C 区内的英国代表团住地可谓特色鲜明。英国区除了每套房间的阳台外均装饰了整齐划一的招贴标语外，楼下还摆放了一个完全英国风味的电话亭。据了解，这个电话亭可是千里迢迢从英国本土海运过来的。连詹成本人——这个曾在英国留学的中国人都倍感亲切，难怪英国运动员们对自己的生活区赞不绝口。

对于奥运村，詹成个人也怀有非常特殊的感情。一方面，作为村长的翻译，

他不但每天在村内工作，而且自奥运村开村后到奥运会闭幕前的那段时间都住在奥运村内的运动员公寓里，对于村内优美的环境、完善的设施、友好的氛围、频繁的惊喜，有着最直接最切身的感受；另一方面，出于翻译工作的需要，他对奥运村的绿色环保、低能耗、精巧的设计和建筑风格等做过深入的了解，因为每次村长在会见贵宾时都会对奥运村进行介绍。所以，他对于奥运村的认识和感情是多方面、多层次的，也许和奥运村的其他工作人员相比，显得尤为特别。

陈至立为詹成生日祝福

8 月 24 日——奥运会闭幕日，这天也是詹成的生日。在结束了一场贵宾会见的翻译工作后，当陈至立得知当天是詹成的生日，便真诚地向他表达了生日祝福，并为他写下祝福语。第二天，整个村长院为他和另外一名工作人员举行了生日午餐会。他在事先不知情的情况下被通知到院内的餐厅集中，之后收到了来自整个村长办公室同事们的祝福，和大家一起分享了生日蛋糕。奥运村部副部长邓亚萍也送上了一件由她亲笔签名的奥运村 T 恤。

詹成奥运服务感言：学校师生的支持是我工作的动力

詹成对记者说，他非常感谢我校师生对奥运会和对他本人的关注与支持。他从 7 月 1 日起到奥运村工作，直至 9 月 30 日才结束残奥会的全面工作。离校这么长时间，学校和学院给了他很大的支持和帮助。詹成表示："我并不是以个人的名义参与北京奥运村的工作，而是在学校的推荐下，由中国外文局组织考察，经北京奥组委遴选到这一岗位的。我始终代表广外这个集体。我也时刻以自己是广外的教师这一身份来激励自己做好奥运会的服务工作。"

（广东外语外贸大学）

校园推销，谁是牵线搭桥人

学校有规定：不允许校园推销

广东外语外贸大学北校区新闻社校园组

频繁的上门推销，是大一新生初到大学的深刻印象之一。每年这个时候，不少推销人员的身影就会频繁地出现在学生宿舍各楼层，从报刊杂志、英语词典、锁、笔记本，到杂物盒、化妆品等各种商品应有尽有。上门推销在校园中盛行，原因何在？造成了哪些问题？各方面的态度又如何？带着这些疑问，记者进行了一系列的调查。

校园总代理

校园总代理作为校内自行推销的“首脑”，是商家与分代理之间的桥梁。他们并没有直接参与到推销的过程当中，但是他们充当着一个不可缺少的角色。没有他们，校园内的推销可能不复存在。记者采访了其中的一位校园总代理罗同学，了解校园推销背后的运作、推销团队的架构等内幕。

自行推销的经营模式：自行发掘市场，以点带面发展分代理

大三的罗同学从大一起就涉足校园推销和代理的领域，包括手机充值，推销字典、英文报纸、地图，ADSL 安装、酒店会员卡等代理。“做校园代理最要关注的是市场。”罗同学告诉记者，他主要是通过在网上发布兼职代理信息和自投简历应聘为校园代理的；一般通过短信、电话和 QQ 等形式与客户联系。推销团队主要是通过以点带面发展分代理的形式发展起来的，表现优秀的分代理可得到一定的奖励。

校园自行推销小揭秘

手机充值：罗同学形容手机充值代理模式有如金字塔——最底层是众多需要充值的同学，上面有代理、高级代理、更高级的代理，每一级代理都会从中赚取一定的利润，而赚得最多的是最高级的代理。罗同学告诉记者，“因为之前有充值诈骗案，所以现在我们代理的充值一般是先充后付，而且要受充值要求，如密码和充值期限等的限制。在充值成功后，我们会把电信公司的充值单据交给充值客户。”

字典：字典的主要推销对象是大一的新生。“我们抓住时机，利用大一新生

的从众心理，但同时我们也尽量保证产品的质量。”罗同学坦言，字典是自己到图书批发市场进货的，并非正版，但他会尽量保证其质量。这类字典（牛津高阶）的进货价一般在46元左右，分代理到总代理处拿货的价格是50元，分代理一般向同学们要价70元。“做字典代理我是有点内疚的，因为这毕竟不是正版的。”罗同学坦白地说。

英文报纸：罗同学作为某英文报纸的校园代理，属下还有一批分代理，主要负责在广外和财经学院的推销。“这份报纸的出版频率高、词汇量大，在广外的市场并不小。我们的主要推销对象也是大一新生，也是希望他们有从众的心理，征订我们的报纸。”

推销员鱼龙混杂，推销产品真假难辨

“忽如一夜春风来”，曾几何时，这句诗成了校园推销一族的生动写照。尤其是新学期伊始，几乎在每个宿舍都能看到他们穿梭的身影。新生对新环境不熟悉，不免有点无助。于是师兄师姐们喊着“为新生服务”的口号及时出现了，一对价格合理的舒适的拖鞋、一个能同时接上手机充电器和“私家风扇”的多孔插座……新生们足不出舍便可解决燃眉之急。

新生对大学的一切都充满好奇和不解，此时，推销员则摇身一变成了“答疑专家”，耐心地把新生的疑团逐一解开。遇到如此“全能”的推销员，新生们当然感激不尽。

很多校园推销不仅能为同学们带来方便，还提供不少优惠。06级张同学说，开学时跟做推销的师姐订了一份《21世纪报》，随报附送的《大学生四级英语词汇》在他准备四级考试时派上了用场，省钱又实用。类似的优惠还有校园代理ADSL可免去100元安装费等。

校园推销纵使对大家有好处，但也有很多推销员包藏祸心，骗取钱财。

中文学院的杨同学在大一刚开学时就遇到了尴尬，从此对推销员避而远之。军训期间，某师姐到宿舍推销收音机。杨同学并不感兴趣，但两个师姐轮番上阵，不断游说，说身为广外的学生应该多听收音广播，又说老师也会要大家买收音机等等。当杨同学考虑收音机的质量问题时，师姐马上说这已经是最后一部，其他同学都纷纷掏钱买了。听师姐一说，杨同学就没有再检查质量，匆匆买下了要价50元的收音机。过后，杨同学发现收音机质量很差，而且根本不像师姐说的可以调一百多个电台，于是打电话去问，却发现是空号。50元，就这样打水漂了。

中文学院陈同学和她的舍友也曾受过骗。两个声称来自军医大开发研究室的职员到女生宿舍推销名为“靓芙婷”的护肤品。她们请一位同学试用所有护肤品，陈同学她们看见护肤品的效果显著。随后，两位女职员声称这是军医大最新的研究产品，将在一个月后上市，现在以七折的价格优惠卖给学生。于是，陈同学宿舍五个人都很爽快地掏钱买下了一百多元的护肤品。结果发现效果与演示时大相径庭，她们买到的是劣质产品。然而她们已经再也无法找到那两个“专业技术职员”。

由于这类经历，有部分同学变得对推销十分抵触。不少宿舍的门都贴上了“谢绝推销”、“推销勿近”等标志。

推销员：我们只是“生活所迫”

既然推销同行中有了害群之马，推销者就不免遭人白眼，无辜受辱对推销者来说并不是始料不及的，那为什么他们依然选择从事校园推销呢？

经济收入是许多同学选择做推销的一大原因，尤其是一些家境比较贫困的同学。在采访中记者得知，一般情况下，推销员月均收入 200 元，而如果是“高级”商品，一次就可以赚 500 元左右。但如此高收益的情况自然是少之又少，而且推销员定期内无法完成规定任务的，公司便会取消合作。因此有同学选择自行推销。某位不愿透露姓名的同学向记者道出了心声：“做推销的同学，很多时候是生活所迫，才这样厚着脸皮去做被学校所禁止的事。”

学校有规定：不允许校园推销

“学校有规定，不允许学生在校园内推销。”校学生处处长何传添明确地表明了校方态度。

何传添表示，经济有困难的学生可通过勤工助学中心、云山创业园等学校提供的平台寻找兼职；想获得锻炼的学生也可参与校内的社团、“三下乡”活动和广交会等学校提供的实践机会。

对于学生推销劣质产品的行为，校方更是表明“如果发现，一定会对其进行严厉的批评教育。”法学院副教授王荣珍指出，无论卖者还是买者，在双方都知情的情况下进行假冒伪劣产品的交易是违法的。推销盗版书籍、光碟或劣质化妆品者都明显触犯了买卖合同法、消费者权益保护法、产品质量法等相关法律法规。买者在不知情的情况下购买后，可索取赔偿；但如果学生明知是假冒伪劣产品而购买，不但不能获得赔偿，而且是触犯法律的。

（广东外语外贸大学）

他们，这样度过了春节

——记我校281名同学的广铁集团列车员实习经历

严福长

“亲爱的爸爸妈妈，祝你们春节快乐！第一次在外面过年感觉很好，当列车员学到很多东西，不用为我担心。”新年就要到了，小林同学发信息给爸妈。小林今年没有回家过年，与我校281名同学一道参加了广铁集团列车员实习。

他们用行动诠释“和谐春运”

“尊敬的各位旅客，欢迎乘坐本次列车，我是3号车厢的列车员，很高兴能与大家见面。在新春佳节来临之际，首先给大家拜个早年，祝大家在新的一年里万事如意……”第一次担任列车员在这么多人面前讲话，有些紧张，但更多的是真诚和礼貌。

作为列车员，他们的主要工作是开、锁边门，打扫卫生，巡视车厢，制止旅客吸烟、跳车和盗窃事件的发生。尽管不是正式员工，但他们做得很认真、很细致，乘客走的时候由衷地赞叹道：“你们做得真好！”

旅行本身就是辛苦的，而列车员却不只是同旅客一起旅行，所以更加辛苦。“从广州到汉口，光是垃圾就扫了七八袋，厕所冲了十几次。”谈起短暂的列车员生涯，同学小王感叹不已，“不过到后面垃圾就少了，一方面东西吃得差不多了，更重要的是乘客被我们的真诚打动了。”看到这些穿着普通衣服带着工作证的列车员卖力地工作，乘客看在眼里，也放在心里。于是纷纷用塑料袋装好自己的垃圾，等列车员过来收集时放到大垃圾袋里。

在一次从岳阳返回广州的A615次列车上，来了个刚动过大手术的女士，列车员小梁和小刘把他们让进了乘务间，由于乘务间根本容不下三个人，所以两个列车员只好站了一个晚上，15个小时后终于到了广州，他们已经24小时没有合眼。“站着都会睡着。”两人面带倦容地自嘲道。

“站台已经结冰，请大家小心路滑！”“请注意列车与站台之间的空隙！”一句句贴心的提醒，温暖了寒风暴雪中舟车劳顿的乘客的心，扫走了乘客脸上的疲惫。他们投来感激的目光，不住地说：“谢谢。”

迎战暴风雪，他们站在了第一线

因为暴风雪，他们都遭遇了不同程度的滞留、晚点，而且好几个组都是第一次出车就遇上暴风雪，着实给了同学们一个下马威。沪海六组第一次出车去武汉，行至清远时，火车停了整整16个小时，最后折返京九线。轮班休息的同学期待着起床睁开眼睛就看到皑皑白雪，没想到起来一看还在清远。“经过16个小时的旅行，我们回到了原点，现在正在你们后面经过，哈哈。”小林打电话给同学，感慨而又无奈地诉说道。一路上走走停停，到汉口时晚点了30多个小时。由于缺乏补给，到后来缺水断粮，有些乘客情绪很激动。“现在想起来都有些后怕。”小刘打了个颤。

不过他们算是幸运的了，京九线二组的情况更糟。他们第一次出车前往北京的L44次列车走了四天才到江西，没吃没喝，很多乘客聚集在餐车，把玻璃砸了。回忆起第一次“旅行”，列车员欧阳同学记忆犹新，一边说一边直摇头。到北京时晚点了整整三天三夜。

不过有了第一次的艰难，后面的旅行就轻松多了。大部分同学坚持了下来，为春运贡献了一份力。

钱并不是最主要的，关键是要学到东西

按照合同的规定，正常情况下他们将获得一千来块钱的报酬，看起来不少，不过其实剩不了多少。

“体检100，公交50，买御寒衣物150，休息期间的伙食费150，每次出车还要一些粮食储备，算下来也就剩几百。”同学们算了一笔账。钱不多，不过全校却有500多人报名，最终经过体检共有281名同学参加了实习。“钱并不是最主要的，关键是要学到东西。”小李的话反映了同学们的心声。增加社会经验，踏访全国各地是报名热更重要的原因。

通过实习，很多人第一次走出广东，踏访了祖国各地，见识了异乡风情，也第一次看到雪。尽管没有时间去游玩，但他们已经很知足了。“火车就是一个小社会，各色各样的人都有，而暴风雪更是像放大镜一样将各色各样的人扩大地呈现在我们面前。”同学小叶总结道。

广技师的学生是好样的

春运的列车员是辛苦的，尤其是暴风雪的下马威让一些人萌生了退意，事实上确实有些人退出了。“缺水断粮地停在冰天雪地里，不知道什么时候能开，家里人都劝我不要做了。”小林说道。不过更多人选择了坚持。

同事的鼓励、为校争光的责任感、挑战自我的勇气让他们留了下来。“你不是一个人在战斗，不是一个人，也不是为你一个人在战斗！”“人可以被毁灭，但不可以被打败！”这些名言派上了用场，同学们相互鼓劲，共渡难关。

他们兢兢业业的工作得到了车队和领导的赞赏。一个列车长在顺利完成春运任务时对同学们说："你们广东技术师范学院的学生是好样的！"

（广东技术师范学院）

郭小东——点亮学生思想的火花

洪晓敏　谭杏娇

他，有着教授、作家和文学评论家的多重身份，然而在课堂上，他只是个纯粹且独特的教师。严谨的治学态度，逻辑清晰的思路，连珠式的语速，这大概是郭小东老师给学生的主要印象。不少同学也许对郭老师有一种敬畏的感觉，然而通过一个多小时的访谈，让我们看到一位学者的严谨和睿智的同时，更感受到一位师者的谦和与宽容。

师者，解惑也

郭小东老师的课可谓独特，丢开教材，畅游知识。对于这种讲学方式，郭老师认为，教科书只给我们一种平稳的绝对的知识，而当代文学是跟当下的意识形态、文学形式紧密联系的，所以它需要的是批判和质疑的态度。老师应在解惑上对学生有所启蒙、启示，能给他们打开一个思想的空间。而对教科书基本脉络和基本线索的掌握，学生可以通过自学来实现。他会先提出很多前沿性、有争鸣的学术问题，然后阐释自己的观点，解决这个问题，所以他的课更像一个学术讲座。学术是需要质疑和批评的，他强调问题意识，鼓励学生提问，激发学生的怀疑态度。学生只要思考就会有问题，有不同歧见的问题才能成为大家关注的，才是需要解决的问题，学生应该在解决问题中学习。

在课堂上，学生可以了解到很多文学外的书籍，哲学的、历史的……因为学生需要的不只是教科书，一本书可以代表一种视野或思想，用大师的书打开学生的视域，开阔思想的空间，引发问题的思考。

“做老师的基本任务是解惑，授业是另一回事，授业也要通过解惑来实现”。可以说，郭小东的课就是一个解惑的过程。

擦黑板也是一种责任

上郭老师的课，同学们就会发现并惊讶于他每次上完课都很仔细地把黑板擦干净。提及这个话题时，郭老师给我们讲了这么一个故事：梁实秋曾经和辜鸿铭说：“如果我能够用五十年的时间来革除中国人随地吐痰这样一种恶习，那么我们的中华民族就能够在五十年后屹立于世界民族之林，成为世界上最优秀的一个民族。”郭老师认为，随地吐痰意味着对公众的污辱和不敬，它关系国家形象和社会公德，任何一个有道德和国民意识的人都应该对社会负责，对自己的言行负责。

“擦黑板同样是一个责任的问题，这件事情是你做的，你就应该承担，实际上我在为学生做一个榜样。”他用自己的方式告诉学生，一个人应该对自己所做的一切负责。

批阅笔记也是与学生交流的方式

上郭老师的课，是一件既愉快又累人的事。“记笔记是个苦差事。”不少同学都会有这种感觉，然而，翻阅自己的笔记，读着郭老师写下的评语，有一种让人感动和奋进的力量。

“老师的一句话，很可能会影响学生的一生。”深知这一点的郭老师在批阅学生笔记的时候，从来不敢懈怠。从修正表述得不太正确的概念，到纠正错别字，甚至字体的好坏与否，郭老师都会给学生一一指出，而且他常常为一句评语的措辞煞费苦心。他希望在评语上给学生提出有所启发的意见，让学生感到老师对自己的尊重和教导。即便很差的笔记，他也会从爱护的角度，很委婉但很严厉地提出批评。

至于为何采用抽查笔记的方式，郭老师认为，“抽查笔记可以让学生有一种紧张感，让学生珍惜课堂40分钟的收获。因为现在学生的诱惑太多了，很容易漠视一些课程，到最后就得不偿失了。”抽查笔记也是一种与学生交流的方式，而且，做笔记能体现一个学生的学习能力。他认为，好的笔记能比较精炼地抓住要点，严密、全面地把老师的观点记下来。而这些笔记，在某个时候也许会激发一个人思想的灵光。如果按一年教300名学生计算，每名学生平均有2万字的笔记，每年至少检查两次，那么一年下来郭老师就要看1 200万字的笔记。这是个很辛苦且枯燥的活，但他觉得这是一个老师应该做的。

对老师的批评和建议，学生往往也会作出回应，就曾有学生在郭老师的评语下写了自己的意见，郭老师便花了很多时间在那位学生笔记上有疑问的地方再写了评语，作了更为详细的解答。

“我看到学生能思考，能纠正，我的愿望就达到了。”郭老师如是说。

我的研究生要学“四书五经”

2006年3月，中文系获得当代文学的硕士学位授予权。作为学科领头人，郭小东老师很有信心地认为，我们的硕士教学要有跨越式的发展，将多年的教学积累“厚积厚发”，所培养的学生应该要跟中大最好的学生并肩。他同时强调，学生应注重“四书五经”等国学知识的积累，它既可以使学生的学术和理论背景变得厚实，也属于当代文学的基本积累。另外，研究生要有很强的动手能力，即分析、解决问题和写作的能力，在某一个方面要有独到的见解。而这些不仅是中文系研究生所必需的，每一个在校大学生都需要传统文化的积累和人文精神的熏陶。这个学期学校举办的周末讲座，对提升大学文化氛围有着非常积极的作用。

（广东技术师范学院）

风雨中的玫瑰

林潇静　李君玲

在广东金融学院，提及陈斯琪，应该没有几个人不认识，她用她的自强，感动了整个金院。可以毫不夸张地说，陈斯琪，是广东金融学院的骄傲。

2005 年，陈斯琪以优异的成绩考上了金融系金融管理与实务专业。大学期间，斯琪努力学习，争当先进，不仅学习成绩一直保持在班里前茅，工作上也认真负责、尽心尽力，受到了老师同学们的赞赏。2006 年，斯琪获得了我校“三好学生”、“优秀团员”、“优秀学生干部”等多项称号，并于同年 5 月光荣地加入了中国共产党。在老师眼里，她是个积极向上的好学生，在同学眼里，她又是个活泼开朗、乐于助人的好同学。

然而，同样烂漫多姿的青春只是不同生命线的一个交点，在斯琪参评“自强之星”之前，几乎没有人知道这个平日里天真快乐的同龄人早早承载着与年龄不相称的生活重荷。

斯琪生长在一个贫苦的家庭，自幼父母分居，随父亲和祖母生活。有精神障碍的父亲长期失业在家，在 2006 年又不幸患上胃癌；年迈体弱的祖母，在她初中时长期卧病在床，后来也撒手而去，经济重担落在她稚嫩的肩上；在生活的重压下，她开始不堪劳累，得了甲亢这一慢性疾病，无奈碍于高昂的药费，病情不能彻底根治，反复发作。

可是，年幼的斯琪并没有退缩，没有放弃，她稚嫩的肩膀毅然挑起生活的重担，成了家中唯一的支柱。从那天起，她就经常一边背单词，一边做家务，一手托着书本，一手为太婆揉脚，劳累一整天后还要安顿精神恍惚的父亲，每晚都是 12 点后才拖着疲惫的身躯进入梦乡。但即使在这样的情况下，她的成绩仍然名列前茅，还在班上担任团支部书记、劳动委员、语文科代表等职务，在各方面都起着模范带头作用。父亲精神失常，曾无故放火焚烧自己的房子，但斯琪积极面对，在众人帮助下重建家园；炎炎夏日，家中因欠费被断电，她便点上蜡烛在昏黄烛光中刻苦准备高考；在病房里照顾生病的父亲，斯琪装扮得像个天使般快活，护士们说她是医院里最开心的人，却不知道她只是不想让别人担心，只是为了鼓励爸爸坚强对抗病魔……

进入大学后，她除了要应付学校里的学习工作外，还要经常往返于肇庆和广州探望住院的父亲，到各级政府部门办理手续，申请生活费，并兼职做家教，补贴生活。父亲的病情、学校的学习、党支部的工作以及校外的兼职使得陈斯琪每天都忙碌异常，但她从没因此拒绝帮助别人，也没有以此为借口缺席集体活动。班级活动中总是能看到她的身影，同学有困难时她总是积极给予帮助。

获得学校“自强之星”奖学金后，斯琪做出了更让人震撼的举动：申请把其中一部分奖学金用来资助同样徘徊在生活困难边缘的同学。

《阳光总在风雨后》是斯琪最喜爱的歌曲。优美坚定的旋律弹奏着自强、自信，同时也诠释着斯琪心底深处最美丽最宏大的梦想：在将来可以尽最大的努力去召集社会上的热心人士，创造一个自强基金，资助新一批“自强之星”，使他们顺利地完成学业，让他们既能最终改变家境，又能为国家的富强作出贡献。

有时候，我们更愿意把斯琪当作人间的天使，她有一对隐形的翅膀带她飞越苦难的山坎，也有自身蕴藏的超强法力，沿生命长河逆游而上。

在苦难里微笑。她是风雨后渐显的彩虹，她是铿锵的血色玫瑰。祝福我们的斯琪，祝福她生命里的阳光从此辉煌，祝福她的梦想花开灿烂。

（广东金融学院）

历史上的一个里程碑

——回忆我校土木系65届师生支援“东深工程”纪事

谢念生

43年前，广东工学院（广东工业大学前身）土木系四年级近百名师生，为了支援“广东省东江—深圳供水工程”的建设，临危受命，奔赴工地最前线，艰苦奋战七个多月，为解决几百万港九同胞的饮用水难题，作出了不可磨灭的历史性贡献，更有一位同学为此献出了年轻宝贵的生命。这段鲜为人知的尘封史实，是值得大书一笔，载入广东水利建设史册的！

“风乍起，吹绉一池春水”

1963年春夏，南粤奇旱。香港九龙地区缺水尤甚。居民饮用水大受限制，港方四天供水四小时，接水排队的长龙随处可见。港英当局在危急局势下，把希望寄托在与中国内地毗邻的广东省。经与广东方面会谈，除暂派船只到珠江口运取淡水解决急需外，更迫切要求解决缺水水源问题。

面对港九数百万同胞的困苦，时任广东省委书记陶铸立即紧急上报周恩来总理。党中央、国务院对此十分重视，批示广东省委、省政府尽速落实解决，几经研究、分析、论证，最后决定展开“广东省东江— 深圳供水工程”（简称“东深工程”或“东供”）建设。

东深工程方案的要点是：在石马河距东江最近点的泮湖，开挖一条3公里长的人工新河道，引入东江水，在石马河和雁田水，分别建5个和3个抽水站，各站将水位抽提5~8米不等，总计抬高水头四十余米，让东江河水逐级上升，令河水改向，从北向南倒流入雁田水库，送过白泥坑，顺沙湾河注入深圳水库，再以输水管道供水至深圳河边，交由港方供应港九居民使用。供水线路：东江水→新开河→石马河→雁田水→雁田水库→沙湾河→深圳水库→香港。

整个工程形象比喻，如同一座由北向南、高达四五十米的“大滑梯”，东江水沿着北面高低不等的“梯级”，逐级被提升上梯顶的雁田水库，再沿着“滑梯”（沙湾河）注入深圳水库。只要东江不断流，香港用水永无忧！

粤港两地，一衣带水，筋骨相连，血脉相通。水是生命之源，而血更浓于水！广东人民义无反顾地挑起这副重担。

这是一项具有国际意义的中央工程。由国家投资、广东省主办、地方协助兴建的大型工程，关系几百万香港同胞，政治意义十分重大。

“众里寻他千百度”

为了确保打赢这场硬仗，广东省各有关部门成立了“广东省东江—深圳供水工程总指挥部”（设于东莞塘厦镇）。下设4个工区，分辖8个工段、2个水库。

1964年2月中，工程破土动工。广大公社干部、社员群众对港九同胞的苦难，感同身受；对党中央、省委的号召，一呼百应。工程开展十分迅猛。面对如火如荼的群众性运动，施工技术管理力量凸显严重不足，但省内各地均要面对严峻的旱局，难以抽调人员支援“东深”。工期紧、任务重、技术难度大，尤其是政治压力，令工程决策者和指挥员备受煎熬。如何在最短时间内组织一批既有理论知识又有实践经验的水利专业人员充实到第一线，成为工程成败的关键。几经寻觅，蓦然回首，最终定格在广东工学院的水电学子。

时任广东工学院院长麦蕴瑜教授，是一位早年留学德国的水利专家。对这一光荣任务，学院极力支持。经院务会议研究决定，将已是大学四年级的65301班和65302班共80余位同学，连同带队老师近百人，立即调往支援“东深”建设。各工区、工段，按工程规模及要求，分配数位同学，协助工区、工段领导，负责工程施工或质量检查。经过几天动员和组织，4月7日进驻工地。

“此事天公付我，六月下沧浪”

“广工”土木系65届同学，是1960年经高考，从省内各地汇聚到“广工”的。高中三年，经历反右、大跃进、反冒进等政治运动，思想较为成熟。进入大学，正值三年灾害肆虐，在生活、学习极之艰苦的条件下，每个学年都安排六、七周的生产劳动实习，已经参加过流溪河灌区，九江测量，箩箕窝水库水力冲填坝等施工，具有一定的工程实践经验。后来，鉴于课堂学习时间不足，学校将四年毕业制改为五年。1964年正是“大四”最为关键的一年。如今，为解除港九同胞困苦，肩负广东父老的重托，全体同学以“舍我其谁”的大无畏气概，立马横刀，挺进“东供”。

有了这支强大生力军作后盾，广东省与港英当局在1964年4月23日签订了正式协议，保证于1965年3月1日前供水并力争提前。

“何处是归程，长亭连短亭”

“初生牛犊不畏虎”。在老一辈水利工作者的教诲和指导下，同学们各司其职，各尽其责，把大学三年半以来学到的理论知识及实践经验，发挥得淋漓尽致，很快就掌握了工程主动权，获得了指挥部、各工区、工段领导的信任、好评和嘉奖。

四月过去了，原是一片荒郊野岭的工地，盖满了工棚、砖屋，人声鼎沸，热火朝天……

六月过去了，原是纸上的蓝图，日渐变成实体，闸坝高耸，厂房林立……

七月将尽，根据总体施工部署，水工部分应在九月底完成。于是传出九月底回校复课的讯息。

八月过去了，各工段均已初具规模且各具特色，同学们万分自豪、激情满怀，并热切期盼着重返课堂。

但是，总指挥部为了确保工程顺利完工，一直希望同学们坚守工地，最好留到通水的那一刻。

学院领导则处于两难境地，毕业年限不能再延，大四、大五课程都是最重要的专业课，还有毕业设计、毕业鉴定、毕业分配等都需要时间安排，如何落实呢？经过好几个回合的“拉锯战”，最后决定回院日期是10月15日。

然而，九月旱情更加严重。几经商议，将通水日期提前至12月15日。

在此重要关头，权衡利害得失，以大局为重，回院日期再次延后至11月15日，待全线工程基本定局才撤离。

“九疑云杳断魂啼”

在工地的日夜奋战，同学们不但迎接了人生的各种挑战，也承受了大自然的非凡考验。从5月28日的第2号台风起，连续受到3号、5号、15号、16号，及10月13日第23号共六次台风的袭击，最高风力高达十二级，幸无损伤。但11月3日，一个“超级强台风”的突袭，造成了令全体师生无法承受的不幸事件。在沙岭工段，一位男同学在7米多高的闸墩工作桥上操作时，不慎坠地，头部重伤，经抢救后无效，为此献出了年轻宝贵的生命。这一不幸事件，就发生在回校前不到两周的日子里。“出师未捷身先死，长使英雄泪满襟”……几十年后追忆之余，仍忍不住流下痛惜之泪。

更应提及的是，当年在工地日夜奋战、创造奇迹的同学们，所得“报酬”仅是以勤工俭学的一种形式：每月发给生活补助费15元，这恐怕是当今大学生难以想象的。

“衣带渐宽终不悔”

1964年11月16日，师生们依依不舍地告别了“东深”。历经224个日日夜夜，最终不辱使命完成了祖国和人民交给的艰巨任务。令我毕生难忘的是，麦蕴瑜老院长下工地慰问同学们时，语重心长说过的一席话："……各位同学能参加东深工程的建设，是十分光荣的……几十年后，当你们的儿子、孙子问你们参加过什么工程时？你们就可以说，我在学生时代就搞过中央级的工程！……这是你们历史上的一个里程碑！"经历"东深"的锤炼，铸就了我们无惧挑战，勇挑重担，敢于负责的精神，为日后的人生岁月缔造了光辉的起点。

1965 年 8 月，土木系 65 届同学，迎来了毕业分配的一天。这是广东水电学子第一次分配出省，绝大部分同学远赴云南、湖南、海南、广西。作为"文革"前最后一届本科、五年制的大学毕业生，在比较恶劣的生态环境里，经过几十年的不懈努力，同学们在各自不同的岗位上，发挥才智，创造业绩，大多数人成为单位的技术骨干、中坚力量。不少同学担任了县、局长职务，有的同学被任命为院长、总工，有同学更被评为全国优秀水利技术工作者……可以断言，没有"东深"的历练，这一切都是难以想象的。历史机遇，时代召唤，艰苦磨炼，闪光征程……让我们铭记着东深工程！

"四十三年，望中犹记，烽火扬州路"

1995 年，香港政府决定，香港居民四个月内用水小于 12 立方米者，免交水费，从而宣告香港已再无缺水之忧。曾经传唱一时的民谣"月光光，照香港，山塘无水地无粮。阿姐担水去，阿妈上佛堂，唔知几时无水荒"，也进入了历史博物馆。经过三次改造、增建，"东供"已经成为香港及工程沿线，经济和社会发展的生命线工程，对于香港的繁荣稳定举足轻重。英国前首相撒切尔夫人在其《回忆录》中高度评价说："没有东深供水工程，就没有香港今天的繁荣！"

弹指一挥间，43 年过去了。当年的同学们早已年过花甲，有的移居港澳、海外，有的退休安度晚年，有的老骥伏枥发挥余热，更有十多位老师同学已仙逝作古……

无限感慨之余，笔者曾写《沁园春》（大学感言）："再上云山，触景思人，感慨万重。看松涛碧浪，苍鹰展翅；珠江玉带，瘦狗横空。水院结缘，东深奉旨，粤港垂名 广工。须时日，见疾风劲草，卧虎藏龙。流溪洗礼开蒙，挖心饭，三查钓元凶。忆筲箕水冷，九江西岸；鳌头暑酷，七月东供。毕露锋芒，杜鹃泣血，师友仙游泪溅胸。怀矢志，数古今智者，终是英雄！"

东深工程——"广工"的水电学子决不会忘记您！

东深工程——您，还记得我们吗？

（广东工业大学）

在抗震救灾的日子里

——一个心理援助志愿者的灾区8天

蔡成后

蔡成后，艺术设计学院辅导员，2006年华南师范大学心理系硕士研究生毕业。汶川地震后，作为复旦大学、华南师范大学心理援助专家联合小组的第一批成员赴川参与灾后心理援助工作。在8天时间里，联合小组克服了重重困难，建立了东汽安置区工作点和北川中学安置区工作点，并从“个别辅导”、“团体辅导”、“互动讲座”、“集体影视”和“生活环境”等五个方面同时进行了开拓性的工作。

蔡成后说：“我是一名普普通通的志愿者，只是按照内心的指引，做着自己认为应该做的事情。”正是这样一个又一个普普通通的志愿者，用他们朴素的行动，诠释着服务意识和责任担当，拓展着“团结、奉献、互助、友爱”的现代志愿精神的新内涵；正是这样一个又一个普普通通的志愿者，让我们看到了大灾中人性的光辉，感悟到大难前道德的力量。

5月12日，四川汶川地区发生大地震。当得知这次地震相当于400颗广岛原子弹的能量时，我真的不敢想象那种惨烈的景象。地震发生后，我的老师申荷永教授作为目前国内唯一的心理分析博士生导师便请愿赴灾区一线开展心理援助工作，同时筹备组织第一批赴川队伍。5月14日晚上近11点，我接到申老师的电话，问我愿不愿意作为第一批队员参与心理援助工作。我当即表示愿意前往。申教授让我征求父母和爱人的意见。我怕父母担心，没有跟他们提起这件事情。然后没费多少工夫我就说服了爱人，并得到了学院领导的大力支持。于是，我作为复旦大学、华南师范大学心理援助专家联合小组的第一批成员参与了此次救援活动。

工作方案

5月18日，我们小组抵达成都后，片刻未留便直接赴受灾严重的德阳开展工作。我们首先考察、访问了刚从绵竹、汉旺撤离出来的数千人的临时住所，并与东方电汽的有关领导商定了具体的工作方案。针对灾后心理援助和心理重建的特点，救援小组制定了五点计划，准备从“个别辅导”、“团体辅导”、“互动讲座”、“集体影视”和“生活环境”五个方面同时进行灾后的心理援助。部署完毕，我们便着手布置我们的休息室：一个简易帐篷。小组的领队申荷永教授同我们10余名队员一起住在帐篷里，我们彼此分享经验，相互照顾，只为了一个共同的信念——追寻生活和生命的意义。

心灵震撼

最初的三天，我们主要在德阳的东方电汽工作。东方电汽是德阳最大的国营企业，总部在距离震中汶川仅30公里的汉旺，受灾惨重。19日一大早我们便到达了汉旺镇。东汽厂部依山而建，大部分厂房和家属区已经坍塌成为一片废墟，汉旺中学教学楼坍塌，师生伤亡惨重，在网络上广为流传的用身体护住4名学生的老师便为汉旺东汽中学的教师。曾经苍翠的山峦，曾经雄伟的厂房，曾经美丽的校园，一瞬间变成了废墟！强烈的地震让很多人在一瞬间失去了至亲至爱的人，失去了一生积累的财产。

在一棵树上，挂着一个印有卡通图案的书包，书包的侧袋里还放着一个黄色盖子的塑料水杯。从书包的图案可以看出，它的主人应该是一位小学生。书包的上面放着两朵黄色的小花，这应该是家长精心摆上的。孩子，一路走好！

在倒塌的汉旺中学旁边，我们看到一位大姐在一堆废墟上边哭边寻找着什么。她捡着衣服，捡着砖块，捡着破碎的木片，她想把所有的东西都捡走，把深埋在废墟下的丈夫救出来，但是几层楼坍塌下来的废墟她怎么捡得完呢！即便捡得完，整体垮塌的废墟下面怎么可能还有幸存者呢！但她还是捡着，一块一块的砖头，一块一块的木片。在这个时候，你能体验到什么是悲痛欲绝，什么是痛不欲生！你也可能会感到生命的脆弱，人生的无奈！你的亲人、朋友和你身边的每一个人可能瞬间离你而去，他们曾经有过美好的爱情和生活，有过对未来的憧憬，有过照顾你一辈子的承诺，然而地震毁灭了一切，毁灭了所有的幸福！我深深地感到“此时此刻”是多么的宝贵，过好“今天”，活在“当下”，珍惜生命，善待自己，善待他人吧，让自己少些遗憾，也让别人多些快乐！

探索与开拓

无助的孤儿和老人，他们经历了生离死别，承受着丧亲之痛；实施救援的官兵，他们遭遇了太多惨不忍睹的场景，被失眠和噩梦所困扰；辛勤劳动的志愿者，有的本身就是受灾群众，自己的家庭也遭受重创。面对这些人们，我们应该做些什么？我们能够做些什么？我一直在思考和探索。借鉴旧金山和台湾南投地震心理援助的经验，我们印制了上万份有关灾后心理调适的资料发放到安置点群众的手里，奔走于各个片区之间，了解有关孤儿、孤老、孤残的情况，寻找合适的机会进行一对一的帮助，并把在片区外闲逛的小朋友组织起来开展团体活动，取得了初步的成效。

在德阳，我们遇到一位失去双亲后再没有开口说话的高三女生。前一天晚上，高岚教授和那位女生单独见了面，女孩倾诉了1个多小时。19日下午3点，高岚教授收到女孩的短信。她说，举国哀悼的那一刻，她放声大哭。在倾诉了自己挥之不去的伤痛后，女孩仍不忘关心高岚教授，提醒队员们要照顾好自己。这让我们感到很欣慰。此外，女孩还希望高教授能够帮助她同班的一个男生，“他很小的时候父亲就去世了，现在母亲遇难了。当他得知我的父母都过世后，就来看我了，他从头到尾都对着我笑。”可是，女孩听人说，他在家里曾哭得死去活来，一度被家人用绳子绑了起来。高教授有些担忧地说：“这些孩子应该得到及时的心理救助。”

“通常类似的事件发生后，人们总会告诉孩子们诸如要好好学习、为父母争光之类的话。”高教授说，这无法让一个十七八岁的孩子从悲伤中解脱出来，因为这些对此时此刻的他们来说毫无意义。“孩子无法表达抗拒，也不知怎样用言语作出回应。”高教授说，把悲伤内化、道义化对于抚慰心灵效果不大，应该让心灵最大限度释放悲伤。

20日晚上8点左右，我们忽然听到一位老大娘的阵阵哭声。我们赶上前去询问情况，并把老大娘接到我们的帐篷门口坐下。老大娘哭着说，她的孝顺女儿不幸遇难了，她的儿子让她不要哭，她憋得难受。老人把女儿的照片拿出来，那是小心翼翼地用几层塑料袋装着的照片，老人用颤抖的手一张一张地拿给我们看，一遍一遍地说：“我姑娘长得多好看呀！这么孝顺的孩子怎么就这么没了呢？”除了悲伤，老人还担心她正读小学的外孙没人管。她问我们能不能帮助她一起照顾外孙，我们当即表示：我们的援助项目将持续几年甚至十几年，并把我们的联系方式都留给了老人。老人拉着我的手说：“那我就安心了！”看到泪流满面的老大娘慢慢平复情绪，我们也感到了一丝欣慰。倾听是一项基本功，心理支持是援助的基本内容，我想老人的“安心”是对我们工作的最好肯定。我的好友黄福生说：“奔赴灾区不是为了消除灾区人民的痛苦，而是去和他们一起承担痛苦。”这句话可能就是对我们工作的注解吧！

21日下午，东汽中学的两个女生和同班的两个男生主动来到我们小组工作室：“我们是来接受心理辅导的。”孩子表面上似乎没有什么，但他们脸上的笑容并不透明。“我分不清是做梦还是真的，四层教学楼完全坍塌下来，后来看电视才知道真的发生了地震。”她们说，那天下午见到第一个挖出来的学生被平放在操场上，当时甚至想，这位同学是不是睡着了？“我现在真希望每天都上学，不要寒暑假……”“我们还商量着毕业时，送彼此一样东西纪念，可那些同学还没来得及去买。”小组成员尹立博士说：“你们是不是觉得和同学朋友间的联系中断得太突然了？你们可以找个方法来纪念他们。”“有啊，我们每天晚上都跑出来看月亮，对着月亮跟他们说话，不过我们手头没有留下一件他们的东西，全被埋在地下了。”“你们可以编个手链什么的，就把这个当成是他们给的纪念品。”尹立博士表现出的爱和关注，让他们获得了心理支持，整合了心理碎片。

随后的几天，孩子们几乎每天都过来和我们聊天，还把其他的小朋友带过来一起做团体游戏。我们的工作成效慢慢显现出来。

从拒绝到接受的北川中学

5 月 22 日，我们兵分两路，一路继续在德阳安置点工作，另一路到北川一中的临时安置点开展工作。北川县城是这次大地震死伤最惨重的地方，北川中学也遭遇浩劫，3 000 多名学生只撤出来 1 000 人左右，许多同学父母双亡。

尽管有四川省团委的介绍，但北川中学的校方一开始并不愿意让我们在那里做心理辅导工作。因为曾有两三个心理援助团体过来，做的工作让校长和老师都不能认同和接受。比如，某一个心理援助团体的心理辅导人员，拿了一些问卷或量表，让学生和老师填写。其中有这样的题目：你家里有几个人在地震中死亡?你的家人去世对你有怎样的影响?你有没有想到要自杀?……北川中学的一些学生，认认真真地填写了问卷，然而，那些“心理援助”者收起问卷就走人了。于是，北川中学做出决定，短时间内不再让心理援助团体进入，以免干扰学生的情绪，产生负面影响。当时，我们也目睹了这样一个情景：某心理援助团体的心理辅导员在问一位学生，你家里有人在地震中死了吗?孩子说，他的妈妈没有了。这位心理辅导员说，那你想你妈妈吗?这孩子低头不语，眼中含着泪水……于是，这位心理辅导员说，那你给你妈妈写封信吧。这是一个很听话的学生，他拿出自己的作业本，趴在地铺上，默默地给死去的妈妈写信。站在那里的心理辅导员显得有些等不及似的，不时催着孩子写快点。10 多分钟后，这位心理辅导员拿起孩子在自己的作业本上写的信，看了一下就撕了下来，夹到自己的笔记本中，转身走了。留下这位失去了母亲的孩子，拿着被撕去了一页的作业本，无比的悲伤，极度的失望……高岚教授和在场的两位记者都禁不住哭了起来，既为这孩子的悲伤，也为这位“心理辅导员”的无情，以及这无情所带给孩子的再一次伤害。高岚教授跪下身来，含着泪水，接近这位悲伤的孩子。看到孩子受伤的手臂已有感染的痕迹，高岚教授拿出碘酒为他擦洗，并问孩子，疼吗?孩子说，不疼，妈妈若是被救到什么地方的话，她会更疼的……听了孩子的话，高岚教授也流出了眼泪。1 个小时过去了，又有几位孩子慢慢地围了过去。大家眼中都饱含着泪水。当高岚教授结束工作之后，我们看到，这几位参与的孩子在一起做游戏……北川中学的校长含着眼泪对申荷永教授说：“申老师，感谢你们过来工作。实际上，我们的孩子非常需要心理辅导。不仅仅是孩子，老师也一样，尤其是高中部的老师们。”于是，我们随即展开了在北川中学的工作。

申荷永教授认为，震灾对孩子们的心理来说是一次重大创伤，像这样的创伤，如果让孩子直接面对，会引发更大的创伤，并且使孩子二次受创。而沙盘既能够映射孩子的心理，又是一种主动创造的活动，甚至可以不用语言来进行，这样有助于孩子逐渐面对创伤，又不会受到伤害。于是，我们决定采用沙盘游戏治疗的形式帮助孩子们。

已是午后2点多，我们来不及吃午饭，就选择了一片草地作为临时工作的地点。沙盘一摆出来，孩子们就围了上来，我们每人带领一组，大约有十几位同学，大家坐在草地上，另有二十几位同学站在外围观望着。一个抽屉大小的盒子里铺着细细的沙子，旁边还有几百件玩具，有绵羊、马、恐龙等各种动物、植物和人的模型。每个孩子挑选自己喜欢的沙具，按照他们自己的心愿把这些小模型摆在沙盘里。我所带领的小组通过协作摆出了一幅为一对龙凤胎庆生的场景，他们的家人还有许多小动物都为他们祝福。家里还有很多现代化的交通工具。这是他们想象中的家。“这些现代化的设备可以用来进行灾害预警，“我觉得这个房子很坚固”、“那个天使在守护着熟睡的婴儿”……摆完玩具后，这些孩子对沙盘进行了解读。我和所带小组的同学营造了很好的表达和重构氛围，我和孩子们都投入到这种有趣的活动中，我们甚至没有感到在我们活动期间发生的一场余震！

志愿精神

从一开始到现在，我都在问自己，为了什么去灾区？我想“志愿者”这个称号就饱含着答案，那就是我所理解的“志愿精神”——付出、协调、合作、不计得失。朱熹曾说：“善欲人见，不是真善。”那么作为一名志愿者，你的行为是处心积虑地想要人知道呢，还是默默地做着你自己认为应该做的事情，此时的行为动机决定着行为的性质。我想我用自己的行动实践了自己的志愿精神！

作为一名普通的志愿者，也许我的力量很微薄，但能利用自己的专业技能为灾区尽一分力，我感到无比自豪。

祝福灾区人民早日重建“心”家园！

（广东工业大学）

为灾区群众撑起心灵的蓝天

——汕头大学医学院赖小林教授赴四川灾区心理援助纪实

邓丹丹

5月21日，汕头大学医学院心理学教授赖小林带着全院师生的嘱托和沉甸甸的爱心启程奔赴四川地震灾区。作为中国心理学家大会组委会“汇集心理学界力量，重建心灵家园”千名心理援助志愿者行动中的一员，她要把“大爱”献给抗“大灾”的人，要用自己积累的专业知识为灾区民众的心灵撑起一片蓝天。在灾区进行心理援助的过程中，赖小林发现，人们尽管还有悲痛、还有恐惧、还有愤怒，但“帐篷学校”里的琅琅书声、孩子们自信的笑脸以及“四孔别墅”主人的乐观……使她坚信：风雨过后终将见彩虹！

主动请缨　要当暴风雨中的海燕

赖小林清楚地记得，小时候学过一篇课文是高尔基的《海燕》。老师声情并茂地朗读这篇课文：“在苍茫的大海上，狂风卷集着乌云。在乌云和大海之间，海燕像黑色的闪电在高傲地飞翔……”多年来，“海燕”顽强不屈、迎难而上的形象在赖小林心中留下了深刻的印象，她也渴望成为一只翱翔的“海燕”。

5月12日，汶川大地震发生后，每每在媒体上看到灾区现场的惨状时赖小林都忍不住泪流满面。悲痛之余，凭着多年的专业积累和职业敏感，赖小林第一时间意识到，心理干预将成为灾后救援工作重要内容之一。“成为‘海燕’的时刻到来了，我要去抗灾一线！”赖小林感到热血沸腾，她迫切希望也能和其他身处灾区的志愿者一样，面对重大灾难毫不退缩、迎难而上，成为千万只“海燕”中的一只。

于是，赖小林开始留意所有相关组织的救援行动并积极申请报名，但由于种种原因，她都没能找到赴灾区的机会。5月18日晚，赖小林得知中国心理学家大会组委会要招募赴川心理援助志愿者行动的消息，她的心情再一次激动起来，连夜提出报名申请，并很快将个人资料上报。谁知，招募志愿者的消息在网上一经发出，短短30多小时便收到全国500多名心理学工作者的踊跃报名，可见首批志愿者的“竞争”异常激烈。赖小林不由地开始担心起来，因为此时她正患重感冒，她害怕因此而再次错失前往灾区的机会，她一边抓紧时间吃药治病，一边焦急等待组委会的通知。

很快，喜讯便传来，赖小林以过硬的专业知识和从业经验，在500多名心理学工作者中脱颖而出，成为首批中国心理学家大会组委会选派的45名赴川心理援助志愿者中的一员。

大爱无疆　向灾区孩子张开母亲的怀抱

到达设在四川大学的基地后，赖小林被分到第 10 小组并任组长。5 月 23 日，赖小林和队员们的第一站就是前往受灾较为严重的绵阳涪城，看望并辅导被临时安置在南河体育馆里的 7 000 多名灾民。

进入安置点后，赖小林注意到，在拥挤嘈杂的场馆里竟设有一个帐篷学校，灾民们自发为“学校”腾出了一片较为清静的空间，尽管条件简陋，但秩序井然。在这个“帐篷学校”上课的有不同年级的 12 个班，共 600 名孩子，临时代课的志愿者老师还用硬纸板制作了课程表和不同年级的上课时间表，孩子们很珍惜这来之不易的学习机会。正在上课的是五年级 2 班的 33 个孩子，在不打扰孩子们正常学习的情况下，赖小林和队友们给孩子们进行了专业心理辅导。

在绘画治疗过程中，孩子们将无法表达的内心深处的感情和情绪都通过绘画表现了出来。作品中既有哭泣悲伤的脸，也有花草树木，更有美丽的家园和灿烂的太阳、花朵，其中最让赖小林欣慰的是，有一个孩子将她和志愿者们画作了美丽的彩虹和红苹果，这让赖小林不禁热泪盈眶：“这说明孩子们懂得感恩，他们对生活还充满希望，我就是再辛苦也是值得的！”赖小林怀着复杂的心情，用颤抖的手在帐篷学校里的小黑板上一笔一画地写上：我们来了，你们安全了。我爱你们！

赖小林此时想起了自己远在汕头无人照看的儿子，也许此时对于儿子而言无法守在身边的她不是一位称职的母亲，但她相信儿子能够理解，因为灾区有许多的孩子更需要“母亲”的怀抱。赖小林心中油然升腾一股强烈的怜爱，她猛然间觉得，眼前这些可爱的孩子们都是自己的儿女，她多么希望能和他们多待一会儿，用“母亲”的爱抚慰孩子们受伤的心！赖小林拭去眼角的泪水，告诉孩子们：“每一位志愿者叔叔阿姨都是你们的亲人，我们会保护你们，你们要学会坚强和勇敢！”

“特殊身份”　激发更大动力投入工作

当赖小林正在涪城南河体育馆的临时灾民安置点做心理辅导时，体育馆的广播突然响起，正播报一则李嘉诚基金会为四川地震灾区推出第三轮救助计划的消息。消息称，在这次的第三轮救助计划中，基金会主席李嘉诚先生希望能为这些在地震中失去上、下肢的伤者提供帮助，李嘉诚基金会将与中国残疾人联合会（中残联）配套合作，即时为在地震中受伤断肢的灾区群众免费提供义肢装配服务及轮椅，协助他们尽快实现灾后重建。

现场的人们听到这个消息，无不为之欢呼雀跃。此情此景让赖小林不禁一阵心酸，要知道，此次的地震让数十万人受伤，相当数量的人从此失去了手臂或腿脚，眼前那些满面沧桑的老人也许正有儿女躺在医院因痛失肢体而伤感，朴实的妇女们也许从此再也感受不到丈夫强有力的臂腕，天真的孩子再也无法让父母将自己高高举过头顶……

正在感伤时，现场妇联的工作人员和群众得知赖小林是从李嘉诚先生捐建的汕头大学医学院远道而来的，纷纷上前热情拥抱，并连声说“谢谢”，仿佛是她将这好消息带到了灾民身边。一时间，赖小林仿佛成了“明星”，此时的她更因自己是汕大医学院的一分子而倍感骄傲和自豪，胸前的校徽也显得更加耀眼和夺目；与此同时，她也感受到更大的压力，因为只有加倍努力地来救助灾民，才能不辱使命和她的“特殊身份”。

超越自我　用仁爱与专业服务灾民

从5月24日开始，赖小林和队友们开始了在江油市的心理干预工作。这里聚集着数十万灾民，其中既有本地受灾市民，也有大批从北川、平武等地逃来的灾民。

路上，赖小林遇见了一位残疾孤老，忍不住将自己随身携带准备作为午餐的干粮送给了这位可怜的老人；随后，她又遇见一位孕妇，这位坚强的女人用惊人的意志艰难跋涉10多个小时终于逃到安全地带，赖小林被深深震撼，她翻了翻背包，找出仅剩的牛奶片送给这位准妈妈。这时，又一位腿脚残疾的妇人进入了赖小林的视线，在聊天过程中，赖小林注意到这个妇女不停将眼睛盯着自己身上的背包，原来，这个北川逃出来的灾民因腿脚不便，双手又要拄着拐杖，随身物品无法携带，所以很想要一个赖小林那样的双肩背包。但因为接下来还有许多工作要做，背包里装满了必需用品，赖小林犹豫再三，最终只能给那位妇女一个塑料袋。看着这位妇女失望的神情，赖小林再一次泪流满面，她突然感到极度的自责：“她已经那么可怜了，可是我却连这么一个小小的要求都无法满足她。”

望着残疾妇女逐渐远去的背影，赖小林心里默默地说：大姐，不是我小气，而是这些装备有助于我去帮助更多的人。如果有可能我愿意倾尽所有为你买一个背包！

此后，赖小林一度沉浸在这种自责和伤感中无法自拔，但因为接下来还有更加繁重的工作需要去完成，赖小林开始自我调节。她擦干眼泪告诉自己，作为一名专业的心理工作者，不仅要懂得“感同身受”，更要学会“置身事外”，超越自我，才能化“小爱”为“大爱”，帮助更多需要帮助的人。

临危不惧　强烈余震中坚守岗位

连续几天来，赖小林都是每天早上6点便起床，晚上10点多才回到川大的基地，而且因为工作繁忙或者将自己的午餐送给灾民，她常常一天只吃两顿。每天晚上回到宿营地时她都觉得疲惫不堪，一动也不想动，可只要一回到工作岗位上她又感觉充满力量，拼命投入工作。

5月25日这天，赖小林又跟往常一样到江油的灾民临时安置点开展心理援助工作。当天16时21分左右，正在一个灾民临时安置帐篷里做辅导的赖小林突然感觉一阵眩晕，人也站不稳，她以为这是这几天来过度劳累所致，于是深呼吸一下，重新调整了站姿继续为灾民进行辅导。这时，帐篷里的灾民突然都起身冲出门外，很快周围的人都跑光了，赖小林一个人还愣在原地不知发生了什么事，直到帐篷外的灾民们大喊："地震啦！快跑啊！"赖小林这才趔趔趄趄地跑出门外。身边的灾民们对赖小林说："你胆子可真大，不怕死吗?"赖小林微笑着说："怕死就不会来当志愿者了，出发前我就已经做好所有的心理准备了！"

10多分钟后，赖小林陆续接到同事朋友们发来的问候短信，她这才知道原来刚才四川青川又发生了6.4级余震。同事和亲朋好友的短信不断传来："你在哪里?""你安全吗?""千万注意安全！"汕大医学院的领导和李嘉诚基金会的罗敏洁博士也相继来电来信问候；还有一位朋友特意发来自创的诗句鼓励赖小林……每次累了困了，大家的短信就是最好的补给剂，她觉得背后有一股强大的力量支撑着自己，个人的辛苦甚至生死都不再重要。

乐观自信　灾难中的笑脸如此灿烂

在短短几天的心理援助过程中，让赖小林印象深刻的不仅仅是悲伤和泪水，更有坚强和笑脸。

灾民安置集中区，街头整齐地摆着一排用砖头垒起来的灶台，灾民们开始有序自救；帐篷学校外挂着"正在上课，请安静！"的牌子，琅琅书声从简陋的帐篷学校中传出来；赖小林与孩子们合影留念时，有的孩子伸出大拇指大声呼喊"我是最棒的！"更多的孩子则不约而同地冲着镜头伸出食指和中指，摆出"胜利"的"V"字形手势，他们乐观地相信"希望在前方"；在江油，赖小林还看到一位临时睡在街头大水泥管中的灾民"苦中作乐"，这名小学教师将临时安身的4根水泥管比作"两室两厅"的别墅，写了一首略带黑色幽默的《四孔别墅》诗，让许多沉浸在悲痛中的人们不禁莞尔，仿佛所有的伤痛都在瞬间蒸发，再大的苦难也可以付诸一笑。这种经历了灾难而绽放的坚强笑脸，是如此的灿烂！

7天的紧张救援工作结束了，回到家中的赖小林第一件事就是为自己煮上一碗白粥，这是她赴灾区进行心理援助以来喝上的第一口热粥，她发现一碗散发着淡淡清香的米粥此刻竟是如此诱人。由于连日的劳累和饮食的不规律，回来时赖小林的感冒加重了，尽管身体不适，但回味着援川过程中的辛酸与喜悦、悲痛与希望，赖小林心中感到从未有过的充实。因为，她为灾区民众重建心灵家园付出了实实在在的行动，从中经历了一场精神的洗礼与升华。

（汕头大学医学院）

没有休止符的乐章

——李岚清在汕大畅谈《音乐、艺术、人生》

梁　丹

汕头大学大礼堂外，阳春三月，木棉怒放，礼堂内座无虚席，如沐春风。3 月 31 日，在一位长者幽默睿智的谈笑声中，段段妙曲和如雷的掌声笑声次第响起。原中共中央政治局常委、国务院副总理——74 岁的李岚清正畅谈音乐、艺术与人生。昨日叱咤政坛的他，今日退而不休，仍心系教育，以健康、睿智、博学的亲切形象，穿行各高校，以音乐熏陶龙的传人，谱写一曲曲没有休止符的乐章。

今日，他终于来到汕大。

千米长龙的“入场式”

13：45，大礼堂外进场的队伍千米有余，每张年轻的脸上满怀期待。门口终于近了，近了，领上一本李岚清新作《音乐笔谈》，方舒心一笑，欣然入场。

大礼堂灯火辉煌，鲜花簇拥的舞台上，“音乐、艺术、人生——李岚清”的大字豁然跃于排排五线谱图案中。校合唱队俨然作为高雅背景静立舞台。

14：50，大家肃然起立，如潮掌声中步入一位健硕长者——李岚清。

“上一次我来汕大至今已经五年了。五年的时间不算长，但是我来到以后，听到广东省、汕头市的领导给我介绍情况，今天有机会走马观花地看了一下，现在汕大的校园比过去更美了。听到顾副校长给我介绍的情况，使我非常振奋，你们学校的教学、科研质量和教学理念培养目标的一些创新思维使我特别兴奋。我觉得汕头大学虽然是所年轻的大学，但是它是一所极为有希望的大学，它将会按照目前这样的一个办学理念和方针，为我们国家培养很多高素质的人才，这是我由衷感到高兴的。”

这是李岚清在讲座上的开场白。

身心健康的几大法宝

“该退休就退休，但得身心健康，自己不受罪，家人不受累，节省医药费，有利全社会”，一句打油诗，瞬间拉近政治大家与莘莘学子的距离。

读书、写书是李岚清的最佳健身法，写完《李岚清教育访谈录》，他继续创作《音乐笔谈》。李岚清一直是个音乐爱好者，深感好的音乐不但给人美的享受，还能培养人的创新思维和高尚情操，便想写本音乐普及书，让更多人走近音乐，提高中华民族整体素质。

健身健脑，李岚清还有四大法宝：网球，游泳，桥牌，篆刻。他 71 岁学篆刻，戏称自己为“江南老童生”和“为外国音乐家篆印第一人”。

润物无声的音乐缘

“你们知道中国第一首提琴曲是谁作的吗？不是音乐家，是地质学家李四光。第一首钢琴曲呢？是物理学家、语言学家赵元任。中国航天之父钱学森写过一本书——《科学的艺术，艺术的科学》，其夫人蒋英是声乐教授，两人的结合是科学与艺术的圆满结合。袁隆平院士看似只会搞水稻，没想到他拉得一手漂亮的小提琴，曾经登台公演呢。爱因斯坦每天拉小提琴，说‘这个世界可以由音乐的音符组成，也可以由数学的公式组成，音符加数学公式，就是真正完整的世界’。”李岚清如数家珍，娓娓道来。

李岚清说最爱莫扎特、贝多芬和老约翰·施特劳斯。莫扎特是音乐天才，音乐欢乐却一生坎坷。贝多芬不是天才却极为勤奋，耳朵全聋，但紧握命运咽喉，音乐催人振奋。而圆舞曲之父老约翰·施特劳斯 1872 年的波士顿演出则征服了整个美国。他怀着无比敬意为他们刻下印章。

李岚清说：“2002 年访问爱尔兰，有一个理工大学校长介绍说，学校爱尔兰音乐中心只有两个人，一个研究保持发展爱尔兰民族音乐，一个在学校推广音乐氛围。你们的艺术中心跟它很像，也不招艺术专业学生，英雄所见略同啊。文艺音乐对培养高素质人才很重要，美育艺术教育很重要，特别是创新人才。”“总而言之，现在要德智体美，李嘉诚先生给你们题的校训（建立自我，创造无我），建立自我就要德智体美，全面发展。”

音乐的零食与主食

“我不反对流行音乐，它适合现代生活节奏，是文化快餐和零食。有些流行曲我也很喜欢，像《龙的传人》、《爱的奉献》，但流行曲普遍品味不高，‘我爱你’，我懂，‘爱着你’，我也懂，但为何（就像老鼠爱大米），我就不懂了”，全场大笑。“流行音乐有些更低俗。我们光吃零食不行，还要吃主食，下面就搞点给你们尝尝。”

话毕，响起赵元任作曲、刘半农填词的《教我如何不想他》。“天上飘着些微雨，地上吹着些微风……”“怎么样，好听吗？”李岚清打破大家的沉醉。鼠标点向德沃夏克的《思乡曲》，悠思漫漫，李岚清用英文填词，轻轻跟唱。随后又和校合唱团演唱了李叔同的《送别》，“长亭外，古道边，芳草碧连天”……热烈的掌声长久不息，真是如歌所唱，高山流水近知音。

李岚清说，广东是近代音乐家的摇篮，其经济发展快，与音乐分不开。合唱讲究和谐，能促进和谐社会的发展。

李岚清对音乐润物无声的“功效”还扩展到了学科的文理渗透。他说：“新的时代需要多学科的兼容，要产生新的学科，提高我们的水平。比方说，你们汕头大学有医学院，我说非常重要。因为理科研究基因工程、研究生物工程，深入以后必然要深入到人。再说医学本身，必须同基因工程、生物工程结合起来，同电子工程结合起来。所以，我觉得，汕头大学是新型办学模式典型，文理兼容，文理工结合，互相熏陶。听说你们宿舍编排文理科混合，非常好。”

“我欣赏一条，汕头大学是全国高校当中唯一的全学分制，所以，我希望我们学理工的、学文法的学生，能够多选择一些艺术的选修课。”李岚清十分赞同我校的全学分制改革。

文化艺术的交际魅力

以音乐为桥梁，李岚清结识了很多外交好友。“2001 年我到莫斯科‘申奥’，和莫斯科市长卢日科夫合唱了《莫斯科郊外的晚上》。这首歌原有四段，但现在俄罗斯版本只有两三段。一曲唱罢，卢日科夫激动地说，我俩是世界上仅有的会唱四段的人了！气氛马上热烈。申奥成功，卢日科夫马上致电说，李副总理交给我的任务已很好地完成了！”全场如潮的掌声再次四起！

李岚清还告诉大家，法国总统希拉克在写一部电影叫《李白》，挪威副总理说想不到中国领导人对格里格和易卜生如此了解，第二天亲自陪他参观格里格故乡。波兰副总理也是他的好朋友，源于他俩都是肖邦迷。

“实验田”的《蓓蕾之歌》

在结束讲座前，李岚清将毛主席的几句话送给大家：“世界是你们的，也是我们的，但归根到底是你们的，你们是早上八九点钟的太阳，希望寄托在你们身上。”他说：“我相信，汕头大学学子一定会在振兴中华伟大的事业当中发挥你们的聪明才智，特别是你们的创新思维和丰富的知识，我现在把你们看做中国高校改革的试验田。你们懂得试验田吗？在这个土地上出现很多很多优秀的人才，这是我对大家的希望。”

“音乐的魅力在于它能使生活更有情趣，思维更有创意，工作更有效率，领导更有艺术，人生更加丰厚。希望大家都成为音乐的爱好者。”

长长的掌声盖过了李岚清的结束语。

徐小虎校长上台向李岚清赠送我校出版的图书，李岚清也回赠其著作。

不知不觉，已是三个小时。李岚清用精彩的演讲为我们演绎了一曲真正属于他原创的《蓓蕾之歌》——“阳光明媚春风吹，大地一片青翠，今日幼苗，未来绿荫，桃李满园，源自蓓蕾”。李岚清和合唱团演唱完《蓓蕾之歌》后，数千学子肃然起立，集体高歌《歌唱祖国》。

“李岚清用他的魅力征服了我们”、“他改变了我对政治领导人的印象”、“今日我才知道，由音符组成的世界原来如此美丽”……问及讲座感想，同学们如是说。

讲座由学校党委书记谢练高主持。省委常委、秘书长肖志恒，副省长、汕头市委书记林木声，香港李嘉诚基金会董事周凯旋小姐，教育部直属高校司副司长牛燕冰，汕头市市长黄志光，香港李嘉诚基金会罗慧芳博士，汕大校董萧泽丽以及汕大校领导徐小虎、李玉光、罗念潮、王伟廉、顾佩华等出席了讲座。

（汕头大学）

汕大外语系专业八级通过率比全国大学高出51.29个百分点

98.59%是怎样炼成的

柯任斯

从36.36%到98.59%的飞跃

“我们当时都超级开心，但又有点怀疑自己看错了。”李春同学甜笑得一脸灿烂。

她没有看错：她所在的班级——汕头大学外语系的2003级全体71名同学在2007年的全国高等学校英语专业八级（TEM8）考试中，取得了通过率98.59%的优异成绩。与去年相比，在全国综合性大学、全国大学的专业八级平均通过率下降约2个百分点的形势下，汕大却提高了7.68个百分点，创下历史最高纪录。

“广东省最好的几所大学的通过率均比我们低好几个百分点。全国最好的大学中，仅仅知道北大以100%的通过率超过我们。”汕大外语系主任李贵苍教授告诉记者。

英语专业八级考试是衡量英语专业四年级学生英语水平的一种考试。它由教育部英语专业教学指导委员会组织实施，是目前我国英语水平的最高等级考试。据统计，1999年汕大外语系的通过率仅为36.36%，比全国综合性大学的平均通过率低24.92%，比全国大学的平均通过率低17.89%。而2007年的通过率一举超出全国综合性大学47.85个百分点，超出全国大学51.29个百分点。在短短的八年中，外语系TEM8通过率实现了62.23个百分点的飙升。

“我们整个课程体系中没有开设专门应付TEM8的课程，主要是学生自己准备。”李贵苍表示，外语系只安排了几次模拟考，由学生自愿参加。他认为，能够获得这样的成绩，得益于五年来汕大外语系英语专业课程改革及学生的努力。

重塑专业形象，强化人文教育

2002年，汕头大学实行教学改革。2003年，学分制在校内全面推行。在这一背景下，外语系将原来的“经贸英语”专业改为“英语语言文学”专业，并进行了大刀阔斧的课程体系改革。一方面，根据专业定位设计新的课程体系。新的课程体系参照国内外著名大学英语专业的课程设置，围绕文学、语言学、文化和翻译4大板块，一共设计了91门课程。另一方面，加强师资队伍建设，建立了一支专业知识扎实、研究方向明确的教师队伍。先后从国外特聘了三名教授，英语专业现有教授6人，副教授5人，讲师5人。其中获得国内外博士学位者5

人，在读博士3人。

“我们反对外语工具论，坚持语言教学‘以人为本’的理念，并坚持听、说、读、写、译诸项技能是统一整体的理念，因此我们将各项技能训练有机地融入每一节课堂的教学之中。”李贵苍说。

但是，这个以文学文化类课程为主的课程体系在公布之初备受争议。在许多国内专家看来，新体系中的许多课程难度太大，“是给研究生上的”。比如，选修文学史的汕大学生一学期平均要阅读1 500~2 000页左右的原文，这个阅读量是其他大学英语专业学生的5倍。专家们纷纷质疑，这样的阅读量已经大大超过大学本科学生的接受程度。

然而，事实打消了专家们的疑虑。李贵苍指出，汕大学生在TEM8的人文知识、翻译、写作等题型的解答中，都表现出明显的优势。其中人文知识一题，汕大的平均分为7.23，比全国大学高出24.7%，表明了以文学文化类课程为主的课程设置并没有在学生中引起“消化不良”。他强调，大量开设文学和文化类课程，提高了学生的人文素养，扩展了学生的知识面，锻炼了学生的思维能力。“我们认为学生的接受能力和潜能是无限的，关键是以什么样的手段来实施教学内容。”也许正是这些课程强化了学生的专业认同程度，激发了学生的学习积极性。”

外语系03级学生吴其旺在这次TEM8中的成绩为“优秀”。他称自己为外语系课程改革成果的受益者：“我觉得这次TEM8中的听力、阅读、翻译、人文知识等难度都不大。像人文知识的题目对我们来说相对简单，因为我们上专业课时就比较强调对于语言文化的学习。”

另一位TEM8“优秀”获得者李翠芬告诉记者：“我比规定时间提早了近半个小时完成试卷。而且只花了大约25分钟就写好作文……当时也觉得很奇怪，为什么自己那么快就写好文章。”她笑着说，高年级的课程中文化类课程“太多了”，这给予她浓厚的人文熏陶。

“一周写一篇学期论文”

外语系坚持以写作为主组织教学，提高了学生的整体思维和技能水平。新的课程体系中要求每一门课都要有大量的写作练习。高年级的写作量尤其大。大部分的课程以论文代替考试。这是汕大外语系教学改革的又一主要的特色。

外语系04级学生梁莹说，这个学期她一般每周都要写两到三篇Journal（日志），每篇800词以上，可以说，她一周的写作量大约等于一篇学期论文。

04级学生梁灵晖向记者展示自己14~16周的学习计划表时，他对着这张几乎要被“Journal”一词填满的计划表苦笑道：“在这三周内，我必须完成12篇

Journal，还要完成一篇 2 000 词以上的学期论文。”不过，当被问到如何看待这么大的写作量时，他自豪地说：“虽然比较累，但我觉得写作在思维能力上对我们的帮助很大。而这种思维能力上的提升不仅仅有利于写作，对我们做任何事情来说都特别重要。”

“2004 年新版《高校英语专业八级考试大纲》对写作部分在时间和字数要求上做了相当大的改动。时间由原来的 60 分钟缩减为 45 分钟，作文字数由原来的 300 字增加到 400 字。在这次的 TEM8 中，恰恰是在‘作文’上，我们的优势最明显，学生的得分超过了全国平均得分的 50%。汕大学生在写作方面表现出来的能力恰好体现了我们课程设计理念的合理性。”李贵苍评论道。

知识更多存在于创造之中

“自由有多大，责任就有多大。”一位汕大外语系的学生套用蜘蛛侠的名言，向记者诠释了自己对外语系“自主选择、自己责任”这一教学模式的理解。

2002 年的课程改革之后，外语系的学生享受到空前的自由。

他们有选择专业方向的自由。汕大英语专业分为文学文化方向和翻译方向。外语系的学生在一、二年级不分专业方向。到二年级末，学生根据自己的爱好、特长及对未来职业的预期，基于前两年学习期间对英语学科各方面的了解确定专业方向。

他们有选择课程的自由。经过改革，外语系大量压缩必修课，增加选修课。新的课程计划中仅有 16 门必修课，其余 75 门为选修课。必修课与选修课的比例为 1∶4.69。

他们有选择转专业的自由。外语系承诺不对学生转专业设置任何障碍，鼓励学生到适合自己学业兴趣的其他专业学习。

然而外语系的学生们感受到的不仅仅是自由。

06 级学生肖丽洁已经不止一次给同学们“上课”了。在选修的 Short Story Reading and Writing（短篇故事阅读与写作）和 Survey of the English Speaking Countries（英美概况）两门课上，她都要和小组的成员一起走上讲台做 Presentation（展示陈述）。其间，一旦讲台下的同学或老师有任何疑问，她和组员必须停下来用英语回答。“在课上，每个同学都要做 Presentation。我们都会为做好这件事做很多准备，包括资料的查找、幻灯片的制作、小组成员之间的切磋磨合等。我们都希望充分展示自己独到的见解。”

课程改革后推行的这种“以学生为主”的互动式教学模式，将学生作为教学过程的主体，目的是解放学生，让学生为自己的学业负责，也为学生搭建了一个展示自我和创造知识的平台。

对于创造知识，李贵苍主任指出：“没有创造的知识不是知识——只是数据和事实。”他解释说，在人文学科中，我们更强调个体的感悟和整体解读，更强调学生不仅仅要接受书本知识，更重要的是要创造知识。“如果人类仅仅是接受知识，那人类就毫无发展可言。知识更多地是被人们一代一代继承和创造出来的。如果我们看不见数据和事实背后的意义，那么，这些数据和事实是没有什么意义的，它们对学生也是没有吸引力的。”同时，强调知识的主观性也传递了一个平等的观念，即尊重同学的智力，尊重同学的想法，尊重同学表达自己想法的自由和权利。

（汕头大学）

网络文化，繁荣中的反思

温敏红　卢绮文

调查显示，汕大本科生中52%网龄为3～5年，约40%学生每天上网时间为3～5小时。55.3%学生曾经直接引用网上资源做作业而不注明出处，21.9%经常有此行为。40%男学生偶尔浏览色情或暴力网页，81.5%女学生拒绝接触这种网页。

“地球村”、“web2.0时代”……这些耳熟能详的概念随着互联网浪潮扑面而来，互联网改变着人们的生活、学习方式，影响着文化传播和接受的渠道。据信息部统计，至2007年，学生作为中国网民的主力军达到35.1%。可见互联网也冲击着“象牙塔”里的学子。那么网络文化对汕头大学的学生有什么影响，大学生又以怎样的视角来认知网络文化呢?

为此，汕头大学报学生记者对汕大本科生共计8栋宿舍楼进行了网络文化对大学生影响的问卷调查，派发问卷300份，回收268份，回收率为89.3%。

四成学生自认上网适度

当今青少年一代可以说伴随着互联网成长，过半汕大学生网龄为3～5年，超过两成学生7年前便开始接触网络。八成学生认为网络是身处校园了解外界信息的窗口，“两耳不闻窗外事”已经不再适用于大学生。其中近四成学生每天泡网3～5小时，42.4%觉得在网络上所花时间与精力是正常的，不会沉湎于网络世界。

随着互联网迅捷的发展步伐，它已成为学生新的精神文化生活空间。聊天交友、论坛灌水、查询资料、浏览信息、下载资源均是汕大学生常做的网络活动。其中有三分之二的学生上网第一件事便是打开QQ等聊天工具。一位04级理科学生表示，学习以外的空余时间都被网络占满，认真看几本经典著作的时候少，上网在学习上主要用于搜集资料，其余便是观看电影玩游戏。据调查，有半数的学生认为网络文化的传媒功能和娱乐功能是最主要的，其次才是知识传授功能。

网络信息真伪难辨

“你博客了吗?”没有听说过博客？证明你已经落伍了。截至2006年底，中国博客作者规模已达2 080万人，这两年博客的日趋繁荣显示它成为一种新的表达方式，也凸显网络的文化价值。调查显示，高达七成的汕大学生有坚持写博客或者 QQ 空间的习惯，其中四成多的学生主要为了书写心情，近两成多为了能自在地发表观点。

网络是一个畅所欲言的平台，除了私人日记式的博客，论坛还发挥了公开的信息汇聚与传播的功效，郁金香论坛仍是八成学生的最爱。面对论坛上热烈的话题讨论，近六成学生有留意或发表看法，56%的学生相信网络能造成新兴的舆论力量。

然而网络文化是一把双刃剑，通过网络，多元化的、迅捷的信息极大地扩展了人们的眼界，然而信息获得的简易性和信息来源的控制不严，使得网络信息真伪难辨。04 届校友郑逢得认为，我们接触庞大的信息，能够达到“兼听”的效果，但“则明”则未必，网上很多言论都有偏颇之处，所以对信息要注意选择与筛取。

文明上网，上健康网

我国互联网还处于发展阶段，庸俗的“恶搞”、不健康的信息正挑战着人们的价值观和道德底线。而对于容易接受新事物的大学生，良莠不齐的信息极具诱惑力。六成的学生曾经阅读过网络文学，42%的学生承认网络文学质量参差不齐。为了吸引眼球，某些网站以色情信息链接在合法网站的栏目中，打着“擦边球”。调查显示，四成男学生偶尔浏览色情或暴力网页，而过八成女学生表示会拒这些不良信息于门外。

同时，网络的虚拟性给了人们不用为言论负责任的自由，调查显示，40. 8%的学生曾经用过不文明的语言或符号缩写。其中 34%的学生表示在网上使用不文明语言的动机在于感到不痛快需要发泄一下。

谨防网络抄袭成风

网络是巨大的资料库和信息服务中心。大学生们可以超越时空和经济的制约，快捷地查找学习资料，了解更多课堂以外的知识。然而，利用网上资源完成论文或者作业时，有不少学生却衍生了不劳而获的抄袭念头。调查显示，有高达 55. 3%的学生曾经试过在作业中不注明网上材料的出处甚至直接抄袭，经常有此行为的达到 21. 9%。网络信息的知识产权认定还不完善，面对网络抄袭风气，更加要求大学生诚信自律。

日益发展的网络文化，无疑给校园文化建设提供一个更为民主平等、充满活力的条件，但又使之可能遭受文化侵入和信息污染。社科部柏友进老师认为，当网民的文明程度还没有达到网络健康发展的要求时，适当的管理还是需要的。

校友郑逢得对建设网络文化也深有感悟，文化需要的是沉淀，互联网是个

“流水的营盘流水的兵”，如果汕大网络不进步，兵便会“流走”，没有网络文化的沉淀，又何来网络文化的构建呢？

（汕头大学）

超常记忆缘何而来

——央视记者来校探寻世界记忆大师吴天胜同学的成长轨迹

姚大斌

12月28日至31日，中央电视台科教频道《走近科学》栏目组记者杨力、刘嘉升专程从北京赶来我校采访吴天胜同学，探寻吴天胜同学成长为世界记忆大师的学习、生活轨迹。几天来，在吴天胜同学的积极配合和学校的大力协助下，使得采访工作如期完成，其内容将作为《中国超智能人群调查》系列节目之一于中央电视台《走近科学》栏目播出。

在3天多的时间里，记者拍摄了吴天胜同学在图书馆、教室、宿舍、草坪、饭堂等场所学习和生活的场景，重点拍摄了吴天胜同学“快速记忆100个灯泡的明暗顺序”、“快速记忆100位数字”、“七绝唐诗打乱重组快速记忆”的超常记忆力展示场景，测试了吴天胜同学的智力情况，分别采访了吴天胜同学本人和他的几名舍友、要好同学以及他的学年论文与毕业论文指导老师肖萍、他所在的经济管理学院分管学生工作的党总支副书记黄韶红、该院院长刘金锋以及学校分管学生工作的党委副书记王恒胤，还深入到吴天胜同学的家乡——廉江采访了他的父母，重点关注和探究吴天胜同学超常记忆的养成情况。

据悉，吴天胜原本智力并非超常，在我校就读伊始并没有表现出异于同学的超常记忆力，学习成绩也没有他自己预期的那么好。在老师的鼓励下，为了树立目标，给自己动力，他决定考研，并从记好英语单词、学好英语以便通过硕士研究生的入学考试为切入点和突破点。为此，吴天胜同学开始了强化训练记忆能力的征程。学校图书馆有关强化记忆书籍的指引，老师的指导和鼓励，自己的不懈努力，使吴天胜同学的记忆力得到迅速提升。2006年9月25日，吴天胜在中央电视台举办的“状元360之记忆力大赛”中，一举获得了该项赛事学生组冠军；2007年7月9日，吴天胜在公证人员的监督下，挑战“快速记忆100位数字”和“快速记忆100个灯泡的明暗顺序”两项上海大世界吉尼斯纪录获得成功，正式向上海大世界吉尼斯总部提出记录申请并顺利通过认证；2007年8月31日~9月2日，在中东国家巴林举行的第十六届世界脑力锦标赛中，吴天胜作为第二次组团参赛的中国代表团选手参赛，获得“一个小时数字记忆”项目冠军和“快速扑克记忆”项目季军，被授予“世界记忆大师”称号，成为中国唯一一名获得“世界记忆大师”称号的在校学生。其中，“一个小时数字记忆”项目的冠军是中国人在世界脑力锦标赛中拿到的第一枚金牌。

细细考究，吴天胜同学的成功并非偶然。这里面，吴天胜同学的努力固然至关重要，但从一个侧面看，则反映了我校深入贯彻落实科学发展观、一贯重视更新教育观念和深化教育教学改革、注重实施素质教育和人才质量工程与通才教育、专才教育和特殊人才教育有机结合的初步成效。吴天胜同学的两次参赛和申请挑战上海大世界吉尼斯纪录，学校都尽最大努力从精神上鼓励、物质上支持、正常教育教学秩序安排上开绿灯，全力促进吴天胜同学超常记忆力的炼就、发挥和彰显。王恒胤副书记在接受采访时动情地说，吴天胜同学的成长经历，也给我们广大教育工作者一个启示：每个学生都是一颗种子，无论在哪块土壤，只要给予适宜的温度和养分，它都能发芽、成长、成才！因此，我校也将一如既往地牢固树立“育人为本”的理念，充分尊重学生的学习自主权，拓展学生的个性发展空间，注重因材施教，鼓励个性发展，使教育教学工作更加符合学生发展的内在要求，按照我校“培养人格健全、基础扎实、实践能力强、具有创新精神的应用型高级专门人才”的人才培养目标要求，全方位服务于学生的成长成才。

（茂名学院）

怀着几代人的归根梦想赴西部

——暨南大学缅甸籍西部志愿者高天龙访谈

卢健民　彭梅蕾

2006 年夏毕业于我校的缅甸籍学生高天龙报名参加了 2006 年的西部志愿者服务计划，7 月，他将接过我校香港籍西部志愿者潘妮娜的接力棒，到广西田阳县的五村小学教书，在那里度过两年的传道授业解惑生涯。将要赴任的他，有幸成为我国西部志愿者服务计划实施以来的第一个外国人志愿者。

高天龙的祖籍在福建省龙海市海澄镇，在缅甸仰光大学经济系本科毕业后，2002 年，他又考入我校汉语言专业。在校的 4 年学习时光里，他不仅成绩优异，每年都获得国务院侨办的“国家华侨华人一等奖学金”，2006 年又获得了暨南大学二等奖学金；而且他还热心公益事业，参加了学校青年志愿服务队“Warm Touch”老年组，经常到社区或者老人院为老年人服务。

高天龙个子不高，带着眼镜，很瘦，显得有些腼腆，但话匣打开后，记者发现他很健谈。

问：你是什么时候知道大学生志愿服务西部计划的？你了解这个计划吗？

高：我去年就知道了。大学生志愿服务西部计划是由共青团中央、教育部、财政部、人事部共同组织实施的，按照公开招募、自愿报名、组织选拔、集中派遣的方式，招募普通高等学校应届毕业生到西部贫困县的乡镇一级从事为期 1 ~ 2 年的教育、卫生、农技、扶贫以及青年中心建设和管理等方面的志愿服务工作。

问：你为什么会报名去西部呢？你怎么看待西部计划呢？

高：我在缅甸的乡村生活过，缅甸的乡村比中国农村的状况要差，很多人连饭都吃不上。我在很小的时候就深刻体会到贫困地区对人才的需求。我认为这个计划更多的是号召在东部培养的人才去西部服务，这是很有意义的，就像一杯水，已经满了，再倒进去就溢出来了，不如倒到一个空杯子。哪个地方最需要人才，我就会到哪里去。这样更能找到人生的价值和意义。

问：那你可以回缅甸啊，去广西两年你觉得会耽误你以后找工作吗？

答：我的爷爷是在清末从福建到缅甸的，一个世纪过去了，我们家族三代人都想回到中国，回复自己作为中国人的身份，但爷爷在国民党时期因种种限制，愿望最终无法实现，带着遗憾去世；而父亲以华侨身份在缅甸生活了 70 多年，虽然从没回过中国，但归根梦想却一直延续至今。到了我这一代，应该说，回归的愿望更为强烈，去西部服务两年，就是想对中国有更充分的体验，我希望两年服务期过后，我依然能留在中国，即使是留在一个穷困的山区也可以，我只是想在中国扎根，繁衍后代。

问：如果不能实现呢？

答：那我的后代会继续努力，儿子不行，还有孙子……就像愚公移山一样，最终会实现梦想的。

问：你在缅甸仰光大学拿了经济学的学士学位，又在中国读了4年汉语言专业的本科，如果回缅甸就业，应该比较有优势吧？

答：当然，找到一份差事是没有问题的。但缅甸经济比较落后，发展空间有限。

问：你们家在缅甸的生活怎么样？

答：我以前生活在农村，家境较为贫穷，现在已经搬到了城市里。我从8岁就开始工作，一直都是边读书边工作。

问：你的中文水平怎么样？

高：学好汉语一直是家人对我的期待，我从小就在私立学校学习中文。后来在缅甸读了4年本科，拿到了经济学学士学位，但为了提高汉语水平，我又来到暨南大学读汉语言文学专业，现在已通过了汉语水平测试和普通话水平测试。

问：你是在缅甸出生、长大的，怎么会这么执著地学中文呢？

答：在那里生活的许多华侨华人家庭都有很深的中国情结，现在还有一些人家里挂着毛泽东的画像。

问：你去过中国哪些地方？

答：我去过很多地方，去过东北三省、贵州、云南、上海、杭州、苏州、南京、福建、海南……我总是坐最便宜的交通工具，住最便宜的国际青年旅社，花很少的钱。

问：你去西部分配在哪里？

答：我将接手我校香港籍学生潘妮娜的工作，到广西田阳县五村中心小学当英语老师。

问：你去过田阳县吗？了解那里的情况吗？

答：我没去过，但我有同学参加“三下乡”活动时到过那里，拍了很多照片，也听了潘妮娜的介绍，有了一些了解，知道那里条件很艰苦。不过，潘妮娜一个女生都能忍受，我肯定可以的。我只担心用水问题，因为我从小在江边长大，没有水对我来说是难以想象的。

问：潘妮娜和她男友黄乾宇回校作志愿者服务西部报告会时，你在现场受感动了吗？

答：我很少被人感动，但我很钦佩他们，潘妮娜作为一个香港来的“千金小姐”，能吃这么大的苦，他们就是我的榜样。

问：潘妮娜在那边工作，刚开始很不顺利，但经过她的努力，后来还是做得很成功，得到了学生的信赖和尊敬，这些情况你了解吧？你对工作有些什么打算和准备呢？

答：上次潘妮娜回学校时，我和她进行了三四个小时的沟通，她把那里的情况都跟我说了。我会继续按照她的教学方法来教学，如教英文歌曲，还可以配合舞蹈，以轻松、活泼的方式教英语。我已经买了一些光碟准备带过去。

【记者后记】高天龙的普通话说得很好，聊天中，记者总会忘记他是一个外国人，而高天龙也常用“报效祖籍国”、“回到祖籍国”等话语，谈论到自己几代人的回归梦想时，他显得颇为激动。也许，“中国人”的身份已经烙在了他的骨髓深处。无疑，他的“西部”之行体现的是一种别样的“情感”：中华血脉在他乡的土地延续着，即使是在异国出生、异国长大，有些人甚至在异国度过一生也不曾回中国（如高天龙70多岁的父亲），被中国人称作“外国人”，但他们依然魂牵梦绕着这方故土……

（暨南大学）

“我会认真做好一名大学教师”

——访我校体科院教师、多哈亚运会100米栏亚军冯云

肖佩玲　林筱婉　姚伟浩　李细华

编者按　冯云，1996年南下成为广东田径队选手，2000年就读于华南师范大学，2004年毕业后留校任教，曾获东亚运动会田径女子100米栏冠军、多哈亚运会100米栏亚军等多项荣誉。面对各种荣誉与选择，支持她留在华南师范大学任教的原因是什么？她对教师这个新的职业又将如何计划？本报记者对其进行了专访。

记者（以下简称“记”）：祝贺您在本次亚运会上获得亚军。去年您在获得东亚运动会田径女子100米栏冠军后，面对记者，您说“我是华南师范大学教师”，这次您的感受又是什么？

冯云（以下简称“冯”）：2000年选择就读学校时，一般人都会选择体育学院，而我却选择了华南师范大学。那时我对华师不怎么了解，但就是感觉比较亲切，这可能也是一种缘分。现在我是华南师范大学的教师，我就是以这个身份去参加比赛的。

记：您什么时候开始喜欢上跨栏这个体育项目？

冯：是一个很偶然的机会让我喜欢上了跨栏。读中学时，我是校运动队队员，但没有专门练过跨栏。刚好当时长沙市举行市中学生运动会，我就报了跨栏。想不到在比赛中我不仅拿了第一，而且破了市纪录。我就这样不经意发现了自己在跨栏项目的天赋，后来就慢慢地，也是很巧合地涉入了跨栏这个项目。

记：亚运会后，您选择暂时退役后继续到华南师范大学当老师而不是当教练，您的教练孙海平对此感到遗憾。支持您在30岁后依然征战赛场的关键是您对这项运动的热爱，那么支持您留校任教的原因又是什么？

冯：在上海训练期间，我会经常鼓励其他年龄较小的运动员，并要求他们从最基础的做起，因为竞技运动就像是建金字塔一样，基础一定要扎实。可能就是因为这个，孙指导觉得我适合做教练。

其实做教练和教师是相通的，都是要教人。我以前跟过很多个教练，我期待着能够结合自己的经验，融合各个教练身上不同的经验和训练方法，并运用到对学生的教学、训练上，以求突破创新。现在体育运动比较注重竞技知识，它是多元化的，层面很广。运动员要怎么跑才能更快，跑的时候应该调动哪一根神经，学问很大。同时，我自己比较喜欢新鲜与挑战，学校是一个新的平台，我还想继续在学业上深造。

记：当初除了选择留校外，您还有其他选择吗？

冯：选择留校的时候我还有很多其他选择的，比如去当教练，或者出国做外教，还可以去八一队。

记：“中国跨得最快的女教师”，这意味着您要完成从运动员到教师的转型。对于这个转型您觉得会有哪些挑战？

冯：转型过程需要一定的时间，但我的心态会慢慢地调整过来。做运动员的时候，是执行教练的命令安排就可以；但当老师要面对不同学生，需要针对他们的实际作出相应的计划，并进行有针对性的教学。毕业后我就已经开始考虑要怎么与学生相处。教师这一新的职业对我来说很有新鲜感、挑战性，同时我也感到紧张刺激，对未来的目标抱有一定的期望，希望通过自己的努力实现。

记：对未来的体育教学工作您有什么打算？

冯：国家体委领导跟我说，在下一届亚运会之前的两年时间内，在做老师的同时可以带着学生一起训练，自己也去参加一些比赛，到了第三年进行专职训练，第四年就去参加比赛。可是到了第三年又要离开学校，中断我的教学工作，而且还要面临又一次的角色转换，这对自己对学生来说都不是很好。第四年再去参加比赛，我的成绩肯定会比现在好，可是很多东西都是无止境的，第一我已经拿过了，所以我还是会认真地做好一名普通的大学教师。做老师面对学生就要思考怎么样才能教好学生，最大限度地发掘他们的潜力，这点我从孙海平教练身上学到了很多。但我还是会从一个最普通的老师做起，多向其他老师学习经验。

记：您做了哪些准备？

冯：我经常思考着应该怎样做好一名体育教师，我想首先要从转变自身的形象开始，我现在买衣服都要考虑是否符合一名教师的形象，以前做运动员的时候，穿着打扮可以比较随意，但做教师就需要注意穿着得符合职业要求了。

记：您觉得华南师大给您的职业成长和训练提供了怎样的条件与环境？

冯：我感觉在这里比较温暖，能很好地融进这个集体。学校的学习气氛一直很好，走在校园里感觉很舒服。领导也很重视和支持学校各项体育事业的发展，为我提供了宽松的训练时间与环境。那时候我们在二沙岛训练，华师的老师还是坚持每天过去那边给我们上课，他们真的很尽职。现在的华师体科院已经取得了很不错的成绩，在国内高校之间具有较大的影响。华师十分重视人才培养的环境，这给了我一个很好的平台。

（华南师范大学）

女生节：离你有多近，就离你有多远

马喜生　麦　苗　韩　欢　苏咏恒

比女生节更古老的有绍兴女儿红。传说从前绍兴一带家里生女孩，便要酿上几坛酒埋在桂花树下，女儿出嫁时便掘酒宴客。无独有偶，日本人家有“女孩节”和小偶人，每年3月3日，女孩就会和亲密伙伴坐在偶人架前，愉快过节。高校里的女生节，多少有半路出家的感觉，快乐、自信、魅力似乎是要迫切享受的美食。

被赋予当代女性意识的高校女生节，据说已经芳龄十七，在2002年左右终成高校潮流。2002年4月15日，徐静蕾在北京师范大学接受“北京首届女生节”健康形象大使聘书，从此全国高校女生节遍地开花。

叫板女生节

基于一个活动而阐释出许多主题和概念的高校节日并不多见，但这并不意味着这个节日的意义和内涵已经根植校园。

像往年一样，华师的阳春三月，主题为“自信女生，魅力飞扬”的第八届女生节以一场盛开的晚会结束她近半个月的艳丽，早5年前的女生节还羞答答地“以服务全校女生，增进男女生交流为主旨……为菁菁校园注入动感的新鲜活力为宗旨”出现。

创办8年以来，华师女生节的主题生旦净末丑演绎不断。“热情”、“飞扬”、“青春”、“魅力”、“知性”等过于笼统的字眼频繁出现在女生节宣传中，甚至有“睿智”“灵韵”等。受访的一位女同学的印象是“多而不精”。直到现在，女生节每年的活动主题新意迭出，而举办的活动大多是旧瓶装新酒，受访的大二、大三的女生表示，作为老生，对这些层出不穷、重复不断的活动很难产生兴趣。

当女生对自己的节日越来越挑剔的时候，高年级的女学生却向记者回忆起几年前“美丽的玫瑰、甜甜的糖果、男同学们关心”的激动。女生节面临一系列困境，首先是活动组织上的，其次则是文化上的。“一个活动不可能使每个女生都满意，80%的女生能感受到其中的快乐就很不错了。”校学生会表示，“每个活动都有不足之处，但主办方会尽力使更多女生参与进来”。

节日搭台，商业唱戏慢慢成为不争的事实。主办方一方面希望丰富节日活动、提高学生参与度；另一方面却又要考虑“丰富”的来源。于是，商家广告通过包装后堂皇地贴上宿舍的门窗，主办方的初衷是希望这些能给女生带来“惊喜”，告诉她们女生节的活动。但据记者了解到，女生对宿舍贴广告普通感觉“不舒服”，女生节似乎成了广告的包装。与此同时，女生节的多姿多彩在本质上已被雷同。“音响，千篇一律告诉你‘飞扬’的传单，就好像宿舍楼下隔三岔五的活动。”一位握着传单的女生直言道。

基于一个活动而被许多人挑剔的高校节日也并不多见，但这并不妨碍对这个节日的意义和内涵进行深入讨论。

文化上的挑剔更加要命。被问及女生节的内涵时，许多人都流露出茫然不知的神情。若这只是一个“好玩好快乐”的节日，那么女生节似乎与其他的节日并无区别。希望展现华师女生知性美的女生节，正慢慢被暗含商业性的活动雷同，并逐步娱乐至死。主办方也坦言：“主办女生节的首要目的是要让女生过个快乐的节日，然后才是学生个人的收获。”

在某些高校里，女生节有与妇女节分庭对抗的“野心”。女生节先于妇女节一天庆祝，她们对3月8日这个有生命重感的节日并不感冒。著名的女性研究专家、福建女性发展研究会主任叶文振说，“女生节”给人的启示是：妇联不应该忽视校园里这群年轻、有知识的女性。但也有人持相反的观点：女生在文化上与传统女性观念正产生裂痕。正如一名受访女生所说：“女生节叫板妇女节？除了形式。”

女生被忽视了

从1991年追溯起，广东工业大学是国内高校最早成立女生节的高校，这是广工学生引以为豪的创举。像所有理工科大学一样，女生不仅是万绿丛中一点红，甚至就是宝，所以女生节对学校里的男男女女来说，都是快乐难忘的，有的女生节则干脆打出“今天美眉说了算”的标语。

华师的女生节与传统女生节有先天区别，它面临的不是理工科大学男极多女极少的困惑，相反的，它面临另一种女多男少的现状，从而减少了对男生“绅士风度”的期望，取而代之的是对女生自身“知性美”的追求。知性美是一个空泛的概念，既没有哪门课，也没有哪份报刊郑重其事地阐述过它的含义，对它的定义显得“见机行事”。第六届女生节以水晶为主线索，主办方的阐释是：水晶既浪漫，又不落俗套，是很多女生的“宠儿”，“能紧紧相扣一环又一环的女生节活动”；第五届时则以“八星连珠”连起女生节八个小主题。

对女生节内涵的“见机行事”早就已经开始。活动的门槛一再降低“难度”，前年校学生会文体部负责干部解释：“往年的女生节有很多比赛类的活动，使女生节门槛无形增高了。女生节成为仅是素质高、有才华的女生们的舞台。今年的女生节以‘美丽’与‘自信’为主题，放低了台阶，让所有的女生都有机会参与其中。”

提倡知性美的华师女生节，不停调整女生节的定位。从第六届开始，女生节主办方就有意引导学生正确对待女生节活动，让女生意识到活动是群体行为而非个人舞台。对于意欲收获到一个“独特”的女生节的学生而言，女生节成了鸡肋。像今年的“自信女生，魅力飞扬”，自信干脆被排在第一位，对于女性占绝对优势的华师女生来说，自信难道还成问题吗？

也许我们对此不会感到惊讶，叶文振说，从某种角度看，女生们通过“女生节”向人们提示：我们被忽视了。这是一个悖论。

文化消费

8 年来，华师女生节规模越来越大，不难看出主办方要将其办成华师品牌活动的决心。然而有同学反映，如今的女生节几乎退化成“单纯的娱乐节”。一个意在需要校园女生文化内涵的活动退化成“娱乐节”，是有迹可循的。

寻求改变的呼声不断。女生节活动贵在少而精，贵在内容充实而非形式丰富，这是大多数受访学生的建议。事实是严峻的：缺少了热情的参与者，活动也只能变成主办方的独角戏。

此外，对女生节的质疑也一直不断：质疑其存在的意义，质疑校园特色同化等。一个由理工科大学设立的女生节现在几乎“横行”所有高校，同样令人担忧的是，越来越驳杂的女生节正失去它的美。我校经济与管理学院李健英教授曾在接受本报记者采访时表示，美是多元的、厚实的、持久的。女性的美应该通过提高自己的修养来实现，独特是美，自信是美。

尽管主办方校学生会力求通过每年不同的主题，使女生从不同的角度表现自己，但是改变不应限于此。女生节对快乐的消费刺激着活动翻新花样，翻新花样的活动像要迫切享受大学时光的毕业生一样，痛并快乐着。

4 月 18 日，也就是在本文发稿后的第二天，教育科学学院团委学生会文娱部将举办“蒙面奇缘”舞会，这是教科院每年一度的男生节舞会。主办方希望男生们寻找舞伴时“认识到新的朋友，扩大交友面，锻炼与人交流沟通的能力。更能给男生们一个挑战自己，展现自己的舞台”。男生节，目前只是个别院系举行的活动，也许它会引领风潮，也许它要消费另一种文化？谁知道！

（华南师范大学）

岭南一妙人

李育中细说岭南文化人与事

冯春燕　郑载望　李玲燕

【人物简介】

李育中，1911 年生于香港，童年在港澳等地度过，1933 年年初将海明威的作品《A Farewell to Arms》译为《诀别武器》，是中国最早的译本。新中国成立后他来到华南师范大学任教，凭借扎实的功底，可兼教中文、美术和英文，被誉为“华师一宝”。2007 年 9 月 20 日当选“当代岭南文化名人 50 家”。

记者（以下简称“记”）： 近日您当选为“当代岭南文化名人 50 家”，对于这次当选您有什么感受？

李育中（以下简称“李”）： 我为人一向低调，很反对张扬。这次获奖是一个意外，都是群众赏脸，我感到意外的荣幸。

记： 您出生于香港，相当一部分求学时光也是在港澳度过的，置身于这么一个外来文化与本土文化激烈冲击的地区，您有什么感触和体会？

李： 我出生在香港，因为香港是殖民地，中国人是三等公民，个人的身份认同在这个地方很成问题。我在不少简历上填籍贯时都写上了“海外殖民地”。我接受的是港澳两地教育，六岁去了澳门，进了那里的公立学校。在澳门早上读葡萄牙文，下午读中文；在香港就比较古怪，上午读英文，下午最后一节课才让学生读读中文，这点说来很可气。

香港和澳门对比很妙。澳门还有点内地的味道，因为葡萄牙的没落，当地人更向往祖国，“我是中国人”的自我认同也越来越深入人心。香港就不同了，殖民地的味道更厉害，现在有些香港人还是会说“我是香港人”。

记： 您是一个电影迷，也写过很多香港电影的影评，您觉得香港电影能否算是岭南文化的代表？

李： 很明显是的。中国电影有三个体系：大陆、台湾和香港，三个队伍，有三个不同的特色。香港在文化底蕴上有着岭南文化的痕迹，又受到港英政府的多年统治，在中西方的夹缝中形成了自己的特色。如香港地方小，穷人没有自己的房子是其地域特点，而电影《笼民》就拍出了这个地方色彩，拍得很不错，很有社会意义。

记： 您是我国第一位翻译海明威作品的人，请谈谈您的翻译体验。您认为翻译在文化传播中的作用是什么？

李： 海明威的文风很漂亮，文字简短、有力、明快、男性化。他是个文体家，这一点足以让他的作品不朽。一般给海明威安放的位置是“垮掉的一代”，我觉得这一通称翻译错了，“The Beat Generation”（译为“垮掉的一代”）中的“Beat”是主动式，与音乐有关，有主动击打制造节奏的意思，读起来有种一往无前的气概，而不是被动式“beaten”。“Beat”没有“垮掉”的意思，我觉得这样翻译对当时的愤青是一种侮辱，虽然他们有颓废的一面。

说到翻译，我觉得任何翻译都是参考性又是交流性的，原则上要传递健康的信息，不要让文化枯萎。

记：您对美术有一定的研究，可否谈谈您对岭南画派的看法？

李：说句不好听的话，任何一个画派，有诞生便有消亡，只在早晚而已，所谓的岭南画派也是如此。岭南画派显然无法代表整个岭南文化，但也具备了足够的岭南地方特色，能成岭南文化之一脉。我觉得可以对特定的岭南画派提些向前看、有建设性的话：我主张形成新的岭南画派，要跳出现有的模式，新的画派应具备更本色的岭南色彩，这可以表现在时、地、人三者上。于时，新鲜，紧跟时代；于地，开放，富有海洋性；于人，有股不竭的勇气，不息的动力。

记：在岭南画派的代表人物中，您最欣赏哪一位？

李：我比较喜欢高剑父，岭南画派的创始人。高剑父年轻时在广州学画，师从居廉，学传统中国画。居廉擅长花卉草虫，净画些小物件，没有大气魄。后来，高剑父去了日本学画，正值大量西方文化涌入日本的明治维新时代。他并没有进入正规的公立美术学校深造，而是在一个不起眼的小学校里学习，接触到了不同的画风与技法。高剑父在艺术创作上向来主张“折中”，就是调和，中西合璧，把古老的中国画创新，因而有人把他的画作称为“新国画”。高剑父是一名画家，同时也是一名革命者，早期即加入了同盟会，有着变革精神。他从日本回到上海后，创办了《真相》杂志，开了一个店铺。那时徐悲鸿只身来到上海，把自己的四幅画作托给了高剑父的画铺代售。高剑父给了徐悲鸿的事业很大支持，是一个很仗义的人。

记：粤剧是岭南文化的一块瑰宝，您觉得它区别于其他剧种的特色是什么？

李：粤剧作为地方戏，相比最受宫廷欢迎的昆曲、京剧，粤剧的时间并不算长。清初主要受外来戏班的影响，大多数外省人云集越秀区，以看京剧作为平时的消遣，而地方上的平民百姓则看用本地方言上演的剧，即粤剧，此时用的是当地方言即广州话，这是它最大的特点。这些唱戏的戏子受洪秀全影响，闹革命，被解散了，后来又重组，却被勒令只能用官话。清末同治光绪年间，讲官话的粤剧才恢复为方言。

我是一个老粤剧观众，对我来说，粤剧的魅力正在于其亲切，适合本地语言习惯，有着浓厚的地方色彩，每一个名伶都有自己的特殊唱腔，例如罗家宝的“虾腔”。这些都是粤剧的特色。但是现在很多“后生仔”不喜欢粤剧，他们觉得粤剧的调子太慢了。

记：有人说“人存在于文化中，也创造着文化”，您觉得呢？历史上，岭南文化名人对岭南文化有什么贡献，您可以举例说明一下吗？

李：我觉得是这样的，比如我的同乡梁宗岱。1924 年初，他应茅盾的邀请，组成文学研究会广东分会，成为南方最早一个新文学强力社团，并办有自己的刊物。在广东新文学史里，他是一位元老级的人物。

记：请您具体谈谈您的同乡梁宗岱先生。

李：他是个诗人，然后是个诗论者，又是个很出色的诗译者。他译歌德和蒙田译得很好。更为神妙的，应推他所译梵乐希（现译保罗·瓦雷里）的《水仙辞》长诗。梁宗岱身材高大结实，诗人味道重，不讲政治，只讲文学。他最大的特点是特别能喝，无酒不欢，谁也劝不住。他的口头语是：越喝越精神，人称醉猫。他留学欧洲七年，结交文坛名宿罗曼·罗兰和梵乐希，梵乐希曾经给他的诗文集写过序，这在中国人中恐怕是绝无仅有的。梁宗岱为人好打抱不平，在重庆时，他跟帮会的袍哥斗过，毫无惧色。晚年，他花费很大精力财力物力去研究家传草药丹方——“草精油”和“绿素酊”，尤其是“绿素酊”成效甚大，他不取分文，治好过很多病人。可惜梁宗岱夫妇一死，这些方子便失传了。

（本文未经李育中老师审阅）

【采访后记】

素闻华师有一耄耋老者，自号杂学大家，涉猎甚广，所及之处皆成一家之言。是日，记者几人怀揣不安，慕名前往。忐忑之际，先生一语机趣，引得四座欣然，几分拘谨荡然无存。谈及岭南文化种种，先生如数家珍，一人一事一物从先生口中说出便有无数曲折。先生心胸磊落，平生所结交的名人妙人亦多，谈起他们，先生滔滔不绝。偶见学生愚顽不惑，先生拈出一二反复申明，谆谆之意，言溢于表。

席间，先生谈及曾得新文学大家康白情称许有“高度的常识”时，欣然一笑，其澄澈童心，可见一斑。先生用语素淡自然，如普洱一杯，反复味之，愈觉深永：形容别致人事，爱用“妙”字，当赞扬“徐悲鸿很妙”时，唇音微微延宕，有余韵袅袅之感；形容悦心之物，爱用“欢喜”，平常物件亦成天地间之大欢喜，自有佛家三昧。

访毕，于先生书房中瞥见一字典，摊开处一笔一纸，批注满目。学人一日不废手中卷，先生当此。正如评价好友梁宗岱一生都带着赤子之心，先生本人亦是在书籍与俗世中保持赤子之心的老顽童，言谈举止间自是返璞归真的大智慧，不愧为岭南一妙人，尽得岭南文化有容乃大之风流。

（华南师范大学）

回家五天

马喜生　卢凯阳

5月24日，记者见到了已从四川返校的葛俊，坐在我们面前的他表现平静。在葛俊的宿舍里，记者看到一张北川中学教学楼的照片，雾气环绕。葛俊说："这里简直就是一处仙境，头顶上的雾气触手可及。"采访结束后，他给我们看2005年文学院在北川中学下乡服务的晚会视频，当我们提出要拷贝一份时，他背对我们，摆手拒绝，都快哭出来了。在采访中，他曾反问我们：北川羌族自治县的"90后"基本没了，我回去了，能教谁呢？我们知道这不是一名热血青年在绝望，但我们相信这种悲情将会像潮水一样拍打他的心岸，一辈子拍打他。

5月12日下午2点28分，汶川大地震让北川县城成了悲怆之城。据《新京报》5月21日报道的统计，常住人口为2万2千人口的北川羌族自治县，在地震中遇难人数超过1万8千人。

我校共有79位川籍学生，地震中，有34位学生的家庭受到不同程度的影响，多位学生家里房屋倒塌。其中，文学院师范专业四年级学生葛俊的家庭损失巨大，母亲在地震中不幸去世；同样遭受"灭顶之灾"的还有葛俊的母校——北川中学，1 000多名学生正含苞待放就迅速凋谢了。

60公里外帐篷成家

5月15日，在离北川60公里外的绵阳九州体育馆，葛俊终于见到了父亲，两人相拥两泣，母亲能否生还仿佛是一个无情的谜底，让人眼睁睁看着它绝望地揭开。通过手机短信，葛俊知道原高三班有近三分之一的同学家里受灾，他们正在陆续赶回来。

绵阳九州体育馆成了2万名受灾群众的"家"，体育馆的厕所第一次面对如此汹涌的人群。傍晚，葛俊的同学帮他打了一份饭，一次性杯子装着三分之二的粥外加一个馒头，而这还是体育馆附近居民自发煮的食物，在几万人的胃口里，义粥只持续了两天就断了。能吃上东西、能有药品供应就已经不简单了，洗澡和刷牙成了奢侈享受，葛俊回家五天里，衣服没有换洗过一次，白衣脏成了黑布。

政府食品补给基本到位。葛俊一位在成都读书的同学告诉他："最先看到的救援队伍是广东的。"17日，《南方都市报》报道，广深两地的帐篷已经断货，许多驴友在网上倡议，把手头上的帐篷捐出去。截至新华网20日消息，全国各地共向灾区调运救灾帐篷42.1万顶。而据民政局预算，灾区帐篷需求量在300万顶左右。

后面陆续赶回绵阳的同学已经住不进体育馆了。有七八名女生就睡在靠着墙搭成的三角形帐篷里。晚上睡不着，几名同学聚在一起相互鼓励，这样的夜晚漫长而难熬，葛俊是他们原高三班的班长，15 号当天他就和班里的团支书把回家的同学聚起来，“家里受灾的同学相互之间可以有个照应，大家一起睡帐篷，女同学睡中间，男同学睡两边”。

悲情成川

16 日早上十点钟，葛俊和父亲在安县下车，徒步进入悲情成川的北川县城。此行的目的只有一个，就是寻找母亲。在此之前，他们已经被告知，母亲单位整栋楼垂直塌下，轰的一声，几千斤重的楼板就像吞人的鳄鱼一样合上嘴，压在里边的人生还的可能性微乎其微。

从绵阳到北川要经过安县，从安县到北川的路尽数被塌方的山石淹没，民用车辆一律无法通行，因为军队要腾路让救护车顺畅通过。北川县城正好坐落在龙门山包围的山坳里，北川中学则建在从山坳里延伸出来的盘山公路边，进北川县城，北川中学是必经之路。30 年前唐山大地震时，就有地质学家指出这座县城的脆弱。它正好处在龙门山地震断裂带上，县城两边是易滑坡的山体，从地图上看，北川有被两座大山“包饺子”的危险。

载人的大卡车在离北川县城大约 5 公里处停下，一行人沿盘山公路而下，葛俊一路上踩着尸体进去，“麻木，不知道什么是痛了”。“报纸上说一位飞行员俯视北川时，悲痛地说这里成了一个活生生的地狱，而我觉得是炼狱。”葛俊接着回忆，“我爬上一处高地，一下子傻眼了，手里的矿泉水瓶绝望滑落，这哪是一座住人的县城？这是一个碎掉的地方”。

苍蝇比救援队伍更清楚死神呆过的位置。中午 12 点，葛俊走到了北川中学，校门口停着两辆大卡车，装着师弟师妹的尸体。葛俊走上教学楼的废墟，差点踩到一条腿，“苍蝇从废墟里扑出来，当时感觉伤心欲绝”。

16 日当天，国家主席胡锦涛正好在北川中学指导抗震救灾工作。葛俊和父亲就从他身边五十多米处走过，“心急如焚，没有挤进人群去看”。他们还要赶到前面的废墟找母亲。

走到废墟前，几千斤重的楼板让手无寸铁的葛俊父子感到绝望。当天下午两点来钟时，一名叫段忠英的女护士经过救援人员 7 小时奋战后获救。央视直播了这一幕，那里每隔 10 分钟就有 5 组“挖土小分队”轮换作业挖掘，凿岩机、绝缘剪和钢筋切断器都派上了用场。在葛俊母亲单位大楼处，他们没能遇上这般“待遇”。父子俩摸进废墟，找到压在楼板下的母亲露出的两条腿。父子俩无论怎么刨也无济于事，泡过雨水的石灰慢腾腾地把葛俊双手的皮肤腐蚀掉。葛俊忘了当时哭了多久、哽咽了多久。平日里被他快乐地喊做“二姐”的母亲永远不会再回来了，这永远，有到达绝望那么远。

复兴也许成了激励的理由

再次接到马校长的电话时已是 17 日，师生俩在电话里头痛哭，马校长告诉葛俊部分高三班已经在绵阳市的长虹培训中心上课。12 日的 13 点 15 分，葛俊回了马校长短信，应允回家后找他聚餐，地震后马校长的电话一直打不通。葛俊 14 日接受媒体采访时，一度以为这名与他亦师亦友的老师极可能也遭难了。

马校长是北川中学的特级教师，个子不高，脸上戴一副眼镜，讲话时头喜欢向前倾，待人和善，在学生中口碑很好。4 月 30 日，他打电话给葛俊，让他寄回一套粤教版的历史课本。第二天葛俊把买到的书寄出，5 月 12 日中午，书顺利转到马校长手上，所以他高兴地发了短信给葛俊，问他教材加邮费一共要多少钱？葛俊回复：书是送给老师的礼物。

尽管北川中学高三班震后迅速复课，尽管有媒体称赞它是摧不垮的学校，可是学校重建有着难以想象的困难。一个 2.2 万人的县城被地震夺去 1.8 万人，中小学和幼儿园校舍几乎变成废墟，其中北川中学 1 000 多名师生、茅坝初中 300 多名学生、幼儿园 500 多名孩子遇难，这意味着北川羌族自治县里的“90 后”基本死伤殆尽。“我回去了，还有学生让我教吗？”葛俊一脸肃穆，“和所有的灾民一样，我们家现在一无所有，十几秒钟的地震改变了我们一辈子的命运”。

17 日，九州体育馆聚集了越来越多的志愿者，有心理救助的，有医疗援助的，还有搬运物品的。白天，葛俊和同学选择当力所能及的志愿搬运工，晚上和高三同学聚在帐篷里交流，缓解心理压力。

20 日，葛俊从成都回校，次日立即在四川驻广州办事处做志愿者，负责处理通讯稿和采写新闻。

23 日晚，教师资格证申请指定体检医院通知他去复诊，“十几天睡眠严重不足，回家睡不好，回校睡不了，天天受折磨”。

说起对未来的打算，葛俊平静地说：“1976 年唐山大地震后，国家发出命令，灾区的人民全部要回去重建家园。现在如果政府需要、政策明朗，我还是会选择回川。”

2005 年 7 月 16 日下午，在北川中学三下乡时，葛俊给高二学生讲了欧洲文艺复兴一课。如果幸运的话，3 年前在课堂上听他讲课的学生现在已经进了大学，那么当年对复兴的憧憬现在是否成了激励他们的理由？

（华南师范大学）

张超金：昨天的落榜生今天的博士生

黄文婷　陈庆达

【张超金】物理与电子工程学院2004级凝聚态物理专业低维量子方向研究生，参与了国家自然科学基金、广东省基金、广州市科技基金多个课题的研究工作，取得丰硕的论文成果，已有多篇论文发表。多篇文章均被SCI收录。

“十佳”刚评选完毕，张超金就奔赴上海。负责学院研究生工作的贾老师透露他此次的上海之行是为了参加博士复试。今年12月9日，张超金顺利通过复试，并收到录取证明，成为准博士。

差生创造的奇迹

张超金是这次“十佳”学生中学历最高的一位，但他的求学路却并非一帆风顺。张超金说：“我的路很特别，很多人说是天方夜谭。”初中时的超金一直沉迷于武侠小说，成绩长期处于下游，经常被气不打一处来的父母狠狠教训，甚至借来的小说也被撕烂了。

一次，班主任竟然当着全班同学的面，断言说张超金即使多花3年时间也不可能考上大学。张超金调侃地说：“这让我特没面子的！”不服输的他自此发奋，那时不管同学成绩好坏，超金只要有不懂的就问他们。因为基础差，实在跟不上，他就经常翻阅参考书看别人的思路。说到这里，张超金激动起来：“就像演戏，你不能自己在那里瞎忙，不学习别人好的，你永远不能进步，永远跟着别人跑！”一番努力后，超金的排名逐渐靠前。虽然座位还是在角落（中学时按成绩排座位），可张超金渐渐在学习中自得其乐。

由于根基打不扎实，张超金第一次高考落榜了。此时，父亲说：“如果你有把握考上大学，卖田卖地也让你读！”奋斗一年后，他如愿考上了安徽师范大学。

张超金开玩笑地说自己创造了奇迹，以一个差生的身份。他有自己的一套“差生心理”方法。如果别人说你“差”，那你就一定有弱的方面，这时要脸皮厚，以差生心态去努力改变自身。

感谢身边的人

读完本科，一心想考取博士的张超金考取了我校凝聚态物理专业低维量子方向研究生。由于一直忙于研究学习，少有机会运动，身子弱的他三天两头就要往医院跑。有时候他是带着病学习的，确实不行就让同学送去医院。病痛影响进度，却没打击他坚持的信念。

他说，导师和师兄们的关怀鼓励和帮助让他一次次站起来，因此他成绩的取得除了自己努力外，更多是得益于他人的帮助。让超金最感动的是刚开始写论文时，四篇论文发往不同杂志社却同时被拒绝了，这一度让张超金心灰意冷，导师和师兄们闻讯后都找他谈了心。师兄们教给他不少做论文的技巧方法，这使张超金获益良多，以后的论文研究也顺利了。至今，张超金依然感激他们，也决心传承他们乐于助人的精神。他决心把自己的经验也传授给师弟师妹。

除了别人的帮助，有时机遇也是很重要的。在一次光学大会上，张超金主动地就自己的论文向一位作报告的博导老师请教，而当时他并不知道这位博导就是中科院上海光学精密机械研究所的专家。就是这篇论文引起了这位博导的兴趣，随着两人的进一步联系交流，在这位博导的鼓励下，超金确定了报考该研究所博士的目标。

希望成为物理学博士

忙于研究学习的张超金，还担任研究生物理分会主席，组织过不少活动，例如“Science Coffee Time”系列活动之四——2003 级研究生经验交流会、物理研究生羽毛球比赛等。由于活动都取得很好的效果，热情积极的张超金赢得了众多的肯定。

在采访过程中，不少人不约而同地赞许这位安徽小伙子的好问和热情乐观。同乡的李斌最欣赏张超金与人为善的处世方式和主动好问的学习精神。而郑允宝则认为生活中对科研沉迷的张超金不失活泼健谈，是一个容易融入群体的人。

目前，张超金刚通过了博士复试，明年三月入学，之后的三年将要在中国科学院上海光学精密机械研究所攻读博士课程。采访中，他多次强调，他的成绩不单是个人的，最重要的力量来源于热心的导师，众多领着他跑的师兄，还有默默支持他的朋友们。而这位“十佳”学生最大的心愿就是成为物理学博士，投入到广州大学的教育事业，以此报答母校和老师。

（广州大学）

老校长回“家”记

高良铨　朱玉尊

5月19日，一个难得的好天气，蓝天白云，阳光灿烂。丽日下，新校园楼厦生辉，花树溢彩，呈现出亮丽的容貌和蓬勃的生机。

上午10时半，全国政协原常务副主席、广东中华民族文化促进会会长叶选平，广州市原市长、广东中华民族文化促进会副会长黎子流一行来到我校，专程参加“广东文化基金助学金”签约仪式。校领导陈万鹏、庾建设、赖卫华、龙少锋在学校正门迎接。

“你们还承认我这个老校长！”

82岁高龄的叶选平老人神情矍铄，下了车，与校领导一一握手，并婉拒了工作人员拿过来的遮阳伞。校党委书记陈万鹏指着校门边巨大的校名石说：“叶老，您曾经是广州大学的校长，我们全校师生热烈欢迎您回来。您看，这石头上刻的校名，是您的手笔。”“看来，你们还承认我这个老校长！好。”叶老幽默地说。他环视四周，赞许道，校园很靓！并欣然应允与校领导合影留念。

广大人会记得那段历史：1983年，广州市委、市政府决定成立广州大学，时任广州市委副书记、市长的叶选平亲自担任了广州大学校长之职，对当时的广州大学给予了很大的支持；到了2000年，新广州大学合并组建，时任全国政协副主席的他又应邀为广州大学题写了校名，鼓励广东省、广州市继续大力支持广州大学的发展；今天，他又以广东中华民族文化促进会会长的身份，给广州大学学生带来了最实惠的帮助——促进会将投入巨额资金帮助学业优秀的家庭经济困难学生渡过难关。可以说，叶老对广州大学有很深的感情，广州大学师生对叶老等老领导敬爱有加。

“我还要坐你这辆车！”

接着，陈万鹏书记向叶老一行介绍了校名石背后的新校园纪念碑。该碑的撰文和书法都由我校教师操刀。叶老对碑文很感兴趣，一字一句地看，对一些深奥的字和词，他如有不懂，就立刻提问。如“甄”字应怎么读，是什么意思，“爰”在这里应怎么解等。300多字的碑文，他提问了五六处，在旁的师生和工作人员都被叶老这种不耻下问的精神所感染了。

时值烈日当空，气温比较高。按原计划，接下来叶老一行应坐学校的一辆空调中巴到名人林植树留念，但叶老却坚持坐上两边敞开的电瓶车。他与黎子流、陈万鹏、庚建设同坐一辆车，一面听介绍一面浏览校园风光。车到名人林后，叶老问司机："你开这辆车好像不太熟练，你开了多长时间的车了?"司机不好意思地回答，这种电瓶车是昨天一个单位赠送给学校的，他今天是第二次驾驶这种车，所以驾驶技术比较生疏。叶老说："不要紧，等一会种完树，我还要坐你这辆车。"一番话使气氛当场活跃起来。

"不能做假啊!"

在名人林，陈万鹏书记介绍说，我校特地辟出这片土地，让校内的院士，历任党委书记、校长，校外著名专家学者和国内外政要在这里植树留念。一来可绿化校园，二来可培养学校的文化气息，让师生们见树思人，追思名人的成功经历，从而受到激励。陈书记代表学校请叶、黎两位老领导在名人林植下两棵树留念。两位老人高兴答应。叶老挥铲时，看见树已竖立在坑中，便问："是不是在早就成长好的树旁边挖一条沟，叫我们回填几铲泥做做样子啊？不能做假啊!"后勤处工作人员解释说，这两棵树是今天才从园林公司运过来的，先竖立在坑里是为了节省时间，并不存在做假。叶老仔细观察，发现情况属实后，才放心铲泥。种下的是两棵香樟树，黎老给树培好土后，还提水给刚种下的树浇上。

"一家人不说两家话"

随后，叶老一行在图书馆附楼的接待室和会议厅听取校领导的汇报并参加签约仪式。

在与校领导的交谈中，叶老深有感触地说，广州大学的发展能有今天的面貌不容易，大家要珍惜目前的优越条件。他告诉校领导："原广州大学的创办也溶注了市老领导的关心。许士杰书记（时任广州市委书记）在当时学校选址上也是给予了很大支持的，你们不能忘记他呀。"谈到学校的办学发展，叶老强调，学校一定要注重对学生的思想品德的培养，他说："你们承认我这个老校长，那么我就一家人不说两家话了。教师的天职是教书育人，也就是说，你们培养的学生，要保证他们出社会后应该不但会做事，更要会做人。"他说，一所大学好不好，以什么作衡量？就看它的学生在社会上受不受欢迎。他希望广州大学要多在育人上下工夫，培养出真正适合社会需要的人才。

叶老领导的中华民族文化促进会这次为我校的贫困家庭学生带来了200万元的助学金，但在签字仪式上，叶老并没多谈助学金，而更多的是在履行一个老校长的教育职责——对在场的近400名学生代表语重心长地讲述做人的道理。当接过学校给他赠送的木制《论语》一书时，他热情洋溢地为现场同学解读起儒家文化来。他再次强调"做人"的重要性，希望广州大学的学生人人能够"修身齐家治国”。他说，要学会处理好人际关系，学会做人；“先做人，后做事”；学成之后，不要忘本，要积极回报社会，回报母校。

老校长短短几分钟的讲话，赢得了在座学子的强烈反响，大家报以一阵阵热烈的掌声。

仪式结束后，全场学生起立，发自内心的长久而热烈的掌声伴送着这位德高望重的老校长健步走出大厅……

（广州大学）

女大学生，今天给心灵减负了吗

湛婉芬　任洁璐　吴里杨　黄嘉莉

去年10月，我校心理健康辅导教育中心对2005级全体新生进行了一次心理健康普查。调查结果显示：心理问题中度以上的男生只占2.30%，女生却有3.75%。同时，广州某高校一周内4人跳楼自杀，其中就有3个是女的，女大学生的心理承受能力问题再度成为人们普遍关注的话题。另外，一份全省大学生心理素质状况调查也表明女生心理承受能力确实明显低于男生。

一份沉重的心理调查表，几起连续性自杀事件，女大学生的心理健康问题堪忧。当女生节欢乐的旋律飞扬起来时，又有多少女生还没走出内心的阴影？让我们从心灵来关心女生。

在调查采访中，记者发现，情感问题是影响女生心理健康的一大因素，恋爱时的离愁别绪，与同学之间的关系冷暖，与家人之间的沟通缺陷，成为女大学生们的“心头之病”。

竞争压力：屡屡失败的受挫感

记者发现，中学时很多学生将大学校园想象成“人间天堂”，但学生入学，却发现事实并非如此，一部分学生还发觉在高手如云的新集体里，昔日那种“鹤立鸡群”的优越感荡然无存，无形中他们产生了一种失落感。

小文是人文学院的大一学生，对自己要求很严，但来到大学后，很多事情并不遂愿，除了学习之外，还有很多社团向她招手，但面试屡屡失败，她感到十分茫然。上次班里选班长，她满怀信心去竞选，但还是失败了。“一直希望自己在大学中能有所作为，但总是失败，我不知道生存还有什么意义。”她对记者说，“我不在乎有没有，但总觉得日子过得很累。”

确实，很多新生面临新环境，往往不能马上适应，表现为思想不集中、在乎别人的目光、缺乏自信心。在新集体中找不到属于自己的位置，也是他们压力的来源之一。

情感困惑：相貌成为恋爱障碍

逐渐适应大学生活之后，有的女孩子显得比较轻松平静，但有些女孩却很难面对“情感困惑”，认为这是女孩的心底隐私，不是遮遮掩掩，就是“口难开”。大部分都默不作声，不喜欢向别人倾诉，导致了在情感上感到困惑，出现了抑郁、焦虑等症状，甚至走上歧途。

经管学院的小秋原本性格开朗，在家受到爸妈宠爱，在校被老师看重。但随着年龄的增长，在大学校园流行减肥瘦身的潮流下有了心结：长得不够漂亮，不够苗条。有时同学会在无意中刺痛她的心。在与男孩交往中既冷漠退缩，又热切盼望。“因为不自信，给人的感觉总是傻乎乎的，很少有男孩主动约我。眼看周围的女孩都有男孩约会，被冷落的感觉使我失去了快乐，感到酸涩。”尽管她年年都能拿到奖学金，也已经做好三年后出国留学的准备了，但没有美丽的相貌却成为她奋发的绊脚石。

求职门槛：如过鬼门关般可怕

此外，女生的情感比较细腻和感性，更容易陷入不安与焦虑。大四面临着严峻的就业形势，一些从小到大都处在被保护的环境中的女大学生，面对就业的种种困难，便寄希望于家人帮她谋取一份好工作，希望得到某种社会关系的帮助，从而放松警惕，一旦失败了，心理上也逐渐走入误区。

小倩是我校数学学院的大四学生，面临毕业，眼看着身边的同学都找到了自己满意的工作，自己却一筹莫展，招聘会跑了一场又一场，听得最多的却是“对不起，我们不招女生”。材料送出去，却如石沉大海。家人不断催促，论文无从下手。她好几次忍不住在朋友面前哭了出来。“求职犹如过鬼门关，还有不少美丽陷阱。”

越想就业成功，越怕去面对可能出现的失败情景，把应聘过程界定为失败的过程，不敢实施应聘行为。这样一再地考虑思索而不去实施和努力，使得小倩这一类女生只有对着招聘市场，对着同学朋友的录用合约黯然神伤。

心灵“鸡汤”

校心理辅导中心的徐老师认为，女大学生应该成为社会关注女性心理健康的特殊群体，她们的心理健康问题是一个涉及家庭、社会与学校的综合性问题。如果她们的心理压力得不到释放和解决，对其人格健全和个人成长都极为不利，甚至会对社会产生不良影响。

校学生会原副主席王萌是播音与主持专业学生，加入学生会后学习和工作两不误，大四便成为学代会主席，曾多次作为女生的健康形象代表出席活动。她告诉记者“女生需要有较高的综合素质，外界已经给予女生很高的要求，而来自传统、家庭的压力也让部分女生透不过气来。”她认为，根据自己的性格调整心态是相当重要的。如在学生工作中通过交流、沟通，让自己恢复心情愉悦的状态等。

梁婉婷是公管学院03行政管理系的学生，在今年的女生节开幕式上，她作为全校的女生代表和贫困生代表上台致词。在她看来，压力其实无处不在，无论是在校园里还是将来踏足社会，都一定会面临各种各样的压力，重要的是自己如何面对。梁婉婷将压力化为动力投入到学习与工作中，经过一番努力，她不但成功拿到奖学金，还用课余时间进行兼职。至于一些女生产生轻生的念头，她认为："放弃生命，就等于放弃了一切机会，柔弱的女生须变得柔韧。"

（广州大学）

风雪，挡不住志愿者的路

2008 年寒假我校青年志愿者支教纪实

祝依品

风雪挡不住他们的脚步。

2008 年寒假伊始，我校青年志愿者们与往年一样，又一次踏上了支教的旅程。只是，他们在途中意外遭遇了雪灾的袭击。

然而，风雪挡不住他们前行的脚步，无论是前往广西融水的蓝色天空支教队，还是奔赴贵州凯里的 XIN 公益支教队，或是走进广东肇庆多罗山的基础医学院支教队，都在风雪的肆虐中把支教进行到底，为贫困地区的孩子们带去了知识和欢乐。

爬冰吃雪为什么

2008 年 1 月 30 日晚上 9 点，由南方医科大学部分学生组织发起的 XIN 公益支教队 9 名队员历经了 46 个小时的艰难跋涉后终于到达了目的地——贵州省凯里市榕江县水尾乡污讲小学。

“为了防滑，就把袜子套在鞋子外面走；又饿又渴，就直接吃树上的冰雪。”本就崎岖难走的山路加上冰冻雪灾的恶劣天气，让所有队员经历了前所未有的考验。他们互相搀扶着坚持到了目的地，艰难旅途让他们感受到了集体情谊。

支教队员到达山上的第一晚就下起了大雪，两名女生被冻得一宿没有合眼。第二天起床，他们做的第一件事就是敲破鞋子上结的冰。

更严峻的考验还在后头，因为大雪封山，导致山上断水断电，缺粮少食，吃饭也成了大问题。早餐就是一小块压缩饼干分成 9 份，两个萝卜竟然吃了两天。“那时候，我们连冻烂的萝卜叶也不舍得扔，留作下顿的粮食。”一名队员回忆道。平时做饭的水都是勉强将冰雪融化得来的，至于生活用水，更是成了奢侈品。“我们一个多星期没刷牙没洗脸。”一名队员告诉记者。而且为了减少上山的负重，队员们在山脚下卸去了很多物品，最后连卫生纸都没有了。上厕所、擦鼻涕用的都是报纸，每个人脸上都是黑乎乎的。尽管条件艰苦，可所有的支教队员们都不后悔，因为，“我知道，山上的孩子在等着我们”。

孩子们不说再见

“支教不仅仅只是上好每一堂课”。这是每一位支教队员在看到大山深处那一双双渴求知识的眼睛后所发出的感叹。“短期的支教，不可能一下子带来改变，最主要的就是坚持。大家一点一滴地慢慢做，哪怕最后只影响了一个孩子，也就值了。”

这次参与寒假支教的三支队伍给山里的孩子们带去了国学、美术、手工、音乐、英语、励志、百科等丰富多彩的课程，教会他们基本的卫生知识和急救常识，更重要的是给他们带去了对大山外另一个精彩世界的无尽遐想。蓝色天空支教队的“手套计划”让每一位孩子都带上了手套。而前往肇庆市怀集县梁村墟镇多罗山小学进行“冬日送温暖”活动的基础医学院支教队则让孩子们将自己未来一年的梦想写在纸条上，然后折成纸鹤交给他们保管。冬日寒冷，最暖的是人心。

短暂的相处，沉淀的是感情。临走的时候孩子们都拦着不让老师走。XIN 公益支教队的队员们甚至是趁天没亮瞒着他们偷偷走的。“我远远地对他说着一遍又一遍的‘再见’，可他却不跟我说再见。”

纸上得来终觉浅

基础医学院“冬日送温暖”支教队在肇庆市怀集县梁村墟镇进行了义诊送药的活动。虽然天公不作美，可支教队依然风雨无阻，为村民们派发资料、答疑解惑。让队员们感触最深的就是山里的村民和孩子们太需要医生了，因为气候、劳作、贫穷和就医的不便，山上比山下有着更多的疾病。

“看着他们充满信任的眼神，我真正感受到了作为一位医者被别人需要的幸福的感觉。”一名队员充满感慨地说道。村民们表达感激的方式是纯朴而真挚的，他们总是带着自家种的地瓜芋头，甚至抓了一大笼自家养的土鸡，一个劲儿地塞给队员们，这更让他们感受到了前所未有的责任，他们表示，“纸上得来终觉浅，绝知此事要躬行。在给他人帮助的同时，也让我们认清了自己的能力，激励我们在今后的日子里努力用知识充实自己”。

（南方医科大学）

大震过后，警觉激进民族主义

王春芳

汶川地震以来，我国人民空前的团结和互助在世界上又一次树立起中华民族强大的爱国主义精神和现代形象，近半年来的多灾多难似乎让整个中华民族比任何时期都更为团结，更有凝聚力，爱国心空前高涨，这在青年学生中表现尤为突出。每有国难，青年学子总是以国家为己任，这是值得珍视和赞扬的。但也不可否认，这股民族主义的热情也应该以爱国主义作为它的核心价值，任何过度行为都容易走向它的反面，走向激进民族主义，损害的就不仅仅是中国的国家形象，还有我们的国家利益。

最近，一条关于“国际铁公鸡”的短信在网上网下四处传递。登上黑名单的有：可口可乐、肯德基、麦当劳、诺基亚、LV、大金、宝洁、摩托罗拉……众企业上榜理由是，“在中国发大财而又不捐款”。该短信要求大家“转发”，并“抵制”这些品牌。一些地方甚至出现冲击肯德基、麦当劳店的现象。

这样的号召已屡见不鲜，如前不久对家乐福的抵制，稍远一点的有当美国轰炸我驻南使馆时，大学生冲击美国使馆，打出“我们不要学英文”的口号，甚至还出现“不惜与美国一战”的观点。在相当一部分中国人中出现的激进民族主义思潮，已经不再仅仅在爱国主义的范畴之内，也不再具有建设性，却具有相当的破坏力量。这使得高层也不得不出面予以澄清，5 月 22 日，商务部部长陈德铭说，中国人民的抗震救灾取得初步成就，这里有国际社会的大力援助和国际友人的支持，也包括在中国的外资企业、港澳台企业等，因此要向他们表示感谢。所谓“铁公鸡不捐钱”或者“一毛不拔”的说法，是没有事实根据的。

这次强烈地震灾害，让我们心痛不已，上至党和国家领导人，下至无数极其普通的公民，都在全力以赴抗震救灾。北京奥组委负责人近日宣布，要把奥运火炬传递和抗震救灾结合起来，缩减规模、注重简朴、讲求实效。以爱国主义精神激励全国人民全力以赴做好抗震救灾工作。爱国主义是什么？是以人为本，保护每一个生命，目的是促进国家利益和社会文明的繁荣和进步，这样我们的爱国主义才有强大的生命力。我们能理解一些人对这次大灾害的心情，他们希望更多的国际组织、内外资企业参与到捐赠活动中，提供更多的资金帮助灾区人民，但捐助是以自愿为前提的，我们必须尊重每一个自然人和法人的权利。而不是以爱的名义放弃理性，甚至威逼他人或要挟同情，这无论在道德上还是法律上都将失去大国的形象和风度，失去我们几千年来的文明和礼仪。

中国自近代以来的百年受辱的历史记忆，一方面，激发了我们民族主义的爱国情怀，另一方面，一旦走向极端，就具有强烈的、亢奋的情绪化倾向，形成激进民族主义，它所具有的非理性的特质往往使人们对复杂问题作出简单的理解和判断，出现偏激的言行。对内，以极左的面目打压温和主义；对外，排挤别国，为我独尊。这种倾向一旦形成潮流，就容易被大洋彼岸某些别有用心的保守派政治家、一些“西方价值的原教旨主义者”所利用，为他们进一步遏制中国制造理由，不但无助于对问题的理性解决，而且我国好不容易发展起来的融入国际社会与保持国际友好关系的格局，将因此而毁于一旦。

四川汶川大地震发生后，中国政府和人民正在争分夺秒抗震救灾，只要有一线希望就要付出百倍的努力。在无数死难者面前，我们的心是沉痛的，但对国际跨国公司等的指责或冲击不但不能使我们化悲痛为力量，反而起着相反的作用。衡量一个国家的成熟程度、一个社会的现代化程度，不仅仅在其经济实力和其国民的凝聚力，还要看它有没有树立起现代国家、现代社会所要求的价值理念，有没有融入国际大家庭的自信和勇气，而不是闭关锁国。激进民族主义却容易将我们引导进非理性的排外与自我封闭。我们要高扬的是爱国主义的民族主义，凝聚民心，而激进的民族主义则有可能使我们民族再次失去现代化方向，进而走向反文明经验的非理性主义。这是对启蒙、开放与稳健的理性思维的摧毁，无助于救灾，更无助于文明进步。

（电子科技大学中山学院）

做好本科教学评建工作要从细节入手

邹朝春

教育部对我院进行的本科教学工作水平评估，是对我院教学水平的一次全面系统的评估工作，同时也是对我院整体教育水平的一次权威性的评价。本科教学工作水平评估是一项系统全面的质量工程，它涉及 7 个一级指标、19 个二级指标、44 个观测点和 1 个特色项目。如何从细节入手，扎实做好教学评估所要求的“规定动作”以及自己的“特色项目”，是我们每个人面临的任务。

要扎实推进本科教学工作水平评估，就要从细节入手，把每项工作做好做实。既然教学评估的各项工作都有了明确的要求，这就要求每个人按照自己需要承担的工作，认真踏实地去完成。各有关部门和人员要认真对照评估标准，找出差距，制定措施；必须把日常工作和评建工作有机结合起来，进一步细化任务，不留任何死角，结合实际创造性地开展工作，特别是对重点工作和重点问题，要集中力量，加大措施，着力突破，切实把迎评工作不断推向深入。我们不仅要认真学习领会评估要求，从思想上认识评估的重大意义，更应从行动上按照评估指标体系规范自己的工作，从办学指导思想、师资队伍、教学条件、专业建设与教学改革、教学管理、学风、教学效果等各个方面认真总结，找出自己存在的主要问题和差距，并认真进行整改。明确在教学评估中我们每个人该干什么，不该干什么，怎么去干，按照评估的要求来约束自己的言行，从我做起，从自身做起，从一点一滴做起，真正实现教学、管理工作的精细化。

泰山不择细壤，故能成其高；大海不择小流，故能成其深。教学评估也是从点滴小事做起。既然每个评价观测点都有了详细的指标内容，我们就从最基本的入手，把自己所承担的任务做好。评建工作千头万绪，如果每位师生都能够完美地完成自己所承担的任务，那将构筑起我院完美的本科教学工作。老师应从一堂课、一份试卷、一次毕业设计做起，把自己承担的教学任务扎实完成。教学评估，自然以教学为主，教师是教学工作的主力军，我们应发扬教师踏实奉献、爱岗敬业的精神，把每节课上成学生爱听的课，把自己的课程做成精品课程，把课件做得内容丰富、形式美观，要以精品的标准来要求自己，以精细化达到教学工作的完美化。我们的学生党员干部要起到模范带头作用，每位同学从自己的一言一行做起。学生也是评估的参与者，每个学生都是学校的一面旗帜，从遵守课堂纪律秩序做起，提高学习能力和综合素质，严格遵从学生的行为规范，真正为学校的评估营造良好的学风氛围，树立人人都是评估对象，事事都是评估内容的主人翁意识。教学评估要搞“一把手”工程，我们的管理者是教学评估各项工作的主要责任人、组织者，更要从精细化管理做起，从每一件小事做起，密切配合，协作一致，共同把我们的评估工作做好。我们的管理者既是总的管理者、协调者，同时也是许多任务的执行者。这就要求我们既要宏观把握，也要微观执行。勇于承担责任，搞好各部门的协调配合工作，让评估工作落在细处，落在实处。

教育部本科教学水平评估工作是推动我院本科教学工作再上台阶的一次良好机遇，我们要积极准备，认真对待，以精益求精的工作态度，调动每位师生员工的聪明才智，细化任务目标，将我院的本科教学工作水平提升到一个新的高度。

（东莞理工学院）

寓言与预言

刘辉勉

近日，翻读宋鸿兵先生撰写的《货币战争》一书，被他的观点和见解所征服。尤其是《中国未来的寓言》的片段，令人叹为观止。寓言描述如下：

居民马哈蒂尔找到小区片警格林斯潘报案，说家里东西被偷了，小偷可能是惯犯索罗斯。

片警格林斯潘嘿嘿一笑，说："也不能全怪小偷嘛，应该多从自己身上找原因。谁让你们家的锁好撬呢？"

居民马哈蒂尔不满地说："那小偷怎么不去偷中国和印度呢？"

片警格林斯潘叹了一口气，说："中国和印度的院墙太高了，索罗斯爬进爬出的不方便，要是再摔下来出了人命，不还是我的事吗？"

小偷索罗斯在旁边听了之后，冷笑一声："在他们的院墙上掏几个洞不就解决问题了吗？"

片警格林斯潘赶紧看看四周，小声说："已经派保尔森去中国了，听说2006年底就可以挖开几个大窟窿。"

小偷索罗斯听了大喜，拿出手机就开始给同伴们发短信："人傻，钱多，速去中国！"

看完这个寓言，我一点也没笑出来，只是感觉如果这个寓言被无情地演变成预言，那中国的经济所遭受的损失将会是难以估计的。且不说人们对新"三座大山"重负的感受，就连季度来CPI指数居高不下，人民币升值压力日益加重，股票、债券市场火暴，国外热钱阴魂不散，等等，一连串的经济现象，让人深深体会到风云变幻的经济热潮中所透出的一丝寒意。

难道真的像作者所说的那样："随着中国金融的全面开放，国际银行家将大举深入中国的金融腹地。昨天发生在西方的故事，今天会在中国重演吗？"是啊，谁会忘记上个世纪90年代末的亚洲金融风暴，谁会忘记马哈蒂尔在咬牙切齿地诅咒索罗斯："我们花了40年建立起来的经济体系，就被这个有很多钱的白痴（索罗斯）一下子给搞垮了！"在战争年代，我们可以像国歌所号召的那样："每个人被迫着发出最后的吼声……冒着敌人的炮火前进……"而今，在和平年代，类似大型瘟疫、金融风暴等没有硝烟的战争，我们有备战意识吗？我们准备好了吗？

一个耐人寻味的寓言，但愿这不是危言耸听的预言！

（广州城市职业学院）

到农村去，到祖国和人民需要的地方去

康文财

各位03届的师兄、师姐，你们好。对你们来说，现在关心的是找一个好工作。可是竞争激烈呀！好公司人人都想去；一般的公司，自己又不怎么想去。别徘徊不前了，其实只要改变一个就业观，或许就“柳暗花明又一村”了。师兄、师姐，难道你们非得在城市这棵树上吊死吗？农村那片沃土为何不可以成为你们创业的基地呢？

寒假回家，看到家乡还是老样子：灯泡不如蜡烛亮；路面一下雨就“车骑人”；村里的孩子要去亲戚家借钱读小学；电视纯粹是个摆设……农村穷，农民苦，农村落后的现实深深刺痛了我的心。

物质上都没有良好保障的农民，精神生活方面简直是一块空白，连看电视现在都满足不了。农村为什么会落后？自然条件差，资金不足，科技落后……我想归结到以人为本上，那就是人才的奇缺。

作为天之骄子的大学生，我们拥有了知识，拥有了技能，拥有了在城市中谋求生计的本领。我们忍心看着那些日出而作、日落而息的庄稼人再贫穷下去吗？忍心看着农民工背井离乡到城中谋生吗？忍心看着那些十一二岁的孩子因失学而当童工吗？

各位师兄师姐中也有许多和我一样是来自最底层的农村的。乌鸦尚且有反哺之心，何况我们人呢！作为国家栋梁的大学生，我们应当改变就业观念，在条件可能的情况下，优先考虑到农村，到基层，到祖国和人民最需要的地方去。把我们所学的知识、本领贡献给祖国和人民。

或许有人会说这样很傻。如果这是一种傻，那么时代需要这种傻；建设社会主义新农村需要这种傻；国家富强，社会进步，民族复兴都需要这种傻。

（广东工贸职业技术学院）

不要忽略人文教育

林家良

一位古代文学史的任课老师在讲课之前向我们抱怨："哎，我的红楼梦研究又被教务处'枪毙'了，他们说原因是选课学生不足，真想不到号称万人的五邑大学竟找不到二三十个爱学文艺的学生，悲……"

他的话一直在我耳边回响，引起我深入的思考。对文艺课的冷落，其实是功利主义在社会泛滥的结果。在我们生活的世界里，竞争正在各个领域和各个层面展开，这已经成为一个显而易见的事实。但在另一方面，竞争也滋生出一种实用主义的态度，就连今天的大学教育也受到了这种普遍的功利主义思想的影响，大学生选课也选实用的课程，文学的课程早就被晾到一边。

许多大学生选择经济、法律或计算机作为选修，因为他们相信这些课程有助于他们就业；常常看到有人考会计证、计算机证书以及驾驶执照，他们认为对前途有帮助；而选择诗词歌赋、历史哲学，他们则抱怨是浪费时间，一点都不实用。我并不是反对讲求实际，随着就业市场的竞争越来越激烈，我们学生确实有讲求实际的理由。但我们不应该忘记的是，无论在什么环境中，我们都不能忽略大学教育的另一个方面，那就是人文教育。让我们想象一下，如果大学校园里盛行实用主义，人们的思想可能会受到束缚，将会在追求金钱的冒险中迷失自己；我们会看到人性失去了优雅和尊严，而这将是一场灾难。据报道，社会转型时期的功利主义、享乐主义、自由主义、虚无主义、拜金主义等思潮开始侵袭大学生的思想。面对社会上一些诚信缺失、自私自利的现象，他们茫然无奈。凡此种种，直接导致极个别大学生以追求个人享乐作为人生目的。自五四以来大学生曾一度保持着那种不平则鸣、甘作社会栋梁、不屈不挠的精神，如今已难得一见。更由于一些学生缺乏辨别善恶、好坏、美丑的能力，一旦遇到挫折，便会失去自信，出现孤独、压抑、精神麻木的心理现象。尽管这是大学校园里极个别的现象，但足以折射出大学人文教育的缺失和社会环境的严重问题。

人类与动物不同的是，人类有精神追求。人文精神是人类社会发展过程中所创造的一种宝贵的精神财富。人类社会的发展过程是人文精神不断确立和发展的过程。优秀的人文知识是人类真、善、美的集大成者，例如文化对政治的超越，宗教对人生的规范，艺术对人类苍白精神的充盈。我们中华民族具有五千年丰厚的人文文化积累，它是我们宝贵的精神财富和思想财富，当代大学生更没有任何理由抛弃它。

再者，现在的求职市场也正趋向成熟。一张证书可能会给你带来一些优势，但广阔的视野、积极的态度和健全的人格，这些资本都不是你可以用捷径或固定的方式得到的。在今天的世界里，最高水平的竞争不是技能或专长之争，而是远见与策略之争，智力质素很大程度上决定了你在事业上能走多远。而所有这些智慧，我们都只能从历史、文学、哲学中去汲取。

（五邑大学）

方永刚的“真善美”

陈伟林

最近，海军大连舰艇学院教师方永刚的事迹在全国引起了强烈的反响。他以一颗赤诚的心，二十年如一日奋斗在三尺讲台上，一边求学问道，一边教书育人，成为党的创新理论的深入学习者、坚定信仰者、积极传播者和模范践行者。日前，中共教育部党组发出通知，号召广大教师和教育工作者努力向方永刚学习。我校迅速作出部署，在全校教职员工中广泛开展了向方永刚学习的活动。

方永刚的所思所想和所言所行，让我们感受到一种崇高的精神境界和超拔的人格魅力。细细想来，方永刚在不经意间向我们展示了“真善美”的价值内涵。

首先是“真”。“真”是基础。方永刚之所以能够始终不渝地致力于马克思主义的学习、传播和践行，是因为他坚信马克思主义是一种真理，并把马克思主义视为自己毕生追求的崇高信仰。为捍卫信仰而献身的张志新烈士曾经说过：“人活着，总得有个坚定的信仰。”方永刚就是这样，真心真意地拥护马克思主义。他博览群书，熟读经典，对社会发展的历史了然于胸，深信马克思主义是人类历史上最为科学的思想体系。他进而从我国改革开放和现代化建设的历程中深深地认识到，把马克思主义与中国当代社会主义事业紧密地结合起来，形成具有中国特色的马克思主义，必将指引着中华民族走向更加辉煌的明天。于是，对马克思主义的信仰成为方永刚心中的一片绿洲，这使得他在研究马克思主义中国化的道路上投入了真感情，用上了真功夫，获得了真成就。

其次是“善”。“善”是升华。这里提及的“善”，不仅仅是指人们通常所说的道德范畴中的善良或慈善，更是指对于一项事业的专注和执著以及由此而达到的精通与渊博。方永刚作为一名专职从事政治理论教学的大学教师，深感自己肩负着传播思想、塑造灵魂的神圣使命。而这种神圣的使命感，使得他在教学实践中从不满足于传统政治理论课堂上经常出现的单调与枯燥。他通过刻苦学习，努力钻研，不断提高自己的思想水平和理论修养，把我国悠久的历史文化、崭新的发展成就以及马克思主义理论领域最为前沿的研究成果充分地融合起来，拿到课堂上与学生们进行分析和讨论，使课室真正成为思想传播的场所，成为精神交汇的殿堂。方永刚就好像一个熟练的骑师一样，纵横驰骋于他所热爱的理论大地，而他也正是在这个意义上对“善”这个概念作出了最好的诠释。

再次是“美”。“美”是结果。从实际逻辑来说，它是高于“真”与“善”的终极层面。我们在方永刚的身上，可以清晰地感受到美的形象和美的气质。他奔波于自己所钟情的教学岗位，一干就是二十多年，呕心沥血，殚精竭虑，献出了自己全部的心血和汗水。他把工作视为事业，又把事业视为生命，决计为之奋斗终生。他说：“如果有一天我的生命之钟停摆了，我愿意把它定格在自己的岗位上，永远保持一名思想理论战线英勇战士的冲锋姿态，让有限的生命为太阳底下最壮丽的事业燃烧。”这是为中国传统文化所尊崇的一种敬业思想，更是为全人类所公认的一种精神美。另外，我们更加看到，方永刚从他的所学到所教，从他的所言到所行，无不内通义理，外连辞章，构成一个和谐圆融的整体。而大思想家卢梭说过，“把善付诸行动，就能达到一种美。”方永刚在教学岗位上身体力行所体现的“美”，其实就是卢梭这句话所指向的那种“美”。

同样作为教师和教育工作者，我们是否也应该行动起来，去追求方永刚那样的“真善美”呢？

（肇庆学院）

教授的结论太匆匆

巫小黎

“大学新生入学不久，就已经习惯紧握课件拥抱教材了，他们的大学教育，一开始就完蛋了。”中山大学程美宝教授在《大学教育是怎样完蛋的》一文中，心痛地写下这段话（《南方周末》11月6日E30版）。作者陈辞恳切、言之谆谆，为“我的教学是失败了”而懊恼不已、忧心伤神，使人备受感动。一个人文学者强烈的良知意识和社会责任感，溢于言表，又让人欷歔不已，感慨多多。其爱徒也深，故而责之也严，校园内外真正关心教育，爱护青年的各界人士读后，大多感同身受，深以为然，不免替那些刚刚踏入大学校门的莘莘学子，摇头叹惋，“怒其不争”。

其诚可感，然其意未必佳。笔者便很不以程教授的意见为然。初进大学校门的新生，刚刚从“地毯式”的模拟考试中，腾出身来，埋在深不可测、茫茫题海里的头，也才浮出水面。懵懂的心灵，哪里知道“紧握课件拥抱教材”离真正的读书，或曰大学生的研究性学习有多么遥远啊。那些孩子们，从小就在这么一种氛围中接受“严格”而“有效”的训练：熟读、熟记各种习题、参考书上的所谓“标准答案”，并以记得快、记得牢为快事、能事，此其一；娴熟地按教学指导书、参考书上预先设计好的套路，使出全部本领，目的却只有一个，即是在各种场合，熟练地作出让老师满意的回答，此其二。若说在做完作业答完题后，僭越教科书和授课老师，轻轻地在心里叩问一句，这些答案是否十全十美、无懈可击？那些结论果真就代表了真理吗？这样的事情，一般而言，大多数学生是做梦也没有想过。换言之，我们今天的学生，绝大部分从来就不怀疑老师和教科书的真理性与权威性——不能，也不敢。质疑、问难、思辨，“在无疑处找问题”，“于无字处读书”等智力操练，本来就是教育过程中不可或缺的高层次的思维集训。而今，这些环节，在中学教育中几乎完全缺失。一所所小学、中学似乎就是一条条“背书机”的流水生产线，一批又一批的“考试机器”，就这样年复一年地被送出中小学的校门，而且，型号、规格几乎都有一定的指标！然后，经由高考这根“传送带”，又被输送到各高等院校。

如果说，把这样教育、锻造出来的学生说成“机器”，有“非人化”之嫌，怕被误解，责我构陷、诬蔑，诉诸法律，对簿公堂，着实不好玩。于是，我更愿意称之为“文字搬运工”——“搬运”听课笔记、教科书上之文字、答案于考卷上的意思也。

小学、中学，十多年“文字搬运工”的生涯，让孩子们早已习惯了这种简单、机械、单调的劳作（学习），若指望他们一踏进大学校门，就能耸身一摇，甩开束手束脚的所谓“标准答案”，奉若神明的测练题之类，而独立钻研、自主学习，真仿佛抓住自己的头发，想飞离地面一样不切实际。我甚至想，那些“紧握课件”，随身携带硬盘、U盘的少数同学，或许，恰恰就是那个群体中学习最热情，最勤奋上进的“好学生”呢。他们深以老师所说的为是，故恨不得“克隆”了知名学者深邃绵密的思想，“拷贝”了大学教授精辟高深的论断，进而制成“珍藏版”，原封不动地储存在自己的大脑里，随时准备点击，以供利用。

物理学告诉我们，物体的运动产生惯性。思维的活动也不例外。中学生进入大学后，仍将在一段时期里，继续沿着原有的思维惯性，朝着同一方向运动，是十分正常的事情。但惯性将在外力作用下，逐步消失。因此，在大学里，比识记能力，争背诵速度，诸如此类的低层次学习，再不受鼓励，甚至遭到否定的时候，那种满足于默记“标准答案”，眼巴巴指望“全息拷贝”老师讲义的做法，最终就会被唾弃，以致变为低能的代名词，沦为学生的笑谈。加之新的外力即教授们正确而有效的引导的作用，求学者在充任“文字搬运工”时代积聚下来的思维惯性，就会逐渐被抵消，并在新的外力作用下，有效地改变其运动的方向。真正意义上的研究性、创造性的学习才能由此顺利进行。

学习，本来就可以简单地区分为传承性、研究性、独创性几个不同阶段，虽然这是一个由浅入深、从低到高、循序渐进的过程，但不能全然分隔，一般都有交叉和重叠。“识记”当属知识传承性学习的低级阶段，但又是绝对不可或缺的环节，没有知识传承，何来知识生产与知识创新？尤其是对于小学、中学和大学低年级新生说来，居于主要位置的大概还是传承性学习吧。研究性、创造性学习虽然十分重要，而且也理当成为基础教育应有的题中之意。但是，恐怕要到大学高年级和研究生阶段才成为一种可能，被真正落到实处。说到底，其实就是不同教育阶段，学习的重点各有侧重而已。即使到了研究性、独创性的高级阶段，传承性学习的作用和意义也同样不能抹杀。

所以，我说，程美宝教授的结论下得过于仓促、匆忙。在大学生们一仍其旧地沿着原有思维惯性前行之日，恰恰就是大学教师最应该发挥引领作用之时，只要再多一点耐心，再加一分努力，或许就能见出成效。故而，因之而起的“失败感”也纯属多余。当然，如果说的不是大学新生，譬如就硕、博士研究生而言，或者，针对那些只会在网上下载材料，却没有“论点和观点”的大学老师，那就另当别论了。

（佛山科学技术学院）

有些爱请安静地给

林钰莹

"'敬礼娃娃'朗铮近日出现心理障碍，不断回忆起地震的情景。"在劫后余生之际，三岁男孩的一个敬礼打动了万千中国人，被亲切称为"敬礼娃娃"，受到温总理的亲切看望。然而，由于受到过多的关注，近日小朗铮出现心理障碍。这是否也在提醒着我们：有些爱，需要给得安静。

从第一次敬礼被媒体捕捉，到温总理的看望，到转院，再到热心市民络绎不绝地探望，及各路记者不停跟踪采访。太多太多的关注影响了朗铮的正常恢复、正常生活。要知道，他只是一个三岁的孩子啊。

是的，我们都爱这个孩子。他那出于纯朴的感恩之心做出的举动打动了我们，让我们看到灾难后的希望，看到灾区孩子的坚强。然而，过多的探望，会影响他的正常恢复；太多的采访，只能让他不断忆起那些灾难的片段。这对于他身心的恢复，是百害而无一利的。灾难面前，我们的心灵需要安慰，但这个重担，难道要由一个三岁孩子来承担？据说九成网友希望由"敬礼娃娃"点燃奥运圣火，"让朗铮坐在姚明肩头亲手点燃圣火以表示'汶川不会塌下，她被祖国和人民稳稳托起'"。这无疑是过大的期望，一个 三岁的孩子，他能明白这份期望的重量吗？

也许，安静对于朗铮，对于所有劫后余生但身心受创的灾区儿童来说，才是最重要的。我们爱他们，就要给他们一个安静的环境。有些伤口，需要时间的安抚才能逐渐结痂。一些人出于好意不停地说"你们要勇敢"、"你们应该坚强起来"，殊不知，对于刚从灾难中走出来的孩子们来说，诸如此类的话有时只是一种折磨。

有些爱，需要我们安静地给。把爱心隆重地展示在众人面前，似乎是中国人的一个传统。从"敬礼娃娃"的事情，我想到了一些平日里经常见到的画面：在某大型晚会上，安排某希望小学的孩子们上台感谢某基金会或某公司的爱心捐助；某励志人物颁奖仪式上，让某贫寒学子讲述自己的不幸际遇，以及如何受到帮助，如何自强不息，准备如何回报社会……这样声势浩大的活动，是否在不经意间给了受助人一些困扰，甚至是压力呢？即使心怀感激之情，也并非所有人，都愿意把自己的伤痕暴露在大众面前。而资助方、媒体、观众们一再热衷于这样的活动，是否在爱的名义下，也在享受献爱心带来的某种优越感呢？

不能否定这类活动带给我们的感动与鼓励，但我想说的是，温情的背后，我们可能给某些人带来消极的影响。而这恰恰违背了爱的出发点。用轰轰烈烈去证明爱，不如安安静静去给予爱。

从网上看到“敬礼娃娃”以及其他在灾难中受到关注的孩子将一起出席某晚会，讲述灾难中的真情故事，以“给予我们激励和榜样的作用”。希望主办方能够人性一点，不要为了博取感人的泪水而为难这些孩子。希望我们所习惯的给予爱的方式能有所改变，不管是对这些孩子，还是对其他接受了帮助的人们。

有些爱，请安静地给！

（华南农业大学）

“震”动人心

吴　轩

汶川大地震已经过去整一个月了，至今，仍有许多人还生活在震后的断壁残垣和悲痛回忆中，仍有许多人还忙碌在劳累而危险的救援第一线，仍有许多人在为灾后援助及重建东奔西跑、四方呼吁，在此，谨向这些遭受苦难的人们、向这些无私奉献的人们致以最深切的问候，祝你们坚强，平安。

一个月前的今天，巨大的自然力量顷刻间“重组”了汶川大地，也“重组”了许多同胞的生活、命运。“震”动人心——巨大的地震灾难牵动了每一个中国人的心，通过新闻媒体的报道，我们同四川灾民感同身受，捐款捐物、做志愿者，希望能帮助受难的同胞尽早渡过难关。善良、真诚、舍己为人，人性的高贵在这一个月里也爆发出巨大的能量，同样的震动人心。我们医院赴川救灾的医疗队名单出来后，我赫然看到我的老师和她先生的名字，当时我第一个反应就是，那他们家的孩子怎么办？最感动的是捡垃圾的老人把自己的一百多块钱捐出来时的那个场面，原来，受人尊敬的，不一定非要是功成名就的人。

没有人愿意在这个时候表现落后，都纷纷伸出援手。当然，对于许多人而言，捐款是最直接的方式，然而，正是捐款，却惹出了许多风波。不捐款，自然不会触犯法律；捐多少，当然是个人自愿。如果从这个角度出发，万科总裁王石捐一块钱没有错，就算他不捐，也不会犯法，他依然可以继续进行他喜欢的登山活动，继续做他的总裁。是否捐款、捐多捐少虽然与法律责任无法扯上联系，更不可能因此承担政治责任，但它却体现了道德责任。

在现实生活中，我们都有这样的道德直觉：如果你邻居家失火了，而你作为一个身体健康、四肢健全的人却袖手旁观，那你一定会被人谴责为不道德；如果你在路上看到一个老人家摔倒却视而不见，只要你不是道德白痴，那你一定会有道德愧疚。这就是说，在一个社会中，对于那些陷入困难的弱者，只要力所能及，我们都有救助他们的道德义务。美国哲学家罗尔斯便将这种道德义务称之为“自然义务”。他认为这是一种普遍的约束，无须以自愿作为前提。在汶川地震这样巨大的灾难面前，力所能及地帮助灾难中的同胞，这是对社会成员的道德责任。至于那位捐出一百多块的老人，就不止是一种责任，而是一种让人肃然起敬的美德。我们不能要求每个人都有美德，但却必须要求每个人都要负起道德义务。

在尽这样的道德义务的时候，其实还有不同。我有一位研究生师兄，有一次在谈及研究生协助科室做大量工作，每个月却只有几百块补贴的事情时，他说：“作为研究生，我已经是社会里的受益者了，多付出一点又算得了什么呢？”其实许多人没有意识到这一点，每一个生活在社会中的人，都会或多或少地受益于社会成员的合作和运作，这正是我们必须负起道德义务的原因。那么，越是受益于这种合作和运作的人——即既得利益者（通俗地讲是富人、强者等），所必须承担的道德义务就越大。例如在一个家庭中，强者总是承担更多的家庭责任；例如在一个村、一个乡，传统的乡绅，在修路、筑桥、维护秩序方面，负有的道德义务更大。很明显，如果一个孩子捐一块钱，那没有人会谴责他，而一个总裁捐一块钱所负起的道德义务是与其所既得的利益不相符的，并非某些为其辩护的人所称的“道德绑架”。即便退一步从尽量善意的角度来想，或许他是不想公司的员工因为捐款而背上负担，但这首先不合常理，捐上那么二十块、五十块，并不会对一个大公司的职工普遍造成负担，这纯属力所能及，至少总不会有人举债捐款吧。其次，不管出发点如何，作为一个坐拥大量财富，拥有一定社会地位和社会影响的人，未加考虑后果便做出如此举措，这种鲁莽本身就是一种错误。

如果说范美忠的行为只是出于人性的本能，沈阳女的言论也只是小孩子贪玩的任性，那么真正值得我们担心的，并不是自然对我们有多么不公，而是我们社会中的许多人，特别是一些拥有财富和地位的人，完全没有意识到自己负有什么样的道德义务。

然而出现这些声音总算给我带来多少真实感，毕竟人性有高尚低劣，有无私贪婪，若全部是众志成城、齐心协力的铁板一块，那反而让我不大相信。反对的声音、不同意见的声音能出现，即便不对，也显示出社会的进步。容纳并反思这些声音，正是走向公民社会的起步。

灾后一月，我们有些人态度冷漠，有些人却矫枉过正，但所幸，这些都是少数的。“震”动人心的，是灾民的生命安全，是他们的巨大损失；“震”动人心的，除了同情，除了怜悯，更希望还有反思。

（广州中医药大学）

功利大潮淹没学术大师

宾锐光

近日，笔者读到一本岳南著的新书《陈寅恪与傅斯年》，感触颇深。被誉为“三百年来仅此一人”的“教授的教授”——国学大师陈寅恪，年轻时留学海外十几年，但始终没有拿过一个博士学位甚至一个学士学位。时人不解何故，陈寅恪回答说：“考博士并不难，但两三年内被一专题束缚住，就没有时间学其他知识了。只要能学到知识，有无学位并不重要。”那年代，有没有学位对于一个人的就业特别是进入大学教书，虽然远不像今天那样重要，但绝不是一点也不被看重。就因没有学位，陈寅恪起初就被时任清华大学校长的曹云祥拒之门外，如果不是梁启超鼎力举荐，拍案力争，清华国学院可能就会因陈寅恪的缺席，成就不了“四大导师”。

岳南提出一个问题，中国在陈寅恪和傅斯年两位“大师之后再无大师”，这提法未知妥否？但不争的事实是，中国大学在培养优秀学术人才方面今不如昔，大师级人物在二十世纪初至四十年代人才济济，新中国成立后反而寥寥无几。为何会造成如此局面？就学术氛围而言，与二十世纪初至四十年代相比，今天大学校园增加的是功利浮躁，缺少的是纯朴宁静，更缺陈寅恪那种为求学问不图功利的特立独行的心境和性格。学术大师是被功利大潮淹没了。

今天，难以想象会有只求学问不求文凭的大学生或研究生。许多大学生从入学前选专业到在校几年的每一学习生活环节都几乎围绕就业展开，只重视与就业直接相关的专业课程和实用性的课程，热衷考研、考托福和各种考证考级；热衷娱乐性、技能性的校园活动，少人问津学术性、公益性的活动。不少学生甚至为在综合测评中加分或在社团谋一官半职而参加社团活动。大学生的功利源于学校的功利和教师的功利。今天，中国大学普遍热衷搞“形象工程”、“政绩工程”，把楼房建得高大雄伟、气派豪华，一幢大楼动辄逾千万，甚至有大学为建一个校门花掉几千万。以高薪从校外聘请教授、博士甚至名人火速搭建队伍，火速申报硕士点、博士点。教师也在“假、大、空”的游戏规则中求生存发展，少有真正为学问而做学问的，更多是为晋升职称而仓促拼凑论文。

学术大师的成长需要一个包容的环境，不仅能包容各种学术思想，还能包容各种人物性格和价值观念。但现今大学的价值观早已被功利化、单一化和同一化。没有博士学位进不了大学，没有在核心期刊发表一定数量的论文不能晋升教授，一位教师活到四五十岁还成不了教授、硕导或博导，在学校就没地位，就会被人瞧不起。若按今天的标准，清华园“四大导师”中，梁启超、王国维和陈寅恪三位都会因为没学位进不了清华园门槛。鲁迅、沈从文虽有著作等身，最多也只能成为高产的“自由撰稿人”，有何资格受聘为大学教授？陈汉章、辜鸿铭如此古怪也难以立足北大教坛。

（广东外语外贸大学）

从一个伐木工的忏悔说起

——植树节“马后炮”

伍安东

1998年的夏天，当滔天洪水在长江中下游肆虐，军民在打一场壮烈的家园保卫战的时候，“全国五一劳动模范”奖章获得者——四川优秀伐木工人唐松重病在身，躺在森工医院里。他心里很沉痛，不是为自己的病，而是因为“这次长江洪水和我有关，我砍伐的树太多了”。

“我砍伐的树太多了！”抗洪战斗中感人的事迹太多太多，没有多少人听到这个微弱的声音，没有谁注意到这个伐木工的忏悔，而我却觉得他这一声忏悔应该成为感动中国的一个亮点。他没有肤浅地沉浸在“全国劳模”的光荣感之中，更没有立下“再接再厉立新功，多砍树木搞建设”之类的雄心壮志，而是为自己的行为感到深深的忏悔，哪怕这个行为曾经给他带来了“全国劳模”的荣耀。

感谢这场洪水，它让我们开始意识到，树木的价值并不仅仅在于为我们的社会主义建设提供木料，保持水土、制造氧气才是它们对人类、对地球的主要贡献。经过这场洪水歼灭战，长江上游地区纷纷开始采取退耕还林的举措，将本来就属于树的生存空间还给了像人类一样具有生命的群体。

当然，树的价值还不限于此。比如，看看我们的校园，要是没有这么多松树带来浓浓的绿意，那还叫松山职院吗？古人也很注重居住环境里是否有林木，你看宋元山水画，哪一幅不是林木苍翠的园地？苏东坡说：“宁可食无肉，不可居无竹。”不吃肉有点极端，除非信佛，换成“不可食无肉，更不可居无竹”或许更合适。种树不只是为人，也是为动物们做善事。清代文人李渔喜欢听鸟的歌声，为了获得这个满足，他种起树来，从此，鸟儿在窗外的清啼婉转就不曾间断。

在境外，树木早就成为保护对象，有些国家甚至把植树当作是一件十分荣耀的事情，还会颁发证书，验收成活率。像巴黎、东京这类世界级大都市，无不呈现一片绿树成荫、花香鸟语的自然景象，堪称“绿色之城”。在纽约，如果要建房子的地方有大树，怎么办？我们熟悉的方法是一砍了之，而他们是动用大批人力物力连根带土帮整棵树“搬家”。类似的例子也出现在中国：因为修路，韶钢集团出动大型吊车将一棵“挡道”的大树搬迁到了曲江公园。可惜这样的例子在中国太少了。

说到植树，我们早已经有了一个植树节：三月十二日。这说明树的地位有所提高，“树权”有所保障。但是，如果我们只是轰轰烈烈地在电视台摄像机咔咔的运转声中跑上山，挖个坑，把树苗放进去，然后一走了之，树是死是活就不管了，这又有什么意义？对树的护理跟不上，就会出现这样的情形：年年种树不见林。而这也有个“好处”，就是每年都有很大的植树空间，都可以比去年“超额完成任务”。不过，这样的“好处”还是越少越好啊。如果神州大地处处大树参天，植树节期间没有多少地方可以挖坑栽树，这绝对是好事！

我们期待无处可植树的这一天早日到来——毕竟，我们正处于建设和谐社会的历史时期，而人与自然的和谐同样不可忽略。我们可以断言，没有天人和谐就谈不上社会和谐，同时，天人和谐也是对中国先贤思想的回归：“天地与我并生，万物与我合一。”

（广东松山职业技术学院）

不可忽视的生命教育

陈育柱　程磊玲

11 月 14 日，上海商学院徐汇校区一学生宿舍楼因发生火灾，4 名女生被迫从 6 楼宿舍阳台跳下逃生，当场死亡，酿成近年来最为惨烈的校园事故。事故原因判断为寝室里使用“热得快”引发电器故障并将周围可燃物引燃所致。

大火烧起来了，青春年华的美丽女生殒命了，许许多多的问题也涌现了：安全自救教育，学校管理疏漏，健全消防措施等等。其中有个问题难以忽视，那就是生命教育问题。顾名思义，生命教育就是关于生命的教育。生命教育有广义与狭义两种：广义的生命教育是一种全人的教育，它不仅包括对生命的关注，而且包括对生存能力的培养和生命价值的提升。狭义的生命教育指的是对生命本身的关注，包括个人与他人的生命，进而扩展到一切自然生命。试想上海商学院殒命的四名花季少女如果接受过生命教育，生存能力得到提升，懂得如何正确使用电器，遇到火灾时如何自救，那么结局肯定不会如此残酷。

突发事件一旦降临，最要紧的是能够保护自身的安全。如果火灾发生时连灭火器的种类都分不清，灭火器都不会使用，我们如何能自救？生命教育能够唤醒生活在安逸当中的大学生对突发事件的忧患意识，从而树立安全意识，学会求生技巧，提高我们实际应对突发事件的能力，如教会我们如何在危急情况下（如火灾、遭窃）自救或者他救。今年 5 月 26 日下午，暨南大学两名女生赶往上课途中，在北门附近树下不幸遭雷击，幸得同学现场及时为她们做人工呼吸、心脏按压，终于脱离生命危险。如果现场的同学不懂急救，想必遭雷击的女生可能会因此失去美丽的生命。

在这个灾难频发的现代社会，大学生自杀已经不是新闻，隔三差五就可以听到某某大学又有人跳楼自杀。无可否认，现今社会竞争无比激烈，许多大学生身上背负着来自自身、父母、学校和社会的种种重担，但这并不能成为我们放弃生命的理由。不知他们是否曾听过身体发肤，受之父母，即使不为自己着想，也总得想想为你头发发白、皱纹爬满双脸的老爸老妈吧。这时，生命教育可让我们从源头中认识生命的珍贵，生命的美丽与意义。“天生我才必有用”，每一个生命在地球上都是独一无二的，我们每个人的出现都是一个奇迹，生命的成长伴随的一切都是如此难忘与美丽。当你认识到这些，怎么会轻生？

生命教育还可以让我们学会互相关爱。不知何时，我们变得冷漠，变得不会宽容，昔日美好纯洁的关爱已成稀世珍品。生命教育可以让我们懂得生命只有在相互关爱中才有可能存在，也只有在爱他人中，自己的生命才能获得真正的提升。

生命教育的内涵极为广泛，意义也重大，但随着社会竞争的加剧，许多高校越来越偏重知识的传授，忽视了生命教育，或者执行得不严，流于形式，没有取得良好的效果。另外相当多学生对其也不重视，如19日下午在新西楼举行的消防教育，参加者寥寥无几。

我们希望上海商学院的悲剧能为我们敲响警钟，高校能够借此机会重视生命教育，开展丰富多彩的活动，并将其制度化，定期举行。同时我们也呼吁各位同学能积极参与其中，因为这关乎每个人的生命，忽视不得。

我们希望上海商学院的悲剧不再重演，我们希望大学生不再轻易自杀，我们希望大家能彼此关怀。

我们希望当夜深人静时，与生命进行一次穿越灵魂的对话，倾听来自生命的声音。

（广东商学院）

拯救本土文化——岭南文化

汤焕坤

端午节又即将到来，令我想起孩提时的一首儿歌：“氹氹转，菊花园。炒米饼，糯米团。五月初五係龙舟节呀，阿妈叫我去睇龙船。我唔睇，我要睇鸡仔……”

你们或许喜欢在北京路逛街，而我却喜欢从骑楼、千年古道中了解和认识广州的历史和文化；你们或许喜欢在上下九路购物，而我却喜欢去西关回味“老广州”那份情怀和“东山少爷”、“西关小姐”的生活习俗；你们或许喜欢走在宽阔的道路上，而我却喜欢走在麻石小巷，去体味广州的市井文化；你们或许喜欢徘徊在天河城、正佳广场，而我却喜欢去滨江路、长堤路、二沙岛，吹吹江风，欣赏着母亲河的美丽，虽然风中略带鱼腥味，但充满着海洋的气息……

走进南越王博物馆，它勾起了我对广州两千二百多年历史的追溯；看到海珠石、海印石、浮丘石，浮现在我眼前的是广州的沧海桑田；走在十三行路，使我联想到广州对外贸易的繁华昌盛，十三行的车水马龙……但这眼前的一切都已归尘土，广州也正在悄然改变，变得让我感到陌生，我再也吃不到真正的“粤菜”了，“艇仔粥”也已经不再真正意义上的“艇仔粥”了。走在大街上，你可以发觉旁边的人已经不再是说粤语了，取而代之的是普通话。几年前的粤语培训班还红红火火，现在已风光不再，取而代之的是普通话培训班；粤菜馆不断萎缩，取而代之的是桂林米粉、沙县小吃、湘菜馆。这一切的改变如此深入民心，深得让人觉得有点担忧。

我想了解广州市井文化的点点滴滴，找回对广州的感觉，找回自己的定位，找回自己的归属感……

现在，我们又有谁能读准和写准“谂、畀、咁、冧、餸、嚟、嗱、嗌、嘓、踭、嘅、脷、偈、啖、孭、乸、冚、氹、孻、奀、呃、拎……”这些字呢？聊QQ时会使用这些字吗？我们对广东、广州的历史又了解多少呢？我们对广东特有的岭南文化又了解多少呢？你什么时候用粤语读过唐诗？有多少人知道广州的英文名是Canton，而不是Guangzhou呢？又有多少人知道粤语的英文名叫Cantonese呢？拥有两千多年历史的世界古都城Canton和用普通话译音的Guangzhou，在你心目中，哪个才算是正统呢？我就会义无反顾地选择有历史底蕴的Canton。

三十年后，广州又会是一个什么样的景象呢？北京路、上下九路的骑楼会被摩登的高楼大厦所取代吗？西关大屋还能剩下多少呢？我们去饮早茶时吃虾饺、萝卜糕、马蹄糕、艇仔粥呢，还是吃桂林米粉、沙县小吃、湘菜呢？看珠江台630新闻时，主持人说的是粤语还是普通话呢？粤剧还是用粤语唱吗？潮剧还是用潮汕话唱吗？还会有沙湾飘色吗？还有人会唱“月光光，照地塘”、“氹氹转”

这些儿歌吗?

广州在悄然改变，变得令我感到有点窒息、有点害怕……

在广东建设文化大省的号召下，广东如何建设文化大省呢?在推广普通话的强势下，请别丢掉广东话。我们知道我们有责任推广普通话，但是我们更有保护好我们所特有的岭南文化、广东话的责任和义务；我们需要普通话的中原文化，但我们更需要南国正统的岭南文化。时代改变了，许多岭南文化的元素，却已经慢慢失去影响、褪色。

岭南文化，几千年来，是我们生存的环境，它一直伴随着我们成长壮大，我们不希望它消失在我们的手中。我们不希望一百年后，我们的子孙用考古来探讨岭南文化。别忘了，这是我们自己的文化，如果我们都不珍惜，那么，不要指望别人来体谅你、保护你！广东人习惯了默默无闻地做事，不喜欢冒进出头，可是，这样真的利于经济、文化和政治的发展吗?保护和发展自己的生存环境，并不仅指生态、环保、资源，人文和精神的永存才是真正的不可磨灭。

在香港的教育里，至今政府仍在宣传：“母语教学，事半功倍!”什么是母语?当然是广东话！那么，广东人的母语是什么?

共栖南海之滨，同说广东话，共饮南国水。让我们保护好并传承好以广府文化、客家文化、潮汕文化为代表的岭南文化。

南粤子弟，我们有共同的责任，让岭南文化的香火得以延续……

（广东机电职业技术学院）

德乃师之魂　师德就是爱

吴长青

孔子说：大学之道在明明德，在新民，在止于至善。“善之本在教，教之本在师”。从春秋时期的孔子到明清之际的顾炎武，再到近代历史上以启蒙为己任的陈独秀、鲁迅、陶行知等为代表，不仅学为人师，而且还有“兼善天下”的社会责任感，极大地推动了中国社会的进步与发展。这些先圣先贤让我们感到作为教师的崇高和伟大！

德乃师之魂！无德不可以为师！师德不仅体现在对优秀生的教育培养上，还特别体现在对后进生的教育转化上。

一般说来，后进生常把自己的生活搅成一团乱麻，在同学面前常感愧不如人，甚至常受同学的冷落使自己倍感孤独，在心理上产生自卑感和厌学感，对班集体或学校的事漠然处之。我们万不可嫌弃他们，疏远他们，而是要对他们多尊重——尊重他们的自尊心理，去掉他们的自卑感；多关心——关心他们的学习状况，树立他们的自信心；多帮助——帮助他们解决生活困难，培养他们的坚强意志；多鼓励——鼓励他们发挥自己的长处，相信“天生我才必有用”；多观察——密切注意他们的微小变化，抓住他们的每一个闪光点给予充分的肯定和恰当的鼓励；让他们精神振作起来，认真学习，规律生活，融入集体；使他们走出阴影，走向光明！

要以爱的情感去教育后进生，产生后进生转化上的“罗森塔尔效应”。“罗森塔尔效应”就是爱的效应。

师德的重要体现就是爱，没有爱就没有教育，教育的艺术就是爱的艺术。学生需要阳光雨露，这些阳光雨露就是一个字——爱！要用爱的雨露滋润学生的心田，用爱架起通往学生心灵的桥梁，用爱照亮学生成长的道路。

胡锦涛总书记在我国第23个教师节前夕接见全国优秀教师代表时的讲话中，希望广大教师：爱岗敬业、关爱学生，刻苦钻研、严谨笃学，勇于创新、奋发进取，淡泊名利、志存高远。

温家宝总理说，教育事业是人类最崇高的事业，教师是太阳下最光辉的职业。教师不仅可以影响一个学校的孩子，还可以影响整个社会。学校代表着国家的未来，老师要具有爱心和知识。在学校中有两件事情永远需要，永远不会完结，一是爱，二是知识。爱什么？热爱科学，热爱教学，热爱学生。什么是知识？知识就是力量，知识就是安全，知识就是幸福，知识可以改变人生，也可改变世界。

要用领袖们的这些话激发自己当好人民教师的热情，鞭策自己不断前进。

我们要自尊自励，用人格魅力、教学能力和职业道德来教好每一个学生，去赢得学生和社会的尊重。

古人有言：“太上有立德，其次有立功，再次有立言。”立德是讲做人，立功是讲做事，立言是讲做学问。教师更是如此。

立德是教育之魂，是教师之天职。教育的主体永远是人，是活生生的“这一个”，是活泼泼的“这一群”。素质教育的核心是德育，只有成人了，才谈得上成才。面对缤纷的个性，教师应该以人格陶冶人格、以关爱激发关爱、以责任带动责任。陶行知先生说“千教万教教人求真，千学万学学做真人”，这就是立德。

立功是教育之驱，是教师之本质。教育必须靠教学支撑，育人还要靠教书承载，有效教学要通过教师有效的劳动跃迁为“优效教学”。我们首先要做一个有“功底”的教师，做一个有“功底”的教师就必须多读书，读好学科专业类书籍增强实力，读好教育艺术类书籍增加潜力，读好文化修养类书籍增添魅力。其次要教得精彩，教出业绩。

立言是教育之脉，是教师之潜职。立言是要让教师激活教研因子，培养探究精神。教学就要研究，教师与生俱来就应该是一个教育的开发者、反思者、建设者，是文化之脉的传承者和开拓者，是一个既能“传言”又能“立言”的思想者。带着理念进课堂，教学才有风格；基于研究搞教育，教育才有品质。

教师的职业是光辉的！我们是园丁，耕耘学子心灵的处女地，祈望着年年丰收；我们是红烛，燃烧自己，照亮别人，淌下欢欣的烛泪；我们是春蚕，不断吐出宝贵的生命之丝，让学子们能从茧中抽出无尽的智慧之丝去织造如锦的明天；我们是撑渡者，把一批批学子从蒙昧的此岸渡到光明的彼岸；我们是泥土，以水分和营养向学子们作无私的奉献；我们是石级，心甘情愿地托着学子们登上风光无限的山峰；我们是人类灵魂的工程师，夜以继日、寒来暑往，从事塑造一代新人灵魂的空前伟大的工程。

教师的荣誉是崇高的！“国将兴，必贵师而重傅；国将衰，必贱师而轻傅”。党的十七大制定了优先发展教育的国策，重教必尊师，尊师必然要求为人师者修身垂范，修身垂范就是建立高尚的师德。我们赶上了好时代，一定要努力搞好师德建设，芳兰竞体；教之以事而喻诸德，熏染万千学子。若如是，“桃李不言，下自成蹊”将指日可待！

“崇教厚德，为人师表”应该成为我们终身的追求！

（私立华联学院）

百年兴儒，今朝实现

曹　帆

追随热点就能变成焦点，成为焦点就能挖掘卖点，找准卖点就能换取钱权。炒作、跟风等手段已不仅是娱乐界大亨们的专长，我们无奈地看到在文化界，这种风气也在慢慢滋长。如今“国学热”越炒越热，越来越多的人出于各种目的加入到研读、讨论古学著作的队伍中来，有人高喊“百年兴儒”迎来了春天。然而，这种热潮的背后潜伏着种种隐忧，使国学热向着浮躁的趋势发展，令人忧虑，引人思考。

一档央视节目《百家讲坛》、一部《〈论语〉心得》捧红了于丹，也直接推动了“国学热”的升温。于是，很多往日闭门潜心研读《论语》的学者、专家们都借机站了出来，评论于丹，评论她的书、她的行为。尽管褒贬不一，但她确实出名了，从文学界到街头巷尾的热议和她的书的高销量都足以证明她的“成功”。追随热点就容易成为焦点，很多文化人也熟谙这个规则。于是，诸多学者关于《论语》的精辟论断也相继抛出，北大教授李零“孔子是条丧家犬”的结论就着实令人惊叹。胡适曾经说过“历史是个任人打扮的小姑娘”，它没有对错的标准，因为我们生活在当今，只能追溯和研究过往，却无法令时间倒流，向古人寻个究竟。可怜的“小姑娘”就只能任人涂脂抹粉，无论美丑都得欣然接受。

暂且不谈专家学者的各种精辟观点是否得到广泛认同，但其毕竟是经过大量研读各种原作和释读版本后得出的个人结论和看法，最近一条热门新闻“首都保安走上北大讲堂讲《论语》”则着实令人哭笑不得。今年 32 岁、高考落榜后四处打工的保安谭景伟经常自嘲人生像一杯白开水没有味道，自从 2002 年在艰难的环境里开始阅读《论语》，才度过了那些困苦的日子。他说他最大的梦想就是登上北大的讲台，向大家介绍自己多年来研读《论语》的心得，而在此之前，他就已编著了约 20 万字的《〈论语〉布衣解》。初闻此新闻，相信大家与我的感受大致相同，就是感动于他追求单纯梦想的勇气和对《论语》的执著钟爱。相信也正是由于这一点，他的讲座吸引了大批学生、媒体和闻讯而来的文学爱好者，使可容纳不足一百人的教室被挤得满满的。然而随后，讲座的内容和谭景伟的一系列做法都引来了无数的质疑和鞭笞。据了解，讲座刚开始不足半小时，就已经有人陆续退场，不少人听后感觉很失望，认为讲的都是些大道理，太空洞，他拿“草根”和“布衣”作卖点，“只不过是一个炒作的噱头”。说炒作，谭景伟可能会觉得有些委屈，我相信他的初衷并非如此。但“金钱”或许比较容易动摇他的意志，如果他的梦想只是走上北大讲台，那么当他圆梦了之后，是否应该回到他的岗位，继续兢兢业业地做好本分工作，闲来研读《论语》呢？然而他在讲座后的第四天就向所在单位递交了辞职书，然后奔波于各个城市参加各种访谈节目，接受媒体的采访，并积极联系出版社出版《〈论语〉布衣解》。这一系列行为都违背了他当初的话，令此举变成了完全意义上的跟风炒作行为。

一些对“国学热”持乐观积极态度的人认为，无论地位、职业、收入有何不同，也无论学识、修养和智商有何差异，只要从《论语》中有所领悟并借助这本书改善自己的精神世界乃至物质生活，树立更为积极的人生态度，那么，这个人就在读《论语》的过程中得到了深层次的提升。教授也好，草根也罢，殊途同归。然而如今，真读、真研究者寥寥，而吆喝者、炒作者居多。正是这样浮躁心态的蔓延，使得读者不愿意研读《论语》原著，那毕竟是费时费精力的事情，转而选择直接阅读各种释读版本。这样就使得一些知识点不准确和带有主观色彩的内容误导了包括青少年在内的广大读者，这种影响将非常严重。说它“热”是因为在之前的几十年它太“冷”了，温度从低到高，各种问题也会出来。“国学热”固然是件好事，但我们要做的是冷静面对这种热潮，以此为契机，取其精华，去其糟粕，真正地把国学经典发扬光大。百年兴儒，不能急于一朝实现。

（深圳大学）

文章千古事

洪林涛

当年季羡林负笈德国哥廷根大学时，在瓦尔德施米特教授门下做《〈大事〉伽陀中限定动词的变化》的博士论文。他花了一年多的时间认认真真查资料、做卡片，写成了一篇自我感觉良好的绪论。然而瓦尔德施米特教授看完之后却把整篇绪论都圈掉，说："你的文章费劲很大，引书不少。但是都是别人的意见，根本没有你自己的创见。看上去面面俱到，实际上毫无价值。你重复别人的话，又不完整准确。如果有人对你的文章进行挑剔，从任何地方都能对你加以抨击，而且我相信你根本无力还手……"

据季羡林后来回忆说，他从那以后打定了"没有创见，不要写文章"的主意。不过，瓦尔德施米特教授这番话给我印象最深的地方，倒还不是他对于创新意识的强调，而是他那种随时准备应付别人挑剔、抨击的敏感。在他看来，写论文、做研究不只是他一个人的事情，他还得准备随时回应一个潜在的"万能"的读者。这个读者他可能认识或者不认识，可能是他的同行或者只是某个业余人士，可能生活在当下也可能生活在未来。这个无时无处不在的读者正如随时可能掉落的达摩克利斯之剑，督促他不得不小心翼翼地审视自己写下的每一个论题、每一行字。

在第一流学者中，如此严于律己的，又何止瓦尔德施米特教授一人呢？顾炎武撰《日知录》，每年惨淡经营才得数条或十数条，可谓慎重备至矣，但他还对自己的学生说，"与君辈相处之日短，与后世人相处之日长"，"立千秋以上之人于前，而与之对谈；立千载以下之人于旁，而防其纠擿"。这就不是与人争一时之是非长短的问题了，对顾炎武来说，学问之道是融入历史的方式与见证，是安身立命的根本。《左传·襄公二十四年》记穆叔之言曰："太上有立德，其次有立功，其次有立言，虽久不废，此之谓不朽。"而治学正是一种立言以图不朽的方式。在讲求"慎终追远"的古代中国，青史的褒贬、后人的评说才是衡量个体生命不朽与否的真正尺度，比起时人的驳难来显然更为严厉、可畏。杜甫诗云："文章千古事，得失寸心知。"可谓道尽其中甘苦。设身处地从千载之下"对手"的角度着眼，对自我做严肃的反思，对顾炎武之流的传统士大夫而言其实是一种自然而然的学术旨趣。而这种近乎苛刻的严谨正是治学者所必备的首要素质。

反观季羡林说的"没有创见，不要写文章"，还有值得探究的地方。诚然，创新是学术发展永恒的动力。但是，"创见"从何处来？季羡林没有接着往下讲。陈寅恪则谓："一时代之学术，必有其新材料与新问题。取用此新材料，以研求问题，则为时代学术之新潮流。治学之士，得预此潮流者，谓之预流。其未得预者，谓之未入流。此古今学术之通义。”也即是说，材料与问题的新发现是学术创新的关键。回首20世纪中国学术史，地下地上各种新材料的发现对小学、经学、史学、文学等学科传统理念的颠覆与新的理论体系的提出确实居功至伟。但是新材料不是任何人都有机会得到的，也不是任何时代都会出现的，在没有新材料的情况下，创新将如何成为可能呢？

陈寅恪自己的治学途径当是最好的回答。他虽然提倡“新材料、新问题”，但著书立说却从不矜奇炫博，所用的材料一般都是比较常见的。然而别人视而不见、习焉不察的东西一到他手里，往往化腐朽为神奇。显然材料的新旧对陈寅恪来说已经不是问题了，他之所以能在寻常材料中“发前人未发之覆”，源自其深厚的学术功底和非凡的洞察力。黄侃说：“所贵乎学者，在乎发明，不在乎发见。今发见之学行，而发明之学替矣。”专靠发现新材料出新成果并不算真正的本事，可贵的是能够对手头的材料进行创造性的阐发与融通。马悦然早年跟随高本汉研究上古汉语，精读《左传》。马悦然问及如何使研究更上一层楼时，高本汉的回答十分简洁明确：“阅读！阅读！阅读！”这强调的也是对文本的细读，看似索然无味，其实最考验一个学者的学术功力。新材料可遇而不可强求，但是熔冶万物于一炉的胸襟与见识则有可能通过严格的训练培养出来，而这也许才是“创见”所由生的真正绵绵不息的源泉。

孔子曰：“君子不器。”意谓君子不应拘于一才一艺。不过，欲达“不器”之境，恰恰需先成“器”。为学之道也是如此。我们可以认为学问本身便是一种“善”，便足以让我们满足，但是事实上学问往往不仅仅是目的。对于一些人来说，它也许在某种程度上是生命的另一种表现形式，是他们接近永恒的唯一途径。而为了这一理想，在写下每篇文字时，他们通常总是战战兢兢，如临深渊、如履薄冰。

（华南师范大学）

大学精神的所寄所在：图书馆

林珊珊

我心里一直都在暗暗设想，天堂应该是图书馆的模样。

——［阿根廷］博尔赫斯

“在那里，你定会遇到一批文明国家出类拔萃之辈。他们把知识和智慧的结晶，系统地陈列在你面前……把不曾向同代知己述说的思想，用最明白无误的文字奉献给了我们——另一个时代的陌生人。”

爱默生这段话道出了图书馆的精神价值，几千年的文明之魂便静静安居于此。无论世事怎样瞬息万变，它们始终宁谧安详，固守追求知识和真理的梦想。于是，人类在历史延伸的脉络里找到诗意的栖息之地，将高贵的精神传承下来。

大学，人们始终抱有特殊期许的地方，被认为是培养独立精神和深邃思想的修道院，这里蓄养包容，禀持理想，自由探索。而图书馆，作为大学精神最重要的载体之一，与大师共同构成大学精神的灵魂。在这里，学子们领略诸子百家篇章中散发出来的大彻大悟，《史记》诉说的历史至理；思索古希腊神话，追寻人类智慧的源头；同托尔斯泰和卢梭一起忏悔，叩问心灵；与卡夫卡和乔伊斯思考人生的荒诞，寻求救赎之路。在这里，钱钟书、杨绛度过了大学生涯，博览群书，不断创作，成为一代文化名宿。

大学图书馆应该是这样一个文明殿堂。中山大学校长黄达人曾说：“图书馆是大学精神的守护者。”

然而，纵观当今高校图书馆，我们却常常看到这样的场景：学生们或手捧书刊安静阅读，或埋头在书堆中认真撰写。但更多的是在为考研、英语四六级而苦苦奋战，他们手中的笔就像一只只经验丰富的勤劳的蜘蛛，在空白的草稿纸上织下一张张密不透风的单词网。娱乐类的杂志常常被翻得一塌糊涂，而专业性的报刊几乎无人问津，流行休闲书籍的借阅占半壁江山，古籍常常只能孤芳自赏。大量关于当今大学生阅读情况的调查报告显示：大学生总体偏好快餐文化，英语四六级辅导书等实用性的书籍被多数人认为必看，而专业书籍和经典名著却是越来越“门前冷落鞍马稀”。与此同时，一些老师认为大学生的毕业论文质量逐年下降，表现出阅读量的严重不足和专业视野的狭窄。

精品阅读的缺失，图书馆某种精神的丢失，其背后有复杂的原因。就我们自身而言，白衣飘飘的年代已经逝去，当今大学生已不是天之骄子，就业的压力笼罩在大学上空，太多的数字在衡量我们的能力。而紧张学习过后，娱乐消遣自然更能安抚我们的疲惫。此外，我们还要兼职，还要社团工作，还要积累实践经验！

我们总是渴望自由无忧地博览群书，又抱怨外面的喧嚣和浮躁让我们缺乏足够思考的空间和恬静心情，静下心来读本好书的时间实在太少。于是，渐渐地，随着大学在社会狂潮中顺流而行，学生也在顺流中丢弃反思，在数字的编织中渐渐地被异化成一个个符号、代码。

诚然，教育总是要讲究一定的实际功用。但即使仅从功用的角度来讲，也只有建立在博览群书上的真才实学才是生存的制胜法宝。正如中国科技大学校长朱清时说的那样："当你真正工作以后，大家要看你的真才实学。"更何况大学的含义不仅如此。而回归到人本身，自由也并不是被给予的，对现实的无奈服从或是不假思索地投入实际上是人对自我灵魂的奴役。在此，我们无意去批评现实和社会，只期待我们能在社会的洪流中保持独立的自我审视，学会倾听心灵的声音，固守自我思考的纯美空间，在心灵深处开垦一方净土，建构自己知识素养的大厦。

应当说，是一代代热爱图书馆、热爱阅读、热爱思考的泡馆人赋予了图书馆高贵独特的生命。唯有知音者翻开书页，真实触摸到某一时空的瞬间，先贤之魂才慢慢苏醒，然后穿越时空与我们进行对话，而后灵感与智慧的火花骤然迸发——这也是图书馆特有的精神魅力。图书馆是一个文化圣殿，它需要不断汲取我们的智慧，需来我们来唤醒其精神。而今，这带着些许失落的天堂也如神圣的大学校园，值得我们期待：魂兮归来！

（华南师范大学）

学生自主学习　师者应舍鱼择渔

宋　娜

师德，是指教师应有的道德和行为规范，是社会道德体系的组成部分。“师爱为魂，学高为师，身正为范”是传统意义上的师德内涵。古今中外，师德的话题源远流长。“经师易求，人师难得”，古人曾在《北周书》中感慨人师难得；在西方，莎士比亚认为“仅仅一个人独善其身，那实在是一种浪费……因为我们的德行，倘不能推及他人，那就等于没有一样”，他将师者的关键准绳革新为师德。

在当代，以是否能够有效传播知识作为评价教师的标准已不再适应社会发展。中西文化摩擦融合，社会多元文化产生，使师德的内涵不断丰富。大学生的实践交往范围不断扩大，认知方式也从过去的外部权威教授为主转向了内部理性判别为主。伴随着大学生自身的变化，以教师为主的教学模式不再适合现代教学，关注学生的自主性也成为当下教学模式中的重要部分，并被列为师德新内涵。

关注学生的自主性，教会学生自主。诚如先贤所言：“授人以鱼，不如授之以渔。”授人以鱼只救一时之及，授人以渔则可解一生之需。传统教育向来只片面地强调整个教学过程中“教”和“学”，尤其是“教”，即单纯的“授之以鱼”，过分强调了教师的教学成果，而把最后一项“做”亦即最关键的“渔”，当作学生走出校门后的事情。如此忽略学生的自主性和动手能力，只会造就更多“高分低能”的学生。这与西方教育强调学生自主学习，侧重“学”和“做”有明显的区别。大学生的观念受到多元化的道义、舆论和利益的冲击，其思想也在中西文化的碰撞中越发成熟。将中西方的教育思想融会贯通，构建完整“教”、“学”和“做”的教学过程已成为全球共识。

“渔”不仅包括学生自主学习研究能力，更囊括辨别是非、面对挫折的态度、规划人生的能力。教师应从培养学生的自学和动手能力入手，鼓励学生保持独特性、发挥想象力和创新意识。对教师而言，教会学生如何“做”显得尤为重要。因此，当下教育界提倡自主学习，素质教育在全国特别是沿海地区有了较大的普及，高校教师的教学也更加侧重培养学生的自主能力，侧重“捕鱼之道”而不再只是简简单单的“鱼”。我校师德标兵易法槐教授认为老师应充当向导，为学生指引一个方向，教授学生学习知识的方法，让他们知道要怎么学，鼓励他们自主探索，去摸索前进。易法槐教授经常会给学生出一些数学史上尚未解决的难题，鼓励学生进行自主研究，对学生的学习进行必要的指点。在他的教学经历中，曾有一名大二的学生由于解决了一道数学史上的难题，被美国高校相中而留学美国。

诚然，授“鱼”易，授“渔”难。大学时期是大学生树立自己的职业观、人生观的关键时期，他们由于社会实践经验不足，需要教师在培养学生的自主学习能力的同时，注重引导学生形成正确的人生观价值观，引导学生科学规划自己的人生。我校优秀辅导员李卫东老师，在10年的工作实践中，打造了大学生学习生涯规划与“三大能力”为核心的学生培养模式，并著成《大学生学习生涯规划与核心能力构建》一书；近年来，我校学生发表的学术论文逐年增多，学生自主学习能力不断提高，这说明教师应该不断探索如何帮助学生认清楚自己的需要和能力，抓住专业特点引导学生明确个人定位、确定人生的目标、科学规划大学以及人生。

大学生认知方式的变化，教学活动主体的转变以及教育模式的更新，把倡导学生自主学习摆在更重要的地位。面对种种转变与挑战，教师若继续固守传统教学和教育思维，必将被不断进取的学生和变化进步的社会所淘汰；而当我们敏锐地把握新态势，转而舍“鱼”择“渔”，才能做到传道授业解惑，践行师德新内涵。

（华南师范大学）

悲怆中迸发大学的社会自觉

郭小川

2008年5月19日14时28分，当笛声警报长鸣，13亿中国人齐身肃立，低首默哀，山河呜咽，神州共悲，举国同哀；此刻，华南师范大学师生在细雨中伫立垂首悲悼；同时，我校赴四川地震灾区心理辅导志愿服务队紧急奔赴灾区前线，参与一线灾区心理安心援助行动，把社会的关怀带给四川的同胞，使他们早日走出灾后心理危机，重拾建设未来的信心。

灾情深重的画面、救灾者的义无反顾，受灾者生与死的挣扎，每天都在冲击着我们每个人的心，引发对生命价值意义的追问，同样考量着大学的良心。国家多难的痛、人民遭灾的痛，必然是大学师生心头的最痛。大学是社会的良心，在这场与死神搏斗、与命运抗争的抗震救灾中，我们不能佯装关心社会，关起门来搞纯学问的研究；不能高居象牙塔拥读百科知识，而坐视国家灾难危机。"心系汶川，大地震震撼着我们每一个人的心灵；我们是学者，我们也是战士；我们潜心研究，我们也身体力行。"我校赴川救灾教师如此说。在这场民族灾难自救中，大学人员必然要在场。我们看到地震后，四川大学生志愿者第一时间自发参与安置灾民的工作，各地大学生走上街头参与募捐活动，师生捐款、无偿献血等。

面对灾难，大学人员要在场，更要有效的奉献。大学是知识的共同体，参与抗震救灾更多是考验大学科技水平应对实际问题的能力。救灾中能否在宏观上进行预测鉴定，在科学上进行更有效的引导干预，这是社会对大学参与的必然期待。救灾中的医疗防疫、预测震情、建筑抗震等方面，都有大学专家的鼎力参与。科技部、四川省科技厅、中科院心理研究中心所联合成立的心理援助专家组副组长、我校副校长莫雷提出的灾区心理援助有效化、有序化的工作措施被采纳，现在我校与四川高校建立联合行动平台，并成立了较长期救助点，及时帮助了灾区人民。在日新月异的现代经济中，大学的贡献也决定着存在价值。我们必须抢占社会发展的制高点，主动地运用学科研究成果对接国家建设，在产学研紧密结合的链条中寻找有利于大学社会功能发挥的契合点，才能为社会作更大的贡献。

通过基础性的学术研究创造知识绝不是大学为社会作出的唯一重要贡献。通过对学生的能力培养，使他们将来能够更好地为社会服务，与学术研究同样重要。大众化的高等教育体制下，学生从入学开始就面临着就业的压力，提供必需的知识以便使其能够获得一份好的工作，一切为学生职业规划作打算，被看作是很重要的事情。从救灾中，我们看到大学教育应具备更有意义、更深远的目标，我们在救灾中看到社会发展与自然的关系，人自身的生存、健康的关怀等问题的凸现，这些问题也引发了我们对于大学自身社会责任的追问。服务社会是大学的使命，大学要以身作则，树立社会自觉，同时也将激发学生强烈的社会责任感，通过对学生能力的培养积极地服务于社会，为社会作出自己的贡献。

“多难兴邦”。温总理在临时的北川中学黑板上书写下了这几个大字。他鼓舞我们“要面向光明的未来，昂起倔犟的头颅，挺起不屈的脊梁，燃起那颗炽热的心，向前，向光明的未来前进。”如果说地震灾害过后我们的精神状态还是回到原点，那么，大学的良心何在？

可以说，地震给了我们警醒，一切的学问要回到人的本心、人性的本真，回到时代民族生存发展，回到社会自觉，才能拯救我们因地震撞痛的心灵。回归本心，关注现实，服务社会才是大学的不懈追求。

（华南师范大学）

关于老师这个称呼

陈望南

称谓在一定程度上体现着社会的风尚。在新中国成立后的数十年间，“同志”是一个崇高的称呼，它体现的是一个营垒和另一个营垒的区别，如果不再称呼一个人为“同志”，那是一件非常严重的事情。与此同时，还有一个称呼叫“师傅”，因为那个时候工人阶级是领导阶级，如果不是国家干部，能被人称一声“师傅”，一种被尊重的感觉就会油然而生。改革开放以后，开始流行叫“先生”、“小姐”、“老板”，能够被人这样称呼，在某种意义上，就说明自己是一个有身份的人。

进入二十一世纪，这些称呼似乎都不时兴了，“同志”、“小姐”在民间已有了另外的意思，“师傅”也不再流行。于是，“老师”这个称呼开始流行起来，当然，这首先说明教师这个职业受到了尊重，但人皆可称“师”，却总是有些让人觉得颇难接受，因为“同志”、“先生”、“小姐”、“师傅”、“老板”可以随便这么一叫，但“老师”却实在是不能随便叫的。

按照中国古人“天地君亲师”的观念，除了天、地、君、亲这四尊之外，接下来就是“师”了，所以很显然，“老师”是一个非常尊贵的称呼。而现在却大有凡人皆可称师之势，尤以演艺界为烈，只要是唱得几首歌，演得几部电影电视，抛头露脸之时，大家一般都非常习惯互相称呼为“老师”。“老师”这个尊贵的称呼真是每况愈下了。

当然，演艺界的事情我们是管不了的，在这里，笔者想谈谈大学里“老师”这个称呼。

在大学里，但凡是学校的员工，都称“老师”，这是一个“从来如此”的惯例，大家已经习以为常。但从来如此未必就是对的，在中国的大学里习惯称非教师职业的行政人员乃至后勤职工为“老师”，这个“从来如此”就大有商榷的余地。

笔者以为，在大学中使用“老师”这个称谓，只有两种可能性：一是被称呼者的职业就是“老师”，二是称呼者从心里就认被称呼者是自己的“老师”，是心甘情愿地要以他为师。舍此二者，其他皆不宜称“老师”。因此，在大学行政人员中，除了以老师身份兼任行政职务，或者称呼者确实认为某位行政人员可以成为自己的老师，他者一律不宜称“老师”。

之所以近乎迂腐地强调这一点，原因在于，这看上去只是一个称呼而已，实质上却是关乎大学的办学理念以及现代大学制度建立的大问题。

教书育人，学术至上是大学的立校之本，毋庸置疑，此二者在大学中是处于首要位置的，而大学行政岗位的职业性质就决定了它是从属于教学科研的，是为教学科研服务的。在这里有必要明确，说“从属”，说“服务”，并不意味着教师和行政这两种职业之间有高下之分。在笔者看来，大学中的教师队伍和行政管理队伍，应该是两个并列的系统，它们的职责不同，其评价体系与考核标准亦应不同，这是建立所谓现代大学制度首先必须明确的一个理念，而在目前的中国高校中，在这一点上恰恰上是不明确的，大学中“老师”称谓的滥用，就是这种观念混乱的一个表征，通称老师实际上是模糊了两个系统的区别，会使大学以学术为本，以学生为本的办学理念发生动摇。

在我们学校有这样一些常见的现象：当一些处级干部被人称为“某处长”的时候，他往往会说：“别客气，你叫我老师吧。”在一些处室中，职员之间互称“老师”，并以为这是一种良好的行政文化。在一些处室所发的通知中，联系人往往是“某老师”，通知的起草者可能并没有意识到，自称“某老师”，是否就意味着他已经预设了他是所有读到这份通知并与他联系的人的“老师”呢？凡此种种，都说明大家只是将“老师”当作了普通的称谓，认为互称“老师”或自称“老师”是一种谦虚的表示，如果被人称作处长，则是“官本位”了。其实大谬不然，恰恰相反，职业行政人员被称及互称“老师”，是混淆了教师队伍与行政管理队伍的区别，人皆可为“师”，于是老师这个称呼也就不再尊贵，就贬值了，以至于真正的老师们为了以示此“老师”非彼“老师”，在某些场合就非得称为教授、博导不可了，这真是一个非常无奈的结果。吾师吴承学教授曾修改过一篇对他的报道稿，将其中所有称他为“吴教授”的地方，均改为“吴老师”，他对学生说，“老师”对他个人来说是最尊贵的称呼，吴老师的这个说法可谓先得学生之心。

笔者是一个想做老师而不得的人，作为一名职业行政人员，当有老师或同学来办事，称我为“老师”时，我总会纠正说，我不是老师，你可以称我的职务。我以为，这不是“官本位”，而是尊师重道。称呼职业行政人员为老师，实质上恰恰是没有把“老师”当一回事。这是一个重要的观念问题，这个观念如果不能转变，那么我们所倡导的“尊重教师”、“善待学生”的办学理念就难以落在实处，我们建立现代大学制度的努力也就无从谈起。

夫子曰：“必也正名乎？”“名不正，则言不顺。”中国大学中“老师”称谓的滥用，说明我们离古礼已远，离基于西方传统的现代大学制度文化也不近，在现代大学的文化建设中，我们还处在一个颇为尴尬的境地呢。

（中山大学）

请虔诚地步入智慧之地

杨 帆

夏末，日光璀璨。又一群年轻人从四面八方涌入华南师范大学的校园，不安、兴奋而充满期待。这群“90 后”的年轻人，于 2008 年夏天踏入大学校园，初涉人生即显现出敏感热情的时代印记。他们将在这里完成心灵的发育与成长，培育充沛的人文情怀，砥砺独立践行的品性，最终将以自尊、自立的姿态肩负起传承人类文化火炬的使命。

南宋大学者朱熹有言：“大学者，大人之学也。”古今“大学”其意旨虽不尽相同，然而文化血脉中流淌着的博大而深沉的人文情怀却因着血缘，代代传承且不断延伸，直至灵魂深处，标识出大学的独特禀性。大学乃天下之公器，大思想、大学问在这里得以承续、守护和创生，其最终的旨归即在于全面提升人类的生命境界。

大学之大，首先在于其培育了一个探索智慧、返归心源的世界。它作为智慧的滥觞，比其他世俗机构更关注人的心灵，关注智力的全面培养，关注审美力、想象力和判断力的塑造，以唤醒智慧和美，并由此成为年轻人“精神成人”的隐修院。大学之大，更体现在其“人文博物馆”之义，它凝聚了人类千百年浩瀚丰美的精神财富，氤氲成浓郁的人文氛围。置身其中，以书籍营养灵魂，诚心静气地读书问学，自成优游从容的精、气、神。

然而，诚如纽曼在《大学的理念》中所说：“心智的力量、稳定性、理解力和各种才能，以及对自身能力的控制、对眼前事物的正确判断……没有经年累月的努力和训练通常是无法得到的。”心智养成需要探索符合自我心性的道路，每一个体的体验和思考都无可替代。年轻人处于一生中最有朝气、最具想象力之时，积极接触多元文化，在广泛涉猎的基础上拣择自我兴趣之所向，若能学会在独立思考中成长，他的心智、人格将更趋健全。

年轻人天性敏感而富有锐气，若能够学会独立探索、以创造性眼光研习学问，则能常常体验未加工的、自然流露的思维乐趣，发现其中潜藏着的智慧火花。鲜活的知识凭文化根脉从这片智慧之地汲取精气，源源不断地滋养着一代代年轻树种，枝蔓横生的柏拉图学园终于郁郁葱葱地勃发成为一片森林，而非隐退为历史深处一纸自怨自艾的浅薄皇历。

大学并非孤单矗立于神坛之上，它的存在根植于它企图思考的这个世界。为从“单向的人”直达立体饱满的人生，投射年轻的目光直视社会现实、了解自己即将立身的大环境是每一个年轻人必修的功课。言传身教仅成次级经验，要被这个世界接纳，躬亲践行、知己知彼是真理。

大学以其纯粹与理性，成为社会的良心所在。喧哗、狂躁与轻浮不属于大学，急功近利、追求时尚也不属于大学。要成为精神上的成人，大学生必须关注心理素质的培养、坚强品格的塑造，明确了解自我需求并且果断坚定地向着目标迈进，成为一个敢于担当的人、一个坦诚而内心强大的人，成为大学精神家园的守卫者与维护者。

年青一代大学生当延展生命的深度与广度，以一颗赤诚的心守护文化、创造文化，以期以自期、自律、自尊的姿态自由驰骋于这片智慧之地。

（华南师范大学）

大学之大

大气、大爱与大任

李庆双

大学之大，不但在于大楼和大师，更在于一种无形的文化品格和精神气质，简而言之，就是要有大气、大爱和大任。

大学之大，在于大气。大气，是种气势，是高屋建瓴和登高望远的眼界，所谓白云山高，珠江水长；大气，是种气度，是海纳百川和兼容并包的胸襟，譬如远者来归，近者相投；大气，是种气质，是求同存异和互谅互让的风范，如此，才能形成“和气待人、大气处事”的原则，进而形成“尊重知识、承认差异、相互欣赏”的校园和谐氛围。

大学之大，在于大爱。“没有爱心，就没有教育”（温家宝），“教育是根植于爱的”（鲁迅），没有爱的教育是不完整的教育。大学之爱，在于大爱无声，行不教之言，所谓“桃李不言，下自成蹊”，春风化雨，润物无声。大学教育不仅让人知礼（礼仪）、懂理（知识）和追求真理，所培养的也不仅是“知性”和“理性”之人，还要培养充满“人性”和“感性”的有情之人，这样培养出来的人才是全面的人和完善的人。只有大爱为先，对教师“以理服人，以情感人”，对学生“晓之以理，动之以情”，才能真正体现“以人为本”和“善待师生”的理念。大学生在校所接受的不仅是知识的传承、文化的熏陶和精神的洗礼，还要有情感的滋润，这样培养出来的学生才能心怀大爱，有悲天悯人之心，进而心系母校、泽被苍生。

大学之大，在于“大任”。“天降大任于斯人也”，大学的“大任”当同有责任感的知识分子一样，要“为天地立心，为生民请命，为往圣继绝学，为万世开太平”，因为大学是文化的重镇、是社会的良知和文明的首善之区，倘若大学都不能承担这一“大任”，国家和社会的发展实在堪忧。中山大学的“大任”是“吾校矗立，蔚为国光”，教师要“作育英才，服务社会”，学生要“学海汪洋，毓人作圣”，为社会福，为邦家光。

所以，大学之大，不仅在于表面的大楼和少数的大师，更在于由大气、大爱和大任等因子所形成的文化品格和精神气质。

（中山大学）

播下诚信的种子

刘会君

德国诗人海涅曾经说过：“生命不可能从谎言中开出灿烂的鲜花。”此时，作为当代大学生，我想说，生命只有在诚信中才能开出灿烂的鲜花。莘莘学子，让我们一起播下诚信的种子，畅享精彩人生吧！

当今社会有人把“诚信”这无比坚硬的文化作了一番形象的比拟，认为，对个人而言，诚信是一张必备的信用证；对企业而言，诚信是引人瞩目的金字招牌；对整个国家来说，诚信是一尊圣洁的图腾。由此可见，诚信就如我们身上的贴身符般重要，要我们时刻铭记它。

历览古今，诚信之风不断延续，在时代历程中潜移默化，使人们都把诚信当作人生的准则，用它来画出精彩的人生。“狼来了”、“曾子杀猪教育儿子”等等引人深思的故事都告诉了我们一个共同的哲理，诚信将会决定你的大部分人生。倘若你用诚实守信的理念来指导生活、工作、学习，必将会收到“诚信”的硕果。反之，将诚信抛于脑后，背道而驰，人生的前进道路上必将会受到重重困扰，甚至会受到“诚信”的惩罚。

随着国民经济的快速发展，人民的生活水平的飞跃提高，一些人的诚信意识也在逐渐削弱。企业生产劣质产品赚高额利润，高级领导人利用职权贪污受贿……类似的情况屡见不鲜，甚至它还蔓延到我们的大学校园。也许有人会说我们整天生活在平静如水的校园，诚信，这类事情跟我们还有一定的距离，但事实上它近在我们的身旁，它一直埋藏在我们的心中。近几年来，国家政府及银行为了帮助贫困大学生能够一心一意在校读书，不用为学费或者生活费忧愁不已，设立了助学贷款，但有部分学生却以为这是上天送来的免费午餐，毕业后把助学贷款的事情不当一回事，甚至忘得干干净净，似乎已经忘记当初签下的协议和许下的承诺。当代大学生受过高等教育都出现了这种状况，难道这还不足以引起我们的重视？

朋友跟我说过这样一句话：“做人一定要守信用，答应别人的事情就一定要做到，要不就别轻易答应别人！”一句简单的话语，使我沉思了许久：真正的友谊需要的不仅仅是宽容与谅解，更重要的是要建立在诚信的基础之上！一滴水能照见太阳的光辉，一件小事能增进朋友之间的情谊。诚信，我们应当从身边的一点一滴做起。与其说得好，还不如做得好，让我们播下诚信的种子，用诚信之举创造不凡的人生吧！

（广州番禺职业技术学院）

不忘使命　开拓创新　言也忠信　行也笃敬

邓乔彬

谈及暨南精神，我心里是别具一种感情的。因为我在华东师大读书9年（本科6年，本是5年制，因文革推迟了一年毕业；10年后结束文革，读研究生3年），自1981年获得硕士学位后留校工作了22年，而暨南大学旧址所在的真如，就在离华东师大不远处，可以说是傍着老暨南过了31年。我在2002年底借调到暨大，2003年底才正式调入，将终老于此。

暨南大学即将迎来百年校庆，俗话说“十年树木，百年树人”，如今暨大校园中的树木虽未足50年树龄，但已是高大茁壮，而百年树人的话题，则是与暨南精神的讨论密切相关的。

我个人认为，确立暨南精神，离不开暨南大学的校训。暨大在百年前的创立，是因华侨子弟教育的需要；而之所以以“暨南”命名，是出于当时华侨多在南洋的原因，故取《尚书·禹贡》中语：“东渐于海，西被于流沙，朔南暨，声教讫于四海”，名之为“暨南学堂”。我想，之所以不用“朔南暨”的“南暨”二字，而是倒过来作“暨南”，正是“声教”在“东渐”、“西被”之后，更“南及（‘暨’意为‘至’、‘到’）”地向海外传播。因此，要说暨南的原创精神，就应该是肩负着“声教南暨”的使命，体现“宏教泽而系侨情”的宗旨。而暨大“忠信笃敬”的校训，是据孔子所说的“言忠信，行笃敬，虽蛮貊之邦，行矣”而立的。百年前的南洋虽非“蛮貊之邦”，但孔子所说，体现的正是以忠信笃敬之言行，使“声教”讫于海外之意。因此，今天讨论暨南精神，离不开百年历史，更离不开暨南的校训。

孔子虽将“忠信”与“笃敬”分属于“言”与“行”，实际上言行应该是合一的，忠信与笃敬应是言与行的全幅体现。

“忠”的最大含义应是忠于祖国，出身内地的师生当然要忠于祖国，而暨大作为侨校，有一半的港、澳、侨生，始终怀着一颗中国心，应是忠于祖国的体现。忠于祖国不具非此即彼的排他性，暨大在“系侨情”的同时，也应作好对外交流，师生都应放眼世界，了解世界的发展，学习世界上的先进科技和文化，同时更不忘本民族的优秀传统文化，在融入世界经济的同时，独立于民族之林，延续“声教讫于四海”的使命。暨大举办的土风舞比赛，和去年的亚洲大学生田径锦标赛，就是很好的连接外部、放眼世界之举。“忠”的另一含义对教师来说，就是忠于教育事业。对于像暨南大学这样的大学来说，兼有内招和外招生，很应赋予孔子“有教无类”思想新的含义，何况这对于港澳回归后的巩固，对祖国的统一大业具有特殊的意义。

“信”是我国的传统美德，国家大事且不说，即使是尾生在洪水来时，为不失约，抱柱而死，也一直为人所乐道。在当今的社会转型期，“信”显得更为重要。过去说资本主义尔虞我诈，那是原始积累时期，而发展到现在的资本主义社会，却多讲信用（信用卡的使用就是一例）。朱镕基特别强调"诚信"，我想，这就是"忠"与"信"的结合，对我们这样的侨校来说，连接两头，"信"是有特殊意义的。

"笃"有坚固、诚笃、深厚、专一、确凿等义。古称忠实厚道之人为笃人，诚实纯厚之友为笃友，提倡"笃仁"（笃实而仁厚）、"笃正"（纯厚正直）。

"敬"的主要义项是恭敬、端肃、尊敬、尊重、慎重。我国历来提倡敬上爱下、敬天爱民、敬小慎微，讲敬修内智、敬文重礼。

对师生来说，对学业和事业的诚笃，也是敬业精神的体现，"笃"与"敬"二字可分而又可合。

"笃"、尤其是"敬"，虽带有传统的礼乐文化特点，是重视礼治的体现，与推动社会发展的竞争精神有别，但在今天的世界范围内，经过资本主义数百年的发展，又经过国际共产主义的波折，人们或许认识到无论是社会达尔文主义，还是阶级斗争学说，都不是独胜和万能的。对于当今建设和谐社会来说，"笃"、"敬"十分必要，是应被赋予新的时代意义的。

过去以阶级斗争代替了道德传承，在共和国的历史上留下了惨痛的教训，而现在江泽民提倡以德治国。既然暨大的校训有此"笃敬"二字，我认为这也应该成为暨大的精神。

我国若从汉武帝立太学、设五经博士算起，正规的高等学校教育已经有两千多年的历史了，即使是书院教育和著名的四大书院，也有千年。但是，我国现代意义的大学的创办，却是带着我们遭受资本主义列强侵略后的血痕和泪痕，我国历史悠久的大学只有百余年的历史，是无法与剑桥、牛津相比的，美国不少大学的校史更比国家历史悠久。人不能无视历史而侈谈精神，基于我国近代特殊的历史，尤其是与华侨史密切相关的暨大，讨论暨南精神，是离不开爱国主义的，对于侨校来说，与"他邦"的关系，"忠信笃敬"更具有特殊的意义。

对于暨南精神，我没有很多、很完全的思考，倘结合历史，结合校训，我的看法是 16 个字：不忘使命，开拓创新，言也忠信，行也笃敬。

《说文》："暨，日颇见也。"段玉裁注："日颇见者，见而不全也。"朱骏声通训："暨，日出地平谓之旦；暨者，乍出微见也。""暨"又有"果毅"之意。在上世纪之初，暨南学堂"日出地平"而"乍出微见"，到了百年后新世纪的今天，是又一度的"日出地平"而见于南方。身为暨南人，都应以"果毅"之姿参与到暨南精神的讨论和建设中，将讨论之"言"变为建设之"行"。当年，暨南大学在交大和同济大学之后，在复旦之前，是上海的第 3 所国立大学，是真正的名校。百年后，在如今的广州，我们要肩负起建设新世纪侨校，重现名校辉煌的历史使命！

（暨南大学）

知荣扬荣　明耻弃耻

杨春荣

“青年兴则国家兴，青年强则国家强。”青年大学生是现代化建设的生力军，是现代文明的传播者，肩负着建设社会主义的重任，寄托着国家和民族的未来。当代大学生的思想道德素质如何，直接关系到我们国家、民族的前途和命运，关系到社会主义的和谐发展问题。

荣辱之心，人皆有之。由于中国社会转型的急剧变迁发展，社会主流道德体系的相对滞后和规约失范，部分青年学生的人生观、价值观出现错位，是非、善恶、美丑的界限不够明晰，存在一些不健康、不文明的现象。“人不知荣辱乃不能成人”，大学生不能“以耻为荣”，而应知耻而后勇，做当荣之事、拒为辱之行。因此，加强我院青年学生的社会主义荣辱观教育，具有重要的现实意义。

知荣扬荣，做当荣之事，树道德新风尚。多年来，我院通过各种教育形式，对青年学生进行以热爱祖国、服务人民、崇尚科学、辛勤劳动、团结互助、诚实守信、遵纪守法、艰苦奋斗为荣的教育，效果显著。如广大毕业生响应国家的号召，先后有多人志愿到祖国西部、山区工作，涌现了房秀丽、郑伟等先进人物；学院在学生中开展诚信教育，校友黄秀琼毕业后主动归还仲明奖学金的事迹在学生中广为流传；我院师生为患白血病的黎莹莹、吴广胜两位同学筹得善款数十万元，体现了我院学生之间团结互助的优良品质；积极组织发动学生参加大学生“挑战杯”科技创作大赛，学生多项作品在全国比赛中屡屡获奖，正是崇尚科学的最好体现。在学生中开展社会主义荣辱观教育，学院要努力树立先进典型，让学生明白什么是光荣的事，什么是该做的，应该如何做，这有助于帮助学生更好地分清荣辱的界限。

明耻弃耻，拒为耻之行，知耻而后勇。在我们身边，大学生存在的种种道德缺失的行为往往让我们痛心。如一些大学生对个人利益想得多，而对国家的前途，民族的命运和人民的利益却想得少；对政治学习提不起兴趣，信仰逐渐缺失；集体观念淡薄，对班集体的活动漠不关心；对专业学习提不起兴趣，整天在校园无所事事，虚度时光；有些学生诚信缺失，考试作弊，制造假证明骗取贫困生助学金，拖欠学费迟迟不肯归还。甚至有极少数人以追求低俗文化为荣，以厌学逃课多为荣、以玩弄异性多为荣、以奢侈浪费为荣、以满口脏话为荣。以上大学生荣辱观存在的问题，要求高校要帮助学生明确什么是耻辱，明确什么是不应该做的，要知耻而后勇。

“八荣八耻”是社会对个人的道德要求和规范，也是青年学生加强自身修养的必然要求。大学生要将其作为新的人生准则，从我做起，从身边事做起，从点滴做起。同时，要结合我院的实际，以“八荣八耻”荣辱观教育为主线，在学生中采取理论学习、社会实践、参观考察、开主题讨论会、听讲座报告等形式，表扬学生身边的好人好事，在学生中树立先进典型，真正做到“知荣扬荣，明耻弃耻”。

（广东技术师范学院）

福娃译名改“Fuwa”彰显文化自信

黄　秋

去年11月北京奥运会吉祥物福娃正式有了它的英文名字“Friendlies”，可就在今年10月福娃的英文名字被更换成了“Fuwa”，原因主要有二：首先在词义上会被误认为：“Friendlies = Friend（朋友）+lies（说谎）”，其次表现在发音上，“Friendlies”与“Friendless”（没有朋友的）发音雷同，容易造成混淆。

“福娃”英译名出现的失误很大程度上应归责于北京奥组委的有关部门，在某种程度上说是由于有关部门对这寓意无限的福娃的英译名寄予了太高的期望，或者说是把简单的一件事情复杂化了，既要体现中国是“友好之邦”，又要传递“比赛”的性质，还要语意双关；既要表达官方意志，又要肩负民族精神，最好还能中西合璧。庆幸的是北京奥组委还算虚心、民主，接受了群众意见把福娃的英文名字改成汉语拼音“Fuwa”，其实细想一下，用“Fuwa”作吉祥物福娃的英文名是更为恰当的。首先，福娃对外国来说是个新生事物，我们有责任把这个福娃的准确意思传达给外国友人，虽然“Fuwa”是个生造词，但生造词并不是什么新鲜的事，现行很多鼎鼎有名的词都是生造的，例如Samsung、Lenovo等。其次，国际上也有例行的做法，所在国输出的东西为他国没有，尤其是称呼地名、人名的时候，往往直接音译。这样的例子我们见得也并不少，芭比娃娃就是一个典型。再次，福娃就是“Fuwa”，贴切明了，反而是福娃原来那个从“Friendly”不规则变形而来的译名“Friendlies”让人有种雾里看花不知所云的感觉。

综观这次福娃改名，与其说是北京奥组委虚心学习，还不如说是民族文化自信的一个具体体现。以前我们只是知道一味地输入外来词汇、接受外来文化，却很少注意到如何将我们的文化推向世界。即使是在中国功夫开始走向世界的李小龙年代，英文中多了个准中文单词“Kungfu”，但那还不算是中国主动地向世界输出本土文化，那最多也只能说是外国有选择地吸收中国文化，要不功夫就不会是“Kungfu”而应是“Gongfu”了。现在伴随着福娃英译名“Fuwa”的出现，所传达出来的是本土文化从“被选择”到“主动出击”的一种进步趋势，虽然只迈出了很小的一步，但就文化心理来说其实已经是天壤之别了。以前那种文化自卑感正在一点一点地消退，而越来越强大的文化自信正逐渐地建立起来。当然我们也没必要过分地夸大它的重要意义，但也不能对此视而不见。在营销本土文化的同时我们要懂得用中文去影响英文，让英文单词体系中增添更多的中文词汇，这既是一个目标，也是当今知识经济全球化的一个必然。

（广东外语外贸大学）

博学 慎思 明辨 笃行

——华工人的精神基石

张 健

在学校56周年校庆来临之际，我校在全校师生中开展“校训解读”活动。活动中，广大师生踊跃参与，把解读校训的丰富内涵与学习贯彻落实学校第十五次党代会的精神结合起来，与各单位和个人的实际情况结合起来，既深刻理解了校训的丰富内涵，又促进了学校各项工作的开展，取得了很好的效果。

2006年7月，我校正式向外界公布了新校训“博学、慎思、明辨、笃行”。她源于博大精深的儒家文化中的哲学思想，是人文精神和科学精神的完美统一，是知与行的统一，是为人与为学的统一；她更是我校历史传统、教育理念和校园文化高度凝练和长久积淀的文化成果；她是华工人的精神基石，是华工精神的集中体现。每一位华工人都应该深刻体会其内涵，并将其内化为自己的一言一行，内化为自己人生的核心价值追求，使其成为华工人为人、为学、为事之道，促进个人发展与学校发展的协调统一。

“博学”意为在科学知识的学习上博取众知，乃求精、求深的基础。不仅意味着兼容并包、海纳百川的胸襟，而且意味着对知识的不尽求索和百家争鸣。“慎思”意为审慎地询问，慎重地思索。“慎思”是“博学”的升华，是对所学知识的内化，不思不能学以致用，不慎思不能由表及里、融会贯通、通达事理。博学与慎思，二者同等重要，不可偏废。“学而不思则罔，思而不学则殆。”只学不思只会简单地照搬，不能创新知识；而光靠冥思苦想，往往会流于空疏。“明辨”意为明辨是非、明辨真假、去伪存真、去粗取精。“笃行”意为忠贞不渝、踏踏实实、一心一意、坚持不懈地朝“明辨”的目标和方向努力，做到“知行合一”。明辨是“博学慎思”的结果，是“笃行”的目标和方向；“笃行”是“明辨”的延续和最终的实践，不“明辨”无以“笃行”；无“笃行”，“明辨”也失去现实意义，要想成功做一件事情，“明辨”和“笃行”缺一不可，同样重要。

目前，我国的高等教育已经进入了一个以提高质量和水平为主要任务的历史新阶段，未来的竞争将更加激烈。在激烈的竞争中如何取得办学新优势，不断提升我校在国家高等教育体系中的地位和影响，成为我们必须面对的重大课题。这就要求全体华工人践行“博学、慎思、明辨、笃行”的校训，将其内化为治学、为人的规范和奋力前行推动学校新一轮科学发展的不竭动力。

践行“博学、慎思、明辨、笃行”的校训，教师不仅要学习掌握专业知识，还要学习相关交叉学科的知识，同时要及时掌握学术最前沿的信息和趋势；不仅要传承知识，也要通过“慎思”创造和生产知识，不断提高自己的学术水平，成为学术发展的急先锋、学科建设的排头兵。要不断提高自己的政治和道德修养，树立正确的世界观、人生观和价值观，明辨是非，并将之实实在在地贯穿到自己的一言一行中，渗透到育人的全过程中，潜移默化地影响学生，教育学生如何为人，如何做事，让他们知荣辱、明是非，真诚为人，踏实做事，服务社会，报效祖国。

践行“博学、慎思、明辨、笃行”的校训，管理干部要认真学习政治理论知识、业务知识及其他相关知识，勤思考、善思考，不断提高自己的政治理论水平，强化服务意识，提高执行能力；要多请教问题、深分析问题，准确把握，明确方向，然后再踏实、认真为之成为决策的有效执行者和周全的服务者。从更高的层次上看，管理干部要“博学、慎思、明辨、笃行”，就要紧跟时代的步伐，时刻关注高等教育和社会经济发展的新趋势、新观点、新思路和新战略，并与学校的实际情况紧密结合，精确定位、发挥优势、认真谋划、制定方略、稳步推进，成为具有世界眼光和战略思维的谋划者和领导者。

践行“博学、慎思、明辨、笃行”的校训，学生要“博学”，学习本专业、跨学科的知识和社会知识，还要通过“慎思”，把这些知识转化为创新的基础，提升自身的素质，增强创新、创造能力；要树立马克思主义的世界观、人生观和价值观，用马克思主义的立场、观点和方法去分析问题、解决问题，明辨是非，抵御侵蚀，达到“明辨”之并坚定不移地“笃行”之。“校训解读”活动虽近尾声，但“博学、慎思、明辨、笃行”的校训精神将激励着一代又一代华工人为学校的科学发展自强不息、艰苦奋斗、求真务实、追求卓越。相信在不久的将来，在全体华工人的共同努力下，华工必将建设成为一所国内一流、世界知名的高水平研究型大学，华工的明天将会更加美好！

（华南理工大学）

高校镜像的“备忘录”

2006—2008 广东高校校报“好新闻”图片类作品述评

曾建平

一、高校影像符号的文献价值

对于影像本质来说，高校墙内的校报摄影记者所拍摄的影像与墙外社会媒体记者所拍摄的影像应该是一样的，包括它的新闻价值和纪实本质应该没有区别。但是，当把新闻摄影的概念指向“它是对正在发生的新闻事实进行瞬间形象摄取并辅以文字说明予以报道的传播形式”时，人们往往忘记了“它的价值还在于记录下社会发展（学校发展）的当时状态，使之成为具有文献价值的图像史料”。

在高校，摄影的纪实功能有时无法实现它的全部概念和含义。对于一些管理者来说，摄影的功能基本只有一个作用：宣传。在他们眼里，新闻与宣传就是一回事，“新闻摄影”就等于“宣传摄影”。纪实不纪实，他们要的就是宣传效应。我在高校从事摄影工作 24 年，很清楚极少人会懂得图片的文献价值，也包括摄影记者的价值。

然而，当我们看到三年来这些被评为广东高校校报“好新闻”的图片时，看到这些记录着学校发展历史的图片时，想到我们校报的记者冒着严寒酷暑、顶着风雨为学校留下这些宝贵的镜头时，还有谁只想到它就只有宣传的价值呢？

摄影是一种追怀过去、保存历史的工具。摄影的另一个重要任务就是以视觉影像文化符号记录过去的历史文化。像南方医科大学医疗队徒步挺进四川地震重灾区映秀镇展开救援的医疗队组照，全国人大代表、中山大学校长黄达人与温家宝总理亲切握手的镜头，华南师范大学承办全国第八届民族运动会的影像记录，原国务院副总理李岚清与汕头大学师生畅谈音乐与人生，并与汕大合唱团一起高歌的情景……今天的新闻，就是明天的历史，今天的镜头，也是追寻学校历史文化影像的视觉符号。

学校生存环境是由三类环境总体构成的：自然环境、学校体制环境和符号环境。而显现着现代文化特征的高校，从某种意义上说是各种符号系统通过传播而构筑的社会现实。没有符号的处理、创造、交流，就没有文化的生存和变化。校报媒介是视觉文化符号发生的场所，也是文化的物化，视觉文化符号传播系统正逐步成为高校生存环境的重要组成部分。

二、象牙塔里的“红墙摄影师”

中国历史上中南海有专职为领袖摄影采访、留下影像资料的“红墙摄影师”，像徐肖冰、侯波、吕厚民、钱嗣杰、杜修贤等。今天高校的围墙里，也有一群为学校的重要外事活动，为国家领导人莅临学校视察活动拍摄采访的校报记者，他们当中有人拍摄过江泽民、胡锦涛、温家宝等到校视察的珍贵历史性镜头。以此类推，他们可称为“象牙塔摄影师”。当“象牙塔摄影师”从历史背后走来开始讲述时，那个时代的变化轨迹也渐次清晰。

我们看《中山大学报》的摄影报道：第十一届全国人民代表大会第一次会议 3 月 5 日上午在人民大会堂开幕，我校黄达人校长作为人大代表出席会议。3 月 7 日，温家宝总理参加广东代表团审议政府工作报告，并与黄达人校长亲切握手（见图 1）。会议期间，黄达人校长提交了一份《提高高等学校生均定额拨款标准的建议》，《人民日报》还发表了《全国人大代表、中山大学校长黄达人：高校教学评估十分必要》的报道文章。可以看出，这一张照片对于学校来说是何等珍贵。

图 1　温家宝总理与黄达人校长亲切握手

凡抢拍过国家领导与校领导的交谈和握手的记者都有体会，在狭小的空间里有众多大牌的记者互相推挤，不用说想拍到像温总理和黄达人侧面都能看到的镜头，就是想拍到总理的后脑勺都难。图片抓拍温总理和黄达人握手的瞬间把握准确，双方的表情也恰到好处。

星海音乐学院张扬拍摄的贾庆林视察学院大学城校区的照片（见图2），这张图片角度独特，可以说作者抢到了一个最佳的角度。以钢琴为前景，利用前景巧妙。照片的难得之处是捕抓到各位领导正在静静地聆听着钢琴演奏的神情，看出作者的老到与从容。在用光上，作者利用闪光灯的反射光，使画面透明清晰。不是所有精彩的新闻镜头都是惊心动魄的，在这里，在音乐的旋律中，这样的镜头也有温馨的惬意。

图2　贾庆林视察星海音乐学院大学城校区

看到仲恺农业工程学院吴悦欢拍摄的中共中央政治局委员、广东省委书记汪洋在广东改革开放30周年成就展上与学生进行亲切交谈，大家都满怀笑容的镜头（见图3）时，使我想到《通州通讯》一位摄影记者因拍摄领导照片形象不佳而遭辞退的遭遇。因为他所拍的一位在发言的区长“低着头，闭着眼，形象不佳”，被定性为“图片新闻出现导向性偏差，政治影响极其不好，是一起政治事故”。

作为经常跟大领导打交道的“象牙塔摄影师”，也不是那么好当的。有的领导笑容可掬，有风度又长得帅气就比较上镜，也不会因为非技术因素而搞砸。“象牙塔摄影师”也属于“高危”的职业。

“红墙摄影师”钱嗣杰说他从来都不敢对毛主席“摆拍”，当然不是因为主席不帅或没笑容，而是主席有一种威严。他说，周总理就比较随意，知道记者需要什么。在大家眼里，最好拍的也是总理，他长得帅气，又有风度，不管笑不笑，气质都很好。有时候他也敢对总理说：“总理，再过那边一点儿。”

图3　汪洋书记与学生进行亲切交谈

仲恺农业工程学院吴悦欢拍摄的这张照片，现场气氛把握得非常好，不但表情捕抓得及时，而且各位主要领导的姿态和位置也控制得很到位，该上镜的“一个都不漏”。“一个都不漏”，这是报社总编的要求，也是一个优秀摄影记者必备的素质。你如果是把来访的领导拍到了，可是见不到本地陪同的领导，那这张照片本地报社就不好用。

拍过传递北京奥运圣火的摄影记者都清楚，火炬手是跑动的，而摄影者挤在人群中是固定的，无法改变拍摄角度，拍摄方法也只好选择“守株待兔法”。火炬手跑动过程都比较激昂，不是不停地对观众挥手，就是扭转着身体不断地改变着朝向。正如《广东外语外贸大学报》报道所描写的“我校党委书记、校长徐真华作为广州唯一大学校长担任第 12 棒火炬手，接跑白云大道北两百米路段。徐校长右手紧握圣火，喜悦之情溢于言表……”，摄影记者苏倩欣在这种局限于角度选择的情况下，能捕捉到徐真华校长一手高举火炬，一手向观众挥手致意，手臂不会遮挡到“喜悦心情溢于言表”的脸部表情，实属不易。（见图 4）

图 4　广东外语外贸大学党委书记、校长徐真华任第 12 棒火炬手，接跑白云大道北 200 米路段

拍摄传递奥运圣火，可谓“千年等一回”，苏倩欣不负自己也不负众望，也等到了徐真华校长传递火炬的“这一回”。对传递奥运火炬这一具有历史意义的事件所进行记录性拍摄的新闻纪实摄影，其价值就在于以客观真实的影像，记录下社会发展的当时状态，使之成为学校具有文献价值的图像史料。

作为广州大学报的学生记者，袁婷婷同学能抢拍到何大进副校长点燃火炬的镜头（见图 5）也是不简单的。《广州大学报》报道：“6 月 10 日上午，第八届大运会火种传递在大学城举行。9 时 45 分，火炬传递至我校，我校火炬手接过火炬后点燃了副校长何大进手中的副火炬，开始在校内传递。”我发现，袁婷婷同学拍的这张照片，除了构图得当，人物主体突出之外，还把现场的环境表现得淋漓尽致。比如画面的背景，一面广州大学的旗帜，点明了特定的环境和人群。

图 5　广州大学何大进副校长点燃火炬

因为汕头大学是得到著名爱国人士及国际企业家李嘉诚先生捐资兴办的大学，在高等教育改革上又走在全国的前列，所以多年来经常有国家和省部领导人莅校视察。我拍摄过江泽民、杨尚昆、李鹏、乔石、钱其琛、李岚清、李长春、张德江等国家领导来校视察访问。

像这张李嘉诚先生参加 2007 届毕业典礼，步入会场时受到师生的热烈欢迎的照片，也是我经常拍到的一种场景（见图 6）。近几年来，李嘉诚先生每年都到学校参加毕业典礼，每次典礼也同时邀请一位世界或全国的知名人士到会演讲，与毕业生共享成功经验和人生感悟。

图6　李嘉诚先生参加2007届毕业典礼，受到师生的热烈欢迎

这张图片采用直构图用于头版，目的是想改变一贯横构图的用图习惯，其次是李先生的走路动态和招手动作很适合竖构图。这张图片的拍摄难度在于有众多的记者前呼后拥，加上站在通道两侧的学生总是抢着与李先生握手，被挡得厉害，很难拍到完整的形象。还要刻意避开背后射灯直射镜头，光晕严重。

李岚清与汕头大学师生畅谈音乐并与汕大合唱团一起合唱的这张图片（见图7），是我的同事郑逢得拍摄的。原中共中央政治局常委、国务院副总理——74岁的李岚清，2006年3月31日与汕头大学师生畅谈音乐、艺术与人生，并与汕大合唱团一起合唱。李岚清是一位幽默睿智的长者，能歌善谈，所以会场的掌声笑声次第响起。无论是“红墙”的还是“象牙塔”的记者，都知道李岚清的形象是最好拍的。不过我在选用编辑照片的时候，发现唱歌的表情特别是口型是很难把握好的。

图7　李岚清与汕头大学师生畅谈音乐并与汕大合唱团一起合唱

三、校园内外的人文纪实影像

纪实摄影是摄影家对现实世界中具有社会历史意义的人与人、人与环境间的关系作相对全面的、诚实生动的描写，致使观众对被描写对象的关注与正确认识的一种摄影样式。

2008 年 5 月 12 日爆发的中国汶川大地震，使许许多多人的命运，以及许许多多事态的进程走向，随着那一声巨响扭曲、断裂、错位，甚至毁灭。面对着无数受伤需要救治的灾民，作为医务人员的他们更觉得是自己义不容辞的职责，纷纷递交请战书。摄影人也在这次历史事件中以最基本的使命，用纪实摄影的特殊功能提供第一手影像文本，满足当下民众知情的需要并为后世留下有价值的史料。

南方医科大学的影像，便是这样以纪实摄影影像的形式，记录医务人员救援汶川的感人事迹的（见组图 8）。这组《救援汶川》的新闻照片一共 7 张，其中有《深入灾区》、《总理来了》、《抬运伤员》、《废墟之上》、《就地救治》、《聊以充饥》和《战地之家》等，每一个画面是如此简洁、宁静、苍茫，甚至有些寂寥。

救援汶川（组图）：

上面是随时可能滚下的巨石，下面是咆哮浑浊的岷江，脚下是最窄处仅十几厘米宽的悬崖，一个个医生或扛背囊，或头顶着 50 多斤重的大药箱，手脚并用，连滚带爬，艰难地挪动，向着灾情最严重的汶川县映秀镇挺进。

岷江上、悬崖间，他们背上蓝底黄字的“广东卫生应急”六个大字，特别显眼。他们，是一支被冠以“敢死队”名号的广东医疗救助队——南方医科大学医疗队。这支医疗队是最早徒步走进重灾区映秀镇的医疗队，也是写下遗书、穿越“死亡谷”、挺进“生命孤岛”卧龙耿达乡建立医疗站、展开救援的首支医疗队。

从 13 日深夜飞赴成都，到 15 日上午生死跋涉到映秀，医疗队一直在跟死神赛跑。

平时，这些医护人员已经习惯了“叫板”死神，从它手里夺回无数宝贵的生命。但这一次，他们的“老对手”变得非常强大：除了要抢在“黄金 72 小时”内赶到灾区、救治刚从废墟中扒出的奄奄一息的生命，他们自己的生命也在悬崖、泥石流、余震、缺粮缺水的夹击中显得很脆弱。

依然坚定的是医者信念：争分夺秒，拯救生命！

图 8　南方医科大学医务人员在救援汶川（组图）

作为中山大学附一院附二院的摄影作者，亲历了抗震救灾的过程，相信与非医疗专业的摄影记者感受不同（见图9）。

图9　中山大学举全校之力积极参与抗震救灾

“一方有难”、“八方支援”。中山大学在第一时间以募捐、派出医疗队和心理救助人员、接收灾区转来的伤病员和学生、为在校受灾地区学生提供心理辅导、经济补贴和生活、学习、就业帮助等形式，举全校之力积极参与抗震救灾，投入到解民于倒悬的生死决战中去。

看那照片上每个医务人员的动作、表情、眼神，给病患者传达着一种坚定、深情、执著和希望。他们让死亡向生命走来，身上蕴涵着丰富的故事，又闪烁着圣洁的光辉。我们从照片里看到了累累伤痕，看到了艰巨历程，也看到了顽强的信念。

这一张《让我们一起承担》的图片（见图10），是汕头大学新闻学院的摄影专业老师谢琳拍摄的。四川省地震灾害发生后，汕头大学师生自发到校园各处点上蜡烛，默默为灾区人民祈祷。连日来，谢老师拍摄了许多烛光祈福会。这一张是大型烛光祈福集会，田径场上，大家站立，手捧着蜡烛，默默为灾区人民祈祷着。

图 10　汕头大学师生默默为灾区人民祈祷

这张照片的创意之处在于摒弃了常规俯拍烛光的手法，用广角镜低角度仰拍，使画面的队列构成放射状，漆黑的天空背景，唯见点点烛光从低远处排列有序递来。夜阑静，我们感受到师生无法平静的心情……当大家喊着："四川，加油！四川，加油！……"时，在场的人都感动得流下了眼泪。大家对四川地震带来的灾难感到无限的沉痛，希望借此为灾区人民送上无限祝福。

画面消弭着感官的刺激，直面惨淡的人生，有力的悲悯使照片久久吸引着人们的目光，震撼着人们的心灵。让人流泪的同时又生发出深深的思考，让我们在心底涌起无尽的勇气和爱，与四川人民一起去面对和承担。

现在，有越来越多的大学生积极参与互助关怀社会的义工活动，加深对社会的了解（见图 11）。这张照片是华南农业大学赖志明 2008 年暑期随该校义工协会赴贵州榕江计划乡开展为期十六天的支教活动所拍摄的镜头。

图 11　华南农业大学义工协会赴贵州榕江计划乡开展为期十六天的支教活动

在支教的过程中，作者以镜头的方式捕捉每一份感动，哪怕只是孩子的一个微笑、一声哭泣都值得他去记录。画面拍摄的人物神态十分生动，那循循善诱的表情跃然纸上。

这种社会纪实的摄影报道，就是要鼓励大学生到农村去。一方面，可以提升大学生自身的能力与见识，另一方面，可以把自己学过的知识传授给乡村的孩子，可以在乡村宣传科普知识，让他们知道知识可以改变命运。也许，他们的到来给不了当地村民和孩子们什么，可是，他们至少给这里带来了一缕清新的空气，这就是他们最真最纯的心愿。

在这批获得校报“好新闻”奖的图片中，反映报道义工活动的图片最多的是深圳职业技术学院。深圳职业技术学院义工骆映均用周末时间为学校附近留仙小学的学生辅导功课（见图 12）。该校学生义工爱心接力，已经开展此项活动五年之久。照片采用近拍镜头，仔细刻画了义工骆映均认真辅导的表情和孩子静心听讲的神态。画面利用侧面的室内自然光，环境自然得体，现场感强。

图 12　深圳职业技术学院义工骆映均用周末时间为学校附近留仙小学的学生辅导功课

这一张图片（见图 13）是 2005 年 10 月拍摄参加团中央“青年志愿者扶贫接力计划”的深职院毕业生林明进给广西田阳县贫困孩子们送去学习用具的生动情景。画面主体人物与孩子们的互动，其眼神与动态都相当自然。派发学习用具的热闹场面以及孩子们对学习的热爱，充分体现出义工与孩子的情感。

图 13　深职院毕业生林明进给广西田阳县贫困孩子们赠送学习用具

这张深圳职业技术学院文化义工在深圳关山月美术馆“黄宾虹画展”作导览服务的照片（见图 14），拍摄比较简单，除了室内拍摄需要注意曝光控制之外，因为不需要抢拍，所以拍摄难度应该不高。不过因这是学校成立深圳市文化场馆第一支义工队的活动，所以具有新闻报道价值。

图 14　深圳职业技术学院文化义工在深圳关山月美术馆“黄宾虹画展”作导览服务

值得一提的是这张拍摄拍卖会的镜头（见图 15）。2008 年 5 月 17 日，深职院师生艺术作品在深圳第四届文博会大芬村分会场首次举行专场拍卖会。13 号买家以 5000 元的价格拍得方晖老师的《伤春》。图片的视觉中心是高高举起的“13”号牌子，观众的视线透过“13”号牌，视点应该会停在投影幕的《伤春》作品上。整个画面前景特别昏暗，更加突出了白色的“13”号牌子和背景的亮处所投射的作品。

图 15　深职院师生艺术作品在深圳第四届文博会大芬村分会场首次举行专场拍卖会

都市摄影的困难在于从司空见惯的事物与空间中发现一种特殊的新鲜。虽然大城市最有可能获得本质性的都市影像，但这并不妨碍一些摄影者通过他们的镜头呈现中型城市中被遗忘的市民生活。

广东外语外贸大学张镇历拍摄的《消失的猎德》是一组纪实摄影照片（见图 16），这组由 6 张图片组成的镜头，反映拥有 800 年厚重历史的猎德村在推土机的轰鸣声中永远地消失了，纳入了高楼耸立、寸土寸金的珠江新城。那幽幽长廊，留下无尽的哀伤；那悦耳铃声，曾经在这小巷中留下玲珑笑语；那逼仄的小巷、斑驳的泥墙、无忧的童年，有谁知道你的童年快乐在此定格。往后你们的“无忧谷”只能在梦里寻觅。逝者如斯，时间也留不住这片土地。从张镇历的镜头里，我们感悟到这般的心境。

图 16　**消失的猎德**（组图）

在逐渐泛黄的照片里，有猎德的天空，曾见证你们如火的往昔。笔者心中的猎德，变为曾经的记忆。也许摄影者拍摄之后会发现，原来摄影是一种与活生生的都市现实有着如此亲和力的视觉媒介，原来摄影是一种具有如此丰富表现力的视觉手段。

张镇历采取摄影加文案的当代图像信息读解的新视点，关注人与自然，人与建筑之间的依存关系，运用摄影文化新视角来诠释人类文化本源的回归与延伸，这一大地与子民的奇迹，不仅具有较高的艺术性，而且具有一定的文献价值。

当看到广东外语贸大学梁紫卿拍摄的《72 级校友 30 载后母校重逢》（见图 17）时，笔者忍不住想为这张照片另起一个题目叫《两个“工农兵”》，而把“72 级校友 30 载后母校重逢”作为副题。“工农兵学员”这个历史赋予的特殊概念，这群与共和国一起度过60华诞的同龄人，这群他们的“80后”孩子对这个“雅号”还以为“很囧很雷人”的爸爸妈妈们，“30年啦，别提它”。

图17　72级校友30载后母校重逢

梁紫卿拍摄的广外首届“工农兵”学员——72级校友在2006年11月重聚母校，畅谈30载苦与甜的镜头具有特别的纪念意义。画面：穿越30年的时空紧紧握住的手，互相指向对方的食指，激动而又错愕的表情。旁白：“哈，你这小子还是这副德性……”

30年来，道不尽说不完的思念都凝聚在这短短的一瞬。

四、高校镜像“备忘录”的关键词

关键词一：典礼

典礼是盛大而经典的，“盛典弗愆，羣望咸秩。”（《隋书·音乐志上》），经典的东西一旦被影像定格，将成为永恒的见证，不管你愿不愿意回忆，也不管你失忆不失忆。

《将大学精神融入生命》是中山大学李锦胜拍摄的图片（见图18），画面是中山大学怀士堂前广场进行着学位授予仪式的现场。对于这张图片，几乎任何点评都是多余的。一是画面形象的感染力已经将观众深深打动，二是黄达人校长在这个学位授予仪式上的讲话，正好是对照片的诠释：“礼仪文化是大学文化的重要组成部分，是大学塑造学生成人，进行人文教养的重要载体。在这庄重的仪式中，‘大学精神’得以融入生命之中，神圣与崇高得以永恒见证。学位授予仪式的完成，代表着同学们大学生涯的完满。此刻，你们将被永远定格在中山大学的记忆之中。"

图 18　中山大学怀士堂前广场在进行学位授予仪式

李锦胜的图片采用宽画幅的构图，运用广角镜拍摄，更好地表现出恢宏壮观的场面。绿色的地毯与红色的导师礼袍和黑色的学位服对比鲜明。阶梯式的高低与背景绿色树丛外轮廓的起伏相融，曲线优美，富有节奏感。

看到这个隆重典礼的场面，想起《中山大学报》一则让我感动的报道：从 2007 年起，毕业典礼将让所有毕业生逐一上台接受黄达人校长授予学位证书。毕业生总人数达到 10244 人，仪式前后一共举行 14 场，历时 4 天。（足够申请吉尼斯纪录，笔者注）每个学生上台的时间大概只有 5 秒，而黄达人校长在台上却一站就是四天。跟学生握手、递过学位证，这样两个动作要重复一万多次。听到"毕业歌"的感动，是否来自于在毕业前再一次感受作为中大人的骄傲？

同样记录着毕业典礼的见证，广东工业大学邓志丰拍摄的又是另一种情景（见图 19）。中山大学照片的画面是庄重而隆重的，而广工的这张照片是轻松而活泼的，正如题目所写的《成长了，快乐飞翔》。我知道他们要的那种幸福，那种祈望，就在那片更高的天空，想飞得更高更远。摄影者选择的是与拍摄对象同一个位置，视点与毕业生相一致，更能以"我"作为主体，让观众感受到莘莘学子此时此刻的心情。

相信再过 10 年、20 年以至 60 年，画面中的情景，也许能带着他们回到大学时光的记忆长河，也许他们的心中也正在播放着一段段属于"80 后"的校园歌曲。从走进广工时那"青葱"幼稚的眼神，到今天毕业时那成熟而坚定的目光，青春与激情都从这片天地开始。从他们闪着泪光的眼睛里，我们可以读出成熟的坚毅和对未来的渴望。

图 19　成长了，快乐飞翔

广东技术师范学院的这张图片（见图 20），完全可以作为什么叫“拨流苏”的名词解释挂图。你看在学位授予仪式上，校长将这位学位获得者位于右前侧的流苏随帽檐移至左侧中部，流苏呈自然下垂状。流苏由右而左这一拨弄，表明校方准允这个学生走出师院这个“师门”。

图 20　广东技术师范学院王乐夫校长为学位获得者拨流苏

摄影者站在授位者与被授位者侧面的中心位置，刚好拍到授位拨流苏的“标准动作”，学子毕恭毕敬、充满幸福的姿势和心情被勾画得十分生动，主体人物的轮廓线条很美。黑色的学位服与校长的红色礼袍和红色背景对比统一，浑然一体。

一个生日蛋糕不是很大，但它却包含着走过100年的生命，其意义已远超越于它的体积；一张“全家福”的合影不像新闻图片，但它的五个“W”却一个也不少。这就是作品的成功之处。暨南大学资深记者刘斌拍摄的《暨大胡军校长与海内外学子同贺暨南大学百年华诞》（见图21）。

图21　暨南大学胡军校长与海内外学子同贺暨南大学百年华诞

图片中有“两个中心一个基本点”。一个中心是正中硕大、雪白的蛋糕，上面写着“祝贺暨南大学百年华诞”，另一个中心是站在人群中心点的胡军校长。一个基本点是围绕这“两个中心”的海内外学子代表，正因为有了这群最基本的而且又是主角的“基本点”，才使得这张新闻照片不会缺少五分之一“W”。

对于在2006年在校学生3万余人，其中海外及港澳台学生竟达12145人的这个数字来说，胡军校长与海内外学子同贺暨南大学百年华诞的这个蛋糕做得值，也吃得值。据暨南大学网站介绍：暨大海内外学子来自全球五大洲77个国家和中国香港、澳门、台湾3个地区，高居全国高校第一。来自境外的研究生1008人，占全国高校海外及港澳台研究生总数的1/4，无愧为“华侨最高学府”。因此，当读者了解到这张五个“W”俱全的“全家福”所代表的是12145“全家人”时，应该能领悟到“合影照”也能担当起新闻的主角吧。

摄影师记录着这些历史瞬间的同时，也亲历着其中的变化，成为不可多得的历史见证人。今天，这片红色、绿色与黑色，以后必将成为那个时代的风流。而曾经记录高校历史的人，不可能成为镜头中的人物，却能成为学校影像“备忘录”里记录镜头的人物。

关键词二：运动会

运动会是每个高校每年的“规定动作”，当然也就成为每位“象牙塔摄影师”的“必修课”了。除此之外，每年更使摄影师忙碌的还是那些额外的“选修课”。像华南师范大学承办的“全国第八届民族运动会花炮、珍珠球比赛项目”、汕头大学承办的“第九届 CUBA 联赛男子八强赛”等运动会。

华南师范大学陈南光拍摄的《我校运动健儿组成的广东板鞋队奋勇拼搏》（见图 22），从画面看第一眼就被这种别具一格的“板鞋赛”所吸引。赛场上两个代表队勇猛拼搏，三人一组，步伐一致的动作美感十足。从摄影技巧来讲，陈南光拍摄到的经典而优美的动作，是三位广东队员“双脚”同时腾空离地的瞬间。在这个瞬间的横截面上，让我们想到了整个运动过程的时间序列。截住时间的流程，给观众展示凝固瞬间的美，这就是摄影最本质的纪实特性。

图 22　华南师范大学运动健儿组成的广东板鞋队奋勇拼搏

我们还可以在另一张照片上看到定格瞬间的美，那就是《再碰“西南王”，我们赢了》（见图 23）。它是汕头大学学生记者黄杏杏拍摄的篮球比赛照片。篮球比赛是一种节奏快，速度猛的比赛。拍摄位置对于拍摄篮球比赛来说是十分重要的，选择一个好的位置是拍摄出精彩篮球比赛的前提。黄杏杏选择篮板下侧面的拍摄点应该说是成功的。因为比赛选手的大多数动作及跑位都是可预见的，只要把握好提前量按动快门，便可以抓拍到精彩的镜头。

图 23　再碰“西南王”，我们赢了

在画面上，这位腾空欲将篮球送进篮筐的主角是队长徐兆略，身高仅 1 米 88 的他，要面对武汉理工队这位身高 2 米 14、素有“CUBA 小巨人”之称的篮板王韩德君的封盖，可不是一件容易的事。不过，在这场比赛的过程中，徐兆略作为一个善于出其不意的后卫，切入底线然后凭借弹跳和腰肌力量，避开“小巨人”的干扰而顺利将篮球送入篮筐的情景还是经常发生的。

这样的情景除了能够说明“再碰‘西南王’，我们赢了”的主题之外，更主要的是为观众展示出了一幅精彩的比赛画面。

我们无论看电视或者欣赏图片，喜欢看到跨栏跑运动最富有表现力的瞬间是运动员跨栏的那一瞬间。广州中医药大学徐焱琛的《跨越》（见图 24）便给我们带来了运动员跨栏最美的这一瞬。尽管运动员的动作没有刘翔的那么标准，但那“不爱红装爱武装”的雄姿，依然给我们以健美与活力的享受，同时，我们不禁为姑娘们的勇敢给予掌声。

图 24　跨越

从徐焱琛采用低角度拍摄的手法，并且是选择在第一栏拍摄，可以见到拍摄者对拍摄田径运动具有一定的经验。因为低角度能表现出运动员腾空跨越的优美动作，同时也避开一些背景的繁杂，而在第一栏位置拍摄，才能拍到刚刚起跑的运动员基本同时跨栏的姿势。

徐焱琛在拍摄跨栏运动时，除了拍摄角度的选取很重要之外，还不乏从艺术的角度去衡量，这样的画面能够给人以更多的信息量，感染力也更强。这张画面的构图比较饱满，力图追求对运动员面部表情与技术动作的刻画，而不仅仅是记录比赛结果。

体育摄影的拍摄对象具有变化快、无可预知的特点。同时，在运动场上的运动员始终处在高速的运动当中，所以，体育摄影与其他摄影相比，难度是可想而知的。

作为广州体育学院，举办体育运动是不是可观赏性比其他非体育专业院校更强呢？好像很难得出正确答案。因为体育运动的观赏目的因人而异，有的观赏技巧、有的感受气氛、有的关注表情与情趣。广州体育学院李娜拍摄的《拔河》

（见图 25），它的观赏性相信观众一看就明：表情。拍摄拔河比赛不像其他快速运动项目那么难拍，关键在于是否能抓住运动员的表情，李娜做到了。

图 25　拔河

看，几个不像适合拔河身材的老师，他们却“力拔山兮气盖世”。个个使出九牛二虎之力，身子往后倾，双手像只铁钳似的抓住大麻绳。筋脉突兀，肌肉紧绷，身上的汗毛发直，头发竖起……这就是李娜提供给观众的观赏价值。

深圳大学这两张获奖的图片都是同一个主题——期盼和支持举办 2011 年世界大学生运动会。为迎接 2011 年第 26 届世界大学生运动会在深圳举行，同时庆祝深港西部通道建成，80 辆校车满载 3000 深大学子从白石路出发，浩浩荡荡奔向新建成的深圳湾大桥，参加“万人健步迎接大运会”活动（见图 26）。

从照片上我们可以看到，3000 余名师生身穿印有深圳大学标志的统一服装，挥舞着支持大运会的旗帜，以饱满的热情，整齐的步伐走完了几个小时的行程。照片画面像一片翻动的黄色麦浪，红色彩旗在大桥两侧飞舞。摄影者选择俯拍的角度应该是成功的一半。摄影者把同学们意气风发，体现学子积极健康、昂扬向上的精神风貌纳入镜头。镜头展示出特区大学生的豪情与活力，用健康运动的方式表达了期盼和支持举办 2011 年世界大学生运动会的热切心情。

图 26　万人健步迎接大运会

另一张申办大运会成功的照片（见图 27），画面气氛热烈，申报成功的喜悦之情洋溢于纸外。几乎不用看标题，从密集的占去大部分画面的《深圳商报》大标题中，观众就能找到主题。这不仅是报纸标题的功劳，更是摄影师采用近拍的拍摄手法的功劳。镜头中，作者注意捕捉人物的表情和手势，使画面充满一种欢快的氛围。

图 27　申办大运会成功

关键词三：歌舞

如果说白云学院的舞蹈《我·我们》荣获全国性校园文艺会演一等奖当之无愧，那么，吴斌拍摄的这张舞台摄影作品获得省校报“好新闻”图片类一等奖也理所当然（见图28）。尽管舞蹈的动作、造型设计和舞台灯光效果是舞者、导演、舞美人员和灯光师的功劳，是“先天”的。但是，如果没有高水平的摄影技术和艺术水准，同样无法“复制”和再创造出这台舞蹈的美。

图28　我·我们

像风光也是“先天”的一样，同样的一个景色，却不见得谁都能拍得美。

舞台的光线情况“暗弱、多变、反差大”，经常会因为曝光不足而宣告失败。但如果借助闪光灯进行拍摄，则会冲淡了舞台特有的灯光和色彩效果，完全失去舞台摄影的精华所在。

不过，吴斌都克服了这些技术难题，很好地拍出原汁原味的舞台效果。首先，他的作品让我们感受到色彩的美，整个画面以紫蓝色和紫红色为主色调，色调分为前后两个层次。前面蓝色的正是四对舞者优美的造型动作以及倒影，而紫红色刚好作为背景，三对舞者隐约可见，与前面互相呼应，画面有主有次。再加上各种不同色彩光源的丰富，画面的层次感和光影效果自然都体现出来，尤其是空间的流动感十分明显。

从吴斌抓拍的舞蹈动作来看，估计他对剧情和视觉形象比较了解。对主要演员的位置和具体动作心中有数，才能做到拍摄时从容不迫，把握好适当的瞬间。

广东技术师范学院的这张舞台摄影照片（见图29），它的看点在于表演者的造型组合和动与静的对比。画面的视觉中心，是一位被高高托起的舞者的跑步动作造型，演员的白色服饰与红色背景形成对比，气氛热烈。

图 29　广东技术师范学院举办毕业文艺晚会

2009 年即将结束，我们回眸 2006—2008 年三年间这些获得“好新闻”奖的图片作品，它是“象牙塔摄影师”的一种记忆，也是我们所有校报人的骄傲。

由于职业的特殊性和摄影纪实的特性，他们用摄影影像为学校留下了极其珍贵的历史。在这中间，没有战地摄影记者的惊心动魄，也没有报社记者暗访那样随时会遭到报复，但他们依然是艰辛的。不管从政治角度、文化角度，还是从史学角度，也不管怎样的风雨，在他们看来，也许这不是什么历史，而只是他们清晰而坚实的足迹，是他们生命的轨迹而已。

（汕头大学校报主编、广东高校校报研究会学术部长）

2006年度"好新闻"作品评点

樊克宁

作为校报年度好稿的评委，评到今年，这项友情参与的差事，我已干了三年。三年是个像流水一样的过程，我感觉今年校报的整体表现最为平淡。三年又是一个可以总结出一些规律来的时间长度，我看到校报越办越成型了，队伍也越来越壮大，可是也有了越来越多的官样文章，就像如今新闻界的一个缩影。

为什么会认为今年的校报最为平淡？是因为没有具爆发力的新闻亮点。比如去年，我印象中还有一些《龙胆侠肠真英雄　千钧一发勇伸手》这样的校园社会新闻，也有诸如《大学里，他第一次站起来》、《今天，我们应该怎样消费?》、《"大学生"，村民把他请上龙舟头》这样的新闻调查。可是今年，不知是不是漏了送评的原因，除了《透视校园兼职现象》，这类很生猛的稿件基本看不到了。

通讯仍然是校报最为强项的新闻品种，今年更是如此。虽然调查类新闻减少了，但是开始涉及重大题材，比如《酒香浓郁藏深巷——记庞加莱猜想证明者朱熹平教授》，这篇报道受到了众多媒体的关注，引用率是相当高的。高校中有不少高水平学科和项目，有人也有事，校报应该在这类题材上有所作为，在强化校报分量的同时，向社会媒体推荐。今年一些反映大学生活的稿件，也相当好。比如《一路风雨一路歌》，反映一位大学毕业生在求职过程中不断求索、不断自我完善的心路历程。他找工作有时顺利，有时遭遇挫折，在一个个完全不同的行业中试验自己的能力，最终选择了待遇不算最好，却最能发挥个人专长的一项工作。这种经历本身，既具有故事性，同时也具有代表性。《八日燕尾帽》是一个关于实习生的故事；《海峡有岸情无边》是关于一个台湾老人和一个贫困女生之间的故事；《郭小东：点亮学生思想的火花》、《戏曲研究五十载　孜孜不倦教与学》、《甘作蜡烛的琵琶名师》等是关于教师的故事。由此我想到，校报之间，其实可以开办一种互动栏目，用来刊登兄弟校报的优秀新闻作品。这样做，各报之间既可以互相学习，同时又能创造出一个以转载率高为荣的氛围，对于办好校报也是一个促进。

相比于通讯，校报的消息仍然是弱的。我想这大概是因为校报不是日报的原因吧。事实上我观察校报的消息，除了校园时政类，许多都写成了小通讯，一般都有一个小故事。比如《梁结流毕业一年闯入CEO》、《做人要一诺千金》等，而像概貌消息《全省职教师资需求量增大》这类既有信息量，又有观察视角的消息少之又少，校报可以将这种类型的消息作为一个时段的努力方向。

事实上高校作为思想力很强的地方，评论也比较活跃。《有一种力量激励着我们》，是一篇既有思想火花又充满激情的社论。大学里的人爱讲道理，说理性的评论既多且质量不俗，《知荣扬荣　明耻弃耻》、《当挫折和痛苦来临的时候》、

《找好位置活出价值》、《大学精神的所寄所在：图书馆》等，都是好的说理性评论文。而且我发现，有的校报评论性相当强，有的选送两篇稿，我都给了一等。我建议校报的评论同现实结合得紧密更紧密些，这样才能得到更多人的共鸣。为了鼓励向这种方向发展，有的评论虽然还不是很完美，我也给它投了一票。

今年的图片，抓拍到了一些佳作。比如《没有休止符的乐章》，画面是李岚清在同大学生的大合唱中领唱，人物的表情神态和所处的环境氛围都很到位，画面有故事感，构图也相当饱满，即使放在社会媒体去参加评比，这张都算是好照片。《72 级校友 30 载后母校重逢》也是一张抓拍相当成功的照片。值得一提的是今年的组照也有成功作品，《让心灵去旅行》中流动着一种情绪，它能够调动起读者的个人阅历，跟着镜头去走一遭。

我注意到今年校报的范围扩大了，尤其是一些民办高校也参与了进来，而且其中一些起点不低，使我们所看到的大学校园生活越来越丰富。

（羊城晚报首席记者）

2007年度“好新闻”作品评点

王首程

2008年4月26日收到广东高校校报“好新闻”参评作品共451件，根据主办者的意见评选出一等奖43件，二等奖136件，三等奖182件。具体情况列表如下：

2007年度广东高校校报“好新闻”奖评选综述

序号	类别	送评篇数	获奖情况		
			一等奖	二等奖	三等奖
1	标题类	78	7	25	33
2	消息类	83	8	26	32
3	通讯类	83	8	24	34
4	言论类	70	7	21	28
5	图片类	66	6	20	27
6	版面类	71	7	20	28
合计		451	43	136	182

上述451件参评作品内容导向正确，高校特色鲜明，多数作品印制规范，技术质量符合出版物的有关要求，反映出广东高校校报整体编辑出版水平比较理想。各类作品质量水平简述如下：

一、标题类

标题重点看新闻性、信息量、可读性以及编排水平。入选的标题首先要有新闻性，新闻性集中体现在新闻价值、新闻时效上。其次，优秀标题要善于提炼新闻事实中的精华内容；在标题的形式上，虚实搭配得当。再次，新闻标题的语言要醒目、准确、精练。本次落选的标题有的过于平淡，缺少新闻价值；有的标题中的新闻要素不足；有的只有虚题，没有实题，或是混淆了两者的作用。例如《风雨彩虹路　铿锵玫瑰心》，这一标题的落选是因为这本身就不是新闻作品的标题。还有些作品缺少与标题相对应的正文，孤立地看一条标题是难以作出准确判断的。

二、消息类

相当数量的作品选材很好，充分展示了大学校园的丰富生活和学校对学生的关爱。如《徐真华邀学生共进午餐听心声》、《易建联、朱芳雨回校看望师长同学“要用最好的成绩报答学校”》等消息，不仅选题新，新闻性、时效性强，而且对整个新闻事实也有全面生动的概括。送选消息作品中主要存在的问题是消息、通讯分得不清楚。一些选送作品甚至把评论、通讯、散文等体裁当做消息。还有的消息导语拖沓冗长，不能用一两句话在导语中交代主要新闻事实，一些作品干脆就不写导语，新闻的文体特征比较弱。另外，部分作品内容枯燥，流于形式，语言也过于公文化，可读性不强。

三、通讯类

本次选送的通讯作品中，人物通讯占了很大的比例，多篇人物通讯真实、感人，可读性很强。如《校园里有一朵洁白的云》、《做一个大气的人》等，这些通讯生动介绍了我省高校校园里的一些平凡的人物不平凡的精神风貌，为大学校园装点了亮色。还有一些通讯作品贴近大学的生活，选材角度新颖，这是值得鼓励的现象。如《校园推销，谁是牵线搭桥人》、《刷卡一不小心刷成“卡奴”》等，这些作品充分挖掘出了大学校园里普遍存在的现象和问题，不仅可读性强，也具有现实意义。

通讯作品存在的问题一是问题特征混淆，用消息代替通讯，还有些作品应该属于工作总结，被当成了通讯选送参评，这样自然就失去了机会；二是个别报送作品复印不完整，无法评审；三是有的作品用第一人称来写，（例如《创新——就在身边》），不符合新闻作品的写作要求。

四、言论类

此次入选言论类作品的共同特点是：

（1）选题新。如《俱乐部教学的三赢》。

（2）观点新。如《教育要强化服务性》。

（3）见解深。如《大楼、大师、大学》。

（4）说服力强。如《文章千古事》。

（5）文风比较朴实。如《平实、进取、包容、入世》。

不足是有的不是言论类作品，有的视野狭窄、单一，有的观点陈旧，有的言之无物，说大话、空话。这样的作品自然难以入选。

五、图片类

本次选送的图片能充分地反映高校风貌，展现学子风采。本科教学水平评估、大运会、民运会等重大事件成为共同关注的焦点；各校如军训、文娱晚会等活动精彩纷呈于纸面；“大学生诚信”等敏感话题也引发了学生的思考。

不足是题材还是比较单一，尤其缺乏教师的教学活动题材的图片，也缺乏学校总务后勤等方面题材的图片。另一个不足是与图片相联系的文字背景或注解还需要加强，文字既要与图片内容紧密联系，又要能够画龙点睛。

六、版面类

从总体上看，老牌重点高校的报纸版面编排普遍比较专业，获奖面也比较大。一些职业院校、小学校也异军突起，展示了不俗的实力。例如广东女子学院、广州城市职业学院等学校此次送评的报纸版面就有比较高的编辑水平。这和这些学校对校报的重视是分不开的。

版面上存在的问题也显而易见。例如有些校报的版面编辑思想还有待开放，构图审美水平仍需提高。有些版面视角的失重现象还比较突出，有的版面把图片堆在一起，看不出编辑意图。其次图片与文字的搭配也需要改进。个别版面的标题字体比报头还大，造成版面的混乱，也违反了有关规定。再一个就是有的版面图片质量不高，影响了对整个版面的评估。

以上意见仅供参考。

（广州大学新闻与传播学院院长）

2007年度“好新闻”作品评点

吴春燕

2007年度广东高校校报“好新闻”活动的参赛作品与2006年相比，水平有较大的提高，特别是通讯类、言论类、版面类实力强大，竞争激烈。但消息类、标题类稍弱，水平参差不齐。

一、版面类

共有71个版面参赛，有的副刊版面做得十分精美，图文并茂，部分新闻版也做得很大气，敢于运用大幅照片，具有很强的视觉冲击力。其中广东外语外贸大学“和谐”专版、广东工业大学的“活力工大”版、深圳大学的副刊版、广州城市学院的“城市风”专版、韶关学院的文学版都十分精美，尤其是图片的运用大胆，文字也底蕴丰富。而中山大学学位授予仪式专刊和广州大学大运会特刊都采用连版的形式，十分大气。今年版面类作品与去年相比，整体水平较高，竞争更加激烈，尤其是一些省属的大学后来居上，制作版面的水平甚至超过一些国家重点大学。

二、标题类

共有78个标题参赛。有的重大题材报道题目很大气，如《大学因城市而兴，城市因大学而盛》、《谋定而后动、先胜而后战》；有的标题紧扣社会热点，或以设问的形式吸引人：如《课程开到生产第一线》、《13年前的承诺不落空》、《求职路上，你走得还好吗?》《拿什么奉献给你，我的大学》、《98.59%是怎样炼成的?》等等。但整体看，出彩的标题不多，有的还是像20世纪80年代一样，爱用一些似是而非的对仗工整的文学诗句，光看题目都不知文章到底是讲什么。

三、言论类

共有70篇言论参赛。今年的言论水平有所提高。不像去年，笔者甚至无法挑够80%的获奖作品。评论一般出现在头版，评论员需要慧眼独具，关心时代热点，如今年的《拯救本土文化——岭南文化》、《本科教育不需要华丽的外表》、《黄金周该多点国庆味》、《不要忽略人文教育》、《做中国人我们越来越自信》、《关于老师这个称谓》、《改变，只对教育负责》等等，但凡选准这些热点展开阐述，贴近生活、针砭时弊，以先进的理论引导人、教育人、以丰赡的事实说服人、鼓舞人的评论，都被笔者选入获奖作品。相反，一些工作性的内容如本科教学水平评估的文章则被弃选。

四、通讯类

共有 83 篇通讯参赛，这些通讯普遍水平较高，特别是人物报道很有感染力，让评委难以取舍。其中一些既有重大新闻人物的追踪，也有平平淡淡小人物的真实描述，如《“养猪总经理”罗旭芳》、《蝴蝶兰开香四方》、《唐英年：年轻人应该搏一搏》等。可喜的事，今年的参评作品不像往年那么多人物通讯，而真正切入大学生活深层的话题新闻不少，如《校园推销，谁是牵线搭桥人》、《走进思想理论课课堂》、《刷卡一不小心刷成了“卡奴”》、《历史上的一个里程碑》等。

五、图片类

共有 66 组图片参赛。一些图片胜在有内涵，如《消失的猎德》、《黄省长打球》、《大运火炬，从我手中点燃》、《相约华南师大，共叙民族情谊》等；另一些图片胜在大气，或质量高，如《我，我们》、《成长了，快乐飞翔》、《大运会图集》等。

六、消息类

消息难写，尤其是高质量的短消息更难写。本次共有 83 篇消息参赛，好作品却不多见，多为一些日常工作性的会议消息，而且大部分篇幅过长，全国性消息类的评选一般限定在一千字以内，但此次参赛的作品不少超过了一千字。笔者只好从这些超过千字的长消息中“矮个中挑高个”，选了一些作为好新闻：《“当代福尔摩斯”李昌钰谈传奇人生》、《省长寄语学子到基层建功立业》、《就业观念悄然改变，边远地区学校受关注》、《我校大豆间套种栽培技术取得可喜成效》、《让爱相“髓”》、《“中大装置”明年可升空》、《英语授课风劲吹暨南园》《张景中巧解微积分》等反映社会热点的独家新闻或重大题材作品。

（《光明日报》广东记者站站长）

2008 年度“好新闻”作品评点

樊克宁

总体评价：2008 年高校校报整体质量有较大改观，专业化程度加强。我个人认为，从中体现了编辑部的水平在提高。

一、消息类

整体进步。出现了现场感强的生动的消息，如《汪洋书记亲切勉励仲恺学子》、《你应该为你的国家感到自豪》；重视消息的信息量，如《南方大豆种植大有可为》、《扎实农技推广换来农业部大项目》；写作形式上也开始注意消息的文体特征。可是导语仍然是消息写作的一大缺陷。一些即使给了较高分的消息，也不见得就说明导语写得好，而是由于没有好导语，只好从信息量等角度作考察。如《汪洋书记亲切勉励仲恺学子》应该将与新闻主体有关的信息作为导语，而将事件发生的环境作为背景，放在第二自然段或之后交代。考虑到信息主体的重要性以及写作生动性，我仍给这篇稿以较高评分，这是一种局限于校报消息写作现状的评分选择。

二、标题类

一些信息与内涵均表达充分的标题是容易得高分的，如《书记校长当上编外班主任》、《多换思想少换人，不换思想就换人》。但是总体上标题没有大的突破，较少创意。口号标语式的标题仍然存在。

三、言论类

言论特别需要真诚，需要有真知灼见。我非常欣喜地看到在 2008 年的言论作品中，那种出自作者对现实的观察、经过一番独立思考又发自内心的写作增加了。如《教授的结论太匆匆》、《咱中国人没有必要同钱永健套近乎》就是其中的好言论。紧追校园热点的话题也增加了，如《为研究生论文的毛病把脉》、《话说汕大名人讲座热》、《要诚聘，更要有实际行动》等。即使有些作品存在一些小小不足，我仍愿意给较高的分，因为作者认真思考了，必须鼓励这种文风。当然也仍然存在一批抄文件，或讲大话、空话的八股言论。这样的言论尽管滴水不漏，我也绝不鼓励。

四、图片类

报纸的图片，在强调新闻性的同时，也要讲究图片的内涵，还要兼顾画面和构图的生动性和艺术性。《汪洋书记亲切勉励仲恺学子》、《温家宝接见黄达人》、《徐真华喜传奥运圣火》就是这类作品。但是，今年我还给一些组图以较高分，因为它们共同架构起了一个完整的故事，其中一些图片相当讲究内涵，让人回味。其中《救援汶川》是一组非常优秀的新闻作品，其主题、事件、人物都相当突出，画面信息量丰富。记者分别从不同角度捕捉到一个个最具代表性的瞬间画面，如温家宝总理神色凝重地走进灾区帐篷群，就是极具视觉冲击力的全景照片；同时也有在地震现场紧张救援的军队医务人员感人的细部特写。这组图片清晰交代了新闻事件的整体面貌，就是放在综合性新闻报刊发表，也毫不逊色。

五、通讯类

通讯作品质量较为整齐。我仍然关注那些同现实结合紧密的作品，来自现实生活的题材是评分考量的基本要素。《在抗震救灾的日子里》、《我始终代表广外这个集体服务奥运》、《回家五天》等就是。同时，一批校园调查很好地反映了当前的新闻热点，《网络文化，繁荣中的反思》、《今天，你理财了吗》、《教学实践移师广交会》、《女生节，离你有多近，就离你有多远》，这些作品不仅再现了事件，同时有思考和建议，这就令新闻有了深度。而人物通讯整体也有长足的进步。但是，表现在人物通讯上，大而全的人物成长史较多，鲜有个性鲜明的人物特写，这是需要加强的。

六、版面类

2008 年版面没有太令人惊喜的作品，但总体质量平稳。较好的版面有《校运会交响曲》，这是一个图片专版，在版式上构思新颖，充满动感，实现了形式与内容的有机结合。我个人还是喜欢几何感强的版面，因为几何结构给人以稳定感，视觉上也舒服。给 10 分的作品，较多是这类。

（羊城晚报首席记者）

2008年度“好新闻”作品评点

郭光华

一、消息

本届参评作品共107篇，评出一等奖11篇，二等奖32篇，三等奖43篇。

对于消息的评选，首要标准是题材的新闻价值。有没有新闻价值，新闻价值的大小，都直接影响到作品的质量。对于校报来说，不一定抓的是国际国内的大事，但校园新闻与国家的大事有着密切联系，好的新闻就要去捕捉这种联系。这次获奖的一等奖作品中，如《我校两学子参加奥运圣火传递活动》、《为灾区来的伤病员撑起一片天》等，反映或折射了2008年中国发生的大事。新闻价值还体现在接近性上。善于从校园生活中发掘出有价值的东西，这更需要眼光，如《“就业寒流”中现“暖暖春意”》、《课室成了学生的“家”?》都与大学生生活密切相关。而一些单纯报道学校日常工作的消息，如果发现不了有价值的内容，就很难入选了。

其次是写作技术上的考量。大的方面而言，如文体特征的问题。有些消息写得很似会议记录或工作总结，特别是一些会议报道尤其如此，脱离不了会议程式。如《书记校长当上“编外班主任”》，这条消息新闻价值抓得好，但写法上却基本上按会议程式，只能遗憾地评为二等奖了。还有一些消息，内容不错，但缺乏导语意识，不善于开门见山突出新闻价值。这样的消息美中不足，也难以进入一等奖行列。

二、通讯

本届参评作品共104篇，评出一等奖10篇，二等奖31篇，三等奖42篇。

通讯除要求具备消息的基本要素外，还有两个特殊要求：一是它的题材价值要求更高，一些价值不是很高的题材，发一条消息即可，写成通讯，从价值上来看，就显得勉强了。二是它的内容要求具体可感。与消息比较，通讯的新闻价值在于展示事件的过程。也就是说，它应重在写“如何”，而不在写“何事”上。所以细节、过程描写就非常重要了。这次一等奖作品中，如几篇人物通讯，通过一些细节和具体的场景，展示了人物的风采，给人留下深刻印象，如《他，引领广东开启数字家庭时代》等。

一些通讯作品，虽然选题不错，但缺乏具体的细节，写得干巴巴的，不能打动人，就只能作降等处理。

三、评论

本届参评作品共97篇，评出一等奖10篇，二等奖30篇，三等奖39篇。

评论写得好不好，关键有三点，一是评论对象（或者叫“话题”）选得准不准，二是观点是否新颖，三是表达是否准确有力。

评论对象的选择，也有个新闻价值问题。这一点上面已谈过，主要还是考虑其显著性与接近性。所谈之话题，最好既是国计民生之要事，又要受校园师生关注。如一等奖作品中《爱国的呐喊需要理性》、《有些爱，请安静地给》、《大震过后，警觉激进民族主义》等，二者就结合得比较好。

观点的新颖对于一篇评论来说，不仅是吸引读者眼球的元素，也是展示作者思想立场之处。《有些爱，请安静地给》、《找回“本真”的“不忍人之心”》在这方面都做得不错。

好的观点需要好的逻辑和准确的语言来表达。有些评论虽然有观点，但表达上不够准确，就得不到最高奖项。

四、标题

本届参评作品共98件，评出一等奖10件，二等奖30件，三等奖40件。

好的标题至少要满足两个要求：一是准确，二是生动。一等奖作品《“90后”上大学，“80后”迎新忙》就同时满足了这两个要求。有些标题，做得比较生动，但不够准确，就难免落选。这次参赛作品中的《校长当一回学生》就是。仅仅从标题本身看，抓住了“校长”、“学生”这两个身份的差异，从差异中找新闻。但细读全文发现，校长是去学生食堂吃一次饭，体验生活。而“当学生”让人想到的是坐到学生席上听课的场景。这就是不准确。还有一些标题充满套话空话，信息量不够。人们说标题如新闻作品的眼睛，空洞的标题是起不到眼睛传情达意的作用的。

五、版面

本届参评作品共97件，评出一等奖10件，二等奖30件，三等奖39件。

版面由多个元素组成，评审时，既会考量其元素质量，更重要的是考量其结构效果。像一等奖作品“中山大学十大新闻”版，将2、3版打通，大气磅礴，庄重美观，很具视觉冲击力。

一些版面过于密集，给人很沉重的感觉；相反，一些版面过于疏松，显得散乱或不够紧凑。这些都影响质量。还有，版面还有个强势问题，好的稿件、重要的新闻是否放在强势版面地位，也是非常重要的。

版面编排中还有文与题、文与图的搭配问题。好的搭配应当是相辅相成、相得益彰的。

六、图片

本届参评作品共92件，评出一等奖9件，二等奖28件，三等奖37件。

新闻图片的评审，主要从两个方面来考虑：一是其新闻性，二是其审美性。新闻图片首先是属新闻的，必须有新闻性。有些作品从构图来看，具有一定的审美价值，但不具新闻性。

新闻性要求拍摄者善于抓拍那些富有包容性的瞬间，以瞬间传永恒，以有限传无限。《汪洋书记亲切勉励仲恺学子》、《徐真华喜传奥运圣火》、《生命就在你手中》等就体现了作者的抓拍功夫。相反，一些明显看上去是摆拍的图片，给人虚假之感，已丧失新闻的品格了。

新闻图片还要符合审美的要求。简要地说，诸如角度、构图、光线等要素都得讲究。《中国加油，汶川挺住!》的拍摄角度就很不错。而同样内容的作品《国之殇，祈福汶川》因构图不完整而只能割爱。

（广东外语外贸大学新闻与传播学院院长）

2008年度“好新闻”作品评点

梅志清

我们面对的是一个飞速发展的时代，2008年对于中国来说更是一个非常的年份，作为高校校报，理应在这方面涌现更多优秀的新闻作品。通读完所送各类作品，总体感觉导向正确，创新不足。

我想可能关键还是一个思想解放的问题。中国高校校报已有百年历史，曾在推动中国现代文明的进程中发挥了不可替代的先锋作用。而现在，目前中国大学制度严重束缚了各高校办报的开拓精神，不求有功、但求无过可能是安全的状态，但对于新闻的进步来说，是毫无益处的。

往年我侧重讲消息、通讯的写作，今年我想说的是，言论是报纸的窗口灵魂，至关重要，建议可在此方面多下工夫，策划有针对性的话题，不吝版面。而在版式上，现代版式更注重简洁、大气，让读者易读悦读，东一块西一块交错的版式结构早已应该摒弃。

（南方日报社首席记者）

2008年度“好新闻”作品评点

董天策

因为是第一次评审广东高校校报好新闻，不太熟悉情况，只能谈谈个人的直观感受。

从消息、通讯、评论、标题、版面、图片几个类别来看，消息、版面水平较高，通讯、评论次之，标题、图片又次之。

大体上，好消息能够捕捉有新闻价值的新闻，并遵守消息的写作规范；好版面庶几接近日报的水平，图文编排得当，有整体感而又重点突出；好的通讯不多，但有些人物通讯还不错；好的评论不多，但也有富有现实意义且言之有物的评论；标题总体上较差，有效信息在标题中反映不充分，缺乏冲击力，按数量规定评出那么多的好标题，实在勉强；图片质量也较差，新闻类图片总体上缺乏现场动态感，静止的图片较多，图像质量也有待提高；不少报纸还是黑白印刷，导致一些摄影艺术作品的传播效果受到影响。

从体裁上看，有不少报纸未能很好地把握消息与通讯的区别，有些消息缺乏“本报讯”或“本报记者报道”字样，有些送评的通讯却又有“本报讯”字样，有的送评作品把特写（通讯的一种）当成消息。一些报纸分不清评论与理论文章的区别，把理论文章当成评论来参评。

参评作品的报送技巧需要引起注意。有些单位提供的版面参评作品是复印件，这让人怎么评？且不说复印件无法传达彩色版面的形式要素与美感，也无法传达黑白版面的形式要素与美感，因为黑白版面的“黑”“白”“灰”几种色调在复印件中是无法传达出来的。还有一些单位提供的版面参评作品用白纸贴住了报头，让人难以全面地判断版面的整体效果与美感，这也许是遵循有关规定所致。如果是这样，建议取消遮盖报头的做法，充分相信评审专家的公正性。

从不同校报的版面来看，各高校校报之间的水平差距很大，最好的接近于日报，最差的则停留在大学生内部报刊（甚至不如大学生内部报刊）的水平。

建议今后评出好新闻后，组织高校校报采编人员进行业务培训，请有关评审专家对参评作品进行点评分析，相互观摩有关作品，及时总结经验教训，尽快提高办报水平。

（暨南大学新闻与传播学院院长）